古典文獻研究輯刊

十 編

潘美月・杜潔祥 主編

第 15 冊

《山海經》山經祭儀初探

龍亞珍 著

國家圖書館出版品預行編目資料

《山海經》山經祭儀初探／龍亞珍 著 — 初版 — 台北縣永和市：
花木蘭文化出版社，2010〔民99〕
序 2+ 目 2+226 面；19×26 公分
（古典文獻研究輯刊 十編；第 15 冊）
ISBN：978-986-254-153-1（精裝）
1. 山海經　2. 祭祀　3. 研究考訂
857.21　　　　　　　　　　　　　　　　99001906

ISBN - 978-986-254-153-1

9 789862 541531

古典文獻研究輯刊
十　編　第十五冊　　　　　　ISBN：978-986-254-153-1

《山海經》山經祭儀初探

作　　　者　龍亞珍
主　　　編　潘美月　杜潔祥
總 編 輯　杜潔祥
企 劃 出 版　北京大學文化資源研究中心
出　　　版　花木蘭文化出版社
發 行 所　花木蘭文化出版社
發 行 人　高小娟
聯 絡 地 址　台北縣永和市中正路五九五號七樓之三
　　　　　　電話：02-2923-1455 ／傳眞：02-2923-1452
網　　　址　http://www.huamulan.tw 信箱 sut81518@ms59.hinet.net
印　　　刷　普羅文化出版廣告事業
初　　　版　2010 年 3 月
定　　　價　十編 20 冊（精裝）新台幣 31,000 元

《山海經》山經祭儀初探

龍亞珍　著

作者簡介

龍亞珍，國立政治大學中國文學研究所博士。著有碩士論文：《山經祭儀初探》，博士論文：《先秦兩漢山岳信仰研究》，與〈苦悶的象徵——永州八記〉、〈中庸之道根源試探 個神話傳說的考察〉、〈青詞試探——周西波〈杜光庭青詞作品初探〉讀後〉、〈關於道藏蠱儀與蠱神話的討論〉、〈史前山嶽信仰考察：三星堆祭山圖初探〉等多篇論文。主要研究領域為：中國古代山嶽信仰、中國古代神話、《詩經》、《楚辭》、《山海經》等。

提　　要

　　本論文以《山海經》山經祭儀為研究主題。該祭儀是目前所能見到的先秦山嶽祭祀最完整的記錄。本論文主要內容即在於闡釋山經各個祭祀用語的起源與意義，探討山經各項祭品的使用情形、祭祀方法，與宗教義蘊，最後綜合論述山經山嶽祭祀的等級與形成原因。由於山經祭儀與殷商二代關係密切，因此本論文在討論山經各項祭儀之前，皆先據殷周文獻與考古資料，論述殷周兩代相關的祭祀現象，作為研究山經祭儀的基礎。全書分為九章，先討論山經祭儀專用語「祠」字的意義，再依山經祭儀，以《山經》祭品：祭牲、祭玉、祭米為綱，分別詮釋其祭牲術語「毛」字、祭玉術語「嬰」字、祭米術語「精」字的來源與宗教意義。繼則逐一探討山經祭儀的祭牲：牢牲、羊、彘、豚、犬、雞、魚，祭玉：璧、珪、珪璧、璋、玉、吉玉、藻玉、瑜，祭米：稌、稻、黍、稷、五種之精的使用情形、祠祭方法，及其所具有的宗教意義與特色。末章為前八章分論的總結，總論山經祭儀體系中的兩大祭祀等級：一般眾山，與特殊山嶽：「帝」、「神」、「魋」、「冢」的差異與形成之因。以為山經原始資料來自周朝王室的檔案，但可能經過楚人整理，故其祭儀有繼承自殷周祭祀的特質，也有楚國獨具的特點。且隱約流露了編輯者的宇宙觀和神靈世界的次序。

目

次

自　序

　　《《山海經》山經祭儀初探》為筆者二十多年前的舊作，不意今日有機會出版。由於出版時間緊湊，因此除了內容稍做修改、增補，文字重新校對，格式做了一些調整，以符合現在論文論述慣例外，基本上維持論文原有的架構；因而新近出版的相關研究和考古資料，未能加以引述、參考，這點是必須先向讀者先進致歉並說明的。所幸本論文為《山海經》文獻的基礎考察與研究，雖未能加入新近的研究觀點、成果，但對本論文的論證與結論影響不大。而隨著研究工具與研究環境的改善，《山海經》研究視野已更加開闊、細膩，不乏具有想像力的啟發之作，但二十年來，針對《山海經》祭儀所做的專門研究仍然不多；因此，期盼多年前的一愚之獲，尚能提供有志於此的研究者參考。

　　本論文雖為《山海經》的研究，然文中運用古文字、考古學、禮學資料以資論證之處極多，而彼時研究環境與今日差異頗大，尤其當時古籍原典尚未有電腦網路或資料庫可供檢索，所有考察皆需利用圖書館的經籍引得、索引，逐一翻檢原書，耗費不少心力與時間，故驚喜於科技所帶來的研究之便外，也對時間的飛逝，研究環境與寫作方式的大幅改變，有不勝今昔之感。

　　《山海經》為中國古代神話的故鄉，雖經數代學者們的研究，《山海經》中的許多記載，至今仍覆蓋著神祕的面紗，故對《山海經》的研究，發源於好奇與不解；但進行研究與論述時，才發現對《山海經》祭儀的研究，除了需具備考古、宗教與古文化的知識外，尚須奠基在大量古文字學、禮學的專業背景上。因此本書能夠完成，非常感謝大學與研究所修業期間，胡自逢老師、周何老師、章景明老師、趙林老師在這兩個學術領域上的啟發和為之奠

定的基礎。論文撰寫時，更要感謝指導教授李豐楙老師悉心指導，詳細批閱論文，尤其在宗教學領域上的許多寶貴意見，至今猶受益良多。

　　最後，感謝花木蘭文化出版社不棄，讓本書得以面世。尤其本書運用甲骨文、金文資料頗多，許多古文字形在電腦字碼欠缺的情況下，必須造字，或只能用手寫體，增加不少排版上的難度和所需作業，感謝花木蘭文化出版社的工作夥伴，克服種種排版上的問題，讓本書擁有悅目可讀的面貌問世。唯本書原爲「少作」，謬誤疏漏必不可免，尚祈方家不吝斧正。

第一章　導　論

一

　　有關《山海經》的研究多矣，本論文則以《山海經》中的山經〔註1〕祭儀
爲探討主題，茲先略述其研究動機。

　　《山海經》中五藏山經所記錄的山嶽地理資料，如地貌、林相、動物、
植物、礦產、河川、及各地的神話資料，推測是古代對山嶽進行探勘的田野
調查記錄；附於每列山神之後的山神祭儀，則是從田野調查記錄整理出來的
山神祠祭儀式。這些祭儀，除了〈東次四經〉的山神祠祀亡佚了以外，山經
總共記錄了二十五列山脈的山神祭儀。每列山脈祭儀之中，因山神地位不同，
往往又包涵了二種到三種相異的祠祭儀式，如果以一套祭儀爲一個祭祀單位
計數，則共有四十五種不同的祠禮；若加上〈中次六經〉篇內，平逢之山的
獨立祭祀，山經實際記錄的山神祭儀，共有四十六種。這些祭儀，是先秦山
嶽祭祀，目前所能看到的，最完整的記錄，十分珍貴，值得詳細研究。這是
本論文研究山經祭儀的動機之一。

　　其次，殷商祭祀卜辭，和先秦文獻中的祭儀資料，雖然都有山嶽祭祀的
記載，但是甲骨卜辭尚有許多無法辨識其字形、字義的文字，有關山嶽祭祀
的記載，也過於簡略，難以建立殷代完整的山嶽祭祀體系。至於先秦與山嶽
祭祀有關的文獻，則多爲籠統的原則性提示，又有後儒增補潤色的成分，也

〔註1〕《山海經》祭儀僅見於五藏山經之中，爲敘述方便、明確，本論文概以「山
　　　　經」稱之。

不易梳理出周代山嶽祭祀的詳細儀節。而山經祭儀不僅有較完整的體系，祭儀中據實的列舉－犧牲、玉器、祭米、樂舞等的儀節，而且在流傳過程中，較少後人染指，因而保留較多原始面貌，實爲先秦祭祀資料的寶庫，值得吾人重視與研究。

山經祭儀資料雖然如此珍貴，但是歷來研究山經山嶽祭儀的學者極少。清代學者如孫詒讓、俞樾等人，已經注意到山經祭儀的重要，然而或者以山經祭儀做爲禮書的旁證，或者偏重於探討山經祭儀中，「帝」、「神」、「魌」、「冢」諸山的祭祀等級，皆未以山經祭儀做爲獨立的主題研究；近代學者如孫家驥、袁珂、朱天順等，在閱讀、校譯《山海經》，或研究古代宗教的同時，雖然附帶對山經祭儀提出一些頗具建設性的詮釋和說明，但也非針對山經祭儀做專門的研究。因此撰寫本論文的目的，即希望對山經祭儀做初步的整理，揭去其神秘的面紗，以求進一步瞭解山經中有關祭儀的實際情況，這是促成本論文寫作的另一動機。

二

本論文主要的內容，在於闡述山經祭儀中，祭品的使用情形，詮釋山經各項祭品的術語、祭祀方法、意義，並分析山經山嶽祭祀的等級與形成原因。

在章節的安排上，本文以山經的祭品：牲品、玉器、祭米爲綱，蓋山經祭儀所包涵的項目，極爲零散瑣碎，在這種零散瑣碎的狀態中，比較有規律可循的是祭品，祭品也是山經祭儀記錄中最重要的部分。因此本文探討山經的山嶽祭祀，即採祭品爲綱的方式，分別敘述山經三項主要祭品：犧牲、玉器、祭米的內容、使用的情形、祠祭的方法和其所具有的宗教意義。而宗教祭祀儀式的形成，是一個複雜的過程，任何祭祀儀式，都不可能獨立於歷史的傳承之外；在古代文化的傳承中，商因於夏禮，周因於殷禮，而各有因革損益，其他各代的情形也是如此。山經祭儀是先秦文化的一部分，自然不可能是一種獨立存在的形式，譬如山經牲品、玉器的名稱：太牢、少牢，璧、珪、璋等，祭祀的方法：瘞、肆、副、刉等，都可在殷周祭祀中，覓得源頭。所以，山經祭儀雖然具有空間上的地區特色，但和殷周祭祀也有必然的傳承關係；因此要了解山經祭儀的現象，就必須先分析殷周祭祀的情形，才能找出山經祭儀的依據，和各項祭儀所代表的意義。可是殷周祭祀資料極爲龐雜，雖然前儒和近代學者，都做過祭祀禮儀的整理，不過以祭品、祭祀方法爲主

題或主軸的祭祀禮儀整理卻很少，而若將這些資料放在附註中，又不易見出山經祭儀和殷周祭祀的傳承轉化關係；職是之故，本文於探討山經各項祭儀之前，都先敘述相同祭品在殷周使用的情形，一方面勾勒山經祭儀的祭祀背景，以之做爲研究山經祭儀的基礎；一方面有意將山經祭儀放在歷中文化中觀察，以洞悉其來龍去脈，進而追索山經祭儀所代表的意義和文化特色。

三

　　在參考材料和研究方法方面，由於五藏山經的成編，從其山嶽記錄中：鐵礦的普遍，和疾病認識的精細，可知其時當在戰國。〔註2〕因此，山經祭儀既爲先秦文化的一部分，先秦典籍自是最重要的參考資料。另外，近代考古的挖掘中，曾有先秦祭祀遺迹的發現，祭祀遺迹乃祭儀的具體實例，可以印證文獻的記載，補充文獻資料的不足，甚或糾舉其中可能的錯誤，因此考古文物也是研究山經祭儀不可或缺的材料。而祭儀是以文字記載下來的，文字詮釋的不同，祭儀呈現的形式便因之而異，所以本文論述山經祭儀中的祭品術語，或祭祀方法，又不得不借助文字學、訓詁學和考據學，以確定其祭儀紀錄中各種祭儀用字、術語在先秦所代表的意義。

　　祭祀是人類共通的行爲，祭儀不僅是宗教信仰的儀式，也是文化的綜合呈現。它可以是個人心靈的寄託，也可以是一種社會的活動；它可以是原始的巫術，也可以是政治目的工具；它代表了人類對宇宙無知的迷惘、恐懼，也表現了人類內心虔誠的期盼、崇拜。因此，祭儀的研究，基本上雖是宗教研究的一環，但又和整個人類文化有關聯。而每個不同地域、不同時代、不同民族的祭儀，在具體和抽象層面上，都有其相通之處，也各具不同的時空特色；故而對山經祭儀的研究，各種人文社會科學的材料，如宗教學、社會學、人類學、民俗學、神話學、史學、地理學等，也都是必須酌予參考的資料。其次，山經祭品，如犧牲、玉器、祭米等皆爲具體物質，且各有不同品類、文化價值，若欲了解其究竟，則動物學、器物學、植物學等相關學科知識，亦不宜偏廢。因此本論文在研究方法上，盡可能採用多學科的科際整合方式，希望能以較爲客觀的態度，多元的說明，對山經祭儀做比較接近事實眞貌的詮釋，進而反映中國古代的祭祀實況，以及社會文化的現象。

〔註2〕關於《山海經》的成書時代，參考：袁珂，〈山海經寫作的時地及篇目考〉，見氏著《神話論文集》，頁14～15。

四

本論文於山經祭儀部分分八章敘述，以下簡述各章內容與研究成果。

（一）第二章

本章主要探討山經祭儀術語「祠」字的含意。祭祀古稱祀典，然山經祭儀記錄起始皆以「祠」字作爲標示字，換言之，「祠」字是和山經祭祀性質息息相關的關鍵字。因此，在未討論山經祭祀情形之前，本文先從古文字與先秦文獻中的「祠」字進行考察，發現「祠」字作爲祭禮的名稱，多指獨立的、祀品較少、實際親臨，有所祈禱祝告的祭祀而言。並根據經籍引得詞目，統計「祠」字在先秦文獻出現的頻率，發現「祠」字的普遍使用，是戰國以後才形成的。戰國以前，先秦文獻與「祭祀」有關的記載，大多使用和「祠」字意義相近的「祭」字、「祀」字，或「祭」、「祀」二字組成的同義複詞「祭祀」，和山經普遍使用「祠」字的情形不同。因此從「祠」字的出現頻率，亦可以做爲山經祭儀記錄完成於戰國時代的佐證。

（二）第三章～第五章

此三章主要內容有二：一是探索山經用牲術語「毛」字的意義。二是研究山經牲品的使用情形。山經與周代相同，以「毛」字做爲用牲術語，「毛」字具有選取毛色純粹的牲畜爲犧牲的意思。山經祭儀的犧牲有：牢牲、羊、彘、豚、犬、雞、魚等，和殷周祭祀所用的牲品相同。其中牢牲是山經重要山嶽：「帝」、「神」、「魃」、「冢」諸山，及〈西次二經〉飛獸之神所用的牲品。牢牲在周代爲王室貴族專用牲品，山經以牢牲爲牲品的祭祀，祭祀等級最高，疑爲王室祭典。其他羊、彘、豚、犬、雞、魚諸牲，則爲一般山嶽祭祀所用，祭祀等級在牢牲之下。祭牲的選用，與山嶽的祭祀等級、山嶽所在地的地方畜產有關。諸牲中以羊牲爲祭品的祀典，在一般眾山的祭祀中等級較高，僅次於〈西次二經〉的飛獸之神。而羊爲周代大夫以上階級宗廟祭祀用牲，山經以羊爲祭品的祭祀，可能也屬於王室的祭典。彘、豚二牲在山經祭儀中，是和雞牲一起配祀的牲品，但由研究結果可知，配祀的彘、豚，是以切割好的牲肉奉神，不是用全牲祠祭。犬、雞二牲在山經祭祀中，和周代犬、雞二牲的使用一樣，具有禳祓的性質。以魚爲牲的祭儀，僅見於〈東山首經〉，殆與其濱海的地緣環境物產有關。

（三）第六章

本章內容主要在詮釋山經「用牲」的方法，和祭祀用牲的意義。「用牲」法

是祭祀時屠宰和處理犧牲的方法。山經用牲之法有：刉（祈）、聃（衈）、副、肆、瘞、倒毛、倒詞、鈐等數種，都可以在殷周祭祀中找到源頭。刉（祈）、峘（聃）《周禮》作「祈珥」，也就是血祭，是一種殺牲取血獻祭的方法。「副」卜辭作「葡」（箙），《周禮》作「疈」，是劈剖犧牲，再加以肢解的祭祀方法。「肆」，和《周禮》「肆獻裸以享先王」的「肆」相同，是將犧牲肆解折節，分解為數塊，而後陳列祭祀。「瘞」即瘞埋犧牲，和《周禮》「以薶沈祭山林川澤」的祭法相同。「倒毛」、「倒祠」是將犧牲倒置的祠祭方式，這種祭祀方法，可以在卜辭中見到。「鈐」是綑縛犧牲，一種以手抓牲祠祭的方法，這種祭祀方式，殷人也曾用過。祭祀時所以要宰殺犧牲，是將犧牲視為餽贈鬼神的獻禮，宗教學家以為屠宰犧牲是一種「聖化」的儀式，經過宰殺、祭祀，犧牲被認為具有「聖力」，祭祀者共食犧牲，則能產生同胞情誼，具有親睦作用。

（四）第七章

本章主要內容有二：一是探索「嬰」字做為山經用玉術語的意義。二是敘述山經祭玉的使用情形。「嬰」字在殷周是頸飾之名，山經以「嬰」字做為祭玉術語，可能和山經所用祭玉主要為佩飾的小型玉有關，同時「嬰」也可能指懸掛玉器的祭祀方法。山經祭玉依其名稱可分為兩類，一類未指出器形，其名稱有：玉、吉玉、藻玉、瑜等，蓋所用之玉器形不限定。一類指出器形，其名稱有：璧、珪、藻圭、圭璧、璋等。類此特定器形的選擇，可能有特別的作用。其中吉玉是嘉玉、美玉之名。「藻玉」是飾有水藻花紋的玉器。「瑜」也是美玉之名，在周代可做為佩飾玉器。「璧」、「圭」、「圭璧」、「璋」和殷周玉器器形相同，「藻珪」則是飾有水藻花紋的珪形玉器。玉器在山經祭儀中，並無明顯的高低等級，而用玉特別多的祭祀，可能和祈雨之祭有關。山經用玉祭祀的方法有三種：瘞、懸、投。「瘞」即瘞薶，和犧牲一樣，是把玉器埋藏地下的儀式。「懸」是懸掛玉器，「投」是一種投擲玉器的祠祭方式。三種祭法，都可在殷周祭祀中，找到相同或相似的祭祀實例。此外，山經對特定山嶽所獻玉器，也有加以裝飾的情形。山經使用玉器為祭品，和殷周祭祀習慣相同，具有依神和獻神、禳祓、祈雨等多種意義。

（五）第八章

本章主要內容有二：一是說明山經祭米術語「糈」字的意義。二是分析山經祭米的使用情形。糈是先秦巫覡祀神之米，春秋時，「糈」也是卜祭後送

給巫覡的酬贈禮物。除〈中次五經〉「魗」山首山和〈東次二經〉的祭祀，祭米上不冠「糈」字，其他祭祀所用祭米上，都冠有「糈」字，故知「糈」字是山經祭米的術語和通稱，而和載籍統稱祭米爲「粢盛」不同。其原因可從幾方面考慮：1.爲求術語用字體例劃一。2.「糈」或乃宋楚地方方言，「糈」字的使用，表現了地方色彩。3.山經用「糈」的祭祀和巫覡有關。4.山經祭米以秫稻爲主，和「粢盛」以黍稷爲主不同，故用「糈」字。至於祭米的使用則可分兩類五種情況，但是尚找不出其中的依據，不過可以確定的是，山經言用「糈」或言「不糈」的祭祀，僅見於一般眾山山神的祠禮中，「帝」、「神」、「冢」等祭祀等級較高的山神祠禮，除魗山外，都無用糈與祭米的記載。而魗山祭祀用米或與魗山與冢墓的關係有關。「糈」是山經祭品中，最具有民間色彩的祭品，「糈」的使用，大約與巫覡在祭儀中的角色有關聯。山經所用的祭米有：秫、稻、黍、稷、五種之糈等數種，祭米品種的選用，當視地方物產而定，但秫稻使用得特別多，共有九次，表現了南方文化的特色。山經每個祭祀所用的祭米穀類，或用一種，或用五種，皆爲單數，和周代「粢盛」所用的穀類，皆爲雙數者不同，是一種和周文化異質的文化現象，這種現象所反映的祭儀習慣或象徵，或許可以視爲《山海經》的楚文化因子之一。

（六）第九章

本章總論山經祭儀的現象，與山經祭祀等級形成的原因。祭儀中的各項祭品、祭祀對象、祭祀方法，彼此具有互動的關係，因此將祭品、祭祀方法與對象分開敘述，尚不足以窺測山經整個山嶽祭儀的體系，所以本章將山經祭儀，再做一綜合的論述。山經祭儀體系中，有兩大祭祀等級：一爲「帝」、「神」、「魗」、「冢」諸山的祭祀；一爲一般眾山的祭祀。「帝」、「神」、「魗」、「冢」諸山，在山經祭儀中，享有牢牲祠禮，祭祀等級較高。而從祭儀的比較中，可知帝、神、魗諸山等級皆在冢山之上，猶若君臣關係。這些山嶽享有較高祠禮的原因，又可分兩部分討論：一是〈中次七經〉以前的諸山。這些山，或是五嶽之一，或是歷史上的名山，自古以來即享有較高的祠祀。二是〈中次八經〉以下諸山。這些山大都爲小山，但因位於楚國首都的附近，所以和其他小山祠禮不同，享有牲牢之禮，尤其祠禮特隆的「帝」山熊山，有熊穴神話，可能是楚國的聖山。神山、魗山、冢山等則多與楚國有淵源關係。帝山稱帝之因，與位尊五嶽有關；神山稱神，與能鼓動風雨，爲神靈所居有關；魗山稱魗，與此山神格和始祖神話傳說有關；冢山稱冢，一則與歷

史名山和山之高大有關，一則與接近楚國聖地和首都有關。山經整個祭祀等級的劃分與安排，推測與山經成編過程關係密切，而編纂者可能是楚人。同時山經的成編也受到鄒衍五德終始說的影響。所以將天下之山分爲五區，並依四時三月，將南北山經各分爲三列山脈，東西各分爲四列山脈，〈中山經〉位居天下之中，分爲三乘四共十二列山脈，而中山之中爲〈中次六經〉，〈中次六經〉云「嶽在其中」的「嶽」，則爲宇宙的中心。「嶽」的祠祀，在六月舉行，六月乃斗衡南指之時，因知以「嶽」爲天下之中，是以南方的楚爲天下中心的安排。總括起來說，山經祭儀，是民間祭祀形式，和王室祭祀形式湊泊而成的。祭儀的原始資料來自周朝王室的檔案，但又經過楚人重新整理規劃，並納入編著者的宇宙觀，形成今日所見到的山經面貌。所以山經祭儀既有繼承自殷周祭祀的特質，也有南方楚地獨具的特色，同時也隱約流露了編者的宇宙觀，和神靈世界的次序。

五

　　古代祭儀的研究，存在一些材料和方法上的困難：一是古代祭儀資料極爲零散瑣碎。以本論文爲例，爲查考山經祭儀中的關鍵字字義，以及各種牲品、玉器、祭米的使用情形，大部分需仰賴各種引得、類書、逐一翻檢，倍感艱辛。其次，祭儀是宗教的一部分，但現階段專門研究宗教理論、現象、儀式和宗教史的中文著作有限，而近代宗教學、人類學、神話學等人文社會科學源自西方，相關研究成果雖然豐碩，然而一則礙於文字的隔閡，不易全盤了解，二則西方學術理論與研究方法，固有可供觀採之處，但如何酌用以解釋中國宗教的現象，在方法論上，就是一個複雜的課題。三則西方學理、方法未必全然適用於不同地區宗教文化的研究，因此，如何掌握適用尺度，便成爲一項考驗。再者，祭儀中各項祭品、使用方法和意義，雖然先秦典籍，如《禮記》，有或多或少的說明，但《禮記》的成書較晚，所記載的祭儀，多爲周代人文化成後的儀式；即令有少許原始型態的祭儀，也經過後儒合理化、哲理化的加工，失去了原有的面貌。因此詮釋山經祭儀所具有的意義，並不能完全仰賴《禮記》等書，還須斟酌借助宗教人類學的研究，或各地原始民族的祭祀資料，做爲詮釋山經祭儀的參考，而在運用時，同樣也有方法上的困難。就山經祭儀本身而言，祭儀的現象錯綜複雜，如何從互動又牽連繁瑣的關係中，找出其中通則是極爲不易的。更何況祭儀或許原無準則可資依循，

而它如同禮俗，各地同一禮俗的基本精神或許相同，但細節常有不同的變化，因此即令尋繹出山經祭儀中的大原則，許多細節又往往不能一一合轍。所以本文解釋各種祭儀現象的時候，難免有許多推測之詞，而這點，似乎是研究古代文化無法避免的困難。

第二章　山經祭祀用語「祠」字及其意義

　　山經一般記錄方式，是在列敘每列山脈之後，必隨而記錄各列山脈的祀典。〔註1〕記載這些祀典，山經皆以「祠」字，作爲祭儀的提示字，但語句有詳略之別；有用完整語句，如「其神祠禮」的，也有刪省諸字，只用一「祠」字者，若加區分，可別爲下列幾種：

1. 言「其神祠禮」者
　　如〈西次四經〉云：「其神祠禮：皆用一雞祈……。」〔註2〕（頁66）

2. 言「其祠之禮」者
　　如〈南山首經〉云：「其祠之禮：毛：用一璋玉瘞。」（頁8）

3. 言「其祠禮」者
　　如〈中山首經〉：「其祠禮：毛：太牢之具，縣以吉玉。」（頁121）

4. 言「其祠之」者
　　如〈西次二經〉云：「其祠之：毛：一雄雞，鈐而不糈。」（頁38）

〔註1〕 山經惟〈東次四經〉篇末無祀典記錄，郝懿行《山海經箋疏》云：「案此經不言神狀及祠物所宜，疑有缺脱。」（頁175）其言甚是。山經紀錄祀典，皆於各山脈篇末，以每列山脈爲單位，只有〈中次六經・平逢之山〉於篇中紀錄該山獨立祀典，是一特例。

〔註2〕 本論文所引《山經》原文皆據袁珂《山海經校注》，下文不再註出書名。本論文所引用的傳統文獻與古文字研究等各項資料版本，見文末所附「主要參考書目」，若其全書已編有連續之總頁碼者，爲簡省篇幅，於文中多僅標示或註出其總頁碼，不加註其版本與卷數。

5. 言「其祠」者

    如〈南次二經〉云:「其祠:毛:用一璧瘞,糈用稌。」(頁 15)

6. 言「祠」者

    如〈東山首經〉云:「祠:毛:用一犬祈,聊用魚。」(頁 105)

    標示祭典的祠祭字句都放在祭儀前面。另外,也有先列祭儀,而後言祠者,如〈西山首經〉云:「其餘十七山之屬,皆毛牷一羊祠之。」(頁 32) 這種祭祀提示語的繁簡詳略,應純粹是文法和修辭上的變化,可能是記錄者不同,和祀典隆殺並無關聯。「祠」字在祭祀提示語中,或爲動詞,或爲名詞,都當祭祀講;然而查考載籍和字書,祭祀義的「祠」字,和「祭」、「祀」二字;由於歷代字義的變化,在先秦文字使用習慣上,是有分別的。同時,山經不云「祭禮」、「祀禮」,而云「祠禮」,字面上似乎只是修辭用字的差異,實則每一新辭彙的出現,皆有其歷史背景。若綜觀祭、祀、祠三字字義在歷史上的演變,和三字在歷代使用的情形,即可發現,「祠」字的普遍使用,和「祠禮」一詞的出現,是語言、宗教、社會等各種因素,相互激盪影響所促成的。其間透露的不只是語言、文字的改變,也代表了歷史上某一階段的宗教現象,甚至文化現象。因此追溯山經祀典「祠」字,在語意上的變化,確定「祠」字及「祠禮」一詞所涵蓋的意義,把它們放在創造和使用它們的時代去觀察,對了解山經祀典的性質而言,是有其必要的。而透過對「祠」字所作的種種剖析,或許也能有助於界定《山海經》各篇的成書時代。

第一節　古文字中的「祠」字字義及其衍變

    許慎的《說文解字》是一部條理謹嚴的字書,五百四十部首的先後次序、各部中的字次、各字的說解,都經過嚴密的組織和安排。因此欲探索古文字中「祠」字的字義之前,應先看看許慎對祭、祀、祠三字所作的解釋和編排情形。

    《說文》示部祭、祀二字相次,置於禮、禧、禎……神、祇、祕及齋、禋等,依次爲禮之總名、行禮受福諸名、神名、齋戒絜祀之名等義類字之下。祭字下云:「祭,祀也。从示,以手持肉。」(頁 3) 祀字下云:「祭無已也。从示,巳聲。」(頁 3~4) 祭祀二字之下,以次爲祡、禷、祪、祔等字,皆祭祀專名。此種編排方式,即視「祭」、「祀」二字爲祭祀通名,故以通名領專

名，而置於其字之前。而示部諸字的說解，許愼或云：「柴，燒柴尞祭天也。」
（頁4）「禷，以事類祭天神。」（頁4）「祊，告祭也。」（頁7）「禬，會福祭
也。」（頁7）或云：「禋，絜祀也。」「禳，磔禳，祀除癘殃也。」（頁7）「禜，
祀也。」（頁7）「祜，祀也。」（頁7）。凡此諸字，皆以「祭」字、「祀」字
作爲諸字的通解，祭、祀二字爲祭祀通名、總名的地位，於此更爲明白。

　　山經祭祀用語的「祠」字，《說文》則置於「祂」字下，以之和夏祭之名
的「礿」字相次，視「祠」爲時祭的專名：

　　　春祭曰祠，品物少，多文詞也。從示，司聲。仲春之月，祠不用犧
　　　牲，用圭璧及皮幣。（頁5）

然《說文》祂字下則云：「以豚祠司命也。」祠字下亦云：「祠不用犧牲。」
隱然表示了祠字也有祭祀一義。祠字的這兩種含義也見於《爾雅》。《爾雅‧
釋天》云：「春祭曰祠。」〈釋詁〉則云：「禋、祀、祠、烝、嘗、礿，祭也。」
可見以祠字爲祭祀義，在《說文》以前已是習慣用法。但許愼不使祠字和祭
祀二字相次，也不以祭祀之義作爲祠字本義，顯然認爲祠字和祭、祀二字還
是有所分別，此種分別即在於許愼以爲祠字本義爲春祭之名。

　　然而取甲骨文和鐘鼎彝銘對照研究後，就可發現《說文》對祠字本義的
說解，宜再做推敲。而作爲祭祀通名的「祭」字和「祀」字，在造字之初，
和載籍的習見用法也不一致。以下即以祠字的探討爲主，分別論述。

一、卜辭「祠」字

　　甲骨文祠字孫海波《甲骨文編》作司形（菁、二、一），〔註3〕即司字，从彐
从日，不从示。近代文字學家以爲甲骨文司、后爲一字。〔註4〕然至許愼時，
后、司已別爲二字。《說文》「司」下云：「臣司事於外者，从反后。」（頁434）
后字下云：「繼體君也。象人之形。从口，《易》曰：『后以施令告四方』，故厂
之，从一口，發號者君后也。」（頁434）司、后二字所从的彐、卩，許愼既以
爲象人之形，又以爲是厂字，乃因疑而兼舉異說，學者早已辯明。〔註5〕然彐、

〔註3〕孫海波《甲骨文編》，卷9、2，頁373。
〔註4〕見李孝定《甲骨文字集釋》卷9，頁2860。金祥恆〈釋后〉，《中國文字》第
　　　10冊，頁4～6。
〔註5〕見段玉裁《說文解字注》后字下注（頁434），丁福保《說文詁林正補合編》
　　　后字下所引諸說，第7冊，頁1070～1077。

𠂤、ㅂ所指爲何,卻又異說紛紜。

　　張鳳以爲「ㅂ」爲口,用以發號施令;「𠃌」象耒耜之形;也象織布機上紡紗的叉形;耜用以耕治土地,織布機上的叉用以理紗,不論爲耜或叉,都象徵治理的意義。高鴻縉以爲司字從口從又省,會有掌管之意。馬敍倫以爲司字是飼字、伺字的初文,司字所從的𠃌,即匕箸之匕,ㅂ則爲口,從匕到口,即飼小兒飯的意思。朱芳圃則認爲從ㅂ即甌,爲盛食之器,從𠃌爲匕的倒文,乃扱食之具,二者都用於設食,設食即司的本義,其後方孳乳爲祠字。〔註6〕

　　案張、高二氏的說法,都是從「司」字有治理、掌管的意思,而假設「𠃌」爲耒耜之形、織機叉形,或「又」字省文。然司字所從的「ㅂ」,若如張、高二氏所說爲「口」字,意爲發號施令,則與張氏所說的耜形、叉形,在字義上相差甚遠,強欲牽合,殊費索解。而甲骨文「又」字作又形,〔註7〕並無省作「𠃌」形者,「𠃌」與「又」的字形亦不相似,高鴻縉的說法也有成立的困難。馬、朱二氏立說的基礎,都是由從司得聲之字有「食」之義(如飼、祠)推敲而來。以「𠃌」爲匕,爲扱食之具,以「ㅂ」爲甌,或張口而食,無論字形、字義,都較前二說合理。但「司」、「后」二字在卜辭中,除釋爲「祠」字的用法較爲清楚外,其他辭義都還不甚明瞭。如卜辭有「司匕」、「司癸」、「司辛」諸詞,陳夢家以爲三者皆爲殷商先妣。〔註8〕又如「豕司」一詞的「司」字,李孝定以爲有司掌之義,和《周禮》職官〈牛人〉、〈羊人〉、〈犬人〉相類。〔註9〕而「二司」、「三司」、「司女(母)」等詞的「司」字,陳夢家以爲即金文的「姛」字。〔註10〕司字詞義如此繁多,究竟何者爲其本義?仍然是個謎。甲骨文司、后二字無別,但後代以司爲諧聲偏旁的字有:詷、詞、嗣(𠫤)、絧、栒、嗣、飼、覗、笥、蛔等字;以后爲諧聲偏旁的字,有:垢、詬、姤、逅、趏、郈、垕、鮖等字,音義俱異。從言司聲之「詞」,與從言后聲之「詬」;從口司聲之「詷」,與從口后聲之「垢」,皆儼然爲二字。雖然「凡從某聲多有某義」,然以司、后二字爲諧聲偏旁孳乳衍生的諸

─────────────

〔註6〕以上諸説見周法高《金文詁林》卷9,頁5571～5573引張鳳〈安陽武官村出土方鼎銘文考釋〉、高鴻縉〈頌鼎考釋〉、馬敍倫〈刻詞〉、朱芳圃《釋叢》之説。

〔註7〕見註3,孫海波前揭書,卷3,12～13,頁114～116。

〔註8〕陳夢家著《殷虛卜辭綜述》,頁490。竊以爲卜辭另有后匕癸、后匕辛、后匕己諸名,則司匕等詞的司字,或當釋爲后字。

〔註9〕見氏著《甲骨文字集釋》,卷9,頁2862。

〔註10〕同註8,陳夢家前所揭書、頁。

字，音義相去甚遠，故欲從諧聲偏旁逆溯「司」字本義，有其困難。而「司」字從ㄱ從ㄇ，字根爲ㄱ、或ㄇ，然ㄱ、ㄇ字根既未能確定爲何物、何義，則其語根亦無從查考。字根、語根俱無法索知，欲求語根以明造字本義，無異緣木求魚。因此若無更多更早期的資料出現，對「司」字本義的推測，只有暫時闕疑了。

卜辭「司」字用爲「祠」字者，有祭祀之名和王年之稱二義，分述如下：

（一）作爲祭祀通名或祭名

以「司」爲祭祀通名之辭例如：

壬辰卜，貞：ㄎ司室？（前四、二七、八）〔註11〕

壬……卜，貞：ㄎ司室？（佚八四三）

庚寅卜，衍王品司，癸巳不？二月（甲二四一）

貞：其品司于王？

丁酉卜，兄貞：其品司在茲？（後下九・十三）

丁酉卜，兄貞：其品司在茲？

貞：其品于王出？（後下一〇、一）

貞：司亡咎？（乙二八三〇）

「司室」一詞，卜辭辭例不多，李孝定以爲即「祠室」，爲宗廟中祭祠之所。〔註12〕「品司」一詞中，品爲祭名，〔註13〕「品司」即品祠、品祭。「司」字在這些辭例中，義都如「祠」，似作祭祀通名之用。最後一辭的「司」字，則義如祭祀，乃卜問祠祀是否可以無災咎。司（祠）字此義，和卜辭「祀」字相似。

「祀」字甲骨文作「礻ㄅ」形，象一人跪於示前，有所祈禱之狀，或省「示」作「ㄅ」（巳）形。〔註14〕卜辭以「祀」字爲祭祀通名者，如：

我其巳賓乍帝降若？

我勿其巳賓乍帝降不若？（前七、三八、一）

〔註11〕本論文徵引諸書所輯錄殷墟契文辭例，俱用代字，如「前」，指羅振玉《殷虛書契前編》，「佚」指商承祚《殷契佚存》。代字的選用，則參玆島邦男《殷墟卜辭綜類・凡例》（頁14）所列。

〔註12〕見李孝定《甲骨文字集釋》，卷9，頁2861～2862。

〔註13〕見註12，李孝定揭書，卷2，頁643～645。

〔註14〕見註12，李孝定揭書，卷1，頁67～69。

　　　　貞：奠巳？

　　　　奈巳（戬二一，十一）

　　　　庚寅卜，爭貞：我其祀于河？（乙二五八七）

　　　　辛子卜，亘貞：巳岳求來歲受年？（乙六八八一）

　　　　癸卯卜，貞：其祀多先且，余受又？王乩曰：后☒（佚八六〇）

戬二一、十一的「奠巳」一詞中，「奠」爲祭名，「奠巳」一詞，和前文所引「品司」一詞，語法完全相同，而「司」、「巳」二字，皆屬段玉裁〈古十七部諧聲表〉第一部（頁827），可知在卜辭中，「司」（「祠」）、「巳」（「祀」）二字，可能音義相近，所以用法也相似，但二字作爲祭祀通名，是否有祭祀對象、祭儀方式、或祭祀場所的區別，則無法考知了。

　　以「司」字作爲祭名的辭例，如：

　　　　丁未貞：勺歲于司莆？

　　　　丁未貞：勺歲于乡莆？（粹四三一）

此例之中，「司」、「乡」對貞，「乡」爲卜辭常見的祭名，則「司」字亦當爲祭名〔註15〕可知。

（二）作爲王年之稱

卜辭記錄王年多用「祀」字，如云：

　　　　癸丑卜，衍貞：王旬亡禍？在六月甲寅酚翌上甲？王廿祀、（前三、
　　　　二八、五）

　　　　癸未王卜，貞：酚乡日自上甲至于乡后衣亡𧊒（蚩）自禍？在四月，
　　　　惟王二祀。（前三、二七、七）

但也有以司（祠）字爲王年之稱的，如：

　　　　癸未卜，在上魯貞：王旬亡禍？在九月，王廿司（前二、一四、四）

　　　　癸未卜，在上魯貞：王旬亡禍？王廿司（前二、一四、三）

司字用爲「祀」字，乃音同相叚，〔註16〕而王年所以稱祀、祠的原因，董作賓以爲殷人祭祀先公、先王，各在其名之日行之，時代愈後，所祭先公先王

〔註15〕參閱周何先生《春秋吉禮考辨》，頁200。

〔註16〕參閱胡厚宣〈殷代年歲稱謂考〉，《金陵齊魯華西三大學中國文化研究彙刊》
　　　　第2卷，頁340。

之數愈多，到了殷代末葉帝乙、帝辛時，祭祀一週的時間，恰近一年，故稱一年爲一祀或一祠。〔註 17〕可見「祀」和「祠」字用爲王年之稱，仍是從祭祀通名的意義引申而來。

　　祠字在殷契中，和祀字音義皆相近。至於祭字，卜辭作𦥑或𢻹形，象以手持肉于示前，丶則爲湆汁。〔註 18〕祭字在契文中，是祭祀祖妣的五種祭祀系統：彡、翌、祭、壹、劦之中的一種，其辭例云：

　　　　癸卯王卜，貞：旬亡禍？王乩曰：大吉。

　　　　在九月甲辰祭彡甲劦小甲。

　　　　癸卯王卜，貞：旬亡禍？王乩曰：大吉。

　　　　甲寅祭羌甲壹彡甲，在九月。

　　　　癸卯王卜，貞：旬亡禍？王乩曰：大吉。

　　　　在十月甲子祭彡甲壹羌甲劦口甲　（遺二四六）

此例中，「祭」和劦、壹等祭名並貞，可知乃作爲祀典祭名的專稱，和《說文》及載籍以祭字爲祭祀總名、通名的情形不同。

　　由祠、祭、祀三字在甲骨文中的字義、用法可知，「祠」、「祀」可作爲祭祀通名，而「祭」是專祭的名稱。值得注意的是，卜辭祭、祀二字皆從示，祠字則不從示，「示」字唐蘭、陳夢家皆以爲是神主的象形，〔註 19〕郭沫若以爲示的初意爲生殖神之偶像，〔註 20〕凌純聲則據民俗學和民族學的材料解釋，認爲示是祭祀時樹立的神桿，用以代表天神地祇，後來變成旗桿；而祭祀人鬼的祖先，則作圖騰柱式的祖杖，也是示字的形象所本。〔註 21〕不論「示」字取象於何者，「示」乃古代祭祀神物是學者所公認的。祭字祀字從示，正表示二字本義和古代宗教祭儀活動有直接的關聯，而卜辭司字如祠，卻不從示，其本義或許須從祭儀以外的層面去探求。而此種造字形構的差異，和祭、祀、

〔註17〕參閱董作賓《殷曆譜》，上編卷 3，〈祀與年〉，頁 9～10。殷代曆年、祀年相關研究，參閱：註 8 陳夢家前揭書，頁 385～399。管東貴〈中國古代的豐收季及其與「曆年」的關係〉，《中央研究院歷史語言研究所集刊》31 本，頁 243～259。

〔註18〕見註 12 李孝定前揭書，卷 1，頁 63～65。

〔註19〕見註 12 李孝定前揭書，引唐蘭〈釋示宗及主〉及陳夢家《殷虛卜辭綜述》，卷 1，頁 41～43。

〔註20〕見氏著〈釋祖妣〉一文，收入氏著《甲骨文字研究》，頁 37～38。

〔註21〕見氏著〈中國古代神主與陰陽性器崇拜〉，《中央研究院民族學研究所集刊》第 9 期，頁 1～7。

司三字字義的衍變當有密不可分的關係。

二、商周金文「祠」字

　　商周金文中「司」、「祠」二字已判然有別，字義也殊異。司字仍从𠃌从𠙻，除商器司母戊鼎，「司母戊」三字陳夢家以爲先妣之名，〔註22〕張日昇以爲專名外，〔註23〕餘則或叚爲嗣字、事字，如毛公鼎云：「司余小子弗級。」猷鐘云：「我隹司配皇天。」司字皆叚作「嗣」字。揚簋：「眾嗣工司。」司字則叚爲「事」字。或有司掌之義，如大梁鼎：「大梁司寇□乍智釜。」〔註24〕這些「司」字字義，與上文所舉卜辭「豕司」之「司」相當，乃其字義的引申、擴大。

　　金文「祠」字从示从司，和小篆相同，爲後起字。祠字見於春秋時器禺邘王壺，辭曰：「邘王之愨金，以爲祠器」。〔註25〕又河北平山中山國一號墓出土的胤嗣舒䇅壺，有銘曰：「求祠先王。」〔註26〕二器銘文的「祠」字，詞性不同，然皆爲祭祀之義。祠字在金文中較罕見，就《金文詁林》、《商周金文集成》所收錄者，僅見上列二器，似尚非先秦習用之字，一般作爲祭祀通名的，仍是祭字和祀字。其銘如：

　　　　以祭我皇祖（欒書缶）

　　　　祭受無巳（蔡侯盤）

　　　　用乍孝武趄公祭器鐘（陳侯因資錞）

「祭」字皆作祭祀通名之用。又如：

　　　　王祀朌天室降（大豐簋）

　　　　缶用作呂大子乙家祀障（缶鼎）

此二銘的「祀」字，與前舉祭字的字義、用法一般無二。祭祀二字因字義相同，在銘文中也連屬爲同義複詞「祭祀」，如：

　　　　台卹其祭祀盟祀（郘公華鐘）

〔註22〕同註8陳夢家前揭書、頁。

〔註23〕見註6周法高前揭書引，卷9，頁5575。

〔註24〕上引器銘見註6周法高前揭書，卷9，頁5549。

〔註25〕見邱德修《商周金文集成》，頁2836。銘文有「禺邘王于黃沱，爲趙孟斨」之句，趙孟即晉卿趙武，故知爲春秋時器。

〔註26〕見註25邱德修前揭書，頁2911。周法高《金文詁林補》則作「雨（雩）祠先王」，第一冊，頁161。

　　以追祭祀（郑王子鐘）

可見祭字和祀字在鼎彝銘文中已無明顯的分別。雖然「祭」字仍保留了卜辭作爲祖妣祀典專祭之名的意義，如郑公華鍾「祭祀盟祀」的「祭祀」，即指先祖的祀典；但無疑的，「祭」字的字義，在商周因祖先崇拜，特重宗廟祭祀的時空背景下，字義逐漸擴大，而可以泛指所有的宗教儀典。

　　王年之稱，金文多用「年」字，但商器或西周之器仍有以「祀」字爲年代之稱的習慣，例如：

　　佳我二祀（邻卣）

　　在六月，佳王二祀（乍冊嬖卣）

而「祠」字則已不復作爲王年的代稱了。

　　從以上對古文字中的司、祭、祀三字的考查可知，「司」（祠）字的本義，雖然尚不明瞭，但其字形構造與祭祀的關係不大，當無疑義。而卜辭「司」字作爲祠祀之義者，可能都是「祀」字的叚借。「司」字得叚爲「祀」字，並與其用法相同者，蓋司、后一字，古代君后多爲巫王，政治領袖亦即宗教領袖，是宗教祭儀當然的主持者，〔註27〕司、后二字在古代社會即是權力、祭祀、神聖的同義詞，「司」字和「祀」字聲音又相近，因此卜辭習以「司」字叚借爲祀字。叚借既久，本義不明，於是又造从示的「祠」字，作爲祭祀義的專字，周代祭祀已成爲政治禮儀的一部分，有一定的祀典，〔註28〕禁止淫祀，以爲神不歆非類，民不祀非族，宗廟祭祀因此倍受重視，祖妣祭名的「祭」字，也因使用的普遍，字義擴大，成爲祭祀的總名。

第二節　文獻中的「祠」字字義及其衍變

　　傳統典籍中祠字出現的頻率，和祭、祀二字比較起來，少得很多。祭、祀二字在文獻資料裡和金文一樣，是祭祀的總名、通名，泛指各類祀典。「祠」字字義則有了轉變，但都與祭祀有關。根據現有引得，統計與祭祀意義有關的祭、祀、祠三字及祭祀一詞，在載籍中出現的次數，列如下表：

〔註27〕參閱陳夢家〈商代的神話與巫術〉，《燕京學報》20 期，民國 25 年 12 月。

〔註28〕《國語·魯語上》載展禽之言，謂祭祀爲國之大節，故制祀以爲國典，凡在禘、郊、祖、宗、報，社稷山川、前哲令德之人、天之三辰、地之五行，及九州名山川澤之外者，皆不在祀典（頁 116～120）。

表（一）經籍引得祭、祀、祠等字詞出現次數表

出現數 字詞目	詩經	書經	易經	儀禮	周禮	禮記	春秋	左傳	公羊傳	穀梁傳	論語	孟子	孝經	國語	墨子	管子	荀子
祭	4	6	2	368	86	432	0	43	24	21	14	9	2	17	46	23	14
祀	17	26	1	2	65	81	1	86	7	4	0	4	0	63	16	15	4
祭祀	0	1	2	1	182	21	0	3	0	1	0	2	2	2	45	2	4
祠	1	1	0	0	11	7	0	0	6	7	0	0	0	1	5	3	0
說明	1. 祭祀二字出現次數，以引得字目項下所收爲準，詞目項下重複出現者，不列入計數。 2. 祭祀連文者即計入祭祀一詞項下，不再計入祭字或祀字項下。																

　　此表提供了兩個重要訊息：一是先秦祠字的使用，遠不如祭祀二字普遍。這種情形不僅是不同典籍呈現出來的現象，即在同一書中，祠字的出現率亦較祭、祀二字爲少。其次是成書時代愈早的書籍，祠字的出現率愈低，成書時代愈晚的書籍，祠字的使用愈見頻繁。以春秋及三傳爲例，《春秋》及《左傳》都未出現祠字，《公羊傳》及《穀梁傳》祠字則出現了十一次。這些典籍中的「祠」字，或爲宗廟時享之名，或與「禱」字組爲「禱祠」一詞，或仍爲祠祭之義，而各具不同意義，以下即分別說明之。

一、時享之名

　　祠字在典籍中最尋常的意義，是被視爲宗廟時享之名。殷人祭祀先公祖妣，名繁禮隆，但將祖先的祭祀制爲祀典，於四時舉行專祭，卻可能始於周代。〔註29〕周代時享之名首見於《詩經》，〈小雅・天保篇〉云：「禴祠烝嘗，于公先王。」毛亨注云：「春曰祠，夏曰禴，秋曰嘗，冬曰烝。」（《十三經注疏》本，頁330）《春秋》桓公八年有「春正月己卯烝」的記載，《公羊傳》即云：「春曰祠，夏曰礿，秋曰嘗，冬曰烝。」（《十三經注疏》本，頁59）其他如《爾雅・釋天》：「春祭曰祠，夏祭曰礿，秋祭曰嘗，冬祭曰烝。」（《十三經注疏》本，頁99）《周禮・春官・大宗伯》：「以祠春享先王，以禴夏享先王，以嘗秋享先王，以烝冬享先王」（《十三經注疏》本，頁273）等，都是以祠、礿（禴）嘗、烝，

〔註29〕見註15周何先生前揭書，頁192〜193。

作爲周代四時祭祀先王的祭名，而「祠」爲春季時享的專名。但時享之名，載籍所錄不完全相同。如《禮記·郊特牲》即云：「凡飮養陽氣也，凡食養陰氣也，故春禘而秋嘗。」〈祭義篇〉也說：「故君子合諸天道，春禘秋嘗。」〈王制篇〉則云：「天子諸侯宗廟之祭，春曰礿，夏曰禘，秋曰嘗，冬曰烝。」或以「禘」爲春祭，或以「礿」爲春享，都和春「祠」之名有異。對於時享禮名稱上的矛盾，鄭玄提出了彌縫的解釋，以爲春禘之「禘」爲「礿」字之誤，春礿夏禘乃殷商祭名，周代改之，以春祭爲祠，夏祭爲礿，而以禘爲殷祭之名。〔註30〕鄭氏破字改名的解釋，後儒多牛附會其說。〔註31〕但甲骨卜辭面世後，據學者的攷證，以爲殷商雖有祠（司）、禘（帝）、烝、禴等祭名，卻與周代的時享禮有別。而時享之祭，周代也無定名，春祭或曰祠，或曰享，或曰社，或曰禴，或曰禘，夏季時享也未必通稱禴。〔註32〕至於《詩經·天保篇》以「祠、禴、嘗、烝」，爲先王春夏秋冬四季時享之名，周何先生以爲此乃周室之禮，其後漸次通行於列國諸侯，才成爲周代舉國之定稱。〔註33〕

　　案先秦載籍成編，大多歷經不同時代、不同學者之手，學者各記所見及傳聞異辭，文字、名稱上的出入，自所難免。而且禮制及祭祀習慣的改變，非一朝可就，典籍傳鈔，又歷多人之手，禮法儀典記載的歧異，原不足爲奇。這也是《禮記》、《詩經》等書時享之名不同的原因。而春祠、夏礿、秋嘗、冬烝，殆爲周代時享之名統一後的定制。

　　周代以「祠」字作爲宗廟春祭之名，命名所由，經籍未曾說明，後儒則多據「時享」之義，從音訓上爲之解釋：董仲舒《春秋繁露·祭義篇》云：「春上豆實……豆實，韭也……春之所始生也……始生故曰祠，善其司也。」（頁87）春祠獻韭之說，見於《詩經·豳風·七月》：「四之日其蚤，獻羔祭韭。」（頁 286）董氏之意，以爲春韭始生而獻於宗廟，善其所司掌，因名春祭爲「祠」。班固《白虎通》云：「王制曰……春曰祠者，物微，故祠名之。」〔註34〕《說文解字》祠下也說：「品物少，多文詞也。」（頁 5）何休《公羊傳解詁》則云：「祠猶食也，猶繼嗣也。春物始生，孝子思親，繼嗣而食之，故曰

〔註30〕參閱《十三經注疏》，《禮記》〈郊特牲〉（頁483）、〈祭義〉（頁807）、〈王制〉（頁242）諸篇鄭注。本論文下文所引《十三經注疏》版本皆同，不再續註。
〔註31〕參閱孫詒讓《周禮正義·春官·大宗伯》注，卷33，頁60～61。
〔註32〕見註15周何先生前揭書，頁192～205。
〔註33〕見註15周何先生前揭書，頁197。
〔註34〕見《太平御覽》卷526引，頁2518。

祠，因以別死生。」（魯桓公八年，頁 59）都以爲「祠」字有始生微少及享食之義。諸儒所說雖未必是「祠」字成爲春祭之名的原因，但春季百物始登，可薦享於宗廟者尚少，故春祠宗廟，思慕崇敬之情不殊，但享獻薄少，卻是實情。所以，春祭事實上有薄祭之義，作爲春祭專名的「祠」字，因之也含有此義。

二、禱祠之義

　　除了春祭時享之名外，「祠」字也與「禱」字組爲「禱祠」一詞。茲將文獻中「禱祠」一詞出現的情形，鈔錄於後：

《墨子・天志下》：

　　天子賞罰不當，聽獄不中，天下疾病禍祟，霜露不時，天子必且犓
　　豢其牛羊犬彘，潔爲粢盛酒醴，以禱祠祈福於天。（頁 23）

《禮記・檀弓下》：

　　復，盡愛之道也，有禱祠之心焉。（鄭注云：「復謂招魂，且分禱五
　　祀，庶其精氣之反」，頁 168）。

《禮記・曲禮上》：

　　禱祠祭祀，供給鬼神，非禮不誠不莊。（頁 14）

《周禮・天官・女祝》：

　　掌王后之內祭祀，凡內禱祠之事。（頁 122）

《周禮・春官・小宗伯》：

　　大烖，及執事禱祠于上下神示……凡王之會同、軍旅、甸役之禱祠，
　　肄儀爲位，國有災亦如之。（頁 293～295）

《周禮・春官・大祝》：

　　國有大故、天烖，彌祀社稷，禱祠。（頁 389）

《周禮・春官・小祝》：

　　掌小祭祀，將事侯、禳、禱祠之祝號，以祈福祥，順豐年，逆時雨，
　　寧風旱，彌烖兵，遠辠疾。（頁 390）

《周禮・春官・喪祝》：

　　掌勝國邑之社稷之祝號，以祭祀禱祠焉。（頁 397）

《周禮・春官・都宗人》：

　　國有大故，則令禱祠，既祭，反命於國。（頁 423）

《周禮・春官・家宗人》：

　　國有大故，則令禱祠，反命，祭，亦如之。（頁 423）

所謂「禱祠」，鄭玄於上舉〈女祝〉下注云：「禱，疾病求瘳也。祠，報福。」於〈曲禮下〉注曰：「求福曰禱，求得曰祠。」賈公彥〈喪祝〉疏推闡鄭說而云：「祈請求福曰禱，得福報塞曰祠。」而「禱」，《說文》的解釋是：「告事求福也。」（頁 6）禱告是人類無助時，向神明祈求庇祐、恩澤的行為，這種行為或儀式，可能自人類有神明觀念時就產生了。殷商卜辭已有向祖妣祈禱的貞卜，辭云：「壬戌卜，貞：王賓大庚配妣壬，禱亡尤。」（明四二四）〔註 35〕《論語》也有孔子有疾，「子路請禱」的記載（〈述而〉，頁 65）。其他因遭難、戰爭、或許願，而向鬼神祈禱的情形，更屢見不鮮。如魯桓公被鄭大夫尹氏所囚，而「禱於其主鍾巫」（《左傳》隱公十一年，頁 83）；晉侯有疾，晉大夫荀偃、士匄欲禱於宋桑林之社（《左傳》襄公十年，頁 540）；晉楚鄢陵之戰，晉軍有祈勝之禱（《左傳》成公十六年，頁 475）；哀公二年鄭衛之戰，衛太子蒯聵也以佩玉向烈祖烈宗祈禱（《左傳》，頁 996）；而魯卿季平子欲立昭公之弟為侯，曾禱於煬公（《左傳》定公元年，頁 942）。可見「禱」是人們有事，而祈請邀福于神，冀望獲得幫助的舉動。而「祠」，鄭康成、賈公彥皆謂祈求有得之後，酬神報福的意思。然報福酬神，古人本名之為「塞」，而不名之為「祠」。《墨子・號令篇》云：「寇去事已塞久禱。」（頁 30）《管子・小問五十一》云：「桓公踐位，令釁社塞禱。」（2 冊，頁 109）〈禁藏五十三〉云：「舉春祭，塞久禱。」（3 冊，頁 9）《韓非子・外儲說右下》也有「秦襄王病，百姓為之禱；病愈，殺牛塞禱」（頁 768）的記載。可見酬神報福本名之為「塞」。顏師古云：「塞，報福也。」〔註 36〕又云：「塞謂報其所祈也。」〔註 37〕報福酬神所以名之為「塞」者，塞，實也，謂祈禱請願，許以牲禮為報而自實其言的意思。「塞」也作賽，《史記・封禪書》索隱：「賽，今報神福也。」（頁 1372），今云「賽神」，仍保存了酬神之祭的意思。祠字雖然原無報福之義，但周代以「祠」為春祭之名，「祠」本有祭祀之義，古代科技不發達，五穀能否豐登，全看天意，年歲平安，全賴神明庇祐，因此歲首的祭祀備受重視。每年春天來臨，冰雪初解，古人即備具牲禮，祭祀眾神，以邀神眷，並祈禱

〔註 35〕參閱：陳夢家〈古文字中之商周祭祀〉，《燕京學報》第 19 期，頁 108。

〔註 36〕顏師古《急就篇》「謁禓塞禱鬼神寵」注，文淵閣四庫全書本，223 冊，頁 51。

〔註 37〕顏師古《漢書・郊祀志上》：「冬塞禱祠」下注，頁 1207。

風調雨順，物阜年豐。到歲末，農作收成完畢，又舉行祭祀，酬神謝禱。因此歲首之祭稱歲祠、「歲禱」或「歲祠禱」，冬季酬神則名為「塞禱」、「塞祠」、「塞禱祠」，如《史記・封禪書》載秦時名山大川的祭祀是：「春以脯酒為歲祠，因泮凍；秋涸凍；冬塞禱祠。」（頁 1371）《漢書・郊祀志上》作「春以脯酒為歲禱」（頁 1206）故秦雍四時的祭祀《史記・封禪書》云：「春以為歲禱，因泮凍；秋涸凍；冬塞祠。」（頁 1376）《漢書・郊祀志上》作「春以為歲祠禱」（頁 1209）。職是之故，後儒連類及之，而謂祠為得福報塞之意。

「禱」字和「祠」字連屬成一詞，除了「禱」和「祠」都是祭祀儀式的原因外，也和禱、祠之祭皆有祝告言詞有關。祭祀時默禱祈福，口中必然唸唸有詞，《說文》「祠」字下即云：「品物少，多文詞」。《論語・述而篇》載子路所引古誄，有「禱爾上下神祇」（頁 201）之句；《墨子・兼愛下》載成湯親禱桑林求雨，「以祠說于上帝鬼神」曰：

> 惟予小子履，敢用玄牡，告於上天后，曰今天大旱，即當朕身履，
> 未知得罪於上下，有善不敢蔽，有罪不敢赦，簡在帝心。萬方有罪，
> 即當朕身，朕身有罪，無及萬方。（卷 4，頁 26〜27）

可見「禱」和「祠」，在先秦都有祈願上下神明的言詞之義。有禱之祭既稱「祠」，祠因而也有祈告之祭的意思。

前文引《禮記・曲禮上》云：「禱祠祭祀」，《周禮・春官・喪祝》云：「祭祀禱祠」，皆以「禱祠」和「祭祀」並舉，顯然「禱祠」與「祭祀」有區別，吳澄云：「禱祠者，因事之祭；祭祀者，常事之祭」，〔註38〕曾釗亦云：「禱者求福，祠者報塞，祭則時祭之，蓋社稷先君廟之祭，公卿自依〈大宗伯〉所頒典禮而行。」〔註39〕蓋「祭祀」一詞，多指祀典中的時祭常祀而言，具有《說文》祀字下所云「祀無已」之義。「禱祠」則多是「伺而祭之」〔註40〕的非常之祭。如前面鈔錄的各條禱祠資料所載，都是國有大故、大裁或有會同、軍旅、甸役之事，及禳祓、招魂、疾病禍崇之時，向神明祈福的祭祀。

禱祠的對象，依前文所舉諸書記載，有天神（《墨子》）、上下神示（《周禮・小宗伯》）、勝國之邑的社稷（《周禮・喪祝》）、五祀（《禮記・檀弓下》）、

〔註38〕 參閱：孫希旦《禮記集解》，〈曲禮上〉「禱祠祭祀」下所引，頁 9。

〔註39〕 見註 31 孫詒讓前揭書，〈春官・都宗人〉：「國有大故，則令禱祠。既祭，反命于國。」下注所引，卷 53，頁 63。

〔註40〕 參閱：顏師古《急就篇》「祠祀社稷叢臘奉」下注，卷 4 第 25。文淵閣四庫全書本 223 冊，頁 51。

及《周禮》〈都宗人〉、〈家宗人〉所掌的都、家祭祀等，涵蓋了大小的祭祀；但《周禮》掌禱祠的職官，主其事者爲小宗伯、大祝，實領其事者則爲小祝、女祝、喪祝、都宗人、家宗人，皆爲士階級的小官；而《周禮·春官·簭人》有「九簭」之名，其七曰「簭祠」，鄭玄注：「祠謂簭牲與日也。」（頁376）；《禮記·表記》云：「卜筮不相襲也，大事有時日，小事無時日有簭。」鄭玄注云：「大事則卜，小事則筮。」（頁920）筮小事而名曰：「簭祠」，可見「禱祠」和「祠」的對象，以小祭祀的神明居多。「祠」字作爲祭祀用語，因此含有非常之祭、祈禱之祭、及小祭祀的意思。

三、祠祭之義

經典載籍中，「祠」字另一含義即原有的祭祀之義，並做爲祭祀通名，例：
《書經·伊訓篇》：
伊尹祠于先王。（頁114）
案：〈伊訓篇〉乃晚出之僞古文，〔註41〕此條不可據。
《禮記·月令篇》
（仲春）以太牢祠于高禖。（頁299）
（孟冬）祠于公社及門閭。（頁343）
案：孔穎達正義云：「以上公配祭，故云公社。」
《公羊傳》莊公八年《春秋經》：
甲午祠兵。〔註42〕（頁85）
《公羊傳》莊公八年：
祠兵者何？出曰祠兵，入曰振旅，其禮一也，皆習戰也。（頁85）
案：何休《解詁》云：「禮，兵不徒使，故將出兵，必祠於近郊，陳兵習戰，殺牛饗士卒。」《周禮·春官·肆師》「凡四時之大甸獵、祭表貉，則爲位」下，賈疏引《五經異議》公羊說則曰：「祠者，祠五兵：矛、戟、劍、楯、弓鼓及祠蚩尤之造兵者。」（頁298）
《穀梁傳》僖公十年：

〔註41〕參閱張心澂《僞書通考》，頁126～198。
〔註42〕「祠兵」，《左傳》（頁143）、《穀梁傳》（頁49）所載《春秋經》俱作「治兵」，《周禮·大司馬》：「中春教振旅，司馬以旗致民，平列陳，如戰之陳。」（頁442）下，賈疏引鄭玄《駁五經異議》，以爲「祠兵」乃「治兵」之譌（頁442）。本文僅攷查「祠」字的使用情形，故不辯其是非。

麗姬又曰：「吾夜者夢夫人趨而來曰：『吾苦飢』，世子之宮已成，則
何爲不使祠也？」（頁 10）

案：《國語‧晉語》載同事，文作「必速祠而歸福」。（頁 208）

《穀梁傳》成公五年：

梁山崩，壅遏河，三日不流，晉君召伯尊而問焉，伯尊來，過輦者……

輦者曰：「君親素縞，帥羣臣而哭之，既而祠焉，斯流矣。」（頁 131）

案：《韓詩外傳》卷八引此事，亦作「既而祠焉」。（頁 341）

《管子‧入國第五十四》：

士民死上事，死戰事，使其知識，故人受資於上而祠之。（3 冊，頁
12）

此外，《逸周書》也有「祠大暑……祠風雨……祠于太祠」（〈嘗麥〉第五
十六，頁 168～169）之語。和祭祀二字不同的是，祭、祀二字，可用以指祭
祀通義，如《論語》云：「子曰：『祭如在，祭神如神在。』」（〈八佾篇〉）《國
語‧楚語下》云：「祀，所以昭孝息民，撫國家、定百姓也，不可以已。」（頁
406）祠字則通常不指祭祀通義。祭和祀的對象，兼包大小祭祀，如《左傳》
隱公八年：「鄭伯請釋泰山之祀而祀周公。」（頁 73）《公羊傳》隱公五年：「故
爲桓（公）祭其母也。」（頁 35）《孟子‧離婁下》：「雖有惡人，齊戒沐浴可
以祀上帝。」而祠的對象，有高禖、公社、門閭（〈月令〉）、五兵、蚩尤（《公
羊傳》）、申生之母（《穀梁傳》）、戰死的士民（《管子》）等，多屬祀典之外的
獨立祭祀，和前文所舉「禱」的對象，如煬公、鍾巫（《左傳》）相仿。孔子
曰：「獲罪於天無所禱也。」（〈述而篇〉），因上帝、天神玄渺難稽，無形可象，
無物可求，故反而不成爲人們祈禱祠祀的對象；而高禖、亡者神靈、巫主等，
或者是人們較熟悉的對象，和生人的距離較近；或者代表某種特定的神力，
能爲人生的需要服務；因此成爲人們禱福訴願的祠祀對象。祭祀這些神靈的
建築或場所，便泛稱爲「祠」。《漢書‧郊祀志上》云共工氏之子句龍「死爲
社祠」，烈山氏之子柱「死爲稷祠」（頁 1191），而秦都「雍諸神祠皆聚云」（頁
1195）。神祠的設立今已不知始於何時，不過春秋戰國以來，社會變遷迅速，
戰禍頻仍，百姓流離失所，凶年不能免於死亡，雖然周代有天子祭天地、四
方、山川、五祀；諸侯祭方祀、山川、五祀；大夫祭五祀；士祭其先（《禮記‧
曲禮下》，頁 97）的原則規範，禁止淫祀。然隨著社會人心的需要，加上自古
以來深入民間的萬物有靈與巫鬼的信仰，各地叢祠、祠廟增加得很快，至秦

始皇時，秦國舊都雍一地即「百有餘廟」，其西也有「數十祠」（《漢書·郊祀志上》，頁 1207）。至漢時，雍地五時、太昊、黃帝以下祠，增至三百零三所（《漢書·地理志》，頁 1547）。秦代神祠，除首都咸陽附近諸祠由太祝常主，歲時奉祠外，郡縣遠方之祠，皆「民各自奉祠，不領於天子祝官」（《漢書·郊祀志》，頁 1209）。可見祭祀鬼神，早已不是帝王公卿的專利；而祠祭之人不同，祠祭場所有異，祭祀的意義、性質、目的，及祭儀、祀物、祭祀構築，必然有所改變。所以「神祠」之名固或與殷卜辭「祠室」之名一脈相承，但在不同的歷史階段中，實各具不同的意義。而中國文字詞性不定，做為祭祀膜拜的建築稱「祠」，前往祠廟祭祀亦可名之為「祠」，因祠廟信仰普遍，「祠」字字義遂逐漸擴大，終能統括大小祭祀，成為祭祀通名。故祠字字義的轉變，和神祠的設立，應當是一種連鎖關係的兩面。

　　秦漢以降，「祠」字漸漸成為時人祭祀的習慣用語，這種轉變，可從下列文義相同，或引文相似的各段文字的比較中，看出端倪。

表（二）載籍祭、祀、祠等字使用情形比較表

1.	左傳·成公五年	穀梁傳·成公五年	
	梁山崩……故山崩川竭，君為之不舉，降服、乘縵、徹樂、出次，祝幣史辭，以禮焉。	梁山崩……君親素縞，帥羣臣而哭之，既而祠焉，斯流矣。	
2.	國語·晉語	穀梁傳·僖公十年	
	驪姬以君命命申生曰：「必速祠而歸福。」……乃祭于曲沃。	麗姬又曰：「……則何為不使祠也……。」故獻公謂世子曰：「其祠。」世子祠，已祠，致福於君。	
3.	逸周書·糴匡第五	穀梁傳·襄公二十四年	韓詩外傳卷八
	大荒，有禱無祭（朱右曾校釋：五穀不升曰大荒）。	大饑，五穀不升為大饑……鬼神禱而不祀。	穀不升謂之歉……鬼神禱而不祠。
4.	呂氏春秋·仲春紀	禮記·月令·仲春	詩·大雅·生民毛傳
	以太牢祀於高禖。	以太牢祠於高禖。	以太牢祠於郊禖。
5.	呂氏春秋·仲春紀	淮南子·時則篇	說文解字·祠字下
	是月也，祀不用犧牲，用圭璧，更皮幣（禮記·月令同）。	是月也……祭不用犧牲，用圭璧，更皮幣。	仲春之月，祠不用犧牲，用圭璧及皮幣。

從上表可以發現，相似的段落，時代在前的書籍，用「祭」字、「祀」字、「禮」字的地方，在時代較晚的書籍中常改用「祠」字。〔註43〕一九七五年湖北雲夢出土秦始皇時期的竹簡，有「日書」甲乙兩種，記載當時百姓日常擇日的吉凶，其中記載日常祭祀的各條，有用「祭」字、「祀」字的，但「祠」字的使用更爲普遍，如：

> 七月，翼，利行，不可藏，以祠必有火起，取妻必棄，生子男爲覡，女爲巫。(圖版三六，九八九)

> 八月，角，利祠及吉，不可蓋室；取妻，妻妒；生子，子爲吏。(圖版三六，九九一)

> 祠戶日：壬申、丁酉、癸丑。(圖版三一，九二八)

> 祠室日：辛丑、癸亥、乙酉。(圖版三一，九二六)〔註44〕

戶、室的祭祀，即《禮記‧月令》中的「祀戶」、「祀竈」、「祀中霤」、「祀門」、「祀行」同類的祭祀，乃周代「五祀」之名，但秦簡都改稱「祠」，和載籍情況相一致，可見以「祠」字爲祭祀通名，已是當時的習語；或至少是關中、伊洛一帶的習語。這種語言習慣的改變，《漢書‧郊祀志》的記載最爲顯著。對神靈、山川的祭祀，〈郊祀志〉僅數處用「祭」字、「祀」字，如「祭黃帝」、「祭炎帝」；絕大多數是用「祠」字稱之，如「祠泰山梁父」、「祠蚩尤」、「祠盛山」等，祠祀的神靈則包括五帝、山川、星宿等各類鬼神。由於秦漢以來，祭祀性質的變化，及語言習慣的改變，漢景帝六年且將「太祝」之官更名爲「祠祀」(《漢書‧百官公卿表上》，頁 726)。「祠」字於是正式列入職官之名。

依據以上的探討，大致可以看出祭、祀、祠三字，在秦漢以前字義演變和使用的情形。「祀」字自殷商以來，即爲祭祀總名，字義並無變化。「祭字」在殷代爲宗廟祭典專名，在周朝則爲祭祀通義、通名。這可能和周代重視宗

〔註43〕 其有例外者，如《呂氏春秋‧孟冬紀》：「命太卜禱祠龜策占兆」，《淮南子‧時則篇》作：「命太祝禱祀，占龜策。」祠字改作祀字。案《禮記‧月令》此文作「命大史釁龜策占兆」，鄭玄注云：「今〈月令〉曰『釁祠』，祠，衍字。」則《呂覽》古本原作「釁龜策」，與〈月令〉同，而無禱祠二字 (參閱尹仲容《呂氏春秋校釋》，頁 237)，鄭玄所見今〈月令〉「釁祠」，今本《呂覽》譌爲「禱祠」，漢儒以爲「禱祠」乃求禱塞福之意，於是《淮南子》又改「禱祠」之「祠」爲「祀」。於此可知《呂氏春秋‧孟冬紀》一條不可據，而「禱祠」一詞爲周秦間人習語。

〔註44〕 以上所引見饒宗頤、曾憲通《雲夢秦簡日書研究》所附圖版。

廟祭典，及宗廟祭典的制度化有關。自周以降，祭、祀二字連屬爲同義複詞「祭祀」一詞，概括一切的祭儀、祭禮，不過宗廟享獻仍多用「祭」字；天地、山川的祭祀多用「祀」字。祠字字義的轉變則較大，先秦祠字有春祭、禱祠、祭祀、神祠諸義，但秦漢以前載籍，「祠」字的使用較少，且多指獨立的、祀品較少、實際親臨，有所祈禱祝告的祭祀而言，通常不用在祭祀通義和祭祀的泛稱上。秦漢以後，「祠」字的使用，則因祭祀性質、祠祭內涵及語言習慣等因素的改變，而逐漸普遍化，可以涵蓋所有的祭祀活動。

第三節　山經祭祀稱「祠」的意義

　　一般關於山川的祭祀，載籍通常用「祭○○」、「祀○○」或「祭祀○○」的句型表述，而所祭祀的山林川澤，多爲籠統的泛稱，並未指實爲何山？何川？例如：

《禮記・月令篇》：

（孟春）命祀山林川澤，犧牲毋用牝。（頁 289）

（仲夏）命有司爲民祈祀山川百源。（頁 316）

《公羊傳》僖公三十一年：

諸侯山川有不在其封內者則不祭也。（頁 156）

《國語・楚語》：

諸侯祀天地三辰及其土之山川。（頁 406）

《墨子・天志下》：

以敬祭祀上帝山川鬼神。（卷 7，頁 24）

《管子・侈靡》第三十五：

陵谿立鬼神而謹祭。（2 冊，頁 52～53）

個別山川的獨立祭祀記載較少，除了封禪和特殊祭祀外，也都用「祭某」、「祀某」的形式記載，以祭祀泰山爲例，如：

《左傳》隱公八年：

不祀泰山也。（頁 73）

《公羊傳》僖公三十一年：

祭泰山河海。（頁 157）

《穀梁傳》桓公元年：

用見魯之不朝於周，而鄭之不祭泰山也。（頁 28）

只有魯成公五年梁山崩，晉國祭祀梁山，其祭儀，《左傳》稱之為「禮」，《穀梁傳》稱之為「祠」（見前節所引）。據前文討論，「祠」字做為祭祀習語，是較晚的事，《穀梁傳》至漢代始著於竹帛，〔註45〕稱祭祀為「祠」，反映了它成書時代的語言習慣和祠祭觀念。同時泰山之祀稱「祭」，梁山稱「祠」，或許也表示了「祭」祀對象，和「祠」祀對象有別。山經的山嶽祭儀也名之為「祠」，若與前舉諸書山嶽祭祀的用語比較，並參酌本文對「祠」字字義衍變的研究，山經的成書時代，至少祭祀這一部分，應當不早於戰國。

此外，山經「祠禮」一詞，經典未見，然典籍中有「祭禮」、「祭祀之禮」的詞語。這種詞語的出現，可推知是祭祀禮儀已形諸文字，頒為國典之後才有的。在先秦，此二詞便通常用來指吉祭禮文，或對先人的祭祀禮儀。如《禮記·曲禮下》云：「居喪未葬讀喪禮，既葬讀祭禮」（頁74），禮而可讀，其有文字記載不待辯。〈檀弓上〉「祭禮，與其敬不足而禮有餘也，不若禮不足而敬有餘。」（頁 133）稱「祭祀之禮」者，如〈曲禮下〉：「祭祀之禮，居喪之服，哭泣之位，皆如其國之故。」（頁 72）〈檀弓下〉也有「唯祭祀之禮，主人自盡焉爾」（頁 169）的句子，皆指祭祀先人的禮儀。對照「祭禮」、「祭祀之禮」二詞的意義，可以推斷，「祠禮」一詞的出現，當為「祠」字已成為祭祀習語，祠祭儀式已有固定形式，進而被視為禮，且可能有文字記載後，才會出現的名詞。而「祠」字成為祭祀習語，據前文的考察，大約在戰國時代；則「祠禮」一詞的出現，應當不在戰國時代以前，這一點從下面所引的一段文字可以得到佐證。《太平御覽》禮儀部引《尸子》曰：

先王之祠禮也，天子祭四極，諸侯祭山川，大夫祭五祀，士祭其親。

（卷 526，頁 2517）

《北堂書鈔》禮儀部所引相同（卷 88，頁 389），但「祠」字下無「禮」字。案《尸子》為戰國時人尸佼所作，然其原書早已散佚，諸書所引，學者多以為非真《尸子》原文。〔註46〕而不論上引文字是否出於真《尸子》，尸子為戰國時人，山經「祠禮」一詞既見於《尸子》，不見於其他載籍，那麼，山經祭祀部分的記錄，不早於戰國的可能性是比較大的。

從前面對「祠」字義蘊的探討，可知山經山嶽祀典稱為「祠」，除了時代

〔註45〕參閱《四庫全書總目提要》，卷 26，經部春秋類，頁 528～529。
〔註46〕見註 41，張心澂前揭書，頁 833～834。

用語習慣的原因外，也和祭祀性質有關。山經所載祀典全屬個別山脈，或個別山嶽（〈中次六經・平逢之山〉）的祭祀，和前文所舉「祠祀」對象多爲獨立祭祀的性質相似，而從〈中次六經〉「禳而勿殺」、〈中次九經〉「用兵以禳」的記載可知，山經祀典也有因事禱祠，祈福禳災的特性，與《周禮・春官・小祝》：「掌小祭祀，將事侯、禳、禱祠之祝號，以祈福祥，順豐年，逆時雨，寧風旱，彌災兵，遠辠疾。」（頁390）之類的小祭祀、散祭祀相當。恐非國之常祀。而祭祀的舉行，或許即在各地山嶽的山神叢祠中，爲親臨之祭，叢祠中可能供奉著山經祭儀所紀錄的山神神狀（見表（三））的神物或圖像。祭祀者，或許不只王室貴族，也包括了一般百姓。《史記・封禪書》云：「自五帝以至秦，軼興軼衰，名山大川，或在諸侯，或在天子，其禮損益世殊，不可勝記」（頁1371），然而今所見先秦典籍對山川並無明確的祭儀記載，故秦始皇統一天下，才「令祠官所常奉天地名山大川鬼神可得而序也。」（《史記・封禪書》，頁1371）而據人類學者的看法，祭祀在古代代表一種資產、特權、力量，和原始民族的巫師視巫術爲財產一樣，〔註47〕故皆祕而不宣。在中國也有相似的情形，如秦始皇封禪泰山，《史記・封禪書》即云：「其禮頗采太祝之祀雍上帝所用，而封藏皆祕之，世不得而記也。」（頁1367）案典籍與禮書所載周代山川祭祀權不屬於民間，只有天子諸侯才有資格祭祀，逮春秋戰國以降，王室式微，社會變遷迅速，禮崩樂壞，祭祀不再爲貴族壟斷，民間神祠日漸增加，名山大川以外的山川祭祀，恐怕早已非天子、諸侯的特權了。故山經祀典所以稱「祠」，或許即因有一部分山神祭典原爲民間神祠的祭儀，雜有民間祭祀成分之故。

〔註47〕參閱馬凌諾斯基（B. Malinowski）著，朱岑樓譯，《巫術、科學與宗教》，頁53～55。

第三章 山經祭祀牲品（一）牢牲

　　《五藏山經》所載的山嶽祭祀，是先秦山嶽祭儀最完整詳實的記錄。山經記錄山嶽祭典，大致以一列山脈為一個大的祭祀單位，每個祭祀單位中再根據山嶽或山神地位，區分為一至三種不同的祭儀。記錄方式是先敘述每列山脈首尾山名、山嶽數目、及山脈的總長度，而後敘述山神的神狀，最後記錄祭祀它們的方法、儀式。祭儀的內容包括祭品、席、燭、酒、樂舞等，其中最重要、最基本的是祭品，為祭祀所必備。祭品包括犧牲、玉器、精米三項，因山嶽地位的殊別，犧牲種類、牲品數目、牝牡、牲色、用牲的方法；玉器的品類、數目、用玉的方法；以及精米的品種、用之祭祀與否等；都各有差異。其他酒、燭、席、樂舞等的儀節，則為零星的記錄，只出現於少數山嶽的祭儀中。為對山經祭儀有整全的認識，將山經祭祀列成表（三）的型式，以供參照。

表（三）山經祭儀一覽表

篇名	篇次	山數	祭祀單位	山神地位	神狀	祠 禮							
						牲品	用牲法	玉器	用玉法	祭米	酒	席	樂舞	其他
南山經	一	10	○		鳥身龍首	毛	（瘞）	一璋玉、一璧	瘞	糈用稌米稻米		白菅		
	二	17	○		龍身鳥首	毛	（瘞）	一璧	瘞	糈用稌				
	三	14	○		龍身人面	一白狗	祈			糈用稌				
西山經	一	19	華山	冢	太牢								
			羭山	神	百犧		百瑜、嬰以百珪百璧	瘞（嬰）		湯其酒百樽	白蓆采等純之		齋百日，用燭，燭者，百草之未灰
			十七山		毛牷一羊								

經	卷	山數	神	神形	毛（牲）		玉		糈		備註
	二	17	十神	人面馬身	毛一雄雞，毛采	鈐			不糈		
			七神	人面牛身，四足一臂，操杖以行，爲飛獸之神	毛用少牢					白菅	
	三	23	○	羊身人面			一吉玉	癢	糈以稷米		
	四	19	○		一白雞	祈			糈以稻米	白菅	
北山經	一	25	○	人面蛇身	毛用一雄雞、彘	癢	吉玉用一珪	癢	不糈		其山北人，皆生食不火之物。
	二	17	○	蛇身人面	毛用一雄雞、彘	癢	一璧一珪	投	不糈		
	三	46×	二十神	馬身人面			一藻茝	癢	皆用稌糈米		此皆不火食
			十四神	彘身載玉			皆玉	不癢			
			十神	彘身八足蛇尾			一璧	癢			
東山經	一	13	○	人身龍首	毛用一犬	祈					
					聊（毈）用魚	（聊）					
	二	17	○	獸身人面載觡	毛用一雞	祈	嬰用一璧	癢			
	三	9	○	人身羊角	牡羊				米用黍		是神也，見則風雨水爲敗。
	四	8									
中山經	一	15×	歷兒	冢	毛太牢之具		縣以吉玉	（縣）			
			十三山		毛用一羊	（癢）	縣嬰用桑封	（縣）（癢）	不糈		桑封者，桑主也，方其下而銳其上，而中穿之加金。
	二	9	○	人面鳥身	用毛		一吉玉	投	不糈		
	三	5	泰逢、熏池、武羅	（神）（魁）（吉神泰逢如人而虎尾）（魁武羅人面、豹文，小要白齒，穿耳以鐻）	皆一牡羊	副	嬰用吉玉				泰逢神出入有光，動天地氣也。
			二神		一雄雞	癢			糈用稌		
	四	9	○	人面獸身	毛用一白雞祈，以采衣之。	（祈）			不糈		

中山經	五	16×	升山	家		太牢		嬰用吉玉					
			首山	魋		黑犧太牢之具		嬰用一璧		稌	嬜釀	干舞置鼓	
			尸水			肥牲祠之，用一黑犬于上，用一雌雞于下，刉一牝一羊獻血	（刉）	嬰用吉玉					采之，饗之。
	六	14	平逢之山		如人二首，名曰驕蟲，是爲螫蟲，實惟蜂蜜之廬。	用一雄雞	禳而勿殺						
													嶽在其中，以六月祭之，如諸嶽之祠法，則天下安寧。
	七	19	十六神		豕身人面	毛牷用一羊羞	（羞）	嬰用一藻玉	痤				
			苦山、太室山、少室山	家	人面三首	太牢之具		嬰以吉玉					
	八	23	○		鳥身人面	一雄雞	祈、痤	（嬰）用一藻圭		糈用稌			
			騩山	家		少牢	祈、痤	嬰毛一璧			羞酒		（神蠱圍處之，出入有光。）
	九	16	○			一雄雞	痤			糈用稌			
			文（岷）山、勾檷山、風雨山、騩山	家	馬身龍首	少牢具		嬰毛一吉玉			羞酒		
			熊山	帝		太牢具		嬰毛一璧			羞酒	干儛，用兵以禳，祈，璆冕舞。	
	十	9	○			毛用一雄雞	痤			糈用五種之糈			
			堵（楮）山	家	龍身人面	少牢具		嬰毛一璧	痤		羞酒		
			騩山△	帝		太牢具		嬰一璧			羞酒	合巫祝二人儛	

			山名	神	祭牲	術語	玉	瘞	糈	酒		末
中山經	十一	48	○	彘身人首	毛用一雄雞	祈	一珪	瘞	糈用五種之糈			
			禾山△	帝	太牢之具，倒毛，牛無常	羞瘞	一璧					
			堵山△、玉山△	冢	羞毛少牢		嬰毛吉玉					皆倒祠
	十二	15	○	鳥身龍首	毛用一雄雞、一牝豚	剎			糈用稌			
			夫夫之山，即公之山、堯山、陽帝之山	冢	毛用少牢	皆肆瘞	嬰毛一吉玉			祈用酒		皆肆瘞
			洞庭、榮余之山	神	太牢	（皆肆瘞）	嬰用圭璧十五	五采惠之		祈、酒		皆肆瘞

說明
1. 東次四經無祠禮記載。
2. （ ）內之字，乃依山經之意或山經資料補足之。
3. ○表篇內群山用同一種祭儀。
4. ×表山數與山神數不合。
5. △表篇內無此山名。

　　關於山經祭儀，研究《山海經》的學者向來討論得很少。實則山經祭祀關係著山經的著書動機，它和山經的性質、成書年代，以及古代的山嶽信仰、民俗禮儀，甚至後代的宗教思想，宗教的形成發展、祭祀儀式等，都有密切的關係。古代氏族、部落、朝代興復無常，人類許多偉大的創造和傑作，也在歷史洪流的淘洗下，失去蹤跡。但宗教信仰、祭儀和祭祀方法，卻常能源遠流長。如現在仍存在的聖山朝拜、客家人對三山國王廟的祭拜，和山經的山嶽崇拜等，都起源於古老的山嶽信仰。山經山嶽祭品的豚彘、精米，仍然是華人社會現代民間祭祀的主要祭品。而〈中次五經〉刉牲獻血的祭祀方法，也仍流傳於民間。同樣的，山經的山嶽信仰和各項祭儀，也其來有自。雖然它可能具有某一時代，或某一個地方的特色，但絕不是某人、某地或某時代的獨創。因此欲瞭解山經所載各項祭儀的正確內容，和它所代表的宗教義涵，就必須先明白中國古代與山經著述時代的祭祀情形，如此對祭儀的考證論述，既可相互印證，亦可收互補之效。職是，本論文研究山經的祭儀，將廣泛運用文字學、文獻學、考古學、民俗學、宗教學、人類學等各種資料，以科際整合的方式，先分別討論山經祭祀術語的含義，期能賦予較明確的解釋。其次，逐一討論各項祭品在古代使用的情形，再和山經祭儀比較，以追索山

經各項祭儀的淵源，從而推斷山經祭祀的性質及所具有的宗教意義。

《周禮・春官・肆師》云：「立大祀用玉帛牲牷，立次祀用牲幣，立小祀用牲」（頁295），祀無大小，都以犧牲爲祭品，也可以說，犧牲是祭品的主體，這種情形殷周皆然。山經所記載的山嶽祭儀也大都首列牲品，次列祭玉，再次爲祭米，故下文便以此爲次序，先討論山經祭儀中的牲品。

第一節　祭祀用牲術語：毛

從山經記錄祭儀的習慣可知，祭牲的術語是「毛」字。毛字具有選取純粹毛色牲畜爲牲的意思，以下即先探討山經「毛」字的意義，再敘述山經祭祀的牲品。

山經以「毛」字爲祭祀用牲術語，一共使用十九次，分別見於南、西、北、東、中各經中。其典型的敘述方式是「毛某」、「毛用某」，也有云「用毛」，或只用一個「毛」字的。言「毛某」者，如〈西次二經〉：「其祠之，毛一雄雞。」（頁38）〈中山首經〉：「其祠禮：毛太牢之具。」（頁121）也有在毛字下加一「用」字的：如〈東山首經〉：「祠：毛用一犬祈，聊用魚。」（頁105）〈東次二經〉：「其祠：毛用一雞祈。」（頁110）另有不言犧牲之名，而只云「用毛」者，如〈中次二經〉：「祠：用毛。」（頁124）也有省略「用」字，而只用一個「毛」字代表犧牲的，如〈南山首經〉：「其祠之禮：毛用一璋玉瘞。」（頁8）〈南次二經〉：「其祠：毛用一璧瘞。」（頁15）都是。

關於「毛」字的意義，較早期的說法，如郭璞以爲是「言擇牲取其毛色也。」並引用《周官》之語：「陽祀用騂牲，毛之」。〔註1〕但近人袁珂校注《山海經》，則以爲郭說不確，而提出新說：「毛謂祀神所用毛物也。豬雞犬羊等均屬之，郭注不確，諸家亦竟無釋。」〔註2〕依上舉山經用牲的記錄習慣，除豬雞犬羊稱「毛」外，牢牲也稱「毛」。如前舉〈中山首經〉，及〈中次十二經〉：「毛用少牢」等皆是。可見「毛」字乃山經祭祀用牲的術語。而郭、袁二家對「毛」字解釋的區別，需要從「毛」字字源，及其字義衍變的情形，

〔註1〕郭說見〈南山首經〉注。《周官》「毛之」郭氏原作「之毛」，郝懿行《山海經箋疏》云：「當作毛之。」（頁50）按郝說是也，《周禮・地官・牧人》即云：「凡陽祀用騂牲，毛之；陰祀用黝牲，毛之；望祀各以其方之色牲，毛之。」（頁195）

〔註2〕參閱氏著《山海經校注》，頁8。

才能了解其間的差異。

　　《說文》收有「毛」字，許慎以爲乃象形字，訓爲「眉髮之屬及獸毛也」（頁402）。「毛」字未見於甲骨卜辭，金文毛字則爲姓氏，作「🐾」形。高鴻縉以爲銘文「🐾」象短髮之形，篆文「禿」字从禾从人，「禾」即「🐾」之譌，並謂「禿」爲省文會意字。張日昇則反對高氏之說，以爲《說文》禿字訓無髮，非訓短髮；而禿字所从的🐾即毛字，象短毛之形，無須說禿爲省文。〔註3〕

　　實則現存卜辭雖無「毛」字，但卜辭「㕚」字作🌿、🌱形，象人跽跪而舉手理髮使順之形。〔註4〕髮的象形部分作「🌱」或「🌿」形。長字作🐾、🐾、🐾等形，象人髮長之狀。〔註5〕髮的象形部分作「🌱」、「🌿」形，與㕚字相似。《說文》對「老」字的解說也強調：「从人毛匕」，卜辭「老」字作🐾、🐾、🐾形，「耆」字从老，作🐾形。「考」字从老作🐾形。三字的老字都象老者戴髮倚杖傴僂之貌。〔註6〕髮的象形部分作「🌿」、「🌱」、「🌿」形，即《說文》「老」字下所謂「从毛」者；其中作「🌿」形者，與「㕚」字、「長」字的髮形部分相同。可見老字从毛的部分，最初原作「🌿」形，乃人髮或髮長的象形。金文「老」字作🐾、🐾、🐾等形，髮形部分作「🐾」、「🐾」，爲金文毛（🐾）字所本者，蓋即卜辭「老」字髮形作「🌿」、「🌿」的譌變。故知「毛」字本義原爲人髮，引申之，凡細長呈毛狀者，皆可稱毛。如眉毛、汗毛、鳥獸之毛，甚至草木叢生如毛狀者也稱毛，如「澗谿沼沚之毛」（《左傳》隱公三年，頁51）。動物中獸類多身覆長毛，因此毛也引申爲長毛走獸之名。如：《禮記·月令》孟秋：「其蟲毛」，鄭玄以爲毛即「狐貉之屬」（〈月令〉孟秋注，頁322）。或稱之爲「毛物」，如《周禮·地官·大司徒》：「一曰山林，其動物宜毛物」，鄭玄注云：「貂狐貒貉之屬，縟毛者也。」（頁150）再擴而充之，不論縟毛、淺毛，凡爲走獸皆得毛之名，如《禮記·樂記》云：「蟄蟲昭蘇，羽者嫗伏，毛者孕鬻。」孔穎達即曰：「毛者孕鬻者，言走獸之屬，以氣孕鬻而繁息也。」（《禮記·樂記正義》，頁685）。

〔註3〕　參閱周法高《金文詁林》，卷8，頁5293～5296引高鴻縉〈字例四篇〉及張日昇之說。

〔註4〕　參閱李孝定《甲骨文字集釋》，卷6，頁2051～2053。

〔註5〕　見註4所揭書，卷8，頁2967～2969。

〔註6〕　見註4所揭書，卷8，頁2739～2743。

　　祭祀是人神溝通的儀式，爲得神明眷顧，必以最好、最珍貴的祭品奉獻。因此古人祭祀所用的犧牲必先經過揀選，揀選的基本標準是角體完具，而尤重其「毛」。《禮記・祭義》云：「犧牷祭牲……擇其毛而卜之。」（頁819）可見毛羽是古人判斷動物珍貴與否的依據。雖然他們尚不具備現代以生物科技爲工具的遺傳學，以及有關動物血統的知識，但根據他們的經驗，動物毛色純粹者，總較毛色駁雜者稀少，物以稀爲貴；犧牲毛色如要選擇純而美者，則無論從審美或宗教意義而言，毛色純粹者都較毛色不純者高貴。因此祭祀用的犧牲以毛色純粹者爲貴，在祭祀之前，就要從眾多的牲畜中揀選出來。這一種選牲的標準在天子諸侯朝覲會同、畋獵等重要場合也如此；《詩・小雅・車攻》：「我車既攻，我馬既同。」毛傳就釋爲：「同，齊也。宗廟齊毫，尚純也。」（頁366）《周禮・夏官・校人》：「凡大祭祀、朝覲、會同，毛馬而頒之。」鄭玄也說「毛馬，齊其色也。」（〈校人〉注）賈公彥疏解釋得更明白：「雖據宗廟，至於田獵、軍旅，既尚疾、尚力，亦尚色也。」（頁495）祭祀犧牲既以毛色純粹爲貴，因此祭祀而云「毛」，也可代表純色的意思，如《公羊・文公十三年傳》云：「魯祭周公何以爲牲？周公用白牡，魯公用騂犅，群公不毛。」何休《解詁》即云：「不毛，不純色。」（頁178）

　　「毛」除了是祭祀選牲的標準外，同時也可解爲祭祀進薦之物。《禮記・禮運》云：「玄酒以祭，薦其血毛。」（頁419）血和毛何以需要進獻？《國語・楚語下》云：「毛以示物，血以告殺。」（頁405）《禮記・郊特牲》云：「毛血，告幽全之物也。」鄭玄謂「幽」，血也。孔穎達繼云：「告幽者，言牲體肉裡美善。告全者，牲體外色完具。」（〈郊特牲〉疏，頁507～510）古人祭祀極重視牲品的毛和血，因血在內，是生物精氣所凝聚；毛在外，毛色純粹，是體膚完具、完善的象徵。因而犧牲毛血俱佳，內外兼美，才可顯示祭祀者的虔誠。所以祭祀時必先持此二物祭告神靈，以示所獻犧牲的美好。《禮記・禮器篇》所說的「納牲詔於庭，血毛詔於室」，正是祭祀時「殺牲取血及毛，入以告神於室」（鄭注）的意思（頁472）。

　　中國文字的特色之一，是文字的詞性不固定，既可作名詞，也可作形容詞、動詞。毛字即如此。祭祀既必擇牲毛，牲毛又以純色爲上，因此「毛」字用爲動詞，就是擇取牲毛的意思，《墨子・明鬼下》云：「必擇六畜之勝腯肥倅（即粹），毛以爲犧牲。」〔註7〕毛即擇毛之謂。《周禮・春官・小宗伯》：

────────

〔註7〕畢沅注《墨子》以「倅毛」爲句，此處斷句採用顧廣圻、孫詒讓的説法。顧、

「毛六牲，辨其名物而頒之於五官。」「毛」，鄭玄也作「擇毛」解（頁291）。
另外〈地官・牧人〉也有「凡陽祀用騂牲，毛之；陰祀用黝牲，毛之；望祀
各以其方之色牲，毛之」（頁195）的記載。騂爲赤色，黝爲黑色，「毛之」，
鄭玄即注「取純毛」，則「用騂牲，毛之」、「用黝牲，毛之」者，也是擇取赤
色純毛及黑色純毛犧牲之意。而「用騂牲，毛之」、「毛以爲犧牲」，與山經所
用的敘述方式「毛用一犬祈」、「毛用一雞祈」是同一意義，只是文法有別。「毛」
字既有名詞純色毛，與動詞擇毛的兩種用法，故郭璞謂毛爲「擇牲取其毛色」，
實有所本，並非譌舛。且從上舉典籍句例可知，「毛」字在《周禮》、《山海經》
的時代已是祭祀犧牲專用語，具有術語性質，前舉《周禮・小宗伯》云：「毛
六牲」，山經云：「用毛」，「其祠：毛」，「毛」字都專指祭祀用牲之意，兼有
依祭祀對象選擇毛色純粹或合宜的犧牲之意。

　　另外，袁珂釋毛爲「祀神毛物」，尚有斟酌空間。因古人所謂「毛物」，
如上文所引《周禮・大司徒》：「一曰山林，其動物宜毛物」，多指獸之長毛
者。其淺毛者則稱「臝物」，如虎豹貔貙之屬。鳥類則稱羽物，魚類稱鱗物。
〔註8〕而山經祭牲，除犬、羊爲長毛外，牛豬爲淺毛，雞爲羽族，魚爲鱗屬，
皆不能以走獸之名的「毛物」稱之。且古人將馬、牛、羊、雞、犬、豕合稱
六畜，如《左傳》僖公十九年：「古者六畜不相爲用。」（頁239）昭公二十
五年：「是故爲禮以奉之，爲六畜。」（頁889）六畜也稱六牲，《周禮・天官・
膳夫》：「膳用六牲。」（頁57）杜預、鄭玄注都謂六畜、六牲即馬、牛、羊、
豕、犬、雞。或捨雞，稱馬、牛、羊、犬、豕爲「五牲」，例《大戴禮・曾
子天圓》：「序五牲之先後貴賤。」（頁101）皆未有稱六畜爲「毛物」者。而
《爾雅・釋畜》所列僅六畜，〔註9〕〈釋獸〉所列則爲麋、鹿、熊、羆之屬，
兩者更是劃然有別。可見「毛物」之名，古人多用以指未經馴養的山林野獸，
不用以指稱家畜。而山經牲品有牛、羊、犬、豕、雞、魚等，除魚外，皆爲
家畜。則謂山經之「毛」爲「祀神毛物」，反而不能完全符合山經用牲的實
況。

　　　孫之說參閱孫詒讓《墨子閒詁》卷八，〈明鬼下〉，頁16。
〔註8〕參閱《周禮・地官・大司徒》，《十三經注疏》本，卷10，頁150。「貙」字《周
　　　禮注疏》校勘記以爲正字作「离」，俗作「貙」，誤作「貙」。（頁164）
〔註9〕《爾雅・釋畜》所列，今僅有馬、牛、羊、犬、雞五畜，而〈釋獸〉篇中有
　　　「豕，豬」之語，郝懿行《爾雅義疏》以爲當收入《釋畜篇》中，（見〈釋獸〉
　　　第十八，頁60），其說是也。

第二節　牢牲釋義

　　山經重要的山嶽祭祀，如帝、神、魋、冢等，牲品都用牢牲，有太牢、少牢之分（見表（三））。郭璞云：「牛、羊、豕為大牢」（〈西山首經〉注，頁23），又云：「羊、豬為少牢」（〈西次二經〉注，頁38）這個解釋，歷代校釋《山海經》的學者，都無異議。然殷墟遺址發掘及卜辭出土以後，學者對三千年來，被視為對神靈最敬獻禮的牢牲，已有新的詮釋。因此對郭氏的傳統說法，應持保留態度。

　　「牢」字，甲骨文卜辭作🐂（藏六八、二）、🐑（藏十、四、二）二形，從冂從牛，或從羊。〔註10〕金文也作🐂（貉子卣）、🐑（爵文）二形，〔註11〕都象養牛或羊於牢欄之形。《說文》牢字下云：「閑也，養牛馬圈也。」（頁52）蓋牢字從冂，象欄牢周匝之形，本義為養牲之所；引申之，養於牢欄的犧牲也稱為牢。〔註12〕卜辭的牢字都用以指祭祀的犧牲，主要分為大牢、少牢二類，或也單稱牢；但因牢字有「牢」、「宰」二形，所以有六種不同的情況出現：

　　稱「牢」者，例：

　　　武丁祊其牢茲用？（前一、二一、三）

　　稱「大牢」者，例：

　　　庚寅卜，貞：其大牢？

　　　庚寅卜，彭貞：其小宰？（甲二六九八）

　　稱「小牢」者，例：

　　　隹小牢？（甲三八九）

　　稱「宰」者，例：

　　　屮于祖乙一宰正？（丙三八一）

　　稱「大宰」者，例：

　　　庚寅卜，㱿貞：其大宰？（甲二六九八）

　　稱「小宰」者，例：

　　　癸酉卜，貞：尞于祊五小宰，卯五牛？（前四、二一・四）

〔註10〕參閱孫海波《甲骨文編》卷2，5，頁35～37。
〔註11〕見註3周法高前揭書，卷2，頁527。
〔註12〕參閱孔德成〈釋牢宰〉，《文史哲學報》15期，頁184。

先秦典籍牢牲字皆从牛，作「牢」，已無从羊的「宰」字，殆已爲「牢」字所取代。牢字字義和卜辭相同，指祭祀的犧牲，如《國語・楚語下》「（諸侯）祀以太牢……（大夫）祀以少牢。」（頁404）《呂氏春秋》：「以太牢祀于高禖」（〈仲春紀〉，頁91）。生人所食也稱牢，如《國語・周語》載周襄王派遣太宰文公，及內史興賜晉文公命服，晉文公郊迎，「館諸宗廟，饋九牢」（頁32）。《禮記・玉藻》也言周天子與諸侯的日常用膳是「（天子）日少牢，朔月太牢」（頁545），諸侯則是「朔月少牢」，同樣也有大牢、少牢的分別。

　　所謂大牢、少牢，漢儒以下學者，多謂大牢爲牛、羊、豕三牲，如《左傳》桓公八年，杜預注云：「禮，天子、諸侯、大夫牛、羊、豕凡三牲曰太牢。」少牢爲羊、豕二牲，鄭玄注《儀禮》即云：「羊、豕曰少牢。」（〈少牢饋食禮〉注，頁557）這種說法爲漢以下學者所服膺，提出異論者極少。然輯錄甲骨卜辭的書籍大量面世之後，經學者的研究，發現殷商祭祀時，有用羊、豕二牲而不稱「牢」者，例：

　　　　甲辰卜，丙竟于河，一羊、一豕，卯一牛。（粹四四）

　　　　肜夕二羊二豕宜？

　　　　肜夕一羊一豕？（丙一一七）

而文獻中也有牛、羊、豕同用爲犧牲，而不名之爲「大牢」者，如《書經・召誥》云：

　　　　越翼日戊午，乃社于新邑，牛一、羊一、豕一。（頁219）

凡此都讓學者對前儒的解釋，是否合於古制這點感到懷疑。因此詳析祭祀卜辭後，對牢牲爲何，有了不同的解釋。

　　葉玉森以爲「牢」爲「大牢」的省稱，指牛牲而言；「宰」爲「小宰」的省稱，指羊牲。〔註13〕胡厚宣也認爲大牢和牢無別，但牢指犧牲用二牛，一牝一牡。〔註14〕黃然偉對「牢」的解釋和胡氏相同，以牢爲二牛，並舉小屯《殷虛文字乙編》四〇七「宰」字作兩的刻辭，以證卜辭「宰」牲爲二羊。〔註15〕嚴一萍對諸家所說都不贊同，他認爲牢、宰同字，義爲一牛一羊，大牢（宰）者，乃一牛、一羊加一豕的共名，少牢者乃一羊一豕的共名。對卜辭犧牲用羊、豕而不再稱「少牢」者，或《書經》用牛、羊、豕爲犧牲而不

〔註13〕見註4李孝定前揭書，卷2，頁314，葉氏《研契枝潭》。
〔註14〕參閱氏著〈釋牢〉，《中央研究院歷史語言研究所集刊》8本2分，頁153～158。
〔註15〕參閱氏著《殷禮考實》，頁19～28。

稱「大牢」者，嚴氏以爲乃祭祀陳牲位置排列分組的不同。〔註16〕

此外，也有學者採舊說，以牛、羊、豕三牲爲太牢，如李孝定的《甲骨文字集釋》。〔註17〕也有學者認爲犧牲用「牢」、用「宰」與尋常牛、羊、豕的分別，在於牢、宰二牲經過專意的護養，一般牛、羊則否。持此說者，如孔德成〈釋牢宰〉、〔註18〕張秉權〈祭祀卜辭中的犧牲〉、〈殷代的祭祀與巫術〉〔註19〕等。

文字考察外，學者在殷墟基址曾發現許多墓葬，這些墓葬和殷商的宗教儀式有關。墓葬中有許多是獸坑，有牛、羊、犬、豕各自獨立的獸坑，也有牛羊合坑，或是羊、犬合坑的。其中獨立的狗坑和羊犬合坑者，爲數最多。豬坑僅一見。牛、羊、豕合坑則未曾發現。石璋如因此懷疑牛、羊、犬三者爲殷代的三牲。〔註20〕

以上諸說，真可謂眾口異辭，人言言殊。不過從字形觀察，「牢」字從宀從牛，「宰」字從宀從羊，二字的本義原爲養牛、養羊的欄牢是可以確定的。此二字後來可能混用無別，且字義擴大，凡飼養牲口的地方都以「牢」呼之。《詩‧大雅‧公劉》云：「執豕於牢」（頁619），《莊子‧達生篇》有則寓言記載祝宗人遊說彘爲犧牲，也說：「祝宗人玄端以臨牢筴，說彘曰……」（頁648），可見豕也是養於牢的。不過在卜辭記錄時代，除了養牲之處稱「牢」外，可能已有專門護養祭祀犧牲的處所出現，但名稱上卻未與飼養其他牲口的「牢」區分，仍然稱爲「牢」。這一點從卜辭 ▨（粹一五五一）、▨（前四、十六、七）二字可以反證。▨或以爲是廄字，從宀從馬，本義爲養馬之所。〔註21〕▨（圖）從口從豕，或從二豕作▨（前四、十六、八），《說文》云：「廁也。」（頁281）契文本義爲豢豕之所，〔註22〕馬和豕都是殷商也用於祭祀的家畜，〔註23〕但

〔註16〕參閱氏著〈牢義新釋〉，《中國文字》38冊，頁4325～4355。

〔註17〕見註4所揭書，卷2，頁314～315。

〔註18〕《文史哲學報》15期，頁181～185。

〔註19〕《中央研究院歷史語言研究所集刊》38本，頁206～215，及49本3分，頁475。

〔註20〕參閱氏著〈小屯C區的墓葬群〉，《中央研究院歷史語言研究所集刊》23本，頁447～487。及〈小屯殷代的建築遺蹟〉，《中央研究院歷史語言研究所集刊》26本，頁145～150。

〔註21〕見註4李孝定前揭書，存疑第五，頁4550，及嚴一萍註16前揭書，頁4337～4338。

〔註22〕見註4李孝定前揭書，卷6，頁2125。

卜辭不以「寫」或「圂」為祭祀犧牲之名如「牢」者，因為寫雖養馬，圂雖養豕，但都不是專門飼養祭祀犧牲的地方。以「牢」為祭牲飼養處所的稱呼，也沿用到周代，如《周禮‧肆師》：「大祭祀展犧牲，繫於牢。」（頁296）〈充人〉：「掌繫祭祀之牲牷，祀五帝則繫于牢，芻之三月。」（頁 197）周代和養祭牲之「牢」有關的另一個名稱是「滌」。《禮記‧郊特牲》云：「帝牛必在於滌三月。」（頁499）《公羊傳》宣公三年也說：「帝牲在于滌三月。」（頁190）所謂「滌」，鄭玄云：「牢中所搜除處也」，（〈郊特牲〉，頁499）何休則謂：「滌，宮名，養帝牲三牢處也。謂之滌者，取其蕩滌絜清。」（《公羊傳》宣公三年注，頁190）祭祀犧牲須先經過人為刻意護養的用意，一方面和上節所說，慎擇犧牲毛色的動機一樣，「防禽獸觸齧」（〈充人〉鄭注）希望犧牲更為美好珍貴，以表示主祭者的誠敬。另一方面，犧牲經過挑選而飼養於「牢」，已和其他牲口隔離，可能被視為神聖、禁忌，而具有通靈的作用，故特重絜清而稱為「滌」。

至於卜辭牢（宰）、大牢（宰）、小牢（宰）的分別，可能和祭祀儀式有關。蓋殷人祭祀所用牢牲原以牛、羊二牲為主，而因祭祀性質不同，祭儀的牢牲便有主從之分；牛，《說文》云：「大牲也。」〔註24〕〈曲禮下〉也云：「凡祭宗廟之禮，牛曰一元大武。」（頁98）牛在古代被視為大牲；和牛相比，羊當然較小，因此，其祭儀以牢牲之牛為主牲者稱大牢（宰），以羊為主牲者就稱少牢（宰）了，而牢牲在祭儀中無主從之分者，可能只名之為牢（宰），而不以大小分別他們。這種以牛為太牢主牲，羊為少牢主牲的區分方式，也可見諸載籍。如《大戴禮‧曾子天圓》即云：「諸侯之祭，牛曰大牢，大夫之祭牲，羊曰少牢。」（頁101）《禮記‧少儀》亦云：「其禮，大牢，則以牛左肩、臂臑、折九箇；少牢，則以羊左肩七箇……。」（頁 638）也以牛指太牢，羊指少牢。而周代宗廟祭典，諸侯用太牢，大夫用少牢（見《儀禮‧少牢饋食禮》），然《國語‧楚語上》則云：「祭典有之曰：國君有牛享，大夫有羊饋。」（頁383）也是以牛、羊概括太牢、少牢。這些記載可能都保留了殷商牲牢的遺意。

〔註23〕殷商以馬為犧牲實例，參閱註20石璋如〈小屯殷代的建築遺蹟〉一文，頁147～149。

〔註24〕《說文解字》牛字下原作：「牛，大牲也。牛，件也，件，事理也。」（《說文解字詁林》2-1033～1038）段玉裁《說文解字注》改作「牛，事也，理也。」（頁51）。

　　孔子說：周因於殷禮，所損益可知。雖然隨著種族的融合，風俗習慣的遞易，社會經濟結構的改變，人畜關係的變化，與宗教信仰、政治目的的需要等因素影響，祭祀的儀式，犧牲的種類、數目，都可能產生變化；但在牢牲方面，雖無法肯定的指出，殷商的太牢、少牢究竟有幾種犧牲；不過從周代沿用殷人牢牲之名，和分為太牢、少牢的情形判斷，周代對祭祀牢牲種類的規定，應是前有所承的。《儀禮・聘禮》云：「餼之以其禮，上賓太牢」（頁230），又云：「餼二牢……牛以西羊豕，豕西牛羊豕。」（頁261）餼者，賜人生牲曰餼（〈聘禮〉，鄭注，頁230），可見周代饋享生人的牢牲，不論生死都稱為「牢」。且以牛、羊、豕三牲為大牢。〈少牢饋食禮〉為大夫宗廟祭祀之禮，牲用少牢，而云：「司馬刲羊，司士擊豕。」（頁560）則周人以羊、豕為少牢，也無疑義。漢代以下諸儒以太牢為牛羊豕，少牢為羊豕，當即本於此。不過周代生人所食既稱牢，又有宰夫以牢禮之法掌牢禮（《周禮・天官・宰夫》，頁48），「牢」在周代也是政治禮儀上的饋享用語，且可能有相關的書面禮文，故以生人食用而言，牢牲大概只是牛羊豕三牲的代稱而已，已無養護於「牢」的含意。

第三節　殷周祭祀牢牲使用情形

一、殷代祭祀牢牲使用情形

　　卜辭牢牲都用於祭祀，受祭對象有先公、先王、先妣、社、河、岳等。其辭例如：

　　　　丁丑卜，貞：王宜武于伐十人卯三牢卣亡尤？（前一、十八、四）

　　　　己卯卜，翌庚辰生于大庚至于仲于一牢？（後下四十、十一）

　　　　貞：生于示壬妻妣庚牢東黎牡？（丙二〇五）

　　　　貞：燎于土（社）三小牢卯三牛沈十牛？（前一、二四、三）

至於山岳祭祀，主要見於求年、求禾、求雨的卜辭中，[註25]而山和岳已有分別。大致說來，有關「山」的祭禮比較簡單，通常用燎祭，而且不一定用犧牲；「岳」的祭祀則極為隆重，且大多用「牢」為犧牲。如：

〔註25〕參閱屈萬里〈岳義稽古〉，《清華學報》2卷1期，頁62～67。

甲辰卜，乙巳其燎于岳〔註26〕大牢小雨？（粹二六）

貞：三小牢卯三牛？

癸酉卜，貞：燎于岳三小牢卯三牢？

丙子卜，貞：彡（歙）酒岳三小牢卯三牢？（前七、二六、一）

岳燎五牢 𡧍 五牛？

癸巳貞：既燎于河于（岳）？（粹三三）

卜辭牢牲雖有大牢（牢）、小牢（牢）之分，但用太牢或小牢爲牲所依據的原則，現在已無法考知。不過卜辭同一祭祀對象，常用不同的牢牲。如前面所舉岳祭的例子，有用大牢、三小牢，也有用五牢的，可見用「牢」爲祭祀犧牲，除了和受祭對象有關外，應當還有其他的原因。卜辭用牢牲祭祀的辭例比比皆是，牢牲除有大小之分外，也有用十牢、百牢，甚至三百牢者，〔註27〕殷人崇神信鬼，重視祭祀的態度，於焉可見。

祭祀犧牲決定後，通常依祭祀性質加以處理，或殺之，或卯之，或焚之，或薶之，每個時代的用牲法都不盡相同。卜辭所見的牢牲用牲法有：燎、卯、薶、曹、𡧍、沈、𡧍 等。〔註28〕其中燎、卯、曹三法似乎用的比較多。茲分別簡要敘述於下。

燎：卜辭作 𤐫、𤓪 之形，〔註29〕象架木燔燒，火燄灼騰之狀，今作燎。高誘注《呂氏春秋》云：「燎者，積聚柴薪，置璧與牲於上而燎之，升其煙氣。」（〈季冬紀〉，頁452），大約是一種焚燒柴木、牲體、玉器的祭祀方法，目的在使牲體的香味，隨煙上聞於神祇。〔註30〕

例：其㞢雨于戠燎九牢？（粹一五）

卯：王國維以爲即「劉」的叚借字。《爾雅・釋詁》云：「劉，殺也。」卯亦殺之意。胡光煒先生則以卯爲斷割之義。〔註31〕

〔註26〕卜辭岳字，學者或釋羔，或釋告，或釋冥，或釋欽，或釋炎（見註4李孝定前揭書，卷9，頁2915～2940），眾說紛紜，本文採屈萬里註25前揭書釋岳。

〔註27〕同註19張秉權前揭文。

〔註28〕見註19張秉權前揭文，〈祭祀卜辭中的犧牲〉，頁215。

〔註29〕見註4李孝定前揭書，卷10，頁3143～3144。

〔註30〕關於燎祭，研究的學者甚多，茲舉池田末利《中國古代宗教史研究》（頁552～584）爲代表，餘者不一一列舉。

〔註31〕見註4李孝定前揭書，卷14，頁4343～4347引胡光煒先生《說文古文考》。

例：庚辰卜，貞：王宜祖庚伐二人卯二牢昌卣亡尤？（〈前一、一八、
　　四〉

薶：即祭祀後瘞埋牲體的祭祀方法。詳見本論文第六章第四節。「薶」，
　　卜辭多用於河川之祭。

例：奠于河一宰薶二宰。（前一、三二、五）

冊：謂以笘盧盛冊以告神，〔註32〕陳夢家以爲冊爲祈告之祭，也是用牲
　　的方法。〔註33〕然實際的冊牲之法已不可得知。

例：冊五十宰。（乙六〇六〇）

：即宜字、俎字。爲陳牲體之祭，象且上置肉之形。〔註34〕後世祭社
　　也有用宜者，如〈王制〉云：「天子將出，類乎上帝，宜乎社，造乎
　　禰。諸侯將出，宜乎社，造乎禰。」鄭玄以爲類、宜、造皆祭名（頁
　　235）。

例：丁巳貞：庚申奠于〔註35〕二小宰宜大牢。（粹六八）

沈：謂沈牲於河。詳見本論文第六章第四節。卜辭（合四五三）字，或
　　爲沈牛牲於河的專用字。

例：沈三宰。（佚五一一）

：于省吾釋，以爲作爲用牲之名，則讀爲斷，義與卯字相當。〔註36〕

例：壬辰卜，貞：乎子宜钾母于父乙宰冊及三舞五宰？（丙一八
　　二）

二、周代祭祀牢牲使用情形

　　周代社會是個嚴分階級的封建社會，不論日常禮儀或祭祀，貴族和平民
所使用的牲禮都截然有別。以產子殺牲以示慶祝爲例，周代的規定是：「接冢
子之禮，庶人特豚，士特豕，大夫少牢，國君世子太牢。」（《禮記・內則》，

〔註32〕見註4李孝定前揭書，卷5，頁1606。
〔註33〕見氏著〈古文字中之商周祭祀〉，《燕京學報》，19期，頁107～108。
〔註34〕見註4李孝定前揭書，卷7，頁2459～2461。陳夢家《殷虛卜辭綜述》，頁
　　　　266～267。
〔註35〕字爲何字，甲骨文學者、意見頗紛歧，有：兕、頁、兒、光、离、兌、若等
　　　　諸說，尚無一致看法。見註4，李孝定前揭書，卷14，頁4553～4558。
〔註36〕于省吾《雙劍誃殷栔駢枝續編》，〈釋〉，頁59～64。

頁 534）牢牲只有大夫以上的貴族才能享用。祭祀方面更是如此。祭祀犧牲須與主祭者的身分相稱,《禮記‧禮器篇》云:

> 是故先王之制禮也,不可多也,不可寡也,唯其稱也。是故君子大
> 牢而祭謂之禮,匹夫大牢而祭謂之攘。(頁 456〜457)

而「庶羞不踰牲」(《禮記‧王制》,頁 245)因此祭祀用牲較各級爵秩的日常饋膳之牲提高一級,故《國語‧楚語下》載周代祭祀用牲的制度是:

> 天子舉以太牢,祀以會。諸侯舉以特牛,祀以太牢。卿舉以少牢,
> 祀以特牛。大夫舉以特牲,祀以少牢。士食魚炙,祀以特牲。庶人
> 食菜,祀以魚。上下有序,則民不慢。(頁 404)

「舉」是指周人朔望之日的盛饌,「會」是「三大牢」(韋昭注,頁 404),可見牢牲是周代貴族的專利。

　　周代以牢牲祭祀的神靈,據前引載籍所見,有社稷、宗廟、高禖等諸神祇,此外可能還包括山川、四時、日月等的祭祀。社稷的祭祀,是天子和諸侯的權利,諸侯祭社稷用少牢,天子用大牢(《禮記‧王制篇》,頁 245),主祭者地位的高下,是周朝衡量用牲的因素之一。宗廟之祭,據《國語‧楚語下》所云,天子以會,諸侯以大牢,卿以特牛,大夫以少牢,士以特牲(韋昭注:特牲,豕也),庶人以魚。則周朝宗廟祭祀犧牲的品秩也於焉可知:會尊於太牢,大牢尊於特牛,特牛尊於少牢,少牢隆於豕,豕又隆於魚。高禖之祭是求子嗣的生殖崇拜,《詩‧大雅‧生民》云:「生民如何,克禋克祀,以弗無子。」(頁 587)古代仲春之月,玄鳥再至之日,天子必親率后妃九嬪,郊祀高禖,祈求子嗣,[註37]且令會男女,奔者不禁(《周禮‧地官‧媒氏》,頁 217)。祭祀高禖的犧牲,與社稷相同,都用太牢(《呂氏春秋‧仲春紀》,頁 91),周天子對子嗣期盼的殷切,由用牲之隆便可知曉。

　　周代山川的祭祀是天子諸侯的特權,[註38]天子祭祀天下的名山大川,諸侯則祭其國境內的山川(《禮記‧王制篇》,頁 242)。祭祀山川的禮儀品秩,載籍多未詳細說明,唯《禮記‧王制篇》云:「天子祭天下名山大川,五嶽視三公,四瀆視諸侯。」《尚書大傳‧夏傳》所說相同,並云:「其餘山川視伯,

---

〔註37〕見《呂氏春秋‧仲春紀》,頁 90,《禮記‧月令》,頁 299。
〔註38〕《禮記‧曲禮下》云:「天子祭天地、祭四方、祭山川、祭五祀,歲徧;諸侯方祀,祭山川、祭五祀,歲徧;大夫祭五祀,歲徧;士祭其先。」(《十三經注疏》本,頁 97。)

小者視子男。」〔註39〕所謂「視」，鄭玄注以爲乃視其祭祀的牲器之數，即牲幣、粢盛、籩豆、爵獻等的多寡。若然，諸侯祭宗廟用大牢，大夫用少牢，準此類推，則五嶽之祭蓋用太牢，中小山川或用少牢，可知周朝山川祭祀的品秩，乃比照封建宗法社會的階級制定，隱然將天下山川視爲人間社會，也有爵秩的高下。

四時日月等的祭祀，《禮記・祭法》云：

> 埋少牢於泰昭，祭時也；相近於坎壇，祭寒暑也；王宮、祭日也；夜明，祭月也；幽宗，祭星也；雩宗，祭水旱也；四坎壇，祭四方也。（頁797）

鄭玄注以爲「幽宗」之「宗」乃「禜」字之誤，又謂「凡此以下，皆用少牢」，若然，則古代四時、日月、星辰、水旱、四方的祭祀也用牢牲。

先秦載籍外，《史記・封禪書》也記載秦文公時，「以三牲郊祭白帝」，以一牢祠陳寶，秦德公「用三百牢於鄜畤」，秦始皇時祭祀齊地八神：天、地、日、月、陰、陽、四時、兵等，「皆各用牢具祠」；祭天下名山大川則「牲用牛犢各一，牢具圭幣各異」；咸陽附近山川，不在大山川之內，也盡得比山川之祠（頁1358～1374）。可知牢牲的使用，因宗教信仰的變化，及帝王對長壽永生的永久追求，「萬靈罔不禋祀」（《史記・太史公自序》，卷130，頁3306）而逐漸出現在更多的祭祀中。然而祭祀所用牢牲，是否全都經過刻意護養，則不無疑問了。

此外，周代宰殺牢牲祭祀的方法有內外之別。內者指宗廟之祭，天子宗廟之祭由內饔掌管牢牲的烹割（《周禮・天官・內饔》，頁62）。外者指社稷、五嶽的祭祀，牢牲的割烹由外饔司掌（《周禮・天官・外饔》，頁63）。周代宗廟之祭薦牲的儀節，有朝踐、饋獻之儀、饋熟之分，天子諸侯三項儀節皆備，大夫之祭則從饋熟開始，而無朝踐、饋獻。〔註40〕對牢牲的處理，從視牲、宰殺、切割、烹煮、陳列，到陳於鼎俎、鉶鑊、籩豆之數，都有定制。

以下即就周代用牲方法擇要說明。

《國語・楚語下》云：「諸侯宗廟之事，必自射牛、刲羊、擊豕。」（頁405）《儀禮・少牢饋食禮》亦云：「司馬刲羊，司之擊豕。」射、刲、擊即宰

〔註39〕 參閱《禮記・王制篇》鄭注，《十三經注疏》本，卷12，頁242，及《尚書大傳》鄭注，陳壽祺輯本，商務印書館，大本原式精印第2冊，頁28。

〔註40〕 參閱：孫詒讓《周禮正義・夏官・小子》，卷57，頁71～73。

殺牢牲之法，刲、擊二字，鄭玄以爲都是殺的意思（〈少牢饋食禮〉鄭注）。宰殺牢牲的工作在庭中進行（〈郊特牲〉：「用牲於庭」，頁507），宰殺後，取犧牲的血毛詔告神明（〈禮器〉：「毛血詔於室」，頁472），經過致祭後，割下牲首，供奉於室中北牖下（〈郊特牲〉：「升首于室」，頁507），並開始將牲體肆解折節，即《周禮・大宗伯》所謂「以肆獻祼享先王」（頁273）。肆解牲體的方式，就牢牲而言，有房烝、豚解、體解、骨折之分。〔註41〕《國語・周語》云：「禘郊之事，則有全烝，王公立飫，則有房烝」（頁48～49）。所謂房烝，即將牲體分爲左右二胖（半），宗廟之祭用右胖，取胖載於俎上，薦於房中。房烝也稱體薦或大房，《詩・魯頌・閟宮》：「籩豆大房」（頁778），即指此。所謂豚解，即依牲體前後股肱四、脊一、脅二，分爲七體，亦置於俎上，朝踐時薦腥於先王。所謂體解，即將豚解的七體依前後左右肱股、脊，及左右脅，各分爲三體，共計二十一體，天子諸侯饋獻時，即以體解牲體，於熱水中燙過，半熟，實於鼎中，薦爓（沈肉於湯）於先祖。饋熱時，再將體解牲體置鼎鑊中煮熱，實於鼎中以酳（食畢獻酒）尸。所謂骨折，也可稱殽烝，乃將體解後的牲體再折解爲多體，於旅醻（祭畢，眾賓酬酢）薦羞時用之。宗廟牢牲的烹割薦獻有如此繁複的儀節，周人對宗廟之祭的重視，也就可想而知了。

　　至於社稷、五嶽等外祭祀的牢牲，《周禮・春官・大宗伯》云：「以血祭祭祀稷、五祀、五嶽。」（頁272）又曰：「以實柴祀日月星辰，以槱燎祀司中、司命、飌師、雨師。」（頁270）「血祭」，即殺牲取血之祭（詳見第六章第一節）。「實柴、槱燎」，鄭玄以爲「皆積柴實牲體焉」（〈大宗伯〉注），即以牲體置於柴上燔燒的祭拜方式。至於郊禖之祭的牢牲，究以何種方式祭祀？載籍所錄不甚明確，已無法確知。

第四節　山經祭祀牢牲使用情形及其與殷周祭祀的關係

　　山經牢牲多用在有特殊地位的山嶽：「帝」、「神」、「魃」、「冢」的祭祀上。惟有〈西次二經〉的七神爲飛獸之神（見表（三）），非「帝」、「神」、「魃」、「冢」之屬而獲享牢牲之祭。此外，有特殊地位的山神，也有不用太牢、少牢祭祀，而用「百犧」爲牲禮的，此即〈中次五經〉的「魃」一首山，因同

〔註41〕同上註。

爲有特殊地位的山嶽，爲求體例一致，山經以「百犧」爲祀的祭牲也附於此處論述。山經用牢牲、百犧祭祀的情形，則歸納如下表：

表（四）山經祭祀牢牲一覽表（附百犧）

牲名 山名 山神地位	百　犧	太　牢	黑犧太牢	少牢
帝		○中次九經：熊山 ○中次十經：騩山 ○中次十一經：禾山		
神	西山首經：羭山	中次十二經：洞庭山 榮余山		
魁			○中次五經：首山	
冢		西山首經：華山 ○中山首經：歷兒山 中次五經：升山 ○中七經：苦山、太室山、少室山		△中次八經：驕山 ○中次九經：文山、勾欄山、風雨山、騩山 ○中次十經：堵（楮）山 　中次十一經：堵山、玉山 △中次十二經：夫夫之山、即公之山、堯山、陽帝之山
其他				西次二經：飛獸之神

○：表牢牲下有「具」字者，如中山首經「太牢之具」、中次九經：「少牢具」等之屬。
△：表山經註明牢牲用牲之法，如祈（釐）、肆者。

　　從前文的考察可知，周代以牛、羊、豕三牲爲太牢，少牢爲羊、豕二牲，而五嶽之祭用太牢。這種牢牲牲種的認定，和五嶽的祭祀品秩，爲後代所沿用：如《太平御覽》卷五二六引《漢舊儀》所說的：「祭五嶽，祠用三正色牲。」（頁 2517）故山經所謂的「太牢」，應指牛、羊、豕三牲，少牢則爲羊、豕二牲。而「黑犧太牢」應指太牢中的牛牲必純黑色；「百犧」，則謂百頭純色之牛（見下文）。

　　山經所用牢牲除有大牢、少牢牲種多寡，及牲色、祠禮隆殺的差異外，在牲體方面，可能也有生牲、死牲的區別。這種區別是從「牢具」一詞上顯示出來的。山經用牢牲，或於牢牲下加「具」字，如曰「大牢具」（〈中次九

經〉）、「少牢具」（〈中次十經〉）、「太牢之具」（〈中山首經〉）等（詳見表（三）、
（四）），或「牢」字下不言「具」，而註明牢牲的用法，例如〈中次八經〉云：
「驕山，冢也。其祠：用羞酒少牢祈（瘞）瘞。」〈中次十二經〉云：

> 凡夫夫之山、即公之山、堯山、陽帝之山，皆冢也。其祠：皆肆瘞，
> 祈用酒，毛用少牢，嬰毛一吉玉。洞庭、榮余山，神也。其祠：皆
> 肆瘞，祈酒，太牢祠，嬰用圭璧十五，五采惠之。（頁 179）

也有不言「牢具」，也未注明用牲之法，而只載牢牲之名的，如〈西山首經〉
華山、〈西次二經〉飛獸之神、〈中次十一經〉堵山、玉山的祠禮皆是（詳見
表（三）、（四））。

　　所謂「牢具」，有兩層意義，一者，周代祭祀乃政治禮儀的一部分，祭祀所
用牲器，和生人牢禮一樣，有一定禮數。以牢禮而言，綜合載籍的記錄可知，
周代有專掌牢禮之官，「以牢禮之法掌其牢禮」（《周禮・天官・宰夫》，頁 48）。
周王接待五等侯爵朝、覲、宗、遇、會、同時，饗饋的牢數與獻饗器用等都有
一定的等差。〔註42〕所以魯哀公七年吳國來徵百牢，魯大夫景伯加以拒絕，而
云：「周之王也，制禮，上物不過十二，以爲天之大數也……。」（《左傳》，頁
1008～1009）祭祀牲器的籌辦準備也是如此，有規定的式法和俎篹之數。《周禮・
天官・小宰》云：「以法掌祭祀、朝覲、會同、賓客之戒具。」（頁 45）戒具者，
即戒敕司事職官所當備具的事項，〔註43〕〈宰夫〉亦云：「以式法掌祭祀之戒具」，
賈公彥即疏云：「謂祭祀大小皆有舊法式，依而戒敕，使共具之。」（頁 48）即
戒敕職官，祭祀之具備妥則供之。《說文》云：「具，共置也。」（頁 105）《禮
記・祭統》：「夫祭也者，必夫婦親之，所以備外內之官也，官備則具備。」鄭
玄云：「具，謂所共（供）眾物。」（頁 831）則「具」也可以指經備辦而供置
之物。故山經的所說的「牢具」，蓋指祭祀所用的牢牲及俎豆等一干器物，都依
法備全供置的意思。再者《禮記・雜記上》載錄諸侯大夫送葬之禮云：「遣車視
牢具」，鄭玄以爲「牢具」者，謂遣奠所包牲牢之體，「天子大牢包九个，諸侯

〔註42〕《周禮・秋官・大行人》云：「以九儀辨諸侯之命等，諸臣之爵，以同邦國禮，
　　　　而待其賓客。上公之禮……禮九牢……：諸侯之禮……禮七牢……諸伯……皆
　　　　如諸侯之禮……諸子……禮五牢……諸男……皆如諸子之禮。」（《十三經注
　　　　疏》本，頁 562）〈秋官・掌客〉亦云：「掌四方賓客之牢禮、饔獻飲食之等數，
　　　　與其政治。……凡諸侯之禮，……饗饋九牢……凡介、行人、宰史皆有飧饔
　　　　饋，以其爵等爲之牢禮之陳數……。」（頁 582～583）
〔註43〕〈小宰〉鄭玄注：「法，謂其禮法也。戒具，戒官有事者，所當共（供）。」（《十
　　　　三經注疏》本，頁 45）。

大牢包九个，大夫亦大牢包七个，士少牢包三个」，孔穎達以爲所包之體一個即
爲一具（頁723），孫希旦復推論之，以爲每種牲體折而分之，取其中一段謂之
一个（《禮記集解》，頁973）。〈雜記〉所說的「牢具」，雖指凶禮而言，但牢禮
之法應皆相似。吉祭所用「牢具」，亦當指所用牢牲已折解爲數塊牲體，祭祀時
即取折解的部分牲體往祭之，而不用全牷。如上文所舉秦始皇祠天下名山大川，
其牲用「牛犢各一，牢具圭幣各異」，牛犢與「牢具」除用牲有別外，最大的差
異，或在於牛犢爲生牲，而「牢具」爲已折解的牲體，爲死物。金鶚《求古錄
禮說》謂「祭山林川澤用少牢，皆折牲體」，〔註44〕山經祭山所稱的「牢具」，
蓋亦如此。秦始皇時天下名山之祀乃「由太祝常主，以歲時奉祠之」，祭祀首都
咸陽附近，雍州之城的名山大川和陳寶祠，「以近天子之都，故加車乘，騮駒四」，
〔註45〕《漢舊儀》也記載漢代祭祀五嶽，「祝乘傳車，稱使者」。〔註46〕而三代
之禮，夏造殷因，山經以「牢具」祠祀山神，可能就是由祠官載著肆解成包的
牢牲，並及牢牲所用的祭具，趨車往祠。

　　「牢具」既爲已折解的牢牲，即死牲，若烹煮之則稱「牢熟具」，如《史
記・封禪書》：「有司言雍五畤無牢熟具，芬芳不備。」（頁1402）所以山經言
「牢具」者，都不註明用牲之法。易言之，註明用牲法的祭祀，所用犧牲應
是生牲。山經牢牲用牲之法有祈（劌）、肆兩種（見上文）。「祈」讀爲劌或劌，
謂殺牲取血而祭，「肆」謂殺牲後肆解而陳之（詳見第六章一、三節），都是
以生牲親臨其地祠祭的性質。《史記・封禪書》言秦祭雍四畤，「黃犢羔各四……
皆生瘞埋，無俎豆之具」（頁1376～1377），山經言「祈（劌）瘞」、「肆瘞」
者，或也是殺牲致祭後，即瘞埋之，因無俎豆之具，故只載所用牢牲，而不
稱之爲「牢具」。其他不用「牢具」之名，又不註明用牲之法者，則可能由於
記錄者省略，或者原不知其祭祀方式，因此付之闕如。

　　山經〈西山首經〉云：「羭山，神也。」其祠禮：「齊（齋）百日以百犧」，
〈中次五經〉「首山，魋也。」其祠禮爲：「黑犧太牢之具」（見表（三）），可
見山經用牢牲祭祀山嶽，有時也要選擇犧牲的顏色。「犧」，郭璞云：「牲純色
者爲犧」（〈西山首經〉注），袁珂《山海經校譯》因此譯「百犧」爲「一百種

〔註44〕參閱金鶚〈燔柴瘞埋考〉，收入氏著《求古錄禮說》十四，《皇清經解續編》
　　　　本，卷776，頁7386。
〔註45〕《史記・封禪書》，頁1377、1373。
〔註46〕《太平御覽》卷526，頁2517引。

毛色純粹的牲畜」（頁44），譯「黑犧太牢」爲「黑色牲畜的太牢」（頁158）。然攷諸載籍對「犧」字的解釋，袁氏所譯恐不盡符實情。

案「犧」字未見於甲骨卜辭和鍾鼎彝銘中。《說文》云：「犧，宗廟之牲也。从牛，義聲。賈侍中說，此非古字。」（頁53）許慎的解釋，或即「犧」字的本義。但所謂「犧牲」，並不專謂宗廟所用的祭牲，社稷、山川的祭牲，也可稱犧牲，如《禮記·月令·季冬》云：「乃命太史次諸侯之列，賦之犧牲，以共皇天上帝、社稷之饗。」又云：「命宰歷卿大夫，至于庶民，土田之數，而賦犧牲，以共山林名川之祀。」（頁348～349）即將皇天上帝以至山林名川的祭牲，都概以犧牲名之。而《左傳》昭公二十二年載，周大夫賓孟見雄雞自斷其尾，問於侍者，侍者曰：「自憚其犧也。」（頁873）可見雄雞爲牲也稱爲「犧」。故王引之《經義述聞》云：「則犧所用，亦有社稷山川，何必祭天地宗廟，而後謂之犧乎？」〔註47〕

「犧」雖不專指宗廟祭祀之牲，但牲畜而名之爲犧，有幾個意義：

《墨子·明鬼下》云：「必擇六畜之勝腯肥倅，毛以爲犧牲。」（卷8，頁16）《禮記·祭義》亦云：「古者天子諸侯必有養獸之官……君召牛，納而視之，擇其毛而卜之，吉，然後養之。」（頁819）周代重要的祭祀，必慎選動物毛色，卜吉而後飼養於牢，卜吉飼養之後的動物，才可名之爲「牲」，〔註48〕故犧牲者，孔穎達於上舉《左傳·昭公二十二年》之疏云：「寵養祭牲之名也。」（頁873）

祭祀犧牲以毛色純正爲貴，孔子稱讚仲弓曰：「犁牛之子騂且角，雖欲勿用，山川其舍諸」（《論語·雍也篇》，頁52）。騂，即毛色純紅的意思。犧牲毛色既經過揀選，因此「犧」也表示祭牲毛色的純粹。如《詩經·魯頌·閟宮》：「享以騂犧」，毛傳云：「犧，純也。」（頁778）《禮記·曲禮下》：「天子以犧牛」，鄭玄注云：「犧，純毛也。」（頁98）《大戴禮·曾子天圓》：「山川曰犧牷」，盧辯注亦云：「色純曰犧。」（頁102）〔註49〕《國語·周語上》：「奉犧牲、粢盛、玉帛」及〈晉語〉九：「宗廟之犧」，韋昭注皆以爲：「純色曰犧。」（頁27、359）故郭璞注《山海經》也以純毛者爲「犧」。

〔註47〕參閱王引之《經義述聞》卷19，〈春秋左傳·五犧三牲〉，商務印書館，國學基本叢書本，頁758。

〔註48〕參閱周何先生《春秋吉禮考辨》，頁56～58。

〔註49〕本論文所參考的《大戴記》版本有二：盧辯《大戴禮記補注》，與王聘珍《大戴禮記解詁》，但爲求體例一致，引文皆用王注；盧注爲王注採錄者，亦註以王注頁碼。

　　此外，供揀選爲祭牲的動物，皆須體膚完具，故祭牲而爲犧牲，也必然角體完好。《周禮・地官・牧人》云：「凡祭祀供其犧牲。」鄭玄注云：「犧牲，毛羽完具也。」（頁195）與前舉〈曲禮〉注不同，賈公彥爲之疏云：

　　　　云犧牲不云牷，則惟據純毛者，而鄭云完具者，祭祀之牲若直牷，

　　　　未必純犧，若犧則兼牷可知，故鄭以完具釋犧。（頁195）

賈疏的說法是對的。所以牲而曰犧，當如孫詒讓所云：「祭牲角體完具，而又兼毛羽純色也。」〔註50〕

　　「犧」字既爲體完色純之牲名，故牛、馬、羊、豕之牲，皆可名之爲犧，如《詩小雅・甫田》：「以我犧羊，以社以方」（頁468）即是。但犧字既从牛，溯其造字初旨，蓋原以犧爲牛牲之稱，故以犧爲名者，多半還是指牛，如祭器中的犧尊，鼎彝中的犧觥；皆鑄成牛形。〔註51〕前引〈曲禮〉有「犧牛」之名，《莊子・列禦寇》亦有：「子見夫犧牛乎？」（頁1062）之句，《淮南子・齊俗篇》亦云：「犧牛粹（駁）毛，宜於廟牲。」（卷11，頁57）可見「犧」之爲牲，習慣上主要指的是牛。

　　「犧」字之義，既如上述，則山經所說的：「黑犧太牢」，應指太牢中的牛牲用黑色純毛之牛。太牢之牛用黑色之牲，殷人已開其先例，在卜辭中就有用「牢羍」的情形：

　　　　羍，其牢羍？其羍？（甲五八）

　　　　丙申卜，貞：升武且乙。羍其牢茲用？（後上四・一五）

　　　　其牢羍，茲戈？

　　　　其牢羍？（遺七三〇）

　　　　其牢羍？

　　　　其牢羍？（寧二，一四二）〔註52〕

「羍」，从勹从牛。勹，後世作黰，黑色也，故金祥恆、黃然偉皆謂羍者黑色毛之牛。〔註53〕因此，卜辭中凡「其牢羍」、「羍其牢茲用」，〔註54〕即卜問牢

〔註50〕參閱孫詒讓《周禮正義・地官・牧人》，卷23，頁95。

〔註51〕參閱諸橋轍次《支那的家族》〈祭祀篇〉，頁136～137。案鄭玄、王念孫等學者皆謂犧尊有沙羽飾（《周禮正義・春官・司尊彝》，卷38，頁97～98），此說之非，于省吾已駁之，見氏著《詩經楚辭新證》，頁91。

〔註52〕所引卜辭參考金祥恆〈釋牪〉，《中國文字》30冊，頁3284～3285。

〔註53〕金氏之說見上註所揭書，頁3282。黃氏之說見註15所揭書，頁14。

牲之牛是否用黑色毛之牛？而以黑色之牛祭祀山岳，卜辭也有其辭例，如：

　　　　庚子卜，㞢貞，窂于岳？（前四、三五、二）

「黑犧」之「犧」既可能指牛牲，則〈西山首經〉之「百犧」，當謂以百頭純色之牛祭祀。祭祀用百牛，卜辭也不乏其例，如：

　　　　☐亥貞：☐王又百毌☐百牛？（掇續八一）

　　　　癸卯卜，貞：彈毌百牛百☐？（前五、八、四）

　　　　☐（尹）黃☐百牛？（續一、四六、一〇）〔註55〕

甚且也有卜問是否用清一色－騂色－牛來祭祀的，例：

　　　　甲子卜，爭貞：來年于祊豐十窂㞢百窂？（續四四・四）

「百窂」和山經「百犧」之意相當。袁珂《山海經校譯》譯「百犧」為「一百種毛色絕粹的牲畜」，然以「百種」祭品祭祀，載籍未見，且山經所載多屬實際祠祀之儀，牲用百種，恐甚難羅具。《漢書・郊祀志下》即載王莽末年祭祀天地以下至諸小鬼神，「用牲鳥獸三千餘種」，但後來無法備全，而有「乃以雞當鶩鴈，犬當麋鹿」的情形（頁 1270）。因此百犧應指一百頭純色的牛。而山經祠祀羭山用「百犧」一百頭牛，祭首山用「黑犧太牢」－黑色牛的「大牢」，根據《禮記・禮器》所云：「以天事天，因地事地」（頁 470）的祭祀原則推測，可能與山經山嶽祀典的等級安排，及山神之性質、社會功能有關。

　　此外，山經牢牲所用的牛，有時也可能不需按照牲牢之法選用，如〈中次十一經〉祭「帝」山禾山，用「太牢之具」，但註明「牛無常」。汪紱以為牛無常是「不必犧牷具」的意思，〔註56〕袁珂《山海經校譯》則云：「雖是太牢禮也不一定要三牲全備」（頁 178）。根據載籍所記古人犧牲的選用標準和尺度，汪紱之說較是，袁氏的譯文，或許尚須斟酌。

　　《說文》對牲字的解釋是：「牛完全也。」國之大事在祀與戎，故古人祭

〔註54〕卜辭「窂」字指黑色之牛，凡卜問「牢窂」者，窂字皆从勿从牛，而卜問「宰」之色者，皆用「勿」字，不從牛，如：

　　　　辛酉卜，爭貞：今日㞢于下乙一牛㞢勿宰？

　　　　㞢于下乙☐宰㞢十勿宰？（乙五三〇三）

　　　　壬寅卜，㱿貞：㞢于父乙宰日勿？（丙三四〇）

「宰」牲用「勿」字，「窂」牲用窂字，可見「窂」為黑色牛的專用字，此或也可作本章第一節謂「牢」以牛為主牲，「宰」以羊為主牲的佐證。

〔註55〕參考張秉權〈祭祀卜辭中的犧牲〉，《中央研究院歷史語言研究所集刊》，38本，頁 195。

〔註56〕參閱袁珂《山海經校注》頁 174 引汪紱《山海經存》。

祀極爲愼重，選擇犧牲首要條件即體膚完具，其次還要看毛色是否純正，也就是《禮記‧祭義》所說的「犧牷祭牲」（頁819），「犧」者色純，「牷」者體完，汪紱以爲「牛無常」爲不必犧牷具，即本於此。因此牢牲必然體完色純，如漢祭五嶽即用三正色牲，《太平御覽》卷五二六引《漢舊儀》云：「祭五嶽，祠用三正色牲」（頁2517）。但有時也可用雜色的牲牢，《周禮‧地官‧牧人》云：「凡時祀之牲必用牷物。凡外祭、毀事，用尨可也。」「尨」即駹字，是雜色不純的意思。外祭、毀事用雜色牲，是因祭祀時地不及備辦犧牲的「禮從宜，使從俗」（〈曲禮上〉，頁13）的權宜之計。山嶽祭祀爲外祭，自可用雜色的犧牲，那麼山經所謂的：「牛無常」，大約是說太牢中的牛牲，不必依常禮用純色之牛，也可依實際狀況選用雜色的牛。

　　另外，「牛無常」之意，也可能指牛牲的大小不必依常禮選用。《禮記‧王制篇》云：「祭地之牛角繭栗，宗廟之牛角握，賓客之牛角尺。」（頁245）《春秋經》記載魯郊祭祀，也曾說：「鼷鼠食郊牛角，改卜牛。鼷鼠又食其角，乃免牛。」（《左傳》成公七年，頁443）可見古人祭祀用牛，對牛角的大小，與牛角完整與否，相當重視，而牛角大小與年齡有關。祭天的牛「角繭栗」，謂牛角初生，如蠶繭栗實，即所用爲小牛。《禮記‧祭法》云：「燔柴於泰壇，祭天也；瘞埋於泰折，祭地也，用騂犢。」（頁797）犢就是小牛。祭祀用犢通常是以整頭牛祭祀，如果用成年的牛，在殺牲薦血以後，都要折解牲體，[註57]先盛於「互」或「盆、簝」之中，[註58]以待祭祀之用。由此可知「牢具」所用犧牲既是已折解的牲體，而以小牛爲祭牲，載籍多書爲「犢」，且「凡正祭皆用成牲」（《禮記‧羊人》賈疏，頁458）則「牢具」的牛牲比較可能是成年之牛，因此，《山海經》禾山所云：「牛無常」者，或許也指祭祀禾山的太牢牛牲，可以不用成年之牛。

　　山經的山嶽祭祀是以一列山脈爲大的祭祀單位，有的祭祀即以此山脈內所有山嶽合祭，使用同一種祭儀：如〈南山經〉的三列山脈，〈西山經〉的二、三、四，三列山脈；〈北山經〉一、二兩列山脈；〈東山經〉四列山脈；〈中山經〉二、三、四等三列山脈都是。有的則在大的祭祀單位下，分成兩種或三

〔註57〕參閱孫詒讓《周禮正義‧夏官‧小子》，卷57，頁72。

〔註58〕《周禮‧地官‧牛人》云：「凡祭祀共其牛牲之互與其盆簝以待事。」鄭玄注：「鄭司農云：『互謂楅衡之屬。盆、簝皆器名。盆所以盛血，簝，受肉籠也。』玄謂互若今屠家懸肉格。」（頁197）。

種的祭儀，情形有二類：一類如〈西次二經〉，因山神神狀不同，以十七座山中的十神合祭，用一種祭儀；其他七神合祭，用另一套祭儀。〈北次三經〉的祭祀方式，也是如此。另一類主要指有牢牲祭祀的諸山脈，山脈內大部分的山群，用同一種祭儀，但某幾座被稱爲「帝」、「神」、「魋」、「冢」的山嶽，則單獨享有隆重的祭典（詳見表（三））。一般山群的合祭，除〈西次二經〉的七神用少牢外，都不用牢牲，而「帝」、「神」、「魋」、「冢」諸山都以牲牢祠祭（詳見表（四）），這種祭祀方式和殷人的山嶽祭祀極爲彷彿，殷人祭山，常以二山、五山、十山合祭，例如：

其□取二山，又大雨（下、二三、十）

丁丑卜又于五山，才隹，二月卜（鄴三、四〇、一〇）

癸巳卜，其米十山，雨？（甲、三六四二）

又：

奭丘□奭盉？（佚七〇八）

丙子卜，奭凶，雨？

丙子卜，癹凶，雨？

丙子卜，癹目，雨？

丙子卜，弜癹，雨？

甲申卜，癹十山？

甲申卜，癹凶、目、羋、羊？

己丑卜，癹凶、目、羋、羊？

己丑卜，癹？（掇二，一五九）

其中的丘、盉、凶、目、羋、羊等都可能是山名，[註59] 故也是一種數山合祭的方式。對山的祭祀，一般較爲簡單，也很少使用犧牲。即用牲，也不過羊或豕等而已，不用牢牲。如《乙編》九一〇三有卜辭云：「丁酉卜，火奭山羊，已豕，雨？」但對岳的祭祀就極其隆重，不但多用牢牲，且有用三牢、五牢的（參閱本章第二節）。凡此都和山經數山合祭的形式，[註60] 及牢牲的

〔註59〕 參閱陳夢家《殷虛卜辭綜述》，頁 594～596。
〔註60〕 伊藤清司〈山川の神マ（三）──「山海經」の研究〉一文，以爲山經編錄者將各山脈山神神狀統合，可能基于殷代以數山合祀的祭祀形式而來。《史學》第 42 卷，第 2 號，頁 71～72。

使用情形相似。而山經牢牲的使用，有等級之分（見表（四）），在同列山脈
中，「帝」山的祭祀用太牢，「冢」山用少牢，如〈中次九經、十經〉皆然。
這種祭祀等級的劃分，和周代社稷之祀，天子用太牢，諸侯用少牢；宗廟之
祭，諸侯用太牢，大夫用少牢；五嶽之祭視同三公用太牢，其餘山川，比諸
子男用少牢等的祭祀形式（《禮記·王制》，頁 242～245）相仿。都是參照封
建社會的階級，以劃分山嶽祭祀的等級，乃宗法社會禮法：別尊卑，明貴賤
的翻版，如林惠祥所說：「中國宗教形態，反映了政治權威的組織。」〔註61〕

　　綜上所述，可知山經的山嶽祭祀，不論祭祀形式、祭祀牲品的擇用、祭
祀等級的劃分，都和殷周的山嶽祭祀有傳承上的關係。周代天子祭天下名山
大川，諸侯祭其國境內的山川，山經所記錄的祭儀雖然不全都始源於王室的
祭祀，〔註62〕但祭祀用牢牲是周代貴族的特權，百姓雖然也飼養牛、羊、豕
等的家畜，〔註63〕卻不能無故宰殺；故直到三國時代，尚有曲周地區鄉里小
民父病，「以牛禱」，而遭罪詰棄市的事，〔註64〕更可知山經祠祭用「百犧」、
用太牢，當非封建社會的百姓所能享有的。因此山經以牢牲祭祀的祠禮，應
屬於王室的祭典，而非民間所有。這點或許也可做為山經與王室檔案〔註65〕
關係的佐證。

〔註61〕參閱林惠祥《社會人類學》，頁 242。
〔註62〕山經祭祀的山嶽，遍及天下，各地區山神，多半有著不同的狀貌，這些山神，
　　　　可能是由原始群落社會圖騰神物演化而來（參閱李豐楙先生《神話的故鄉—
　　　　山海經》，頁 73～74），因此他們的祠祭信仰，極可能來自淵遠流長的遠古巫
　　　　術，或群落祭祀，而山經著錄者，搜集各地區的祭祀儀式資料，彙編於山經
　　　　中，所以除了用牢牲祭祀的山嶽外，其他各地區祭祀山神所用的牲品，如雞、
　　　　犬、彘等，都富有民間祠祭的色彩。
〔註63〕《墨子·非攻上》云：「至入人欄廄，取人馬牛者，其不義又甚攘人犬豕雞豚。」
　　　　（卷5，頁1）〈兼愛中〉云：「不爲暴勢奪穡人黍稷狗彘」（卷4，頁14），《孟
　　　　子·公孫丑上》云：「雞鳴狗吠相聞，而達乎四境。」〈梁惠王上〉云：「雞豚
　　　　狗彘之畜，無失其時，七十者可以食肉矣。」（頁24）這些內容間接反映了春
　　　　秋戰國時代，民間飼養家畜的情形。家畜從牛到雞都有。不過牛馬的飼養在
　　　　牛耕技術沒有普及的時代，真正屬於民間的飼養，可能不多，所以《墨子·
　　　　魯問篇》有攻其鄰國，則言「取其牛馬」，賤人攻其鄰家，則言「取其狗豕」
　　　　（卷13，頁4～5）的差別。
〔註64〕參閱《三國志·魏志·陳矯傳》，鼎文書局《新校本三國志》，第一冊，卷22，
　　　　頁 643。
〔註65〕參閱李豐楙先生《神話的故鄉——山海經》，頁 3～4。

第四章　山經祭祀牲品（二）羊、彘、豚

　　山經祭祀的牢牲，都用在特殊山嶽：「帝」、「神」、「魁」、「冢」的祭祀上。一般眾山的祭祀，除〈西次二經〉的飛獸之神用少牢外，都不用牢牲，而用羊、豕、犬、雞、魚等為犧牲，在牲品的等級上，次於「帝」、「神」、「魁」、「冢」諸山，本章以下所論述的牲品，即屬此類。

　　祭祀犧牲品秩的高下，根據殷商卜辭用牲情形推測，可能是周以後才固定的；因殷人卜辭貞問的祠祭記錄，除了用牢牲的祭祀，可能特隆於一般牲品的祭祀外，牢牲之外的犧牲是否有等級之分，從卜辭辭例，並不容易分辨。而且殷人一次祭祀所用的犧牲極多，用牲的方法常不一致，牲品的記錄也無固定的次序，同一個祭祀對象所用的犧牲，也很少相同的；這些現象顯示殷人祭祀所用的犧牲，可能尚無統一的制度。而殷人祭祀之前，通常要貞問犧牲的種類、數量、毛色、或牝牡，卜定之後才進行祭祀，因此雖然某些祭祀或許已有必用牢牲，或用某種犧牲的趨勢，但就殷人整個用牲的情形來看，似乎仍然漫無標準。

　　周代祭祀犧牲的品類和殷人相同，但在使用態度和方式上，和殷人有顯著的差異。各種祭祀牲品的選用、牲品的等級、數量，都有規定。除較殷人有制度外，在犧牲數量的節制上，也理性得多，顯然在宗教儀式上，周人曾做過重大的改革。由於周代祭祀儀禮已納入政治禮儀之中，牲品的祭祀等級，也就按照政治階級劃分。前章曾根據《國語・楚語下》所載，言周代宗廟犧牲的等級，依次是會（三大牢）、大牢、特牛、少牢、豕、魚，可知牢牲之外，牛牲的等級在豕、魚之上；《國語・楚語上》又說：「國君有牛享、大夫有羊饋、士有豚犬之奠、庶人有魚炙之薦。」（頁383）因知羊的等級又在牛之下，豚、犬、魚之上，為大夫階級所用的宗廟祭牲。《禮記・坊記》云：「大夫不

坐羊，士不坐犬。」（頁 871）因為羊為大夫宗廟祭祀所用的犧牲，所以不可隨意殺之而坐其皮。〈王制〉云：

> 天子社稷皆太牢，諸侯社稷皆少牢，大夫士宗廟之祭，有田則祭，
> 無田則薦……諸侯無故不殺牛，大夫無故不殺羊，士無故不殺犬豕。
>
> （頁 245，亦見於〈玉藻〉，頁 546）

《禮記》所載雖不乏儒者的理想，但許多禮制也是有事實根據的。綜觀《禮記》、《國語》的記載，可知周代諸侯祭祀以牛為貴，大夫以羊為貴，犬豕則為士階級所珍用。牛羊二牲品秩也因此俱在犬豕之上。但犬豕二牲，《國語》云「豚犬」，豚為小豕，豚在犬上，〈王制〉云「犬豕」，犬又在豕上，二者等級似乎並無截然的高下，同是殷周極常使用的犧牲；尤其殷人在建築祭儀當中，更大量以犬為犧牲（見下章）。不過《左傳》隱公十一年記載周人盟詛的儀式云：「鄭伯使卒出豭，行出犬雞，以詛射穎考叔者」（頁 81），豭即雄豬，杜預注謂百人為卒，二十五人為行，百人用豭，二十五人用犬，可推知周代豕牲的等級已在犬牲之上，所以漢以下儒者注釋故籍，多將豕牲排在犬牲之前，如《詩·小雅·何人斯》云：

> 及爾如貫，諒不我知，出此三物，以詛爾斯。

所謂「三物」，毛亨傳云：

> 豕、犬、雞也，民不相信，則盟詛之。君以豕、臣以犬、民以雞。（頁 426）

也以為豕貴於犬。《周禮·牧人》之職「掌牧六牲，而阜蕃其物，以共祭祀之牲牷」（頁 195），鄭玄注以為六牲的次序是：牛、馬、羊、豕、犬、雞。《大戴禮·曾子天圓》：「序五牲之先後貴賤」，盧辯注也說，「五牲，牛、羊、豕、犬、雞。」（頁 101）可見除馬之外，[註1] 祭祀犧牲的品秩，在漢以前大約已完全確定。

〔註1〕《周禮·天官·膳夫》：「凡王之饋食……膳用六牲。」鄭玄注「六牲」云：「馬、牛、羊、豕、犬、雞也。」（頁 57）將馬列於牛之前，與《爾雅·釋畜》所列「六畜」次序（頁 192～195）相同，而與〈牧人〉注有別。推測其因，可能源於以馬為牲的祭祀多屬特祭，如《周禮·夏官·校人》：「凡將事於四海山川則飾黃駒。」鄭玄注：「王巡守過大山川，則有殺駒以祈沈禮，與〈玉人〉職有宗祝以黃金勺前馬之禮。」（頁 496）或加隆的祭典，如《史記·封禪書》記載秦始皇時代祭祀陳寶祠，因其祠靠近天子之都，因此得享加隆的祭祀：「故加車一乘，騂駒四。」（頁 1374）兩種祭祀都與常祀有別，且其大小與牛相彷，故兩者次序互有參差。

《墨子·天志》云：「犓牛羊、豢犬彘」（卷 7，頁 4），牛羊為草食性動物，故云犓，犬彘（豕）為雜食性動物，故曰豢。不過犧牲等級的劃分，大概與動物食性無關，而是以飼養照料的難易，與犧牲的大小、珍貴、價值為標準。五牲中牛牲最大，最有價值，等級最高，其次為羊、豕、犬、雞。魚雖不在五牲之列，但由《國語》等文獻記載可知，魚乃庶人祭牲，故等級最下。本文對山經一般眾山祭祀牲品的探討，即依據上述等級為次，分別闡述。

第一節　羊　牲

山經以羊為牲品，除牢牲中的羊以外，都用於一般眾山的祭祀上，有的只說用羊，如〈西山首經〉十七神「毛牷用一羊祠之」（頁 32），〈中山首經〉十三神的祭祀「毛用一羊」（頁 121），〈中次七經〉十六神：「毛牷用一羊羞」（頁 150）。也有指明羊牲雌雄的，如〈東次三經〉：「用一牡羊」（頁 113），〈中次三經〉神泰逢、熏池、武羅的祠禮：「皆一牡羊副」（頁 128），而〈中次五經〉尸水的祭祀則「刉一牝羊」（頁 135）。羊牲的數量都是一隻。大部分單獨用於一個祭祀單位中，但也有和其他牲品同用在一個祭祀上的，例如〈中次五經〉尸水的祭祀，除刉一牝羊外，還用了一隻黑狗和母雞。山經以羊牲祭山，具有何種意義？祭山用獨牲、用牡羊，與祭尸水用合牲、用牝羊，在宗教祭儀上的差別為何？這些疑惑仍須藉助先秦祭祀用牲的說明，才可能有比較清晰的了解。

一、殷代祭祀羊牲使用情形

殷人以羊牲祭祀的情形，既見於卜辭的記載，也見諸於考古的發掘。其中比較有規模的，是民國十七年開始，中央研究院歷史語言研究所，在河南安陽殷墟進行的一連串考古工作。石璋如先生從殷墟小屯與建築有關的墓葬中，發現殷人興建宮廟時，在工程進行的若干階段，都有宗教儀式的舉行。這些儀式可以分為奠基、置礎、安門、落成四項。在置礎和落成儀式當中，都有以羊為犧牲的遺跡。被疑為與置礎儀式有關的遺跡裡，羊牲狗牲同埋一坑，如小屯西區乙七基址編號 M229、M141、M105 三個獸坑，都是羊狗同坑。而可能與落成儀式有關的獸坑，則有羊牲單獨瘞埋，或羊犬合埋的現象；例如乙七基址北組墓葬中，編號 M182 的獸坑，皆是羊骨；乙七基址中組墓葬中

的 M152 坑，則埋有羊骨和犬骨。〔註2〕這些建築儀式所以用羊牲，可能和《禮記·雜記》「成廟則釁之」的羊牲一樣（見下文），被當作釁牲使用。釁，《說文》云：「血祭也。」（頁 106）古人釁祭的對象，陳夢家分爲四類：社、廟屋、軍器、寶器。釁的作用有兩個意義，一爲袚除，一爲「神之」。陳氏說：

> 古人認血爲一種生命力，以血塗于物即賦生命力于此物，則此物必神靈而大有力矣。〔註3〕

殷人建築儀式使用羊牲的目的，可能即在於取羊血袚釁，以除惡去邪。建築過程中使用犧牲的風俗，也在歐洲發現，如希臘人在蓋房子的時候，也有殺取牲血流在基石上的儀式。江紹原曾對這種儀式描寫道：

> 選定的牲須拿到基地去，在那裡被人把喉嚨管割開，讓血流在基石上，然後將牲體埋於其下。〔註4〕

這種儀式的產生，大概都源於以爲牲血具有生命力，能攘除不祥，並賦予物體神力的信仰。

此外，在殷墟小屯北方的丙組墓址中，也發現了殷人祭祀的遺跡，石璋如先生以爲這是殷代壇祀遺跡。遺址留有玉璧、人牲、獸牲、柴灰、燎牲、穀物、陶器等物；其中以丙二基地爲中心的祭祀，祭品都無燒過的現象，獸坑有二，一者羊犬合葬，計七羊四犬；一者只葬羊牲，計有羊骨三具。而以丙一大基址中心爲基地的祭祀裡，祭祀所用的犧牲都加以燔燒。石璋如先生以爲是殷人燎祭的遺存。燔燒的牲體，有牛脊、獸骨和羊，羊牲是整頭燔燒，和牛牲只燒一段牛脊不同。另外，丙一基址有三行南北向排列的小方形祭坑，位於最西邊，編號 H405 的坑中，有燒過的羊骨。中間的 H355 則有燒過的四十五塊羊骨和犬骨。〔註5〕從這些遺跡，可以知道殷人祭祀所用的羊牲，有時不燔燒，有時以全羊燔燒，有時可能體解節折爲數塊之後，再行燔燎，所以祭坑中有的羊骨成塊狀。而祭祀後的牲體，從遺跡觀察可知是加以瘞埋的。與這些遺存有關的祭祀，石璋如先生以爲都是在其稱爲壇墠的臺子上舉行，

〔註2〕 石璋如〈小屯 C 區的墓葬群〉，《中央研究院歷史語言研究所集刊》23 本，頁 451～463，民國 41 年 6 月。及〈小屯殷代的建築遺跡〉，頁 164～165，《中央研究院歷史語言研究所集刊》26 本，民國 44 年 6 月。

〔註3〕 陳夢家，〈商代的神話與巫術〉，《燕京學報》20 期，頁 555～556，民國 25 年 12 月。

〔註4〕 江紹原《髮鬚爪，關於它們的迷信》，頁 96。

〔註5〕 石璋如〈殷代壇祀遺蹟〉，《中央研究院歷史語言研究所集刊》51 本 3 分，頁 413～454，民國 69 年 3 月。

但祭祀的對象爲何，則不可得知了。

　　不論建築祭儀或壇祀，殷人所用的羊牲數量都不少：置礎儀式六頭，落成儀式十二頭；壇祀的牲數則不清楚，但燒過的全羊之骨，至少也有三具。至於羊牲的性別、毛色，祭祀對象與用牲之法，則是考古資料無法提供的，須有賴於卜辭的文字說明。

　　卜辭以羊爲犧牲的例子極多，最常用於祭祀先公先王和先妣，其辭例如：

　　　貞：屮犬于父庚卯羊？（丙十二、十四、十六、十八，二〇五版）

　　　高妣夒叀羊又大雨？（續一、二五、七）

　　　□未卜，求雨自報申、大乙、大丁、大申、大庚、大戊、中丁、祖乙、祖辛、祖丁十示率羝？（合二九）

　　　叀羊屮于母丙？（續一、四〇、八）

第一例《小屯・殷虛文字：丙編》五版相同卜辭辭例的「犬」字，可能叚作「祓」字，〔註6〕爲禳除不祥之祭。（續一、二五、七）一例爲夒祭；（合二九）一例的「羝」即牡羊，謂以牡羊求雨。此外，羊牲也用於求年、祊祭、〔註7〕方帝祭、〔註8〕四方祭、寧風祭，〔註9〕和河、岳的祭祀等。

　　用於求年之祭者，如：

　　　奉年于昌父羊，夒小宰卯牛？（續一、四一、六）

　　用於祊祭者，如：

　　　丙辰卜，宁貞：旬于祊十牛十羊？九月（前一、五三、三）

　　用於方帝之祭者，如：

　　　己亥卜，貞：方帝一豕四犬二羊？二月。

　　用於四方之祭者，如：

　　　甲申卜，宁貞：夒于東三豕三羊🔲犬卯黃牛？（續一、五三、一）

〔註6〕陳夢家以爲卜辭「屮犬」之「犬」，叚作「祓」，見註3陳氏前揭書，頁554～555。

〔註7〕祊祭，陳夢家〈古文字中之商周祭祀〉，歸爲特殊之祭，以爲即《說文》門內祭先祖的祭祀，祊即鬃字，《燕京學報》19期，頁110，民國25年6月。

〔註8〕方帝祭，商承祚以爲是祭四方的統名，見李孝定《甲骨文字集釋》卷8，頁2780，引氏著《殷契佚考》頁9下。

〔註9〕寧風之祭即《周禮・春官・小祝》：「將事侯、禳、禱祠之祝號以祈福祥，順豐年，逆時雨，寧風旱……」（頁390）的祭祀。寧，《說文》作寍，云：「定息也」（頁216），寧風即止風。因久風成災，故設祭祀以禳被除風的儀式。

用於寧風（即止風）的祭祀者，如：

　甲戌貞：其夆（寧）鳳（風）三羊三犬三豕？（續二、一五、三）

用於祭河者，如：

　乙酉卜，宰貞：史人于河沈三羊，卯三牛？三月（粹三六）

用於山岳祭祀者，則如：

　丁酉卜，🔥燄山羊巳豕雨？（乙九一○三）

　丁酉卜，王其卯岳，燄叀犬十罕豚十又雨？

　□岳叀羊十豚十□？（粹二七）

　□燄于岳□三羊卯九牛？（庫二六四）

　貞：燄于岳三豕三羊？（外一九二）

山岳祭祀用羊牲的辭例不多，都以燎祭為主，應和壇祀遺跡燔燒羊牲一樣，都是將牲體放在木柴上燔燒，祈求牲體芳馨升煙上達神靈。

　　這些祭祀所用的犧牲，有時全用羊牲，如前舉先公先妣的祭祀即是。但更多的例子，是羊牲和其他牲品，共同作為一個祭祀對象的犧牲，例如前舉的祊祭、方帝祭、河、岳等的祭祀皆如此。各個祭祀所用的羊牲數目多寡不一，據張秉權先生統計，殷人用羊牲的數量，從一頭到百頭都有。〔註10〕同一個祭祀對象所用的犧牲數量也不一定，如上舉（前編一、五三、三一）例的祊祭用十牛十羊，但《小屯・殷虛文字：甲編》三五一八的一條卜辭，祊祭的犧牲數多達百頭，其辭云：「貞：卯祊用百羊百犬百豚？十一月」。可見殷人祭祀同一個對象，用牲多少並無一致的標準。但此二例祊祭的犧牲種類不同，數量卻一致，且皆為十、百等單位數，恐非巧合而已，只是已無由考知了。

　　羊牲的性別，卜辭有時也特別標明用牡或牝，如前舉（合二九一）例，先公先王的祭祀即用牡羊。用牝羊的辭例，如：「甲戌卜，又妣庚牝？」（乙八八五二）但犧牲性別的選定，是否有某種宗教因素，目前還無法推知。以先公先妣的祭祀而言，牡羊既用於先公先王的祭祀，如：

　父申一牡？

〔註10〕張秉權〈祭祀卜辭中的犧牲〉，《中央研究院歷史語言研究所集刊》38 本，頁196～199，民國57年2月。

　　　　父庚一羌？

　　　　父辛一羌？（後上二五、九）

也用於先妣的祭祀，如：

　　　　又升於妣庚羌？（乙八八五七）

　　　　乙巳貞：其求至于妣庚妣丙牡羌白豕？（粹三九六）

至於牝羊，先公先妣的祭祀都有以牝羊爲牲的例子，不過牝羊用在先妣祭祀
的例子，似乎更多一些，如：

　　　　☐于母丁☐羞？（前一、二八、五）

　　　　貞：來庚戌虫于示壬妾妣牝羞羞？（續一、六、一）

　　　　钔于高妣己☒羞酚㐱舞☐？（前一、三四、六）

其他祭祀也有卜用牝羊的例子，如：

　　　　乙丑卜，其又歲于二司一羞？（甲八七五）

但由於辭例有限，尚難找出其中的用牲原則。

　　　殷人祭祀有時也講究犧牲的毛色，羊牲則只有白色才特別標明，〔註 11〕
例如：

　　　　叀白羊用？（續二、二〇、七）

羊牲的用牲方法，除前舉山岳祭祀的「燎」以外，主要有「卯」、「☒」、「沈」、
「祟」等法。「卯」、「☒」、「沈」已見於本文牢牲一章，此處只舉「祟」牲之
例，如：

　　　　辛巳卜，貞：牛示夆自上甲一牛祟隹羊祟牡？（續一、四、一）

「祟」，郭沫若以爲當讀爲「祟」，古代祟、祟、蔡、殺等字皆音同義近，〔註
12〕「祟」作爲用牲之名，大約與「殺」的意思相當。

二、周代祭祀羊牲使用情形

　　　周人使用羊牲祭祀的情形，主要見於先秦載籍，但近年考古挖掘，也有
周人祭祀遺跡用羊牲的發現，因此，綜合載籍與考古資料，將周人用羊牲祭
祀的類別，歸納爲下列幾項：

―――――――――――――――

〔註11〕註 10 張秉權前揭書，頁 199。

〔註12〕見李孝定《甲骨文字集釋》，卷9，頁 2998～3000，引郭沫若《甲骨文字研究》
　　　　上冊，〈釋蝕〉，頁 1 下至頁 2 下。

（一）宗廟薦新祭司寒

《禮記‧曲禮下》云：「祭宗廟之禮……羊曰柔毛。」（頁 98）本論文牢牲一章中，已指出周代宗廟之祭，大夫用少牢羊豕二牲，而〈曲禮下〉則說，「大夫以索牛，士以羊豕。」（頁 98）和他書所載不同，孔穎達疏以為〈曲禮〉所說的大夫、士，是天子的大夫和士，又說禮「上得兼下，下不得僭上」。若然，周代宗廟之祭，只有天子之士，和諸侯大夫以上階級，才能使用羊牲。羊牲也是天子之士，和諸侯大夫祭祀中，最隆重的犧牲。

宗廟正祭之外，周人仲春薦新，也先用小羊為犧牲，祭祀「司寒」玄冥，再取出冬天貯存的冰塊，薦祭寢廟。《禮記‧月令‧仲春》云：「是月也……天子乃鮮羔開冰，先薦寢廟。」（頁 300）「鮮」，鄭玄注以為應讀為獻牲的「獻」，羔即小羊，「獻羔」即取小羊為獻牲以祭。薦冰祭司寒之禮，也見於《左傳》昭公四年：

> 古者日在北陸而藏冰……其藏之也，黑牡秬黍以享司寒……大夫命婦喪浴用冰，祭寒而藏之，獻羔而啟之，公始用之，火出而畢賦……。
> （頁 728～729）

杜預注以為「司寒」即玄冥，是北方之神，秬黍是黑黍，祭北方之神，故從其方色，物皆用黑。《詩經》、《周禮》也記載了周人以「羔」為犧牲之事，如《詩經‧豳風‧七月》云：「二之日鑿冰沖沖，三之日納于凌陰。四之日其蚤，獻羔祭韭，」（頁 286）《周禮‧夏官‧羊人》職云：「掌羊牲，凡祭祀，飾羔。」（頁 458）鄭玄注以為《詩經》、《周禮》的「羔」，也都是薦冰祭司寒所用。

另外，羔羊也用於暑祭。《夏小正》有：「二月……初俊羔，助厥母粥」的記載，傳云：「或曰夏有煮（暑）祭，祭也者用羔」，洪震煊以為此即夏代獻羔啟冰的備暑之祭。孫詒讓則據《夏小正》及《詩經‧豳風‧七月》有「四之日其蚤」之語，又據《周禮‧天官‧凌人》職：「祭祀共冰鑑，夏頒冰掌事」的記載，以為祭司暑也用羔（小羊）。〔註13〕若然，則周代逆暑迎寒的四時之祭，都以羔為犧牲。

祭司寒，《左傳》說用「黑牡」，大概是周人五行方色的觀念實踐，也是「因天事天，因地事地」（《禮記‧禮器》，頁 470）的祭祀思維，那麼薦冰祭

〔註13〕洪說見洪震煊《夏小正疏義》，頁 14。孫說見孫詒讓《周禮正義》，〈天官‧凌人〉，卷 10，頁 70～71，及〈春官‧籥章〉，卷 46，頁 50～51，〈夏官‧羊人〉，卷 57，頁 75。

司寒所用的「羔」，大概也是黑色的小公羊。

（二）「祈珥」、沈、辜、侯禳、釁、積之祭

《周禮・夏官・羊人》職云：

> 凡祈珥，共其羊牲……凡沈、辜、侯、禳、釁、積，共其羊牲。（頁458）

《周禮・夏官・小子》職亦云：

> 掌祭祀羞羊肆、羊殽、肉豆。而掌珥于社稷，祈于五祀。凡沈、辜、侯禳飾其牲，釁邦器及軍器。（頁457）

祈、珥、沈、辜、侯禳、釁、積等，既爲祭儀，也是用牲之法。祈、珥、沈、辜、侯禳、釁、積都可以羊爲犧牲，足見周人祭祀用羊牲的比例極高，以下畧作考察。

祈珥

《周禮》「祈珥」二字可能是叚借字，本字當作刉（劌）衈，是殺牲取血的祭祀，亦即血祭（詳見第六章）。鄭玄以爲「祈珥」是釁禮之事（《周禮・夏官・小子》注，頁457），「祈珥」的祭儀不一定用於釁禮，不過釁禮也是血祭的一種。〔註14〕《周禮・夏官・小子》云：「掌珥于社稷，祈于五祀」（頁457）。《管子・形勢篇》亦云：「山高而不崩，則祈羊至矣。」（1冊，頁4）祈、珥之字，都是「刉衈」的叚借。〈羊人〉祈珥用羊牲，則《周禮・小子》、《管子・形勢》的社稷、五祀〔註15〕、山嶽的祈珥之祭，大概都有殺羊牲進行血祭的儀式。《周禮・春官・大宗伯》云：「以血祭祭社稷、五祀、五嶽」（頁272）的血祭，大約就是〈羊人〉、〈小子〉職所謂的「祈珥」之祭。不過《禮記・郊特牲》云：「社稷大牢」（頁480）、《尚書・召誥》云：「周公……乃社于新邑，牛一羊一豕一。」則王親臨祭拜的社稷等祭祀中的羊牲，當是太牢中的羊牲，一般常祀才用特羊。

沈

《儀禮・覲禮》云：「祭川沈」（頁331）。《周禮・大宗伯》云：「以貍沈

〔註14〕註3陳夢家前揭書，頁547、559。

〔註15〕鄭司農（眾）以爲「五祀」所祭祀的對象是「五色之帝於王者宮中日五祀」，鄭玄則以爲是：「五官之神在四郊，四時迎五行之氣於四郊，而祭五德之帝，亦食此神。少昊氏之子日重，爲句芒，食於木。該爲蓐收，食於金。脩及熙爲玄冥，食於水。顓頊氏之子日黎，爲祝融，后土，食於火土。（《周禮・大宗伯》注，頁272。）以〈大宗伯〉所列的神格高低之序而言，後鄭所言較是。

祭山林川澤。」（頁 272）《爾雅·釋天》也謂「祭川曰浮沈」（頁 99）。《周禮》鄭注認爲以沈祭河川是「順其性之含藏」（頁 272），但也可說是《禮記·禮器》篇「因天事天，因地事地」的祭祀原則。可知〈羊人〉所說的「沈」，當指河川之祭，是將犧牲投沈於河川的祭祀方法（見第三章第二節）。故羊牲也用於川澤的祭祀。

辜

辜即䃉辜，是劈剖牲體，再披磔分解的祭祀方式（説詳六章第二節）。《周禮·春官·大宗伯》云：「以䃉辜祭四方百物」（頁 272）。因知羊牲也用於四方百物的祭祀。

侯禳

鄭司農《周禮·夏官·小子》注，以爲侯禳是「侯四時惡氣禳去之也」（〈小子〉鄭玄注引，頁 457），將侯禳視爲一事。鄭玄於《周禮·春官·小祝》注云：「侯之言候也。候，嘉慶祈福祥之屬；禳，禳卻凶咎，寧風旱之屬」（頁 390），則以侯、禳爲兩種祭祀，但於〈羊人〉職卻又遵循先鄭的解釋，大概以爲〈羊人〉職所說的侯禳，主要是指禳凶去咎的祭祀。《太平御覽》卷九一八引斐玄《新言》云：

> 正朝，縣官殺羊，懸其頭於門，又磔雞以副之，俗説以厭屬氣。或以問河南任君。任君曰：「是月土氣上升，草木萌動，羊齧百草，雞園啄五穀，故殺之以助生氣。」（頁 4205）

懸羊首或高置牲首的祭祀方式可能是流傳已久的厭勝祭儀，甲骨卜辭有𢍰（前一、三、八）一字，徐中舒以爲是「象陳牲首於几上以祭之形。」〔註16〕〈羊人〉職也有「祭祀割羊牲登其首」（頁 458）的記載，《新言》所謂縣羊頭能壓制屬氣厭勝的風俗，與〈羊人〉用羊牲侯禳的祭祀，都是將羊視爲能禳除凶邪的犧牲。

釁

鄭司農〈羊人〉注以爲釁指用羊血釁國寶（頁 458），所謂國寶，即《周禮·春官·天府》「釁寶鎮及寶器」（頁 311）的寶鎮、寶器。指「國之玉鎮、大寶器」（〈天府〉文）。鄭玄注云：「玉鎮、大寶器，玉瑞、玉器之美者。」（頁 311）而〈小子〉職的「釁邦器，軍器」，鄭玄以爲「邦器謂禮樂之器及祭器之

〔註16〕見徐中舒主編，《甲骨文字典》，頁 244。

屬。」賈公彥疏復申述之，以爲「鄭云禮器者，即射器之等，樂器即鐘鼓之等，祭器即籩豆俎簋彝器皆是。」（頁 457）孫詒讓《周禮正義・小子》則謂軍器爲「鼓鐸之屬」（卷 57，頁 75）。《禮記・雜記下》亦云：「凡宗廟之器，其名者，成則釁之以豭豚」（頁 754），《禮記・雜記》的宗廟之器，也就是《周禮》所說的邦器。可知周人釁器也用豭豚（小公豬）之血。其與羊牲的分別，在於羊牲血以釁玉、寶器爲主，豭豚血則釁金屬寶器爲主。此外，和殷人建築儀式的羊牲一樣，周人羊牲亦用以釁廟屋。〈雜記〉云：

> 成廟則釁之，其禮，祝宗人、宰夫、雍人，皆爵弁純衣。雍人拭羊，宗人祝之，宰夫北面，于碑南，東上，雍人舉羊，升屋自中，中屋南面，刲羊，血流于前，乃降……。

以羊血釁廟，也是認爲血能禳祓除穢的巫術祭儀。孫家驥〈讀山海經雜記〉以爲歷代宮門明柱都髹以朱漆，便是古代以牲血塗門厭勝的釁禮之遺。〔註17〕

積

　　鄭司農據《周禮・羊人》故書「積」字作「眦」，以爲「積」讀爲「漬」，謂漬軍器。鄭玄則以「積」爲積柴，指《周禮・大宗伯》：「以禋祀祀昊天上帝，以槱燎祀日月星辰，以實柴祀飌師雨師」，三種（禋祀、槱燎、實柴）積柴實牲體，燔燎以祭天神的祭祀（頁 458）。孫詒讓同意後鄭之說，認爲「釁、積義複，且以釁爲漬，於經無徵」，鄭玄的解釋，是「以積眩彼三祀」。又以爲侯、禳、釁三者用特羊，「積」祀所用的羊牲爲太牢之一，而《周禮》〈羊人〉供羊，與〈地官・牛人〉供牛，〈冬官・豕人〉（已佚）供豕爲聯事。〔註18〕

　　案鄭、孫之說可從。〈羊人〉所職的「積」，當如鄭玄所說，指積柴之祭。不過周人於南郊禋祀昊天上帝，犧牲乃用牛犢，《尚書・召誥》：「用牲于郊，牛二」（頁 219），《禮記・郊特牲》亦謂「郊，特特」（頁 480），〔註19〕〈羊人〉職既供羊牲，則其所說的「積」，可能不是禋祀昊天上帝之祭，而是如〈郊特牲〉孔穎達疏引熊安生所說的：「謂祭日月以下，故燔燒用羊也。」〔註20〕

〔註17〕孫氏此文《臺灣風物季刊》分兩期刊載：一見於 13 卷 6 期，民國 52 年 12 月。一見於 14 卷 1 期，民國 53 年 6 月。本處所引孫氏意見，見 14 卷 1 期，頁 10。
〔註18〕孫詒讓《周禮正義》〈夏官・羊人〉注，卷 57，頁 76。
〔註19〕〈郊特牲〉注疏引陸德明《經典釋文》：「鄭云『以其祭天用騂犢之義也。』郊者，祭天之名，用一牛，故曰特牲。」（頁 480）郊牛之說，可參閱周何先生《春秋吉禮考辨》，頁 56～58。
〔註20〕孔穎達《禮記・郊特牲》疏引，藝文《十三經注疏》，頁 481。

及〈羊人〉賈公彥疏所云：「祭天用犢，其日月以下有用羊者。」（頁 458）孔穎達〈郊特牲〉疏認為日月以下和五祀之等的常祀用羊，王親祭用牛（頁 482）若然，則羊牲也用於昊天上帝以下天神：日月星辰、風師雨師等的常祀祭祀中。

（三）軷　祭

《詩經・大雅・生民》云：

> 載謀載惟，取蕭祭脂，取羝以軷。載燔載烈，以興嗣歲。

毛亨傳云：「羝，牡羊也。軷，道祭也。」（頁 594）

「軷」是古人出門遠行的道路之祭，《儀禮・聘禮》稱之為「釋軷」：

> 出祖釋軷，祭酒脯，乃飲酒于其側。

鄭玄注云：

> 行出國門，止陳車騎，釋酒脯之奠於軷，為始行也。詩傳曰：「軷，道祭也」，謂祭道路之神。（頁 283）

《周禮・夏官・大馭》則稱之為「犯軷」：

> 大馭，掌馭玉路以祀。及犯軷，王自左馭，馭下，祝登受轡，犯軷，遂驅之。（頁 489）

軷、釋軷、犯軷，都是一種道路之祭，目的在於祓除跋涉山川的險難。犯軷也作範軷，犯軷的儀式，《說文》軷下云：

> 出將有事於道，必先告其神，立壇四通，樹茅以依神為軷，既祭犯軷，轢牲而行為範軷。（頁 734）

鄭玄〈大馭〉注則說：

> 行山曰軷，犯之者，封土為山象，以菩芻棘柏為神主。既祭之，以車轢之而去，喻無險難也。（頁 489）

《說文》所說的「立壇四通」，大概和鄭玄所謂的「封土為山象」相似，都是築土成壇狀或山形，用以象徵登涉所經之地。唯軷壇是常祀所祭之處，鄭玄注《禮記・月令》孟冬：「祀行」云：「行在廟門外之西為軷壤，厚二寸，廣（東西）五尺，輪（南北）四尺，祀行之禮，北面設主于軷上。」（頁 341）「封土為山象」，當如孔穎達〈月令〉孟冬疏所說：「若於國外祖道軷祭，其壇隨路所嚮，而為廣輪尺數同也。」（頁 341）為出行在外的軷祭方式。《說文》所謂的「樹茅依神」，則與鄭玄「菩芻棘柏為神主」、「北面設主于軷上」的作用相同，都是取路上的草木做為依「神」之具。而所謂的「神」，常祀乃祭「行

神」於軷壇，出行隨所行而軷祭的「神」，則恐如周大夫王孫滿所說的，是「遠方圖物，貢金九牧，鑄鼎象物，百物而爲之備，使民知神姦。故民入川澤山林，不逢不若。魑魅罔兩莫能逢之。」（《左傳・宣公三年》，頁 367）的山川百物，魑魅魍魎之屬。祭「神」之後，軷祭的主要儀式，即在於驅車輾壓伏於壇或封土之上的犧牲，牲磔血濺，便象徵此行沿路的險阨都已克除，或災難已由犧牲代受，〔註 21〕此去將平安順利，履險如夷。故軷祭，乃是一種預先防禦不祥的祭祀。軷祭的犧牲，《詩經》說用牡羊，《周禮・犬人》則說用純色的狗（詳見第五章第一節），可能周代軷祭之牲原無定制。軷祭後的牲體，《詩經》云：「載燔載烈」，毛亨以爲「燔」是傳牲體於火上的意思，「烈」是貫插牲體於火上燒烤（〈生民傳〉，頁 594），但軷磔後的牲體，是否宜於燔烈，恐怕不無疑問，故此處暫且存疑。

（四）盟誓之祭

〈曲禮下〉云：「約信曰誓，涖牲曰盟。」古人爲了表明彼此的誠信，設有盟誓之法，《周禮・秋官・司盟》即掌此「盟載之法」。鄭玄〈司盟〉注云：

> 載，盟誓也。盟者書其辭與策，殺牲取血，坎其牲，加書於上而埋之，謂之載書。

春秋時期，盟誓風氣極盛，盟誓時殺牲取血，祭祀鬼神，而後兩造各取牲血飲，稱爲「歃血」。《墨子・明鬼下》，載齊莊王有二臣王里國、中里徼，訟獄三年不決，莊王使二子盟誓：

> 恐失有罪，乃使之人共一羊，盟齊之神社。二子許諾。於是泏（歃）血，摇（剄）羊而灑其血。讀王里國之辭，既已終矣。讀中里徼之辭未半，羊起而觸之，折其腳。祧神之而稾之（出），殪之盟所。〔註 22〕

於此可知，盟誓所用的犧牲爲羊。盟誓所以用羊牲的原因，據《墨子》「羊起而觸之」的記載推測，可能和古代「羊觸有罪」的傳說有關。王充《論衡・是應篇》云：

> 儒者說云：觟䚦者，一角之羊也，性知有罪。皐陶治獄，其罪疑者，令羊觸之。有罪則觸，無罪則不觸。〔註 23〕

一九六五年，在山西侯馬發掘的春秋晉國盟誓遺址中，即有盟誓所用的

〔註 21〕註 3 陳夢家前揭書，頁 555。
〔註 22〕孫詒讓《墨子閒詁・明鬼下》，卷 8，頁 11～12。
〔註 23〕王充《論衡・是應篇》，新興書局《漢魏叢書》本，卷 17，頁 1844。

犧牲遺跡。遺址獸坑的牲骨，據統計以羊牲最多，計一七七具，牛骨六三具，馬骨一九具。獸坑以外的塡土中，還有一些雞骨。盟書主要和羊牲同埋於坎中，偶而也和牛、馬同埋，但往往盟書記載所用犧牲云：「敢用一元（即牛）」，盟書坑中出土的卻是羊牲。這種現象，發掘報告以爲是祭祀之官－「詛祝」宣讀盟書的正式儀式，和掌盟儀之官－「司盟」，「坎牲取血」的埋書儀式，兩種儀式所用的犧牲有別，而從坎中牲骨的姿勢判斷，這些犧牲有一部分是活埋的。〔註24〕

由考古資料可知，周代盟誓之祭，雖也用牛牲、馬牲，但盟誓的主要儀式－殺牲歃血－所用的犧牲，仍以羊牲爲主。祭祀後，並將羊牲直接埋於坎中。

除上述諸項祭祀用羊牲外，《史記·封禪書》也記載秦襄公作西時祠白帝少昊，所用的犧牲是「駵（赤馬黑鬣）駒、黃牛、羝（牡羊）羊各一」（頁1358），羝羊即公羊，因知羊牲也用於祠祭五帝中的白帝。

至於羊牲的使用方法，除上文所舉的祈珥、沈、辜、侯禳、軷等之外。《周禮·夏官·小子》云：「掌祭祀，羞羊肆、羊殽、肉豆」（頁457）。「羊肆」，孫詒讓以爲是豚解羊隻爲七體的意思（詳見第二章）。「羊殽」則謂殽蒸，也就是體解羊隻爲二十一體。而「肉豆」所盛，爲切肉，亦即〈曲禮〉「左殽右胾」的胾肉。〔註25〕這種用牲的方式和牢牲相似，賈公彥〈小子〉疏云：「此經祭用羊，是用大牢爲宗廟之祭……禘郊之祀則有全烝……宗廟之祭不得全烝也。」（頁457），因此，〈小子〉職「羞羊肆、羊殽、肉豆」體解羊牲而祭的方式，乃宗廟祭祀所用，其羊乃大牢、少牢中的羊牲，與沈、辜、侯禳、軷所用的特羊有別。

綜觀前述可知，除牢牲中的羊牲外，周代以特羊爲犧牲的祭祀，就祠祭對象而言，有宗廟祖先、社稷、五祀、五嶽、山川、四方百物等諸神明，也用於釁廟、釁器、盟詛、軷祭等祭儀，是周人禳祓除穢祭祀中的重要犧牲。

三、山經祭祀羊牲使用情形及其與殷周祭祀的關係

山經用羊牲祭祀的諸山爲：

〈西山首經〉：

〔註24〕《侯馬盟書》，頁6～26。
〔註25〕孫詒讓《周禮正義》〈夏官·小子〉注，卷57，頁71～72。

凡西經之首，自錢來之山至于騩山，凡十九山……。其餘十七山之屬，皆毛牷用一羊祠之。（頁32）

〈東次三經〉：

自尸胡之山至于無皋之山，凡九山……，其神狀皆人身而羊角。其祠：用一牡羊，米用黍。是神也，見則風雨水爲敗。（頁113）

〈中山首經〉：

凡薄山之首，自甘棗之山至于鼓鐙之山，凡十五山……，其餘十三山者，毛：用一羊，縣嬰用桑封，瘞而不糈。（頁121）

〈中次三經〉：

凡萯山之首，自敖岸之山至于和山，凡五山……，其祠：泰逢、熏池、武羅，皆一牡羊副……。（頁128）

〈中次七經〉：

凡苦山之首，自休與之山至于大騩之山，凡十有九山……，其十六神者，皆豕身而人面。其祠：毛牷用一羊羞，嬰：用一藻玉瘞。（頁150）

此外，〈中次五經〉尸水的祭祀也用羊牲：

凡薄山之首，自苟林之山至于陽虛之山，凡十六山……，尸水，合天也，肥牲祠之，用一黑犬于上，用一雌雞于下，刉一牝羊，獻血……。（頁135）

〈西山首經〉與〈中次七經〉所用的羊牲，山經皆云「毛牷」。「牷」者，郭璞以爲是牲體全具的意思（〈西山首經〉注，頁32）。《說文》牷字下則謂「牷，牛純色」（頁52），與郭說不同。按「牷」字漢儒說解時，即已區別爲上述的兩種說法：《周禮·地官·牧人》云：「以共祭祀之牲牷」，鄭司農注謂「牷」，純色，鄭玄注則謂「牷」爲體完具也（頁195）。《周禮》〈秋官·犬人〉：「凡祭祀共犬牲，用牷物」，先後二鄭對「牷」字的注解，也和牧人注相同，採取各異的說法。然比對《周禮》上下文意，「牷」字似乎以「純色」的解釋較爲恰當。

〈地官·牧人〉云：

凡時祀之牲必用牷物，凡外祭、毀事用尨可也。（頁195）

〈秋官·犬人〉云：

凡祭祀共犬牲，用牷物。凡幾珥、沈、辜、用駹可也。（頁543）

〈冬官‧玉人〉云：

　　天子用全，上公用龍。（頁631）

「牷」、「全」字和「尨」、「駹」、「龍」字對舉，尨、駹、龍三字意思相同，都當「雜色」講。〔註26〕〈玉人〉的「全」字，鄭司農云純色也，鄭玄謂純玉也。但以「純」釋「全」，二說相同。因此，「牷」字和訓為雜色的尨、駹字對舉，解釋為「純色」，〔註27〕應較確當。而且《說文》牷字訓「牛完全也」。畜獸而名之為「牷」，已表示體膚完具，如《穀梁哀公元年傳》即云「全曰牲，傷曰牛」（頁198），〈牧人〉職「以共祭祀之牲牷」，「牲」字已有完具之義，「牷」字自不當再訓為「完具」。不過牷字從牛從全，「全」本有「完具」的意思。「牷」字又是犧牲的專名，犧牲的基本條件是角體完具，「牷」字自然也具有這種意思，所以鄭玄、郭璞釋「牷」為牲體完具，也未可以為非。

　　綜合以上的考察研判，山經「毛牷」的「牷」字，解釋為「純色」較為恰當。「毛牷用一羊祠之」的意思，即指祭祀的羊牲要用純色的羊。其他未注明「毛牷」的羊牲，或許如《周禮‧牧人》所說「凡外祭毀事，用尨可也」。因山川祭祀為外祭，故也可用雜色的羊牲祠祭。而從這一點可以發現，在牲色的選用上，山經和周人祭祀的習慣是一致的。

　　其次，〈東次三經〉和〈中次三經〉都以牡羊祭祀。尸水則刉一牝羊，其他諸山則未注明羊牲性別。這種情形和殷周祭祀，偶而標明羊牲牝牡的記載是相同的。殷人牝羊多用於先妣的祭祀，可知羊牲牝牡的選用，當與祭祀對象有關。山經祭山神用「牡羊」外，其他諸山也多用雄牲。如〈西次二經〉十神、〈北山首經、二經〉，及〈中山經〉大多數的山群祭典，都以雄雞為牲。惟〈中次十二經〉用雄雞外，還刉一牝豚。而尸水的祭祀，則用了兩頭牝牲：牝羊和雌雞。這種用牲的方式，顯然也與祭祀對象有關，同時已隱約有以雄牲祭山，雌牲祀水的現象。

　　在用牲法方面，〈中次三經〉云：「皆一牡羊副」，「副」即疈，即疈辜，是剖牲胸披磔的祭祀方法（見第六章第二節）。與〈羊人〉職所說的「辜」相同。〈中次五經〉尸水謂「刉一牝羊，獻血」，刉為殺牲取血的祭祀，即〈羊人〉職所說的「祈珥」。而〈中山首經〉、〈中次七經〉於所用祭玉之下，皆言「瘞」，瘞即貍（薶）的意思，從山經文意判斷，所貍者應包括牲體在內。祭

〔註26〕見《周禮》各篇前後鄭注，藝文《十三經注疏》本，頁195、543、631。
〔註27〕參閱孫詒讓《周禮正義》所引曾釗之說，〈地官‧牧人〉，卷23，頁94～95。

山貍牲、玉，不但和〈春官・大宗伯〉「以貍沈祭山林川澤」的祭法相同，也和殷周祭祀遺跡中，瘞埋犧牲的情形一樣。可見山經祭祀方法，仍未超越殷周祭祀的傳統。

山經祭祀羊牲都只用一頭，和殷人祭祀動輒用數羊、數十羊的情形迥然有別，而和周人理性的祭祀風氣相當。山經羊牲多半為一個祭祀單位裡的獨牲，惟有祭尸水之神，和雞狗二牲用於同一個祭祀中，這種用牲的習慣，也和周人比較接近。

羊牲在周代是僅次於少牢的犧牲，在山經一般眾山的祭祀裡，用羊牲的諸山祭祀等級，也僅次於〈西次二經〉用少牢的飛獸之神。羊牲是周朝大夫以上階級的祭牲，山經用羊牲祭祀的諸山祠禮，可能也是王室的祀典，非民間所有。

值得特別留意的是，山經用羊牲祭祀的山群，除〈東次三經〉以外，其餘都位於河、渭、汾、伊、洛等河流域。〈西山首經〉是西嶽華山以西的山羣，大約位於陝西潼關，西至甘肅西寧一帶，[註28] 屬渭河流域。〈中山首經〉位於黃河北岸，由相傳為舜所耕之處的歷兒之山迤邐東行，大致是山西蒲州到太原一帶的山脈，屬汾河流域。〈中次三經〉畢沅以為在河南省河南、新安、孟津三縣縣界，[註29] 位於黃河南岸。〈中次五經〉則從山西首山向東或東北蜿蜒，約位於陝甘交界一帶。〈中次七經〉有中嶽嵩山（太室山、少室山）居其中，位於河南省伊洛流域附近。這些山嶽所在地區，約相當《周禮・職方氏》所稱的豫州、雍州、并州、冀州（頁 499～500）等地。[註30] 就〈職方氏〉所載各地畜產而言，豫州其畜宜六擾：馬、牛、羊、豬、犬、雞；雍州其畜宜牛馬；并州其畜宜五擾：馬、牛、羊、犬、豕；冀州其畜宜牛羊；山經以羊牲祭祀神明的地區，大致和各地物產實況相合。不過物產似乎不是這些山群以羊牲祭祀的主因。在歷史上，這些山嶽所在之地，都和夏、商、周三代的政治中心接壤，由於位於京城附近，可能自古即享有較隆重的祭禮，尤其〈西山首經〉、〈中次七經〉有西嶽華山、中嶽嵩山在其中，羊牲特別註明用「毛牷」－純色。而〈中山首經〉的歷兒之山，有舜耕的神話，〈中次三

〔註28〕畢沅《山海經新校正》，〈西山首經〉，頁 8。

〔註29〕畢沅註 28 前揭書，〈中次三經〉，頁 8。

〔註30〕九州名稱與範圍，《周禮・職方氏》、《尚書・禹貢》等書所載，互有參差。本論文乃參考王鎮九〈中國上古各地物產〉約略區分。文見《禹貢半月刊》2卷 4 期，民國 24 年 7 月 16 日。

經〉有神泰逢、熏池、武羅的神話，〈中次五經〉的尸水，有合天的傳說，〈東次三經〉，吳承志、衛挺生皆以爲所述山脈，位於今日本、朝鮮諸島。〔註31〕山經云：「是神也，見則風雨水爲敗」，神話是祭儀的執照，〔註32〕這些山嶽流傳的神話，或許也和它們享有較其他小山崇隆的犧牲品級有關。

第二節　豩、豚二牲

豩與豚都是豬牲，故本節將山經使用豩牲與豚牲的祭祀合併於此論述。
山經以豩爲犧牲的祭祀有二處：
〈北山首經〉：
凡北山經之首，自單狐之山至于隄山，凡二十五山……，其神皆人面蛇身。其祠之：毛用一雄雞、豩瘞。（頁79）
〈北次二經〉：
凡北次二經之首，自管涔之山至于敦題之山，凡十三山……，其神皆蛇身人面。其祠：毛用一雄雞、豩瘞。（頁84）
以豚爲犧牲的祭祀僅一見：
〈中次十二經〉：
凡洞庭山之首，自篇遇之山至于榮余之山，凡十五山。……其神狀皆鳥身而龍首。其祠：毛用一雄雞、一牝豚刉。（頁179）
豩、豚都和雄雞同用於一個祭祀中，雞牲的使用情形，見本論文雞牲一節所述，此節先探索山經用豩豚爲祭牲所具有的意義。在敘述正文之前，須先說明豩豚、二牲的分別。

「豩」的本義爲野豬，須射而得，所以甲骨文豩字作▶ （前四、五一、三）從豕，象豕身上射著一枝箭的形狀。〔註33〕豕字甲骨文作▶ （前四、二七、四）、

〔註31〕參閱吳承志《山海經地理今釋》，求恕齋本，卷5，頁26下至33下。衛挺生《山經地理圖考》，頁5。

〔註32〕參閱張光直，〈中國創世神話之分析與古史研究〉，「神話爲宗教儀式之執照」一節，《中央研究院民族學研究所集刊》第8本，頁66，民國48年9月。

〔註33〕《說文》豩下云：「豕也。後蹄廢謂之豩。从互，从七，矢聲。」（頁461）但羅振玉，據卜辭豩字字形，以爲其字「从豕，身著矢，乃豩字也。豩殆野豕，非射不可得，亦猶雉之不可生得與……許君謂豩，从互，矢聲，二七，是誤以象形爲形聲矣。」見註12李孝定前揭書，卷9，頁3005，引氏著《增訂殷虛書契考釋》中，頁28下。

（甲二九二八）、 （粹一九八四）等形，象豕腹部碩大短尾的樣子，或象豕有剛鬣的形狀。〔註34〕豕、豕二字，都用作殷代的牲名，但是否指同樣來源的犧牲，則無法從其祭祀對象或用牲數量上推知。且春秋以降，豕、豕、豬三字已漸漸不分了，因此也無法根據先秦載籍資料推斷殷商豕、豕二牲是否相同。如《墨子·天志上》云：「莫不犓牛羊，豢犬豕」（卷7，頁7），相同的句義，〈法儀篇〉則作：「莫不犓牛羊，豢犬豬。」（卷1，頁21）可知豬、豕意思相同。同時，「豕」而云「豢」，其不指野豬也是很明白的。經傳豕、豕二字互用的例子極多，《方言》八云：「關東西或謂之豕，或謂之豕。」（頁27）所以許慎《說文解字》豕、豕二字互訓，因二字所指已無多大的分別。豕、豕的俗名是豬。豬字未見於甲骨卜辭，可能是後起的形聲字。《爾雅·釋獸》云：「豕子豬」（頁188），《小爾雅·廣獸》也說：「豕、豕也。豕、豬也」（頁5）。豕、豕雖然都是豬牲的通名，但太牢三牲，經傳及諸家注釋多謂「牛、羊、豕」，少有稱牛、羊、豕的，這或許和豕原為六畜之一，豢養於牢圈，而豕的本義為野豬有關。因此，山經祭祀所用的豕牲，指的應是一般的豬。

「豚」字甲骨文作 （後下、三一、二），〔註35〕從豕從肉，與《說文》篆文相同。《說文》云：「豚，小豕也。」（頁461）《方言》八也謂：「豬……其子或謂之豚」（頁27），《小爾雅·廣獸》：「豕，豬也，其子曰豚。」（頁5）豚為小豕、小豬之意也很清楚。豕與豚，一為成牲，一為豬犢。成牲與犢古人往往加以分別，《墨子·非攻上》：「至攘人犬豕雞豚」（卷5，頁1），《孟子·梁惠王上》：「雞豚狗彘之畜」（頁24），都是豕、豚或豕、豚並舉，分別得很清楚。因此下文敘述殷、周豬牲使用情形，也將兩者分開敘述。

一、殷代祭祀豕、豚二牲使用情形

祭祀豬牲在殷商的使用情形，主要根據卜辭的記錄。考古學者雖曾在殷墟小屯建築儀式中，發現殷人祭祀使用豬牲的遺跡，但遺跡僅有豬骨一具，〔註36〕不足以說明殷人用豬牲的情形，只證明了殷人建築儀式中，豬不是主要的犧牲。「豬」為豕、豕俗名，卜辭無從豕者聲「豬」字，但以「豬」為犧牲的

〔註34〕註12李孝定前揭書，卷9，頁2977。
〔註35〕註12李孝定前揭書，卷9，頁3007。
〔註36〕石璋如〈小屯殷代的建築遺蹟〉，《中央研究院歷史語言研究所集刊》，26本，頁150。

辭例極多，而卜辭的🐷（豕）、🐷（豠）、🐷（犯）、🐷（豭）、🐷（啄）、🐷（豩）、🐷（豚）、🐷（豗）等字都是豬的別名，殷人對豬牲的區分可謂細密矣。豢養的豢字也見於甲骨文，字從豕從𢆶會意，正象豢養豕豬之形，可見豬應是商人豢養的重要家畜。〔註37〕它和牛、羊、犬一樣，都是殷人經常使用的犧牲。豬的別名雖多，不過在使用上，除了「犯」字和前文所考察的「豣」字一樣，較常用於先妣的祭祀，以及豚、豕的區別較為明顯，如《小屯・殷虛文字：甲編》五七五的一條卜辭：

　　三豚此雨？

　　叀豕一此雨？

　　三豚此雨？

　　三豕此雨？

觀其辭義，乃卜問是否可用三豚或一豕、三豕求雨，豕、豚對貞，顯然二者有分別。但其他豬牲別名用為犧牲時，在祭祀卜辭中，並無十分明顯的差異。因此本節只分豕、豚二類敘述，並以「豕」牲兼包豗、豠、犯、豭、豬等別名之牲。

（一）豕　牲

　　豕牲在卜辭祭祀記錄中和牛、羊、犬的用法一樣，有時作為某種祭祀的獨牲；有時是某次祭祀中，許多牲品當中的一種。以豬為犧牲的祭祀對象，和羊牲相似，有先公、先王、先妣，河、岳、風、雲等自然神，和禘、四方等的祭祀，茲分三項，略舉如後：

1. 先公先王先妣的祭祀

卜辭辭例如：

　　乙未卜，用豗于妣乙？（乙六六八七）

　　丙戌卜，出于父丁叀豗？（乙七六二）

　　丁巳卜，又桒于父丁百犬百豕卯百牛？（掇二、三四）

　　出祖乙（五）豠？（續、一、一三、三）

　　貞：來庚戌出于示壬妾妣牝豣豣？（續一、六、一）

　　□岜卅牢卅艮二豩于妣庚三□？（前八、十二、六）

〔註37〕註12李孝定前揭書，卷9，頁2983～2984。

2. 自然神的祭祀

甲戌貞：其浮風三羊三犬三豕？（續二、一五、三）

甲辰卜，内燓于河一羊二豕☐卯一牛？（粹四四）

癸酉卜，又燓于六云五豕☐卯五羊？（二辭）（後上二二、三）

用於山岳祭祀者，辭例不多，如：

己亥卜，田率燓土（社）豕𡿺豕河豕岳〔豕〕？（粹二三）

貞：燓于岳三豕三羊？（外一九二）

☐酉卜，㱿貞：☐燓于岳三豕卯九☐（明三〇一）

今日燓于岳☐豕？（六曽四）

和羊牲用於山岳祭祀一樣，也是以燎祭爲主。

3. 其他

今日燓于蚰豕？（前四、五五、三）

叀豗司（祠）用？（續一、三九、二）

卜辭祭祀所用豬牲的數量多寡不一，有用一豕的，也有多至百豕的。〔註38〕
豕牲的毛色，則有時標明白色，如：

燓叀白豕？（後上二五、二）

有時標示「𡂖」色，如：

庚寅卜，貞：其𡂖豕？〔註39〕

豬牲牝牡也是卜問的項目之一，例如前舉先公先王先妣祭祀辭例的續一、六、
一之例。但牝牡的選擇，似乎也無必然的標準。

卜辭豬牲的使用方法，以燓祭最多，其次有卯、宜、沈、攸等。除「攸」
之外，其他已見於牢牲、羊牲二節中，故此處只就「攸」字作一簡略敘述。
卜辭辭例如：

甲子卜，亡沈攸二狂二羏？（乙四五四四）

于省吾以爲「攸」字即《說文》「攺」字，从它从攴，初義爲以朴擊蛇，引申
爲割殺之義。卜辭攸字做爲用牲之名，與卯、伐之義相當。〔註40〕故乙四五

〔註38〕註10張秉權前揭書，頁199～203。
〔註39〕黃然偉《殷禮徵實》，頁11。
〔註40〕于省吾《殷契駢枝》，〈釋攸〉，頁46～47。

四四的「亡沈��二牡二牝」，是卜問是否不要扑殺二隻公狗、公豬沈河以祭？

（二）豚　牲

卜辭豚牲和豕牲一樣，用於先公先王先妣和自然神等的祭祀中，辭例相似不再贅舉。除此而外，豚牲也常用於求雨的祭祀，如：

> 隹豚五又雨？

> ☒豚十又雨：（寧一、一一、二）

> 叀豚又雨？（鄴三、四六、三）

> 三豚��雨？（甲五七五）

> 輔鳳隹豚大雨？（前四、四二、六）

> 其☒且辛☒叀豚又雨？（南明四二九）

豚用於山嶽祭祀者，如：

> 丁酉卜，王其犂岳燎叀犬十��豚十又大雨？

> ☒岳羊十豚十☒？（粹二七）

也是以燎祭為主。

二、周代祭祀豕、豚二牲使用情形

周代以豕、豚二牲祭祀和殷人一般，也是有區別的。《禮記・曲禮下》云：「凡祭宗廟之禮……豕曰剛鬣，豚曰腯肥。」（頁98）因豕、豚有別，故宗廟祭禮中的牲號亦異。而《禮記・內則》載產子接生之禮說：

> 凡接子擇日，冢子則大牢，庶人特豚，士特豕、大夫少牢，國君士
> 子大牢，其非冢子則皆降一等。（頁534）

庶人用豚，士用豕，因知豕、豚二牲在周代牲品的等級上，豕高於豚。以下即分別敘述周人以豕、豚二牲祭祀的情形。

（一）豕　牲

1. 宗廟之祭

「豕」在周代宗廟之祭中，是諸侯之士歲時祭祀最為貴重的牲品，《儀禮》稱豕為「特牲」，《儀禮》〈特牲饋食禮〉，鄭玄目錄云：「謂諸侯之士以歲時祭

其祖禰之禮」，[註41]其牲即用豕。〈特牲饋食禮〉云「宗人視牲，告充，雍正作豕」（頁523）。豕為諸侯之士宗廟祭牲，故《禮記・玉藻》謂「士無故不殺犬豕」，鄭玄注云：「故，謂祭祀之屬。」（頁547）非祭宗廟，不隨意宰食。士宗廟之祭的豕牲，宰殺後體解為二十一體，烹於鑊，實於鼎，所用為熟牲，從饋食開始，與天子、諸侯宗廟之祭所用牢牲有別（見第三章，第三節）。

2. 薦新之祭

《禮記・月令》云：「（孟夏）是月也……農乃登麥，天子乃以彘嘗麥，先薦寢廟」（頁307），故彘也用作天子宗廟薦新麥時，所配食的犧牲。

3. 盟詛之祭

古人為了彼此信守約誓，有盟詛之法。「盟」是正式的盟誓之禮，「詛」則為盟之細者，儀式較為簡便。孔穎達《詩經・小雅・何人斯》正義云：

> 盟誼雖大小為異，皆殺牲歃血，告誓明神。後若背違，令神加其禍，使民畏而不敢犯。故民不相信，為此禮以信之。（頁427）

《周禮》則有〈秋官・司盟〉掌「盟載之灋。」鄭玄注云：「載，盟辭也。盟者書其辭於策，殺牲取血，坎其牲，加書於上而埋之謂之載書。」（頁541）而盟誓之祭所用犧牲，司馬貞《史記索隱》云：

> 盟之所用牲，貴賤不同，天子用牛及馬，諸侯用犬及豭，大夫以下用雞。（〈平原君列傳〉索隱，頁2368）

豭即公豬，謂諸侯盟誓之牲用公豬，《左傳・魯哀公十五年》：「（衛）太子與五人介輿豭從之，迫孔悝於廁強盟之。」（頁1036）也是以豭為盟牲。但《左傳・哀公十七年》魯哀公與齊平公盟於蒙，孟武伯相，問衛國大夫高柴說：「諸侯盟，誰執牛耳？」（頁1046）則諸侯國之盟用的是牛牲。與盟誓性質相近的咒詛之祭的犧牲，《左傳》隱公十一年傳云：

> 鄭伯使卒出豭，行出犬雞，以詛射潁考叔者。（頁81）

《詩經・小雅・何人斯》：「出此三物，以詛爾斯」，毛亨傳則云：

> 三物，豕、犬、雞也，民不相信，則盟詛之。君以豕，臣以犬，民以雞。（頁427）

豕、豭雖用於盟詛之祭，但為何種階級所用，諸儒所言不同。而山西侯馬春秋盟誓遺址出土的春秋晉國盟書，從寫在玉石上的盟書內容可知，該盟書乃

[註41] 見賈公彥《儀禮注疏》所錄《經典釋文》引。唯原文所引有誤，故此處引文據阮元《儀禮注疏校勘記》。原文見《儀禮注疏》，頁519。校勘記見頁525。

晉國上卿趙鞅，爲加強晉陽趙氏宗族團結而舉行的盟誓遺物。盟誓遺址的犧牲有馬、牛、羊三種，但宗盟類與咒詛類盟書皆用牛牲；〔註42〕趙氏爲晉國大夫，大夫盟詛而用牛牲，與後儒所說的盟詛用牲之法又不相同。這種現象，或許是春秋晚期禮壞樂崩，諸侯大夫勢力高漲，僭越而用天子、諸侯之禮的結果。不過盟詛用牲的目的，主要在於殺牲取血，古人視血爲神聖之物，盟詛共飲牲血，表示彼此生命結合爲一體，永不背叛。〔註43〕因此盟詛之牲所重在血，若無特別的目的，或許並無十分明確的用牲規定，只在正禮或有區分等級需要時，才依據牲品品秩高下分別之罷了。

（二）豚　牲

1. 宗廟薦祭

《國語・楚語上》：「士有豚犬之奠」（頁 383）。《禮記・禮器篇》：「羔豚而祭，百官皆足。」（頁 450）〈王制〉云：「大夫士宗廟之祭，有田則祭，無田則薦」，鄭玄注謂「有田者，既祭又薦新……士薦牲用特豚，大夫以上用羔。」（頁 245）豚、羔都是牲犢，大夫、士宗廟正祭用少牢與豕，所用皆成牲，不用牲犢。故羔豚乃無采邑的大夫和士，薦祭宗廟所用的牲品。

豚除了是無地之士的宗廟薦牲外，庶人薦新配食，也用豚，〈王制〉云：

> 庶人春薦韭，夏薦麥，秋薦稻，韭以卵，麥以魚，黍以豚，稻以雁。
> （頁 245）

豚爲士庶人所用的牲品，故《易經》中孚卦卦辭云：「豚魚吉」，王弼注謂：「豚者，獸之微賤。」（頁 133）王引之《經義述聞》亦云：「竊疑豚魚者，士庶人之禮也……豚魚乃禮之薄者。」（卷1，頁 47）《韓詩外傳》卷七：「曾子曰……是故椎牛而祭墓，不如雞豚逮親存也。」（頁 287）也以雞、豚並舉，代指禮之薄者。所以晏子祭祀先祖「豚肩不揜豆」，孔子曾以爲於禮太過儉約、狹陋了（《禮記》〈雜記下〉，頁 457、750）。

2. 釁器用牲

《禮記・雜記下》云：「凡宗廟之器，其名者，成則釁之以豭豚」，豭爲雄豬，豭豚者，小公豬。所謂宗廟之器，即《周禮・夏官・小子》：「釁邦器、軍器」（頁 457）的「邦器」之類（參閱本章第一節）。古代釁器是否有宗教儀

〔註42〕《侯馬盟書》，二，四一一，頁 405～424。
〔註43〕參閱池田末利《中國古代宗教史》，頁 715。

式舉行無從確知，不過，釁器的目的，在於以牲血塗釁寶器，使寶器賦有神力，陳夢家以爲這是一種由沐浴的清潔行爲，轉到塗血的巫術行爲，〔註44〕或許也附帶有其他儀式。

三、山經祭祀用彘、豚二牲的蠡測

山經祭祀裡，六牲中的羊、犬、雞，都可用爲獨牲，只有彘、豚二牲不單獨使用，而與雄雞合用於一個祭祀，在山經祭祀用牲的習慣上，顯得極爲特殊。這種現象可能有幾種因素：

首先，山經記載各項祭儀的先後次序，可能代表每項祭儀的重要性，和在祭祀中出現的先後。如山經祭品多先記牲品，而後祭玉，再次糈米。這種次序，可能就是祭祀時羅列擺放的先後。最先放置的祭品，便是本次祭祀中最重要的祭品，其他祭品，可能居於從屬的地位。山經〈北山首經〉、〈北次二經〉所載祭儀都是「毛：一雄雞彘瘞」，彘比雄雞大得多，卻記在雄雞之後，令人懷疑這兩列山脈的祭祀主牲仍是雄雞，「彘」可能不是用一整頭祭祀，而只用一塊彘肉而已。〈北山首經〉於祭儀下言「其山北人，皆生食不火之肉」（頁 79），這點說明了所用的彘肉未經煮熟，祭品的雄雞和彘都是生牲。〈中次十二經〉的祭品是「毛用一雄雞，一牝豚刉」（頁179），雄雞可能也是祭祀的主牲，牝豚則刉以取血，和〈中次五經〉祭祀尸水之神的牝羊一樣，目的在「獻血」于神，而其牲體並非獻神的主體。正如周人以貑豚之血釁寶器以神之，或許便以爲豚血具有某種宗教的力量（詳見第六章）。而就儒家祭祀禮學而言，以血獻祭有表達至敬和表現人神關係的作用，《禮記·禮器》云：「子曰：『禮之近人情者，非其至者也。郊血，大饗腥，三獻爓，一獻孰（熟）。』」鄭玄注即曰：「近人情者褻，而遠之者敬。」（頁 467）〈郊特牲〉也說：「郊血……至敬不饗味而貴氣臭也。」（頁 480）此外，川澤爲地祇，而血爲自然生命之本，祭用毛血「貴純之道也」（〈郊特牲〉，頁 507），故獻血祭祀川澤地祇自然之神，也有「以象天地之性」（頁 497）以示敬的意義。

其次，殷人祭祀山岳雖也用彘用豚，但在建築儀式中，幾乎不用豕牲，

〔註44〕陳夢家〈商代的神話與巫術〉，以爲最古的「釁」是沐浴，其與宮室、人生的祓除都同屬清潔行爲。最初的釁用水，次用香草，最後用血，因認爲血有驅除疾疫的巫術力，於是由清潔的行爲轉到塗血的巫術行爲。《燕京學報》20期，頁 559，民國 25 年 12 月。

大概建築祭儀主要是禳被除穢的性質，豕彘之性疲懶，豢居之圈在六畜中最
爲污穢，凡此都和禳被避不潔的性質相違，職是之故，彘豕成牲很少用於禳
被之祭。而山經一般眾山的祭祀，可能多屬於有事祈禳的性質，所以也不以
彘豚爲獨牲，而以雄雞爲主牲，加之以彘、豚，以示隆重。

再者，殷人卜辭豚牲多用於求雨，陰陽五行學說興起後，豕被視爲「水
畜」。《呂氏春秋・孟冬紀》「食黍與彘」，高誘注云：「彘，水屬也。」（頁 381）
鄭玄〈月令〉注亦同。《易經・說卦傳》云：「坎爲豕」、「坎爲水」，又說，「巽
爲雞」、「巽爲木、爲風」（頁 185～186），古人祭祀山嶽最尋常的目的是求雨，
雞爲風，豕爲水，兩者相配則風雨相隨。山經祭山用雞和彘（豚），或不無此
種想法的可能。

在地理物產方面，〈北山首經〉大概位於塞外。〔註45〕〈西次二經〉所載
則可能是山西東北部以北的山脈。〔註46〕這些地區，在戰國時代的主要物產，
多爲牛馬羊等，〔註47〕以雞、彘祭祀，可能與各地物產無關。而且兩經所述
山嶽距離中原諸國甚遠，親至其地祠祭的可能性不大，因此其祭儀紀錄可能
是職官調查所得，但也可能納入王室祭典後，兩處山嶽的祭儀，乃是「望」
祀的性質，〔註48〕因離都城較遠，祭祀等級差降，因此所用祭品與〈中山經〉
多數眾山一樣，僅以雄雞爲主，而加一彘肉。〈中次十二經〉祭以雄雞，又剉
一牝豚，除求雨目的外，是否有《禮記・祭統》：「陰陽之物備矣。」（頁 831）
的意義，或另有今日無法考知的宗教作用在內，則無法推知了。至於彘牲用
牲之法，山經云「瘞」，和《周禮・大宗伯》以貍沈祭山林川澤的祭山之法相
同。

〔註45〕 畢沅《山海經新校正》（〈北山首經〉頁 6），吳承志《山海經地理今釋》（卷 3，
頁 1～227），衛挺生《山經地理圖考》（頁 38～42），皆以爲〈北山首經〉位
於塞外，或新疆等地。

〔註46〕 畢沅前揭書，〈北次二經〉，頁 6，吳承志前揭書，卷 3，頁 22～40，對〈北次
二經〉所載諸山位置看法雖不盡相同，但都認爲〈北次二經〉諸山位於山西
東北部以北。

〔註47〕 參考王鎮九，註 30 前揭書，頁 177、179 所統計的戰國時代冀州、雍州物產。

〔註48〕 「望」祭爲望而祀之，不親至其地的山嶽祭祀。參閱秦蕙田《五禮通考》卷
46，頁 2665～2687。

第五章　山經祭祀牲品（三）犬、雞、魚

第一節　犬　牲

山經用犬祭祀的山川有三處：

〈南次三經〉：

　　凡南次三經之首，自天虞之山以至南禺之山，凡十四山……其神皆
　　龍身而人面。其祠：皆一白狗祈。（頁 19）

〈東山首經〉：

　　凡東山經之首，自樕䍑之山以至于竹山，凡十二山……其神狀皆人
　　身龍首。祠：毛：用一犬祈，聃用魚。（頁 105）

〈中次五經〉：

　　尸水，合天地，肥牲祠之，用一黑犬于上，用雌雞于下，刉一牝羊，
　　獻血。（頁 135）

以狗為犧牲，起源甚早，凌純聲先生以為犬祭是中國古代海洋文化的特質之
一。〔註1〕不過，以犬為犧牲祭祀的風俗起於何時？已無從考知。唯目前殷商
考古資料和甲骨卜辭都顯示，犬在殷人祭祀中，早已是極為平常的犧牲。因
此，探索中國古代祭祀用犬的情形，也須從殷人的祭祀談起。

一、殷代祭祀犬牲使用情形

　　殷人以犬為犧牲祭祀的情形，可分別從殷商遺蹟的發掘和卜辭的記載上

〔註 1〕凌純聲〈古代中國及太平洋區的犬祭〉，《中央研究院民族學研究所集刊》第 3
　　期，頁 1，民國 46 年春。

觀察。

　　殷人迷信鬼神，孔子說：「殷人尊神，率民以事神，先鬼而後禮。」（《禮記·表記》，頁 195）此文化特性，從殷人築遺跡中也可印證。在小屯殷墟考古學者以為是建築遺址的地方，發現殷人在建築宮廟的過程中，隨著每一建築步驟的開始到完成都舉行宗教儀式。而犬牲是這些儀式中，使用得最多的犧牲。建築儀式依序可分為奠基、置礎、安門、落成四項，每個儀式中，都使用犬牲。如小屯 C 區乙七基址，疑與奠基儀式有關的三個獸坑：M138、M139、M140，每坑都埋有一犬。位於乙七基址中層，疑為置礎儀式的犧坑有九個，除了 M168 為人牲以外，其餘都是獸坑。計有牛坑三個，狗坑兩個，羊狗合埋的坑三個，所用的犧牲計牛十頭、羊六頭，犬二〇頭。安門儀式以人牲為主，但人牲墓中也有隨葬的犬兩隻。落成儀式的犧牲墓葬分北中南三組，每組墓葬也都埋有犬牲。尤其南組墓葬分三層，上層埋三條狗，下層埋一條狗，有如護從。總計整個興建過程所用的犧牲是馬十五匹、牛十頭、羊十八頭，狗三十五條，狗牲用得最多。同時代的其他遺址，如大司空村南地、後岡、侯家莊南地、侯家莊西北岡、同樂寨等墓葬的下層，也都有狗坑，〔註 2〕可見在殷代建築儀式中，狗牲具有重要的意義。

　　建築過程中使用犧牲和人牲的儀式，據宗教學者的說法，也許是一種避凶法術，〔註 3〕目的在「使其地上原有的精靈，既不覺得被人冒犯，並且願意做新屋的守護神」。〔註 4〕而用做新屋的人牲，一方面是新屋神的祭品，另一方面，他們的靈魂也成為新屋的守護者。殷人建築儀式中的犬牲，或與人牲同葬，或被安排成護從的姿態埋葬，它們在建築儀式中用為犧牲，除了護衛建築物的用意，可能如第四章所討論的侯禳、釁、軷等儀式中的犧牲一樣，也有禳祓除穢的作用。

　　另外，在殷墟疑為壇祀的遺跡裡，以丙二基址為對象的祭祀獸坑 M338，埋有四犬七羊。以丙一大基址的中心為基地的祭祀獸坑 H313，則有疑似燒過的犬骨。以丙四基址為對象的祭祀遺存，埋有二十具全軀的犬骨。丙一基址的 H365 坑，則有燒過的羊骨和犬骨。〔註 5〕和其他犧牲比較，犬在殷人壇祀

〔註 2〕石璋如〈小屯 C 區的墓葬群〉，《中央研究院歷史語言研究所集刊》23 本，頁447～487，民國 41 年 1 月。

〔註 3〕摩兒著，江紹原譯述，《宗教的出生與成長》，頁 70～71。

〔註 4〕江紹原《髮鬚爪——關於它們的迷信》，頁 97。

〔註 5〕石璋如，〈殷代壇祀遺蹟〉，《中央研究院歷史語言研究所集刊》，51 本 3 分，頁

與建築祭祀中的重要性，可能超出古文字學者從卜辭犧牲中得來的印象。

上述考古遺跡中的犬牲有全軀而葬的，也有折解成塊而後埋入的，也有燔燒過的痕跡，和用羊牲的方法大致相同。

從殷人祭祀卜辭觀察，以犬爲犧牲的情形，也極普遍。有時一次祭祀所用的犬牲，多達百頭。〔註6〕祭祀對象有先公、先王、先妣、雲、東母等，祭祀類別則有燎祭、帝（禘）祭、方帝祭、四方祭、寧風祭等，其辭例如：

丁巳卜，又燎于父丁百犬百豕卯百牛？（京四〇六五）

癸未卜，爭貞：燎犬卯三豕三羊？（續一、五三、一）

戊戌□帝黃奭二犬？（前六、二一、三）

己亥卜，貞：方帝一豕四犬三羊？二月（甲三四三二）

庚戌卜，爭于四方其五犬？（南明四八七）

甲戌貞：其爭鳳（風）三羊三犬三豕？（續二、一五、三）

帝（禘）祭殷代卜辭辭例多見，乃專祭之名，與周代屬合祭性質的禘祭不同。〔註7〕陳夢家〈古文字中之商周祭祀〉一文列之爲特殊之祭。〔註8〕方帝祭、爭（寧）風祭，已見於第四章第一節羊牲中。而「爭于四方」，陳夢家以爲和「爭風」的「爭」一樣，是被禳四方及風雨的專祭，寧于四方就是：

被禳于四方，舍萌于四方，以爲四方有惡氣不祥，故設祭禜之。

〔註9〕

殷人寧風之祭所用的犧牲有犬、豕、羊等，但用犬爲獨牲祭祀的情形，似乎更爲普遍。除上文所舉寧風用犬的的辭例外，以犬止風的例子尚有：

辛酉卜，爭鳳（風）☩（巫）九犬？（庫九九二）

戊子卜，爭鳳（風）北☩（巫）犬？（南明四五）

這種殺牲止風的祭祀儀式，從人類學的角度來看，是一種巫術行爲。據文化人類學的研究，初民對不能控制的自然現象，往往藉巫術達到控制自然的目

418～442，民國69年9月。

〔註6〕張秉權〈祭祀卜辭中的犧牲〉，《中央研究院歷史語言研究所集刊》38本，頁205，民國57年1月。

〔註7〕參閱李孝定《甲骨文字集釋》，卷1，頁79～80。

〔註8〕陳夢家〈古文字中之商周祭祀〉，《燕京學報》，19期，頁110，民國25年6月。

〔註9〕陳夢家〈商代的神話與巫術〉，《燕京學報》20期，頁546～547，民國25年12月。

的，以爲透過巫術儀式和咒語，便能使風雨、寒熱、動物、莊稼等，聽命就
範。〔註 10〕殷人寧風之祭，也是想藉犧牲禳祓的儀式，使風止息。和周代磔
犬以止天風（見下文）的習俗，應有一脈相承的關係，都是古人想控制自然
的手段。

　　此外，殷人祭山岳求雨，也有用犬牲的例子，但辭例不多，如：

　　　丁酉卜，王其曹岳叀犬十罕豚十又大雨？

　　　☐岳羊十豚十☐？（粹二七）

　　　叀巳夐犬于岳雨？（粹三五）

曹是一種祈告之祭，已見於第三章牢牲的討論中。「曹岳」者，應是將祈雨的
心願冊告於岳神，以祈求福祐的祭祀。《周禮·春官·大祝》：「掌六祝之辭，
以事鬼神示，祈福祥，求永貞。」六辭中的「瑞祝」，鄭玄以爲是「逆時雨、
寧風旱」所用。大祝也掌「六祈」；「四曰禜」，鄭玄以爲是「日月星辰山川之
祭。」（頁 383）則「曹岳」大概相當於太祝的六祝、六祈的儀式。

　　另外卜辭常見「屮犬」一詞，陳夢家認爲「屮犬」的「犬」非謂犬牲，
乃與「犮」同字，叚作「祓除」之「祓」，「屮犬」即「又祓」，〔註 11〕乃祓除
之義。然卜辭有𦋺字，于省吾已釋爲祓。〔註 12〕不過細審「屮犬」辭例，「屮
犬」似爲殷人成語，卜辭或云「屮犬于某」，如「貞：屮犬于娥卯羴」（前四、
五二、三）；或云「屮于某犬」，如「貞：屮于父甲犬卯羊」（存一、二四一）；或云
「于某屮犬」，如「貞：于父甲屮犬」（庫六一六）。「屮犬」的「犬」字上，例
無數目字，可知「犬」字非指犬牲，且如前舉辭例，「屮犬于某」詞下，卜辭
常記載所卯之牲，則「屮犬」當爲動詞。而觀其辭義，也似與祓除之義相近。
「祓」字从示从犮，「犮」象犬走之形（《說文解字》，頁 480），即犬也，「犬」
而叚作「祓」，或乃因犬本殷人祓邪除穢最常使用的犧牲，小屯殷墟建築遺址
使用許多犬爲犧牲，即含禳祓的作用。

　　殷人使用犬牲的方法，卜辭所載有尞、薶、沈、俎、圭、田等；尞、薶、
沈、俎，已釋於本論文牢牲、羴牲中，本節只舉圭、田二例說明。卜辭云：

　　　辛酉卜，呼鳳（鳳）圭九犬？（庫九九二）

〔註 10〕馬凌諾斯基著（B. Malinowski）朱岑樓譯，《巫術、科學與宗教》，頁 3。

〔註 11〕陳夢家，註 9，前揭書，頁 548。

〔註 12〕于省吾《殷契駢枝》，〈釋俎〉，頁 46～47。

貞：帝于東薶⊞犬燎三宰卯黃牛？（續二、一八、八）

「⊕」，王國維、商承祚釋「示」；金祥恆釋「巨」；唐蘭、郭沫、陳夢家、饒宗頤、李孝定、周策縱等釋「巫」；〔註13〕徐亮之則釋爲「磔」，以爲「⊕」字象載籍所記「磔狗邑四門」之象。〔註14〕案卜辭寧風之祭與後代磔狗祭風的習俗相似，但「⊕」字，是否即磔字，文獻無徵，恐難成說。唯可以確定的是，「⊕」做爲用牲之名，可能和磔犬之法相當。

「⊞犬」之語卜辭常見，唐蘭以爲「⊞犬」之「⊞」，當讀若「辜」，是磔狗以祭的意思，即《周禮·春官·大宗伯》，「以疈辜祭四方百物」之「疈辜」。〔註15〕然未有其他佐證。

犬牲的性別、毛色也是殷人祭祀卜問的項目，但辭例不多，卜問的毛色有黃色、尨色二種，如：

黃犬？（續六、二一、一）

叀尨犬，王受又又？（京津四九一一）〔註16〕

至於毛色與祭祀對象的關係，或在祭儀中的作用，則難以查考了。

二、周代祭祀犬牲使用情形

周人以犬爲犧牲的祭祀，主要見於文獻的記載，偶而也有考古上的發現。依祭祀類別區分，則有下列幾項：

（一）士人宗廟之祭

《禮記·曲禮下》曰：「凡祭宗廟之禮……犬曰羹獻」（頁98），在周人宗廟祭祀中，犬是諸侯之士的祭牲。《國語·楚語上》云：「士有豚犬之奠」（頁383），《禮記·玉藻》也說「士無故不殺犬豕」（頁 547）。但記載士階級宗廟祭禮的《儀禮》〈特性饋食禮〉之特牲乃豕，《大戴禮·曾子天圓》云：「士之祭牲，特豚，曰饋食」（頁101），皆未將犬列入饋食禮，而無地之士的薦牲用

〔註13〕金、唐、郭、陳、饒、李諸說，參閱李孝定，註 7 前揭書，卷 5，頁 1595～1600。周說見周策縱〈巫字初義探源〉，《大陸雜誌》69 卷，6 期，頁 21～23，民國 73 年 12 月 15 日。

〔註14〕徐亮之《中國史前史話》，頁 101、109，註 17、18。

〔註15〕見李孝定，註 7 前揭書，卷 14，頁 4515，引唐蘭《天壤閣甲骨文存考釋》頁 12 下—13 上。

〔註16〕黃然偉《殷禮考實》，頁 10、11。

豚（見第四章）不用犬，可見周代宗廟之祭，士階級的祭牲仍以豕或豚爲主。犬雖同用於宗廟祭祀，但可能不是主牲。

（二）薦新之祭

犬在周代薦新禮中，也做爲新穀配食的犧牲，《禮記・月令》云：「（仲秋）以犬嘗麻，先薦寢廟」（頁 326）。季秋：「天子乃以犬嘗稻，先薦寢廟」（頁 340）。周人夏季薦新用麷（見第四章），犬則是秋季薦新的主要犧牲。

（三）風雨山川等小祭祀

《周禮》中，祭祀所用的犧牲，各有職官掌理供犧之事。牛牲的供需由地官掌管，雞牲的供應由春官掌管，羊牲由夏官司掌，犬牲則由秋官專司，以備所需。〈秋官・大司寇〉云：「大祭祀，奉犬牲」（頁 518）。〈小司寇〉云：「小祭祀，奉犬牲」（頁 525）。似乎大小祭祀都可以犬爲犧牲，但所謂大祭祀，鄭司農（衆）以爲是天地之祭，鄭玄則認爲天地之外，還包括宗廟的祭祀；〔註17〕祭祀天地的犧牲，周人用牛犢，《逸周書・世俘篇》云：「用牛于天、于稷五百有四」（頁 99），《禮記・王制》云：「祭天地之牛角繭栗」（頁 245），〈祭法〉，云：「燔柴於泰壇，祭天也；瘞埋于泰折，祭地也，用騂犢。」（頁 797）都未有用犬的記錄；而天子宗廟祭祀用太牢牛羊豕三牲，也不用犬，《周禮》「大祭祀，奉犬牲」的說法，和其他典籍所載用牲情況並不相符。

而所謂「小祭祀」，鄭玄以爲是司中、司命、風師、雨師、山川百物等，王服希冕、玄冕祭祀的對象。〔註18〕司中、司命爲星名。風師、雨師爲風雨之神。上舉卜辭云：「于帝史鳳（風）二犬」（遺九三五），陳夢家以爲史鳳即風師，〔註19〕可見周人祭風以犬，和殷人祭祀習俗相同。《周禮・秋官・犬人》云：

> 凡祭祀共犬牲用牷物，伏瘞亦如之。凡幾珥、沈、辜用駹可也。（頁 543）

瘞、沈、辜的祭祀方法，已見於前文所述。周人用於中小山川和四方百物的祭祀，《周禮・春官・大宗伯》云：

> 以貍沈祭山林川澤，以疈辜祭四方百物。（頁 272）

〔註17〕《周禮・天官・酒正》：「大祭三貳，中祭再貳，小祭壹貳」下鄭注，藝文，《十三經注疏》本，頁 7、8。〈春官・肆師〉鄭注，頁 25。

〔註18〕同前註，周代祭祀等級，諸儒各有異說，參閱池田末利《中國古代宗教史》〈禮文獻に見える祭祀の等級性〉頁 423～444。本文採納鄭玄的意見。

〔註19〕陳夢家，註 8 前揭書，頁 123。

　　至於祭祀星辰－司中、司命的犧牲，典籍並無明確記載，不過《左傳》
云：

> 山川之神，則水旱癘疫之災，於是乎榮之。日月星辰之神，則雪霜
> 風雨之不時，於是乎榮之。（魯昭公元年）

古人以為水旱癘疫霜雪風雨，由山川神明日月星辰司掌。風雨山川的小祭祀，
可用犬為犧牲祭祀、禳祓，星辰之小者－司中、司命的祭祀、禳祓，可能也
以犬為犧牲。而祭祀的方法，〈大宗伯〉云：「以槱燎祀司中、司命、飄（風）
師、雨師」（頁 270），槱燎是積柴燔燒牲體的祭祀方式（鄭玄注），祭祀司中、
司命、風師、雨師的犧牲，或許即以燔燎的方式處理。

（四）軷　祭

　　軷為道路之祭，已見於第四章羊牲一節中，周人軷祭的犧牲，除了羊以
外，也可用犬。《周禮・秋官・犬人》云：「凡祭祀共犬牲，用牷物，伏瘞亦
如之」，所謂「伏」，鄭司農云：「伏謂伏犬，以王車軟之」（頁 543），也就是
〈夏官・大馭〉所說的犯軷，杜子春云：「謂祖道軷軟，磔犬也」，（《周禮・
夏官・大馭》鄭注引，頁 489）。

（五）詛　祭

　　古人信守約誓的盟詛之祭，已見於前章所述。

　　詛祭所用的犧牲，《詩經》毛傳以為是豕、犬、雞。《左傳》隱公十一年
鄭莊公詛射穎考叔之人，所用之牲也是豕、犬、雞可知，犬也是周人詛祭所
用之牲。「詛」祭殺牲歃血，歃，《說文》云：「歠也」（頁 417）。是一種割取
牲血歃飲的祭祀方法。

（六）止風之祭

　　寧風、止風的祭儀，前已討論，殷人止風之祭所用的犧牲，犬之外，也用
羊豕。但周秦以下，止風之祭，似乎都用犬牲。故後儒皆以為止風用犬牲，如：

《爾雅・釋天》：「祭風曰磔」。郭璞注云：

> 今俗當大道中磔狗，云以止風，此其象。（頁 99）

《周禮・春官・大宗伯》：「以疈辜祭四方百物」。鄭玄注曰：

> 故書……疈為罷，鄭司農云……罷辜，披磔牲以祭，若今時磔狗，
> 祭以止風。（頁 272）

這種磔犬止風的習俗，殆由殷人殺犬寧風之祭演變來的。犬何以有止風的效

果？賈公彥以爲狗於五行之中爲西方之獸，屬金；風屬東方木，金剋木，故用犬止風。〔註20〕然殺犬止風的習俗由來已久，賈公彥五行相剋之說的解釋，恐怕未必是古人殺犬以止天風的原始動機。

　　觀察動物習性可知，犬是一種動作迅捷靈敏的動物，六牲中除馬以外，犬的速度最快。犬走如風，故古人造字三犬爲「猋」，《說文》云：「猋，犬走貌」（頁 482），《楚辭・九歌・雲中君》：「猋遠舉兮雲中」，王逸注云：「猋，去疾貌」（頁 104）。「猋」爲迅疾之意，故暴風驟疾也稱之爲猋，《爾雅・釋天》：「扶搖謂之猋」，郭璞注云：「猋，暴風從下上」（頁 96）。「猋」字又作「飆」，《說文》飆下云：「飆，扶搖風也」（頁 684）。犬與風的關係於此可知，兩者都是古人眼中迅疾的事物。因此，殺犬止風的祭祀，可能是人類學家佛萊（J. G. Frazer）則所說的交感巫術中的一種，認爲同類事物能互相影響，〔註21〕所以根據「以惡治惡」的想法，以爲殺迅疾如風之犬，即能遏止天風。

　　磔犬止風的方法，《公羊傳・僖公三十一年》疏：

　　　　孫氏云：「既祭，披磔其牲，以風散之」。李氏曰：「祭風以牲頭、蹏
　　　　及皮，破之以祭，故曰磔。」（頁 158）

　　所謂「磔」，司馬貞《史記索隱》云：

　　　　磔謂裂其支（肢）體而殺之。（〈李斯列傳〉，頁 2552）

　　顏師古《漢書注》云：

　　　　磔，謂張其尸也。（〈景帝本紀〉，頁 146）

　　《說文解字》磔下段玉裁則注云：

　　　　凡言磔者，開也，張也，剢其胸腹而張之，令其乾枯不收。（頁 240）

可知磔犬祭風之法，大概是剖開狗胸，然後張其四肢，任其於大道上臨風披散，直至乾枯。此外，也有燒黑犬毛止風的，如《淮南萬畢術》云：「黑犬皮毛燒之止天風」（〈補遺〉，頁 15）。所謂三代之禮一也，夏造殷因，從殺犬止風之祭，也可見出祭祀文化的互用因襲關係。

（七）禦蠱之祭

　　周代除有磔犬止風的祭祀外，據《史記・封禪書》記載，春秋時，秦國也有磔狗以禦蠱毒的祠祭：

　　　　秦德公既立……作伏祠，磔狗邑四門，以禦蠱菑。（頁 1360）

〔註20〕賈公彥《周禮・春官・大宗伯》疏，藝文，《十三經注疏》本，頁 273。
〔註21〕佛萊則（J. G. Frazer）著，永橋卓介譯，《金枝》，第三章，頁 57～60。

蠱是古代的大害，爲了治蠱疾，古人想出許多辦法。《山海經》中便有許多「食之不蠱」或「服之不蠱」的「藥方」。而所謂「蠱」，《左傳》昭公元年云：「皿蟲爲蠱」（頁 709），但後代學者卻有許多不同的解釋，郭璞《山海經注》以爲「蠱」是一種妖邪之氣（〈南山首經〉青丘之山，頁 7）；司馬貞《史記·封禪書》索隱，以爲梟磔之鬼爲蠱，厲鬼也爲蠱（頁 1360）；張守節《史記·秦本紀》正義，則以爲蠱是一種能傷害人的惡毒熱氣（頁 184）。而據學者研究，「蠱」可能是古人所患的寄生蟲病，[註 22] 寄生蟲最容易在夏天傳染，古人尚不知注重公共衛生，見三伏之日「蠱災」最嚴重，便將病因歸之於鬼魅、妖邪、熱毒之氣，所以要磔狗於城邑四門，以爲如此可以避除此災。

殺犬禦蠱的祭祀，源於古人以爲犬性能避邪的觀念和信仰。這種觀念在古代極爲盛行，儺祭也有以犬磔禳的儀式。周代國家層級的儺祭有兩次，一爲春季的春儺，《禮記·月令·季春》云：

> 令國儺，九門磔攘，以畢春氣。（頁 305）

《風俗通義》以爲〈月令〉所磔之牲即爲狗：

> 蓋天子之城，十有二門，東方三門，蓋生氣之門也。不欲使死物見於生門，故獨使九門殺犬磔禳。（卷八，〈祀典〉，殺狗磔邑四門，頁 377）。

一爲季冬大儺，也磔牲於四方之門。《禮記·月令》云：「大難旁磔」，鄭玄注以爲「旁磔」即旁磔於四方之門，而所用犧牲應皆是犬。漢代於門戶殺犬避凶邪的觀念仍然深入民間，《風俗通義》云：

> 秦德公始殺狗磔邑血門以禦蠱菑。今人殺白犬以血題門戶，正月白犬血辟除不祥，取法于此也。（卷八，〈祀典〉，殺狗磔邑四門，頁 378）。

犬被古人普遍的用作驅邪避凶的犧牲，與犬能看門戶，保護人類的特性當有密切關係，殷人被除之祭稱爲「屮犬」，反映了人類以犬禳被觀念的久遠。陰陽五行之說興起，視犬爲「陽畜」、「金畜」，[註 23] 使犬更容易被當作具被禳

〔註 22〕李卉，〈說蠱毒與巫術〉，《中央研究院民族學研究所集刊》，第 9 期，頁 272
～274，民國 47 年秋。

〔註 23〕《史記·秦本紀》：「狗，陽畜也。以狗張磔於四門，禳卻熱毒氣也。」（頁 184）。
《風俗通義》：「犬者，金畜，禳者，卻也。抑金使不害春之時所生，令萬物遂成其性，火當受其長之，故曰以畢春氣。」（王利器《風俗通義校注》，卷 8，「殺犬磔邑四門」條，頁 377）。

陰邪作用的犧牲。而以犬祭祀禳凶的風俗，更遍及北太平洋地區，〔註24〕犬祭文化可謂源遠而流長了。

由以上的論述可知，周人用犬爲犧牲的祭祀，多近於巫術。《禮記·郊特牲》云：「祭有祈焉，有報焉，有由辟焉」（頁 508）「祈報」之祭的目的在祈福報饗，「由辟」之祭的目的在於弭災兵，遠辠疾，屬於因事而祭的性質，目的具體、明確，動機強烈，處理犧牲的方式也較原始，致敬的神靈與態度也有分別；祭祀之禮與巫術或即在此分野。而前文所探討的「祠」字和「祭」、「祀」二字的原始差異便可能導源於此。

三、山經用犬牲祭祀的意義

山經用犬爲犧牲的祭祀，有〈南次三經〉、〈東山首經〉，及〈中次五經〉的尸水。〈南次三經〉用白犬，〈中次五經〉則用黑犬。從上述考古和卜辭資料可知，殷人祭祀用犬牲極爲普遍。周人在避禳的祭祀中，也多以犬爲祭牲。同時殷周山嶽祭祀，都有以犬爲犧牲的記載。因此，山經祭山用犬，可謂前有所承。而祭山用牲之法，〈南次三經〉、〈東山首經〉皆用「祈」，「祈」字當讀爲「刉」或「韱」（詳見第六章），與《周禮·犬人》「祈珥沈辜」的用牲法相同，這種情形，說明山經祭祀儀節，和古代中國文化是一脈相承的。

而從考古文化人類學的考察可知，犬祭同時是中國古代海洋文化的特質之一。北太平洋地區從東北亞到東南亞，都有犬祭文化的分布。〔註25〕據學者研究，殷民族可能起源於中國大陸的東方，〔註26〕東方濱海，殷人祭祀用犬的普遍，即呈現了中國古代海洋文化的特質。山經以犬祭祀的〈東山首經〉、〈南次三經〉，也都是濱海地區，其地理位置，一在中國東北，一在東南，二經祭祀用犬，從歷史而言，是殷周祭祀文化的延伸，中國古代海洋文化的曼衍；在空間上，則與北太平洋區的犬祭文化聲息相通。同時，這種具有地區祭祀特色的現象，也說明了《山海經》的完成，雖可能經過政府機關的彙編、整理，但《山海經》各項記載資料，應來自於各地方和聚落。〔註27〕〈南次

〔註24〕凌純聲，註 1 前揭書，頁 28。
〔註25〕凌純聲，註 1 前揭書，頁 20～28。
〔註26〕張光直《中國青銅時代》，頁 74。
〔註27〕參閱張光直，註 26 前揭書，頁 121～139。張氏將先秦成千成百的城邑，稱之爲聚落形態，並以爲各個聚落的地位，表現於各種象徵物上。聚落與聚落的關係，決定每一個有互助作用關係的聚落角色。

三經）、〈東山首經〉以犬為犧牲的祭儀，或許是古代海洋地區信仰與巫術文化的孑遺，因此也保有較多的原始性。

〈中次五經〉尸水的祭祀，不僅用黑犬，也用雞和羊。其中的魁－首山則用黑犧太牢。凌純聲先生以為家畜中「雞犬豕」屬於海洋文化，「馬牛羊」屬於大陸文化，〔註28〕〈中次五經〉東端位於河洛一帶，凌先生以為正是海洋文化與大陸文化的接壤之區，所以祭祀共用雞犬牛羊四牲。〔註29〕事實上，牛羊犬豕諸牲並用於祭祀，在殷商時代已經如此，若牛羊屬大陸文化，犬豕為海洋文化，則兩種文化在殷商時代，已融合在一起。而且山經眾山的祭祀，除〈南山經〉之外，西、北、東、中各山區用雞祭祀的情形極為普遍，若雞屬於海洋文化，山經祭祀資料又來自各地區，山經祭祀所呈現的現象，也是大陸、海洋兩種文化早已混合的結果。故〈中次五經〉用牛羊犬雞祭祀，與其說是大陸與海洋文化接壤區的特色，毋寧說這種用牲的方式，是殷周（周代主要祭牲種類幾與殷相同）祭祀風習的延續。其次，周代祭祀犧牲的使用已制度化，牛羊二牲的品秩高於犬豕二牲，若據凌先生上項研究判斷，顯然大陸文化居於優勢地位。山經各地區山神祭祀所用犧牲，雖與各地畜產約略相合，但從犧牲祭祀等級的劃分來看，呈現的是周人用牲的等級觀念。

犬在殷周祭祀中常被當作禳祓的犧牲，山經以犬為犧牲的祭祀，或許也具有禳祓的作用。它們的祠禮，就王室而言，也許正是第二章曾說過的，屬於因事而祭的性質。與《周禮》「過大山川則用事」（〈春官・大祝〉，頁389）相彷彿，非國之常祀。在祭祀等級上，則應屬於《周禮・小司寇》所說的「小祭祀」。周代庶人薦新可用豚，豚的品秩與犬相當，則山經以犬為祭牲的山神，或許也是民間的祠祭對象。

山經用犬牲有毛色之別，〈東山首經〉用白犬，〈中次五烴〉尸水用黑犬；殷周用犬牲雖未見有標明白犬的記載，但前文已述及東漢有白犬避不祥的習俗，遼東一帶也有以白犬禳病的風習，〈南次三經〉之用白犬，或與當地禳祓祭祀有關。周人祭祀司寒用黑牡，司寒為玄冥，也被古人當作水神（見第四章），山經祭祀尸水之神用「黑犬于上」，也符合周代祭祀色牲的選用觀念。《周禮・地官・牧人》：「陰祀用黝牲毛之。」（頁198）黝牲即黑牲，尸水為水神，為地祇，地祇為陰祀，故用黑犬祠祀，只是祭祀等級較低而已。而其「用黑

〔註28〕凌純聲，註1前揭書，頁1。
〔註29〕凌純聲，註1前揭書，頁7。

犬于上，用雌雞于下」，二牲位置有上下之別，顯示出二牲用法相同，可能都是活牲，但牲種等級有高下之分。在犧牲的性別上，尸水用雌雞、牝羊，與周人陰陽觀念中，山陽水陰，牡陽雌陰的觀念一致。至於所用的黑犬性別，依據山經文例，與周代祭祀正祭用牡的慣例，黑犬當爲公犬，祭尸水以公犬、母雞祠祀，可能有陰陽物備與陰陽相諧的祈祀用意。此外，尸水並用一牝羊獻血，羊的宗廟牲號爲「柔毛」，以牝羊獻血於尸水，又以牝犬、雌雞進奉，祭祀態度是十分虔敬的。

第二節 雞、魚二牲

一、殷周祭祀雞牲使用情形

雞是山經祭祀使用得極普遍的犧牲。除〈南山經〉以外，其餘各山區都有用雞牲的記錄。未探討山經雞牲之前，準前章之例，先了解先秦雞牲使用情形。

殷商甲骨文字中已有「雞」字，作 （前一、二八、五）形，從隹奚聲。卜辭中或爲地名，或爲動物之名，[註30] 但祭祀卜辭卻未有雞牲的記載。在考古發掘方面，小屯殷代的建築祭祀遺跡中，曾發現一個鳥坑，埋有鳥骨，石璋如懷疑是雞骨。[註31] 而甲骨文字，有 （甲五八四） （乙七五三）字，從示從隹從又，象手抓「隹」腳，倒提「隹」牲於示前之形，「隹」可能就是雞。此字陳夢家隸定作「」，[註32] 李孝定隸定作「禖」，[註33] 從字形觀察，本義當是以雞牲獻於神前的意思，卜辭已用爲祭祀之名，其辭云：

　　癸酉卜，貞：王室祖甲禖，亡尤？（前一、二〇、一）
　　丙辰卜，貞：王室祖丁禖□？（存二、八六九）

鐘鼎彝銘也有此字，字形作 （塱方鼎），周法高隸定作 ，其辭云：「公歸，

〔註30〕卜辭云：「戊辰卜，貞：三田雞往來亡巛」（前、二、三七、一），李孝定《甲骨文字集釋》以爲「雞」是地名（卷4，頁1265），張秉權，註6前揭書，則以爲雞也是卜辭常見的獵獲物（頁227）。

〔註31〕石璋如〈小屯殷代的建築遺跡〉，《中央研究院歷史語言研究所集刊》，26本，頁150，民國44年6月。

〔註32〕陳夢家，註8前揭書，頁104。

〔註33〕李孝定，註7前揭書卷1，頁105～106。

弜周廟」，〔註34〕可能也是祭名。可見殷人祭祀，也用「隹」爲犧牲；而「隹」，極可能就是雞。

從文獻資料的記載看，周人養雞極爲普遍，《墨子・非攻上》言小偷溜進民家偷竊是「攘人犬豕雞豚」（卷5，頁1），孟子遊說梁惠王行仁政，對當時民間的形容是「雞鳴狗吠相聞而達乎四境」（〈公孫丑上〉，頁52），「雞飛狗跳」或許正是當時民間村落的寫照。古無鍾錶，雞的棲止，便成了時人的作息指標，雞鳴爲旦，雞棲爲夕，《詩經・齊風・雞鳴》：「雞既鳴矣，朝既盈矣」（頁187），〈王風・君子于役〉則說：「雞棲于塒，日之夕矣，羊牛下來」（頁149）。雞既是普遍的家畜，春秋時代，諸侯公室供應卿大夫的日常膳食便是雞，《左傳》襄公二十八年云：「公膳日雙雞」（頁654）。雞可能是周代一般民眾最主要的肉食來源。而養雞、鬥雞之戲，在春秋戰國時代也極爲盛行。〔註35〕以豢養的家畜和日常食品爲神靈祭品，殷周皆然。雞既是周人主要的肉食，同樣也被當作祭品。

《周禮・春官・雞人》云：「掌共雞牲……凡祭祀、面禳、釁，共其雞牲。」（頁305）所謂面禳，鄭司農以爲是「四面禳也」（〈雞人〉鄭注引），即從四面禳祭除殃的意思。而周代祭祀雞牲使用情形，可略如〈雞人〉職所言，概括爲常祀之祭、釁廟、禳祓三類：

（一）常祀之祭

《曲禮下》云：「凡祭宗廟之禮……雞曰翰音。」（頁98）足見雞也是周代宗廟祭祀的犧牲之一。《左傳》昭公二十二年云：

> 賓孟（周大夫）適郊，見雄雞自斷其尾，問之，侍者曰：「自憚其犧也」。

杜預注云：

> 畏其爲犧牲，奉宗廟，故自殘毀。（頁872）

此事也見於《國語・國語下》，韋昭注也云：

> 純美爲犧，祭祀所用也。言雞自斷其尾，懼爲宗廟所用也。（頁102）

韋昭、杜預都認爲「雞」而爲「犧」，可供宗廟祭祀所用，前舉〈曲禮〉也記

〔註34〕周法高《金文詁林補》，卷1，○○三二Ｂ，頁85。

〔註35〕《左傳》昭公二十五年（頁892）、《墨子・小取篇》（卷11，頁27）、《莊子・達生篇》（頁1022）、〈說劍篇〉（頁654）、《尸子》卷下（頁326）、《呂氏春秋・察微篇》（頁716）等，都有周人鬥雞的記載。

載了雞的宗廟牲號，雞用於宗廟祭典，並無可疑。但是先秦典籍屢言宗廟用牲，卻都未有以雞爲犧牲的記載，如《國語・楚語上》言：

> 其祭典有之，國君有牛享，大夫有羊饋，士有豚犬之奠，庶人有魚炙之薦。（頁383）

《國語・楚語下》也說士祀以特牲，庶人祀以魚，所言都不及於雞。這種現象和殷人卜辭未有雞牲的記載一樣，雞可能不用作宗廟之祭的主牲，或者雞不用於宗廟時享，而只用於每月告朔朝廟之祭。〔註36〕

宗廟之祭以外，雞也是宗廟薦新穀的配食犧牲，每年五穀新熟，周人選擇與新穀滋味相宜的犧牲，配合新穀薦於寢廟，《禮記・月令》云：

> （仲夏）天子乃以雛嘗黍，羞以含桃，先薦寢廟。（頁315）

「雛」，《說文》云：「雞子也」，高誘云：「新雞也」（《淮南子・時則篇》注），也就是小雞。〔註37〕

另外，《說文》鷜字下引魯郊禮文云：

> 魯郊以丹雞，祝曰：以斯鷜音赤羽，去魯侯之咎。（頁158）

《風俗通義》卷八〈祀典〉（頁375）所引魯郊禮文與《說文》相同。春秋諸侯只有魯國有郊祀之禮，郊祭犧牲用牛牲，《春秋經》常有卜郊牛的記載。〔註38〕故《說文》所引魯郊逸禮所云「丹雞」，當非主牲，而是如禮文所說的，只是作爲除災咎的祭牲而已。

（二）釁廟之祭

釁是血祭的一種，前文已有論述。其原始動機和型態可能是一種清潔行爲，〔註39〕後轉爲塗血祓除不祥的巫術。周人於宗廟寶器、寶鎭、神主、軍器、廟屋、神社，都舉行釁祭之禮。〔註40〕宗廟寶器釁以雄豬之血，廟屋則釁以羊血，（見前文），而雞也用於廟屋之釁，《禮記・雜記下》云：

〔註36〕朝廟爲禮之小者，參閱金鶚《求古錄禮說》〈補遺〉，《皇清經解續編》本，卷678，頁7412～7413。

〔註37〕以雛嘗黍，《禮記・月令》仲夏、《呂氏春秋・仲夏紀》（頁202）所載相同。唯《淮南子・時則篇》「雛」作「雉」。王念孫已考其爲「雞」之誤。雞即新雞。見劉文典《淮南鴻烈集解》卷5，頁27。

〔註38〕參閱周何先生《春秋吉禮考辨》，頁37。

〔註39〕陳夢家，註9前揭書，頁559。

〔註40〕參閱《周禮》〈春官・天府〉、〈秋官・大司馬〉，藝文，《十三經注疏》本，頁311～448，陳夢家，註9所揭書頁555～556。

成廟釁之……門、夾室皆用雞。先門而後夾室。其衈，皆於屋下，
割雞。門當門，夾室中室。有司皆鄉室而立，門則有司當門北面。（頁
754）

所謂「門、夾室皆用雞」，是指廟門、東西兩廂及室都用雞血釁祭，[註41]〈雜
記〉云「其衈，皆於屋下，割雞」，大概是先在屋下拔雞毛，割取雞血，再把
雞血滴塗在廟門和東西廂房之中，釁祭即告完成。

（三）禳祓之祭

廟屋以雞為釁牲，除聖化的目的外，也具禳祓淨化的作用。釁和禳祓都屬
於巫術行為。周人以雞禳祓的記載，除山經而外，極為少見。但秦漢以下，各
地都有以雞牲祓除不祥的風俗。而風俗習慣淵遠流長，後代風俗常是前代祭儀
的衍變，以後視昔，亦有助於推證古俗、古儀，考察時代變遷因素，及其與宗
教信仰、祭儀、風俗間的關係。因此分類抄錄數則，以見雞牲用於祭祀的意義。

1. 磔雞於門戶以和陰陽、禳惡氣

《風俗通義》卷八〈祀典〉雄雞條下：

俗說：雞鳴將旦，為人起居，門亦昏閉晨開，扞難守固；禮貴報功，
故門戶用雞也。（頁374）

青史子書說：「雞者，東方之牲也，歲終更始，辨秩東作，萬戶觸戶
而出，故以雞祀祭也」。（頁374）

太史丞鄧平說：「臘者……用其日殺雞以謝刑德，雄著門，雌著戶，
以和陰陽，調寒暑，節風雨也」。（頁374）

裴玄《新言》：

正朝，縣官煞羊，懸其頭于門，又磔雞以副之，俗說以厭癘氣。（《太
平御覽》卷918引，頁4205。）

這種磔雞於門戶以厭癘氣的祭儀，至晉朝仍盛行。至隋代，則成為春儺和冬
季大儺的重要儀式，《晉書·禮志上》云：

歲旦，常設葦茭桃梗，磔雞於宮及百寺之門，以禳惡氣：（卷19，
頁600）

《隋書》卷八，〈禮儀志三〉：

隋制，季春晦，儺，磔牲於宮門及城四門，以禳陰氣。秋分前一日

〔註41〕孫詒讓《周禮正義·春官·肆師》，卷37，頁59。

襪陽氣。季冬,傍磔,大儺亦如之。其牲,每門各用羝羊及雄雞。……
將出,諸祝師執事,預齧牲胸,磔之於門,酹酒禳祝。舉牲并酒埋
之。(頁169)

2. 以雞頭合藥,禦鬼治蠱

《風俗通義》卷八〈祀典〉雄雞條:

今人卒,得鬼刺痱,悟,殺雄雞以傅其心上。病賊風者作雞散,東
門雞頭可以治蠱。由此言之,雞主禦死辟惡也。(頁375~376)

崔實《四民月令》亦云:

十二月東門磔白雞頭,可以合藥,(《太平御覽》卷918引,頁4205)。

從這些記載可以得知,雞和犬牲一樣,都是常被用來禳惡除邪的犧牲,也可
能是民間最常使用的牲品,多用於小祭祀。此外,雞也用於盟詛歃血之祭,
是詛祭中品秩最下的牲品,巖牲,犬牲二節已有論述,不再贅言。至於山嶽
祭祀,山經外,典籍未有用雞為牲的記載。

二、山經祭祀雞牲使用情形和意義

山經雞牲的使用情形,可見表(三)山經祭儀一覽表所列。雞是山經獨
牲中使用最頻繁的犧牲。若統計山經用牲記錄(含僅言「毛」者),則有犧牲
記載的祭祀單位共四十一個,以牢牲(太牢、小牢)祭祠的有十五個單位。
獨牲中以雞牲祠祭的有十四個單位,且除〈南山經〉外,各地區都有以雞祠
祭的紀錄。其次是羊牲,有六個單位。雞牲使用的普遍,於此可知。而山經
以雞牲祠祭的紀錄,大致可以分成三個部分來說:一是一般羣山的合祭。二
是〈中次六經〉平逢之山的獨祭。三為〈中次五經〉尸水之神的祭祀。

先秦載籍對一般山羣或小山的祭祀,多半略而未言。《史記·封禪書》記
載秦始皇時的小山川祠禮,也只說「亦皆歲禱塞泮涸祠,禮不必同。」(頁1374)
詳細的祭祀禮儀,付之闕如。因此欲以先秦使用雞牲祭山的禮儀,擬測山經
祠禮的性質,或追溯其與先秦祭祀的關係,實有禮文無徵的困難。不過從上
文的論述可以發現:雞在五牲中,地位最低。多用在等級較低的祭祀,或禜
禳之祭;雞血被認為有避邪除惡的功用;雞在民間祭祀中使用得極為普遍。
綜合這些雞牲的特質,檢視山經以雞為犧牲的祭祀,可以看出這些以雞牲祠
祭的眾山,可能都是古人所謂的「小山川」之屬。這些山的山神,或許原為
民間祠祭的對象,其祠禮殆屬於秦始皇時代「郡縣遠方神祠者,民各自奉祠,

不領於天子之祝官」（《史記·封禪書》，頁 1377）的一類。這些山的高度不一定低於所謂的「帝」山、「神」山，但因位置偏遠，或「知名度」不高，或開發較遲，未能提供大量財用，或遠離中原文化的中心，因此有些山在祀典中被劃歸爲「小山川」的祭祀等級，以品秩最低的雞牲祠祭；而某些山的祠禮，或本即採自民間祭儀，故多用雞牲。

山經所用雞牲以雄雞最多，也有用白雞的（〈西次四經〉、〈中次四經〉）。由前文考察可知，漢人於門戶殺雞祭祀，以爲可以和陰陽、調寒暑，節風雨，禳鬼治蠱的原因，蓋民間信仰，以雞爲陽牲，且雄雞一鳴天下曉，自然更被視爲陽氣的象徵，故殺之以厭陰屬之氣。山經以雄雞祠山，或許也具有類似的用意。而《風俗通義》、《四民月令》謂於東門磔白雞頭可以治蠱合藥，山經以白雞祭山也可能與之性質相似，都屬於禳祓性質的巫儀。

山經用雞牲祭祀的方法有三：一爲「刉」（即刉或劌），二爲「瘞」，三爲「刉瘞」（參考表（三））。所可留意者，用雄雞者，不論是否用「刉」，皆瘞埋，白雞則只云「刉」而不云「瘞」，二者可能有分別。這種分別或在於用白雞爲犧牲，所重在「血」，故只云「刉」。雄雞則取血祭祀之外，牲體也是祭品，所以山經或云「瘞」，或云「刉瘞」。《周禮·大宗伯》謂以血祭祭五嶽，而山經用雞牲祭祀的小山也用血祭，可見血祭不一定只用於五嶽的祭祀。

山經以雞牲祠祭的眾山祭典多爲合祭，只有〈中次六經〉的平逢之山爲獨祭，山經云：

> 中次六經縞羝山之首，曰平逢之山……有神焉，其狀如人而二首，
> 名曰驕蟲，是爲螫蟲，實惟蜂蜜之廬。其祠之：用一雄雞，禳而勿
> 殺。（頁 136）

「蜂蜜之廬」的蜜字，郭璞注云：「亦蜂名」，則平逢之山所祭實際上就是蜜蜂類的昆蟲。昆蟲的祭祀，即《周禮·春官·大宗伯》「以貍辜祭四方百物」（頁 272）的「百物」中的一種。《國語·楚語下》云：「天子徧祀群神品物」，韋昭注云：「謂若八蜡所祭貓虎昆蟲之類」（頁 406）。八蜡祭見於《禮記·郊特牲》。〈郊特牲〉謂天子大蜡祭八神，其中之一即爲昆蟲，[註42] 其文云：

> 天子蜡八，伊耆氏始爲蜡……曰……昆蟲毋作，草木歸其澤。（頁

〔註42〕八蜡祭是否包括昆蟲，諸家說法不一。參閱孫詒讓《周禮正義·春官·大宗伯》，卷 33，頁 58。余以爲據〈郊特牲〉記載，與後代八蜡廟所祀爲昆蟲判斷，古之八蜡應包括昆蟲。

500～501）

對昆蟲的祭祀不知始於何時，但蜡祭是一種農耕禮儀，〔註43〕〈郊特牲〉謂始於伊耆氏，皇侃注《禮記》謂蜡祭始於神農氏（《禮記注疏》，頁 500 引），雖未必是史實，卻說明了蜡祭與農業的關係。昆蟲與農作物的生長關係密切，後代祭蝗蟲的八蜡廟、蝗蟲廟、蟲王廟，〔註44〕可能即源於先秦的八蜡祭。〈中次六經〉以蜂為神而祠之以雄雞，也是一種昆蟲的祭祀；先民入山，每為蜂蟲所螫，其事見載於篇籍。或因無對治之方，故以為神。山經以雄雞禳祓，可能以為雄雞可以祛除螫蟲之害。其用牲法，山經云「禳而勿殺」，推想是雞能啄食昆蟲，所以以具禳祓作用的雞雄放生山中，啄食螫蟲，以除蟲患。

〈中次五經〉的祠禮中，附有尸水的祭儀，山經河川的祀典僅此一見。尸水之神的祠禮，用了三種牲品：黑犬、雄雞和牝羊，比一般小山隆重。周人用牲講究牲品毛色、牝牡是否與祭祀對象相配。尸水用黑犬、雌雞、牝羊祭祀，如前所述，應與祭祀對象為水神有關。這種用牲的觀念，是陰陽五行學說興起之後才有的（見第六章），此點或許也可做為山經祠禮記錄成書時代的參考。

陰陽五行觀念以八種動物配八卦，《易經‧說卦傳》謂巽為雞、為木、為風（頁 185），「南風之熏兮，可以阜吾民之財兮」，風動雨隨，正是山岳祭祀最常見的目的。雞被普遍用於山經祭祀中，除了雞所具有的陽性、禳祓性質，與海洋文化的關係外，雞被視為與風有關的動物，〔註45〕或許也是祭山用雞的原因。

三、殷周與山經祭祀魚牲使用情形

（一）殷周祭祀魚牲使用情形

魚也是古代日常生活重要的食品，是天子以至於庶人都食用的佳殽。《禮記‧玉藻》記載周代諸侯日常食膳，是「特牲三俎」，鄭注：「三俎：豕、魚、腊」（頁 545）（腊是野味做成的乾肉），魚是豬肉、野味之外的主要食品。〈內則篇〉也記載了古人日常烹煮飲食的方法，魚的吃法有魚膾（魚切肉）、魚醢

〔註43〕池田末利，註 18 前揭書，頁 754。栗原圭介〈蜡祭考〉，《日本大學中國文學會漢學研究》第 25 號，頁 6～8。
〔註44〕陳正祥《中國文化地理》，頁 50～58。
〔註45〕殷人風字作「鳳」，雞與鳳都是禽類，雞成為與風有關的動物，絕非偶然。

（魚醬）、卵醬（魚子醬）等（頁 523～529）。古人食魚，享受魚味的鮮美，奉祀神明時，也自然以魚爲祭品。卜辭有魚字，作 形，像一條全魚的形狀，〔註46〕但卜辭魚字並未用爲牲名。不過這種情形和雞牲一樣，並不表示殷人未用魚祭祀。而周因於殷禮，從周人祭祀用魚的情形推測（見下文），殷人祭祀可能也用魚，只是魚並非祭祀的主要牲品，〔註47〕所以卜辭皆未記載。

周代宗廟之祭的牲品，除主要犧牲外，還有魚和腊。《周禮‧夏官‧大司馬》之職主進魚牲，〈天官‧獻人〉則主供魚牲。〈大司馬〉之職云：

大祭祀、饗食，羞牲魚，授其祭。

牲魚即魚牲，賈公彥疏云：

大祭祀謂天地宗廟，此大祭謂宗廟而言，其中小之祭祀亦爲之矣。（頁450）

魚牲主要用在宗廟之祭中。宗廟之祭所用的魚有二種，一種是鱶魚，即乾魚。一種是鱻魚，即生魚。〈天官‧獻人〉職云：

凡祭祀、賓客、喪祭，共其魚之鱻鱶。（頁66）

「鱻鱶」，〈曲禮下〉作「鮮」、「槁」，〈曲禮〉云：

凡祭宗廟之禮⋯⋯槁魚曰商祭，鮮魚曰脡祭。（頁98）

孔穎達疏云：

商，量也。祭用乾魚，量度燥滋，得中而用之也。鮮魚曰脡祭者，祭有鮮魚，必須鮮者，煮熟則脡直。若餒則敗碎不直。（頁98）

天子宗廟之祭用魚，大夫宗廟之祭也用魚，《儀禮‧少牢饋食禮》云：

司士三人，升魚、腊、膚，魚用鮒，十有五而俎。（頁563）

因知大夫宗廟之祭的魚牲，是以鮒魚十五尾盛於俎上而祭。士宗廟之祭，魚也是牲品之一，〈特牲饋食禮〉云：

及佐食⋯⋯賓長在右，及執事舉魚腊鼎，除冪。（頁529）

〈特牲饋食記〉云：

魚十有五。

鄭玄以爲所用也是鮒魚。（〈特性饋食禮〉註，頁550）。

庶人祭祀祖先也以魚爲犧牲，《國語‧楚語下》云：

〔註46〕 李孝定，註7前揭書，卷11，頁3465。

〔註47〕 《禮記‧少儀》：「羞濡魚者進尾」，孔穎達疏曰：「魚體非祭祀及饗食正禮也」。藝文，《十三經注疏》本，頁633。

庶人食菜，祀以魚。（頁 404）

此外，薦新之祭，魚也是薦祭的牲品，《詩經・周頌・潛》：

> 猗與漆沮，潛有多魚。有鱣有鮪，鰷鱨鰋鯉。以享以祀，以介景福。
> （頁 733）

詩序云：「季冬薦魚，春獻鮪也。」以新獲的魚薦祖廟嘗新，是周人重視孝享的表現，《國語・魯語上》也說：

> 古者大寒降，土蟄發，水虞於是乎講罛罶，取名魚，登川禽，而嘗之廟。（頁 125）

以魚薦寢廟的時令，視新魚品生產的季節而異，通常是在季春和季冬兩個月。《禮記・月令》云：「（季春）薦鮪於寢廟」（頁 303）。《周禮・獻人》職也說：「春獻王鮪」（頁 66）。春天大概是周代鮪魚盛產的季節，故以之獻於寢廟。〈月令〉云：

> （季冬）是月也，命漁師始魚，天子親往，乃嘗魚，先薦寢廟。（頁 347）

此時獻祭寢廟的魚，如《詩・周頌・潛》所吟誦的，可能不只一種。

天子薦新用魚，庶人薦禮也以魚配食新穀。《禮記・王制》載庶人薦禮「夏薦麥」，「麥以魚」（頁 245）。《國語・楚語上》亦云：「庶人有魚炙之薦」（頁 383）。

魚在周代大夫和士的宗廟祭祀中，和主牲羊豕一樣，宰殺而後烹煮，〈特牲饋食禮〉云：

> 亨于門外東方，西面北上。

鄭玄注云：「亨，煮也，煮豕魚腊以鑊，各一爨」（頁 523），即以鑊盛水煮熟，而後與主牲同樣實於鼎中，盛於俎上。

至於其他祭祀是否也用魚牲？禮文未載，只有闕疑了。

（二）山經祭祀的魚牲

山經用魚牲祭山神，僅見於〈東山經〉。〈東山首經〉云：

> 祠：凡東山經之首，自樕螽之山以至于竹山，凡十二山……其神狀
> 皆人身龍首。毛：用一犬祈，聃用魚。（頁 105）

「祈」字當作「刏」或「釁」，「聃」當作「衈」（見第六章）。「衈用魚」，郭璞注云：「以血塗祭為衈也」（〈東山首經〉注），即視「聃」為釁祭之釁。袁珂《山海經校譯》亦云：「衈祭用魚，也是取牲血釁祭器的意思」（頁 103），

但從本文所敘述的周代祭祀情形看，似乎沒有祭祀所用彝器以魚血釁祭的記載。而且周人釁祭器似有爲獨立的儀式，未見和其他性質不同的祭祀，同時出現在一個祭儀中。袁氏的校譯，和周代祭祀習慣不符，可能還須衡酌。本文以爲「衈」是血祭的方法，衈用魚，謂殺魚取血祭祀的意思。〈東山首經〉諸山近海，富於魚利，以魚爲犧牲，具有地方祭祀的特色。

第六章　山經用牲之法和意義

　　用牲之法，是指祭祀時處理犧牲的方式，包括犧牲的宰殺、獻祭、與祭祀後的處置等方法。人類剛開始以犧牲奉獻神靈的時候，形式或許很簡單，但隨著文明日進，人神關係的複雜演變，犧牲的處理方式也日趨繁複。祭祀用牲的方法，不但與每種犧牲在古代社會祭儀中被賦予的宗教意義有密切關係，也和受祭對象的神格－屬天神、地祇或人鬼，以及神靈的靈能、祭祀的等級等，都有關聯，而犧牲的宰殺方式，牲品血肉，生熟的選用，祭祀供奉的位置、首足的方向，獻祭的方法等，每個儀節都有其宗教意義。以殷商時代爲例，殷人的用牲方法，已極複雜。同一種犧牲有許多不同的宰殺方式，同一個受祭對象，往往每次祭祀所用的犧牲都不相同。而且一次祭祀常使用多種犧牲，和多樣的用牲法。祭祀犧牲的選用，供獻犧牲的方式都是卜問的項目。可以推知，每種用牲法都應有特定的宗教意義和目的。可惜只根據卜辭的記錄，尚無法尋出殷人用牲方法的規律，和每種用牲方法的意義。而這種繁瑣零亂的祭儀現象，也正是殷商祭祀的特色。繼殷而興的周是較殷人理性的民族，雖然「周因於殷禮」，但殷尚質，周尚文，孔子所稱述的「郁郁乎文哉」，不僅指周文物的繁盛有文彩，也指周人將殷商比較原始、素樸的各種制度，都賦予人文的意義，以及更理性、更高層次的人文精神。以祭祀而言，周朝建國之初，也和殷人一樣，以大量的犧牲祭祀鬼神，如《逸周書·世俘篇》記載武王伐紂後，祭祀周廟，用牛六頭、羊二頭，祭祀「天」和「稷」，用牛五百零四頭。祭祀百神水土社，用羊豕二千七百零一頭。〔註1〕但周公攝

〔註1〕《逸周書·世俘篇》：「武王乃以庶國祀馘于周廟，翼予沖子，斷牛六，斷羊二」，又「用牛于天于稷五百有四」，「用小牲羊豕於百神水土社二千七百有

政之後，可能對殷商制度做了一些改革，這些改革是奠定周文化基礎和精神的關鍵。當雒邑營建完成，周公告訴成王要舉行祭祀，周公說：

> 王肇稱殷禮，祀于新邑，咸秩無文，予齊百工，伻從王于周。(《尚書‧洛誥》)(頁226)

「咸秩無文」意謂著對殷商禮質無文的祭祀，加以整理規劃，以建立祭祀的尊卑秩序。所以周人的祭祀，以用牲而言，不再似殷人濫情的迷信鬼神，動輒以上百成千的人畜為犧牲，而以主祭者的階級為依據，訂定用牲的品秩和數量。在用牲的方法上，周雖然繼承了殷人的祭祀習慣，但已省卻許多繁冗的用牲之名和方法，並且概括為數種方式。以《周禮》的記載為例，《周禮》誠然是一本晚出的書，不過《周禮》大部分的記載都有事實根據，可以說是周制度的集大成和理想。《周禮‧大宗伯》以及〈雞人〉、〈羊人〉、〈犬人〉等職所記的用牲之法，不過燔燎、血祭、貍沈、辜、刉珥、禳、釁、肆等數種，〔註2〕山經祭祀的用牲方式，大都可以在《周禮》中見到。就用牲法而言，山經祭祀與《周禮》有同宗同源的關係，都是周文化輻射下的產物。歷來校注《山海經》的學者，對山經祭祀用牲方式的注解較少，本章的主旨，即擬對山經用牲之名，和用牲方法，做比較具體的詮釋。首先將山經用牲的方法歸納為刉珥、副、肆、瘞、倒毛、鈴等數種，逐一解釋。並盡可能闡述每種用牲方式的宗教意義，以期對山嶽祭祀的儀節和目的，有較清楚的瞭解，最後並對祭祀供獻犧牲的意義，提出一些說明。

第一節　刉（祈）、聊（衈）

《周禮‧春官‧大宗伯》云：「以血祭祭社稷、五祀、五嶽」。血祭是取犧牲之血獻祭的祭祀方式。《周禮》謂五嶽祭祀用血祭，但山經祭儀所記錄的用牲方法，卻顯示周人不只祭祀五嶽用血祭，一般山川的祭祀也用血祭，如〈中次五經〉祭祀尸水之神「刉一牝羊，獻血」，即為血祭。「刉」牝羊而言

一」。朱右曾《逸周書集訓校釋》，頁98～99。

〔註2〕《周禮‧春官‧大宗伯》：「以禋祀祀昊天上帝，以實柴祀日月星辰，以槱燎祀司中、司命、飄師、雨師。以血祭祭社稷、五祀、五嶽。以貍沈祭山林川澤。以疈辜祭四方百物。以肆獻祼享先王」(頁270～272)。禋祀、實柴、槱燎都是燔燎的祭祀方法。〈雞人〉、〈羊人〉、〈犬人〉等職所載祭祀方法，已俱見本論文山經祭祀牲品諸章中，不俱舉。

獻血，可知「刉」是血祭殺牲的方法。〈中次十二經〉云：「一牝豚刉」，雖未言獻血，應當也是血祭。

　　古人血祭的用牲之名，最早見於殷人卜辭中，卜辭有🈂️（後上二〇、九）字，从示从又（又）从𠙴，𠙴象皿中盛血之形，除中舒以爲是「以血祭神，疑爲釁字。」〔註3〕載籍則除了「刉」字以外，還有「衈」字和「衈」字。《說文解字》「釁」字下云：「以血有所刉涂祭也。」（頁216）「衈」字則《說文》未收。《禮記・雜記》下記載殺牲取血釁廟之事，曾說：「其衈皆于屋下，割雞」（頁754），《穀梁傳》僖公十九年：「叩其鼻以衈社也」，范甯注云：「衈者，釁也。取鼻血以釁祭社器」（頁88），可知「衈」也是血祭用牲之法。刉（釁）衈字《周禮》或以「祈」字，或以「幾」字假借。如〈秋官・士師〉云：「凡刉珥則奉犬牲」（頁527），〈犬人〉職則作「幾珥」，云：「凡幾珥、沈、辜，用駹可也」（頁543），〈春官・肆師〉又作「祈珥」，云：「以歲時序其祭祀及其祈珥」（頁295），鄭玄注謂：「故書祈爲幾」。可知「祈」字乃幾字即「釁」字的假借。〈夏官・羊人〉：「凡祈珥，共其羊牲」（頁458），〈小子〉職：「而掌珥于社稷，祈于五祀」，鄭注亦謂：「祈或爲刉」（頁457）。「刉」、「釁」三字同屬段玉裁古音第十五部，「釁」、「祈」二字《說文》段注皆皆謂「渠稀切」，蓋四字古音相近，因此互爲轉注假借。《周禮》的「珥」字，《說文》云：「瑱也」（頁13）。「瑱」是一種玉石或象牙做成的耳飾，與血祭之義無關。但珥字从耳得聲，與从血从耳的衈字形相近，所以《周禮》假爲「衈」字。由此可知，《周禮》言「祈珥」、「幾珥」者，都是「刉（釁）衈」的假借，是一種血祭的用牲方法。

　　血祭的「刉」字「釁」字，山經除了用本字，如上舉「刉一牝羊」、「一牝豚刉」以外，也和《周禮》一樣，多以「祈」字假借，如：

　　　〈南次三經〉：其祠：皆一白狗祈。〔註4〕（頁19）

〔註3〕見徐中舒主編《甲骨文字典》，頁30。
〔註4〕郭璞「祈」字下注云：「祈，請禱也。」然山經「祈」字有二種用法，一種放在牲名之下，如本文所舉〈南次三經〉以下諸「祈」字皆是。一種記於祭品、祭儀之上，如〈中次十二煛〉：「祈用酒」、「祈酒太牢祠」，〈中次九經〉：「祈瘞冕舞」。祭品、祭儀上的「祈」字，爲請禱之意，牲品之下的「祈」字，依山經祭典體例，用牲之法多記於牲名之下，如〈中次三經〉，「皆一牡羊副」，〈北山首經〉「毛用一雄雞彘瘞」，「副」和「瘞」都是用牲之法。〈中次八經〉云：「毛用一雄雞祈瘞」、「用荼酒少牢祈瘞」，「祈」、「瘞」二字皆在牲名之下，「瘞」爲用牲之法，「祈」亦當爲用牲之法，如同《周禮》「祈珥」之「祈」，

〈西次四經〉：其神祠禮：皆用一白雞祈。（頁 66）

〈東山首經〉：祠：毛：用一犬祈。（頁 105）

〈東次二經〉：其祠：毛：用一雞祈。（頁 110）

〈中次四經〉：其祠之：毛：用一白雞，祈而不糈。（頁 132）

〈中次八經〉：其祠：用一雄雞祈瘞……驕山，冢也。其祠：用羞酒
少牢祈。（頁 156）

〈中次十一經〉：其祠：毛：用一雄雞祈瘞。

〈中次十二經〉：其祠：毛：用一雄雞、一牝豚刏。（頁 179）

《周禮》「祈珥」的「珥」字，山經則作「聏」。〈東山首經〉云：「毛用一犬祈，聏用魚」。《玉篇》謂：「以牲告神，欲神聽之曰聏」（卷上，頁 366）。然「聏」字經傳未見。惠士奇、孫詒讓都懷疑此字與六書造字原則不符，恐為後人所加，或即「衈」字假借。〔註5〕按「祈珥」（刏衈）字為《周禮》習見，二字因意思相近，都是血祭用牲之法，故常連屬為同義複詞。〈東山首經〉首言「毛：用一犬祈」，繼言「聏」用魚，與《周禮》〈小子〉：「珥于社稷，祈于五祀」（頁 457）先言珥，繼言祈，句法相當。「祈」既為「刏」或「蠚」字假借，「聏」如「珥」也應是「衈」字的假借或誤寫，乃血祭用牲之法。

刏和衈已知為血祭殺牲的方法，至於宰殺的方式，先儒多半遵從許慎和鄭玄的解釋。「刏」（刉），許慎《說文解字》云：「劃傷也。從刀气聲。一曰斷也。」（頁 181）故「刏」的殺牲法，大概就是拿刀子在牲體上劃一刀取血的意思。如段玉裁所說：「許云劃傷者，正謂此禮不主於殺之，但得其血塗祭而已」（頁 181）。「衈」，鄭司農云：「珥社稷，以牲頭祭也」，〔註6〕鄭玄則云：

衈謂將刉割牲以釁，先滅耳旁毛薦之，耳聽聲者，告神欲其聽之。

周禮有刉衈〔註7〕

後鄭的解釋，是從「衈」字從血從耳，及《禮記·祭義》「毛牛尚耳，鸞刀以刉」（頁812）之文，推想而來。但《穀梁·僖公十九傳》，記載邾文公以鄫子釁社，卻言「叩其鼻以衈社」，可見「衈」非必「薦耳旁毛」，也不專指牲頭祭。「衈」字從血，「蠚」字亦從血，「蠚」字《說文》謂「以血有所刉涂祭」，

為「刏」字，或「蠚」字假借。「祈瘞」，謂刉血而後瘞埋。故山經牲名之下的「祈」字，宜讀為「刏」字，或「蠚」字。

〔註5〕二說俱見孫詒讓《周禮正義》，〈春官·肆師〉注，卷37，頁60。

〔註6〕鄭玄《周禮·夏官·小子》注引，藝文，《十三經注疏》本，頁457。

〔註7〕鄭玄《禮記·雜記下》注，藝文，《十三經注疏》本，頁754。

「衈」、「釁」都是血祭用牲的方法，其義應相差不遠。而〈東山首經〉用犬之法云：「祈」若「刉」，用魚之法云「聊」若「衈」，「刉」、「衈」分言，二種用牲法雖然都是血祭，但可能有些分別。古代的祭祀禮儀源遠流長，今日祭儀中的祭品、殺牲的方法，祭拜的方式，常去古不遠。今人祭祀殺雞，通常是先拔去雞耳、頭、頸上的毛，然後劃一刀取血，使血流在預置的碗內。這種殺牲的方式，或許就是古人所說的「刉衈」，劃一刀取血稱「刉」，拔除耳旁頸脖之毛取血稱「衈」。引申之，殺牲取血都稱為「衈」。從文字構形而言，「刉」從刀，重在以刀劃割牲體；衈從血，重在取血以祭。「刉」、「衈」二字與用牲法的差別，或在於此。

以「刉」、「衈」之法殺牲的祭祀，鄭玄以為是釁祭之事，又認為「毛牲曰刉，羽牲曰衈」。《周禮・夏官・小子》：「珥于社稷，祈于五祀」，鄭玄則以為衈刉社稷、五祀是「始成其宮兆時也」（頁 181）。然山經用牲之法，〈中次十二經〉云：「毛用一雄雞、一牝豚刉」，雄雞為羽牲，牝豚為毛牲，卻都用「刉」之法；〈東山首經〉以魚為犧牲，而用「衈」之法；《周禮・士師》云：「凡刉珥奉犬牲」（頁 527），〈羊人〉云：「凡祈珥，共其羊牲」（頁 458），羊和犬都是毛牲，而兼用刉衈之法；可知「刉」不專用於毛牲，「衈」也不專用於羽牲。〔註8〕至謂刉衈為釁禮之事，用於社稷、五祀宮兆完成的時候，也未必盡然。古代「五祀」是否有宮兆，諸儒看法不一，如秦蕙田即認為五祀的祭祀，各有處所，未必另有宮兆。〔註9〕而「刉」「衈」是殺取牲血的方法，也不必專指釁禮之事。如《管子・形勢篇》：「山高而不崩，則祈羊至矣」（1冊，頁 4），「祈」亦當為「刉」字的假借，謂山嶽祭祀用「刉」牲之法，故《周禮・夏官・小子》謂衈社稷、刉五祀，也就是〈春官・大宗伯〉所說的，「以血祭祭社稷、五祀、五嶽」（頁 272）的「血祭」之祭。以用牲之法而言則稱為「刉衈」；以祭祀方式而言，則稱為血祭。而釁禮只是血祭的一種，但殺牲取血之祭卻未必都是釁禮。

取血之後的祭祀方法，經典未載，前儒有許多不同的意見。這些意見，據孫詒讓和池田末利二氏的歸納，有以下諸說：（一）薦血說（二）瘞血說（三）灌血說（四）折衷說。〔註10〕依二氏歸納，簡要敘述於下：

〔註 8〕　參閱孫詒讓，註 5 前揭書，〈夏官・小子〉注，卷 57，頁 73～74。
〔註 9〕　秦蕙田《五禮通考》，正光書局，新化三昧堂本，卷 53，五祀，頁 3114。
〔註 10〕　孫詒讓，註 5 前揭書〈春官・大宗伯〉注，卷 33，頁 48～51。池田末利，《中

（一）薦血說

為賈公彥所主。以為祭祀之前，先薦血歆神，以博得神靈的喜悅，願意屈降神駕，來饗祭祀。〔註11〕

（二）瘞血說

為孔穎達所主。以為祭祀社稷五祀，於初祭降神的時候，已先埋血。〔註12〕崔靈恩《三禮義宗》，陳襄議祀地祇之禮主張相同。崔氏並謂「祭地以瘞血為先，然後行正祭」。〔註13〕

（三）灌血說

為金鶚《求古錄禮說》所主。以為血祭是以牲血灌在地上，如以鬱鬯灌地的辦法。並認為氣為陽，血為陰；天為陽，地為陰。故以煙氣上升祀天，以牲血下降祭地，陰陽各從其類。〔註14〕

（四）折衷說

為孫詒讓所主。以為地示用血祭，和天神禋祀相類，血祭是先以血薦神而後灌祭。〔註15〕

薦血、瘞血之說，黃以周、孫詒讓皆以為其義未備，〔註16〕孫氏之說，池田末利也以為是出於想像，並無禮文依據，而謂金鶚灌血之說較為妥當。但同時也認為《周禮·大宗伯》以血祭歸屬地祇的祭祀，以及氣陽血陰之說，都是受後期陰陽家學說影響而有的說法，不易看出血祭的原始意義。〔註17〕因此山經祭祀山川用血祭，究竟如何獻祭，禮有闕文，恐怕也無法推知了。而山經祭儀紀錄，雖經彙整，但取資多方，範圍廣闊，其以血祭祭祀山川的方法，是否也受陰陽家影響，同樣是難以斷論的。

「血」在古代宗教祭儀上是極為重要的獻祭之物，初民認為血是神聖的、是生命的泉源，是生物精氣所在，生命力所聚，關係著生、死、存、亡的大

國古代宗教史研究》，頁714～716。

〔註11〕賈公彥《周禮·春官·大宗伯》疏，藝文，《十三經注疏》本，頁272。

〔註12〕孔穎達《禮記·郊特牲》疏，藝文，《十三經注疏》本，頁468。

〔註13〕秦蕙田，註9前揭書引，卷37，頁2201。

〔註14〕金鶚《求古錄禮說》一四，《皇清經解續編》，卷676，頁7386。

〔註15〕同孫詒讓，註5前揭書，頁49。

〔註16〕孫說見註10。黃說見黃以周《禮書通故》，〈肆獻裸饋食禮通故三〉，華世出版社印，頁3上—4上。

〔註17〕池田末利，註10前揭書，頁715。

轉變。〔註18〕血也被認爲是部族唯一共通的神聖生命，所以古代釁禮用血涂祭，使器物聖化具有神力；盟詛歃血而飲，以爲透過共飲的血，彼此生命便結合爲一體，〔註19〕而能同仇敵愾。古人既認爲血是生命精氣所凝，所以又以爲血有避邪的作用。漢人以雞血涂門戶避除不祥和治蠱，就是本於這種觀念。臺灣北勢八社的原住民爲預防麻疹侵入社內，以竹桿刺入犬的心臟，用竹片染上犬血，插在門外，〔註20〕也是基於犬血能夠避疾的想法。此外牲血也被視爲是非常珍貴的滋養物。古代農耕社會更認爲血能使土地肥沃，農作豐收。〔註21〕中國古代祭祀極重視「血」，《詩經·小雅·信南山》詠祭祀殺牲言「執其鸞刀，以啓其毛，取其血膋」（頁461）。《國語·楚語下》謂「血以告殺」（頁405）。《禮記·郊特牲》云：「郊血，太饗腥」、「毛血告幽全之物也」、「血祭，盛氣也」（頁480、507）。〈禮運篇〉謂祭祀「薦其血毛」（頁419）。〈禮器〉言「毛血詔於室」（頁472）。古人對血的重視，是超出我們想像之外的。山經以刉、衈之法，取牲血祭祀山川，即視血爲最珍貴崇敬的奉獻，和載籍所反映的祭祀觀念相同。而古代宗廟之祭先薦牲血于神，以敬告神明犧牲的美好，山經祭祀山川而取牲血以祭，或許也含有這種用意。

第二節　副

　　山經用「副」的殺牲之法，僅見於〈中次三經〉，云：「其祠：泰逢、熏池、武羅，皆一牡羊副。」（頁128）

　　「副」，郭璞以爲是破羊骨磔之以祭的意思。〔註22〕汪紱則以爲「副」字與「疈」字相同，音劈，是分磔牲體的意思。〔註23〕畢沅又以爲「副」、「疈」的本字，是《說文》訓「以火乾肉」的「煏」字。〔註24〕三家對「副」爲破磔牲體祭祀的方法，並無異議，只是對「副」的本字、本音有不同的看法。

〔註18〕楊景鷠〈方相氏與大儺〉，《中央研究院歷史語言研究所集刊》31本，頁164，民國49年2月。

〔註19〕同註17。

〔註20〕凌純聲〈中國古代及太平洋區的犬祭〉，《中央研究院民族學研究所集刊》，第3期，頁2，民國46年春。

〔註21〕池田末利，註10前揭書，頁716。

〔註22〕郭璞〈中次三經〉注，郝懿行《山海經箋疏》，藝文，阮氏琅嬛僊館本，頁195。

〔註23〕見汪紱《山海經存》，袁珂《山海經校注》頁129引。

〔註24〕畢沅《山海經新校正》，中次三經，頁8。

因此本節擬從古文字和經傳的材料，探討「副」字用爲殺牲之法的本源及其
衍變。並以較爲具體的例子，說明祭祀「副」牲的方法。

　　《說文》副字下云「判也。从刀畐聲。」「副」的籒文作疈，从刀从畐（頁
181）。故「副」、「疈」實同字。「副」作爲殺牲之法，見於《周禮·春官·大
宗伯》：「以疈辜祭四方百物」（頁 272）。但是副牲之法，可能在殷商時期，或
更早以前，即已存在。卜辭有 𦥑（餘二、一）𦥑（前五、九、七）字，象箭矢盛在
箙中的形狀。古文字學家以爲即《說文解字》的「葡」字，今字作「箙」。〔註
25〕箙即矢箙，矢箙俗稱箭衣，也就是盛裝箭矢的器具。在卜辭中葡字則假借
爲用牲之名：

　　　　□卜，㝱貞：告𢀛受令于☑，二宰𦥑一牛？（粹五三、五）

　　　　其用大乙𦥑一牛？（甲六七九）

　　　　☑午卜，大貞：翌癸未出于小叔三宰𦥑一牛？（續二、一八、一）

卜辭以「葡」殺牲，多半用於牛牲。于省吾以爲用牲之名的「葡」字，應讀
爲「副」，經傳「葡」、「備」二字相通，而以「畐」或「備」爲偏旁的字，往
往音近義通。如《一切經音義》七的「煏」字，古文作「𤑥」、「䎗」二形，
或从「畐」或从「備」。《集韻》職部的「𤓊」字，或體字有「𥹷」、「煏」、「𤑥」
三形，也是或从畐，或从備。可見从「畐」从「備」（葡）之字，音義相通。
因此卜辭的「葡」字，作爲用牲之法，應讀爲山經「皆一牡羊副」的副字，
亦即《周禮》的「疈辜」之祭。〔註26〕

　　于氏的說法是可信的。殷代疑爲壇祀的遺跡中，有燒過的牛頭骨、牛脊
骨、牛腿骨，也有未燒過的牛腿骨，可見牛牲是以肢解的方式祭祀的。這種
肢解牛牲的方法，可能就是卜辭的「𦥑」。從音韻上來說，副字从刀畐聲，「畐」
字，《說文》云：「讀若伏」（頁 232）。「箙」字从竹服聲，畐、伏、服、葡、
備等字，都是唇音字，都屬於段玉裁古音第一部，音近故得以互相通假。而
唇音字多有分析破開的意思。如《說文》副字訓「判」，「判」字訓「分」（頁
182）。《周禮·地官·媒氏》「掌萬民之判」，鄭玄云：「判，牉也」（頁 216）。
副、判、分、牉皆爲唇音字，都有分剖爲二的意思。所以「副」字經傳中也
作分剖析裂之義。〈曲禮上〉云：「爲天子削瓜者副之」，鄭注即謂「副，析也，

─────────────

〔註25〕參閱李孝定《甲骨文字集釋》卷3，頁 1123～1127。

〔註26〕于省吾《雙劍誃殷栔駢枝續編》，〈釋葡〉，頁 43～44。

既削又四析之，乃橫斷之。」（頁 43）。《詩·大雅·生民》：「不拆不副」，孔穎達疏也以爲「不副」是「不拆割、不副裂」（頁 590）。

　　因此，以祭祀用牲法而言，「副」牲之義，即分剖牲體的意思。《周禮》副（䖐）辜連言，副、辜二字音雖有別，義則相因。「䖐」字《周禮》故書作「罷」，鄭司農云：

　　　　䖐辜，披磔牲以祭，若今時磔狗以止風。

以爲䖐辜即披磔殺牲的方法。鄭玄則說：

　　　　䖐，䖐牲胸也，䖐而磔之。〔註27〕

以爲「䖐」和「磔」不同，先「䖐」后「磔」。二說似異，其實意皆相近。「披磔」的「披」字，孫詒讓以爲是《說文》「𤿇」字的假借。〔註28〕𤿇，《說文》云：「別也。從刀卑聲，讀若罷」（頁 166），與「副」字同爲唇音的「分」字也訓「別」（頁 49），故𤿇、分二字都有分裂爲別體的意思。而經傳「披」字也多爲分散之義。《左傳》成公十八年：「今將崇諸侯之姦而披其地」，杜預注云：「披猶分也」（頁 23）。《方言》六也說：「披，散也……東齊……器破曰披」（頁 154）。「磔」字前文曾有說明，是殺牲張裂肢體的意思。所以鄭司農所說的披磔，也是指剖分牲體，繼而張裂四肢，與後鄭的說法其實是一致的。「副」與「磔」的差別，在於「副」主要是指祭祀時以刀分剖犧牲，「磔」則謂剖分之後又行裂解。而分磔牲體的方法，即《周禮》所說的「辜」。《說文》云：「磔，辜也」（頁 240）。「辜」字本義爲「辠」（罪），从辛古聲。辛字卜辭作「」，象刻鏤的曲刀之形。〔註29〕古代五刑之一的「黥」，即以曲刀「」在罪嫌額上刺字，故辠字亦从辛，因此辜字从辛訓辠，有刑戮的意思。辜字的古文從死作「」形，與《詛楚文》「辜」字古文相似，池田末利以爲即《說文》「殆」（頁 166）字的古文，是肉枯竭之義，轉而爲披磔肉體使枯乾的意思，因此磔辜字當作「磔」、「殆」。〔註30〕但「辜」字从辛，有刑戮罪責的意思，本具殺伐之義，自得輾轉引申爲披磔，不需待「殆」字而通其義，所以古代刑戮而張其屍的刑罰稱爲「磔」，也稱爲「辜」，《周禮·秋官·掌戮》云：「殺王之親者辜之」，鄭玄云：「辜之言枯也，謂磔之」（頁

〔註27〕先後鄭之說皆見《周禮·春官·大宗伯》注，藝文，《十三經注疏》本，頁 272。
〔註28〕孫詒讓註 5 前揭書，〈春官·大宗伯〉注，卷 33，頁 54。
〔註29〕李孝定，註 25 前揭書，卷 14，頁 4274～4278。
〔註30〕池田末利，註 10 前揭書，頁 723。

547）。辜、殆、枯皆從古得聲，音義相通，故辜字也有作「枯」者。《荀子·正論篇》：「斬斷枯磔」，楊倞注云：「疑辜即枯也。又《莊子》有辜人，謂犯罪應死之人也。」（卷 12，頁 29）而《說文》刀部「刳」字訓「判也」（頁182），與剖分犧牲的「副」字同義，刳从夸得聲，从夸从古之字，皆屬段玉裁古音第五部。刳，段氏云「苦孤切」，辜，「古乎切」，二字雙聲疊韵，故刳、辜二字亦得相通。「辜」、「刳」與「枯」、「殆」的分別，在於以殺牲方式名之，爲「刳」爲「辜」；從刳張牲體令其枯搞而言，則謂之「枯」、「殆」。《周禮》「疈（副）副」、「辜」連言，或因爲「辜」牲之前必先「副」之，而「副」牲之後，也多「辜」之，其義相因。卜辭「葡」牲之法多用於牛牲，可能是牛牲較大，所以要先分剖爲二，分剖之後，依常理推測，再加以披磔的可能性是很大的；殷墟壇祀遺址有祭祀燔燒過的牛脊、牛腿之骨，也許就是「副」而分磔之後，再行燔燒的。

　　用牲之法的「副」，今日稱之爲「劈」，[註31]《說文》云：「劈，破也」（頁 182），「破」字與披磔之「披」，「罷辜」之「罷」，皆屬段玉裁古音十七部，「劈」字則爲古音十六部，段玉裁《說文》劈下注云「此其音義相通之證也。」劈與披、罷等字音既相通，同時與「副」字相同，都是唇音字，惟重唇輕唇有別。而古時方言有殊，因此「副」、「劈」之字多相假借，用牲之法的「副」字，《周禮》故書作「罷」，《禮記·禮運篇》則作「捭」（即擺字），云「其燔黍捭豚」，孔穎達疏謂「捭析豚肉加於燒石之上而孰之，故云捭豚。」（頁 416）。張衡〈西京賦〉「置互擺牲」，李善注云：「擺謂破磔縣之」，[註32]可知捭、擺二字也是「副」字的假借。捭、擺同字，屬段玉裁古音十六部，與「劈」字音義也相通。

　　辜磔之字，古書也多音近相假。《左傳》成公二年：「龍人囚之（盧蒲就魁），殺而膊諸城上」，杜預注云「膊，磔也」（頁 421）。《周禮·秋官·掌戮》：「掌斬殺賊諜而搏之」，鄭玄以爲「搏」即《左傳》「膊諸城上」的「膊」，「膊謂去衣磔之」（頁 545）。「膊」字本義原爲舖肉於屋上曝曬的意思，膊从尃得聲，尃从甫得聲，「尃」、「甫」與「辜」、「刳」四字同屬段玉裁古音第五部，故引申假借而有磔殺之意，再引申之，披磔牛羊也可謂之「膊」，《方言》七：

〔註31〕段玉裁《說文解字注》劈字下：「此字義與副近而不同，今字用劈爲副，劈行而副廢矣。」

〔註32〕《文選》，藝文，宋淳熙本重雕，卷2，頁47。

> 燕之外郊，朝鮮冽冰之間，凡暴（曝）肉發人之私，披牛羊之五藏
> 謂之「膊」。（頁 25）

古代副辜殺牲的實際情形，雖無法見到，不過人類學、民俗學、民族學上的
祭祀資料，頗足參考。四川長江南岸的珙縣、長寧、永寧諸縣以南一帶的苗
人，做齋祭祖時，殺犬以祭山鬼，殺犬的方法，據 Graham 氏的記載是：

> 巫師一刀殺狗，以血洒在門階，乃生起爐火，將狗毛燒去，先剖肚
> 取出內臟、肝、心、腸以獻山鬼，然後分割狗肉爲五部，頭與四肢
> 連身各成一塊，以之再祭。〔註 33〕

所謂一刀殺狗而後剖肚，或許與古代「副」牲之法相似。而分狗爲五體，又
取其內臟，大概就如是「辜磔」了。苗人殺犬先升爐火去毛，中國古代宗廟
用牲也有以湯火去毛者，《詩經・魯頌・閟宮》頌魯僖公祭祀周公等先祖，即
有「毛炰（炮）胾羹」之句（頁 778），《周禮・地官・封人》亦云：「歌舞牲
及毛炮之豚」，鄭玄注「毛炮」謂「燖（沈肉於湯）去其毛而炮之」（頁 188），
即以熱水燙除牲毛，再包裹燒烤的獻饗方式。《禮記・禮器》：「君子曰『禮之
近人情者，非其至者也。』郊血，大饗腥，三獻燗，一獻熟」，鄭玄注以爲「三
獻，祭社稷五祀。」（頁 467）因知郊祀天神之牲用血、腥，祭宗廟先祖之牲
獻熟，祭社稷、五祀之牲肉，乃介於腥（生）和熟之間，用只燙過的半熟燗
肉。從宗教人類學的研究可知，祭祀犧牲的生熟是神人關係親疏的象徵，〔註
34〕社稷之神介於天神、人鬼之間，故其牲用「燗」，但山川雖爲地祇，神人關
係卻較疏遠，因此當是副牲饗腥，用生牲。故山經云：「皆一牝羊副」，大概
就是先剖殺羊牲，而後再分割其牲體的用牲方式。而犧牲所以要剖割，有的
或與牲體太大有關，有的或如苗人祭山鬼的方式，是爲取出牲體肉臟祭獻山
神，以示敬獻的誠敬。《禮記・禮器》：「祭肺、肝、心，貴氣主也。」（頁 507）
內臟被視爲生命血氣所存之處，故獻之神靈，象徵虔誠。若因事而祭時，則
剖牲披磔以祭，也應具有襄被厭勝的用意。

第三節　肆（附：羞）

山經「肆」字作爲用牲之法有二次，皆見於〈中次十二經〉：

〔註 33〕 D. C. Graham, *Songs and stories of the ch'uan Miao*（Washington, 1954.），PP.
　　　　76-81. 見凌純聲，註 20 前揭書頁 4 引。
〔註 34〕 參閱李亦園，〈祭品與信仰〉，見氏著《信仰與文化》，頁 125～132。

凡夫夫之山、堯山、陽帝之山皆冢也，其祠：皆肆瘞，祈用酒，毛：
用少牢，嬰毛（用）一吉玉。

又：

洞庭、榮余山，神也，其祠：皆肆瘞，祈酒，太牢祠，嬰：用圭璧
十，五采惠之。（頁179）

郭璞注以爲「肆」是陳的意思，謂「肆瘞」乃「陳牲玉而後薶藏之」。郝懿行
則據《爾雅·釋詁》「矢」字訓陳，以爲「肆」字通作「矢」字。〔註35〕

　　郭、郝二氏訓「肆」字爲「陳」的意思是對的。《說文》肆字下即云：「極
陳也。」段玉裁以爲「極陳」是「窮極而列之也」的意思。（頁457）就祭祀
之肆陳而言，「肆」陳的項目，包括牲品、玉器和酒。但就肆陳牲品而言，「陳
牲」是一個籠統概括的解釋，並未說明陳牲的方式爲何？所陳犧牲是全牲？
或者經過解毀？因此本節擬從古文字和經傳中「肆」字的含意，說明山經「肆」
字作爲用牲之法所具有的意義。

　　池田末利氏以爲中國古代祭祀有殺毀、體解、肆陳三個要素。〔註36〕「肆」
字在經傳中多所假借，但就用牲之法而言，「肆」字正具有池田氏所說的三個
要素。

　　《尚書·舜典》云：「肆類於上」，孔安國注謂「肆，遂也」（頁35）。許
愼《說文解字》𥶁字下引同文，「肆」字作「𥶁」云：

𥶁，彑屬，從二彑，虞書曰：𥶁類于上帝。（頁461）

𥶁字與肆字，段玉裁皆謂「息利切」，同屬《廣韻》至部，段玉裁古音十五部，
因此音同通假。𥶁字從二彑，彑《說文》說：「脩豪獸也，一曰河內名豕也」
（頁460），是一種長毛的獸名。徐灝《說文段注箋》以爲「彑」字和《說文》
訓豕走的「𧱒」（《說文》，頁461）字相同，𥶁字從二彑即二象，是陳牲以祭
的意思。而「𥶁」字古通作「肆」，所以《周禮·大司徒》「祀五帝奉牛牲，
羞其肆」（頁162），〈夏官·小子〉「掌祭祀，羞羊肆」（頁457）的「肆」字，
應如鄭司農所說，是「陳骨體」，和「體薦全烝」的意思。〔註37〕

　　甲骨卜辭有𦏾（前一·四八·三）字，從二彑，孫海波、李孝定皆以爲是《說
文》的「𥶁」字。李氏並謂乙編二八〇二的一條卜辭「□午匚曹及卯小宰弗其

〔註35〕郝懿行，註22前揭書，頁26。
〔註36〕池田末利，註10前揭書，頁418。
〔註37〕徐灝《說文段注箋》，卷9，𥶁字下，頁3252。

？」的「⿰糸糸」字，即陳牲而祭的意思。﹝註38﹞若如李氏所說，則《說文》「⿰糸糸」字在殷商已是陳牲而祭之義。而契文「⿰犭犭」字，和「⿰糸糸」字的金文⿰犭犭（大豐簋）、⿰犭犭（兩簋），及篆文⿰糸糸，都象二獸全體同向並陳的樣子，祭祀時或許就是以整頭犧牲同向陳列而祭。因此經傳的「肆」字假作「⿰糸糸」字，除陳牲而祭的意思外，或許原先也指「體薦全烝」的陳列之祭。

「肆」字與「⿰糸糸」字，音同相段。⿰糸糸字所从之「⿱彑木」字，又與蔡、殺等字音近假借，都有殺戮的意思，此義學者已多所討論。﹝註39﹞「肆」字與「⿱彑木」字同屬段玉裁古音十五部，音亦相近，因此「肆」字作為用牲之名，本含有殺牲的意思。〈夏小正〉云：「七月……貍子肇肆」，其傳即云：「肆，遂也。言其始遂也。其或曰：『肆，殺也』」（頁 41）。《禮記・月令》：「（仲春）命有司……毋肆掠」（頁 299），鄭玄注也以為肆是殺死刑犯而暴屍的意思。

殺戮犧牲之後，往往體解其骨肉，因此「肆」字也有肆解牲體的意思。《詩經・小雅・楚茨》描寫周人的祭祀云：

> 濟濟蹌蹌，絜爾牛羊，以往烝嘗。或剝或亨（烹），或肆或將。

「肆」，毛亨訓「陳」，鄭玄則謂「肆」乃「肆其骨體於俎」的意思（頁 455）。《周禮・地官・大司徒》：「祀五帝，奉牛牲，羞其肆」（頁 162），〈春官・大宗伯〉「以肆獻祼享先王」（頁 273），〈典瑞〉：「以肆先王」（頁 314）。鄭玄都以為是肆解牲體而祭之，〈夏官・小子〉：「掌祭祀羞羊肆」，「羊肆」，鄭玄更以為是豚解牲體為七塊的意思（頁 457）。﹝註40﹞

從上文所列出的古文字及經傳中的「肆」字含意，可知「肆」作為用牲之法，含有殺戮、體解、肆陳三種意思。山經「皆肆瘞」的「肆」字，就牲體而言，亦應含有上述三義：謂殺戮犧牲，肆解而後陳列祭祀。殷墟壇祀遺跡中成塊狀的羊骨犬骨，可能就是以肆解陳列的方式祭祀。肆解的牲體，毛亨〈小雅・楚茨〉傳謂陳於「互」中，鄭玄則謂陳於「俎」。「互」即《周禮・地官・牛人》：「凡祭祀共其牛牲之互」（頁 197）的「互」。「互」《說文》作「𥔲」，鄭玄以為就像漢時屠戶用來懸肉的器具（〈牛人〉注，頁 197）。但「互」是始殺肆解牲體所盛，〈楚茨〉詩云「或剝或亨」，牲體既已剝解烹煮，則不宜再

﹝註38﹞李孝定，註25前揭書，卷9，頁 3003。

﹝註39﹞池田末利，註 10 前揭書，〈祭の意義〉一節，所論極為詳悉，可供參考，見頁 411～418。

﹝註40﹞同註 6，頁 457。

盛於「互」中了。《周禮・天官・外饔》之職是掌外祭祀的割亨之事，並「共其脯脩刑膴，陳其鼎俎，實之牲體、魚、腊」（頁 63），可見周天子外祭祀也用鼎俎。山嶽祭祀爲外祭祀，而〈中次十三經〉肆祭之山爲「冢山」與「神山」，所用之牲爲「少牢」或「太牢」，皆爲周朝大夫以上階級的用牲，其祭典應不屬於民間所有，則其牲體肆解後的陳祭，或也如〈外饔〉所說，牲體可能陳於鼎俎或其他的禮器上。殷代壇祀遺跡也發現疑爲盛殽肉的陶器碎片，這些陶器便可能是用來盛裝肆解的祭祀牲體。據石璋如先生的考察，壇祀遺址編號 H316、H317、H324 的坑中，都發現盛獸骨、殽肉的陶器，且連肉帶器一起焚燒祭祀。編號 MC、MD 的坑中，有燒過和未燒過的牛腿骨，被燒的牛腿骨皆由關節處砍斷，至少八節，未燒過的牛腿骨則盛於豆中。此殷代壇襌的遺存，或者便類如禮書與山經所言肆牲而祭的具體遺留。〔註41〕

附：羞

「羞」並非殺牲之法，但與祭祀犧牲的供獻有關，故附於此處簡略說明之。

〈中次七經〉：

其十六神者，皆冢身而人面。其祠：毛：牷用一羊羞。（頁 150）

〈中次十一經〉：

禾山，帝也。其祠：太牢之具，羞瘞，倒毛。（頁 174）

郭璞〈中次七經〉注云：「言以羊爲薦羞」。《說文》：「羞，進獻也，从羊丑，羊，所進也」（頁 752）。羞爲進獻牲體之意，已見於卜辭之中，卜辭「羞」字作 ♈（甲二○○六），从又持羊，象以手持羊進獻的樣子，〔註42〕其辭云：

□羞□用小宰？（甲一三九四）

□祝其羞正受又？（甲二○○六）

「羞」字皆爲進獻牲體的意思。經傳中「羞」字也多爲進獻之義，《周禮・小子》「掌祭祀羞羊肆」，鄭司農云：「羞，進也」（頁 457）。《左傳》隱公三年：「可薦于鬼神，可羞于王公」（頁 52），《國語・楚語上》：「籩豆脯醢，則上下共之，不羞珍異，不陳庶侈。」（頁 383），「羞」都是進獻的意思。不過就牲體的進獻

〔註41〕 參閱石璋如〈殷代壇祀遺迹〉，《中央研究院歷史語言研究所集刊》，51 本 3 分，頁 429～437。民國 69 年，9 月。

〔註42〕 李孝定，註 25 前揭書，卷 14，頁 4337。

而言，「羞」所獻的牲體，可能多指肆解之後的肉體，如《周禮・牛人》的「羞其肆」，〈羊人〉的「羞羊肆」，所進獻者都爲肆解的牲體。肆解後的牲肉也稱爲「庶羞」，並取盛於豆中。因此山經「用一羊羞」、「羞瘞」的「羞」字，除了進獻之意外，或許也意謂所進獻的羊或太牢，是盛於豆中，並已肆解的牲體。

第四節　瘞及其他用牲、飾牲法

一、瘞

「瘞」是山經最常見的祭祀方法，山經或單言「瘞」，如〈南山首經、二經〉、〈西次三經〉、〈北山首經、二經、三經〉、〈東次二經〉、〈中山首經、三、七、八、九、十、十一、十二〉諸經。或言「祈瘞」，如〈中次八經〉及其「冢」山、〈中次十一經〉。或言「肆瘞」，如〈中次十二經〉的「冢」山、「神」山。或言「羞瘞」，如〈中次十一經〉「帝」山（見表（五））。「瘞」的祭品包括犧牲和玉器。有只「瘞」犧牲或玉器者，也有牲玉皆瘞者，也有牲玉皆未言瘞者，如表（五）所列。

表（五）山經「瘞」牲玉一覽表

瘞　　牲	瘞　　玉	瘞　牲　玉	未　言　瘞　者
北次二經	西山首經（神）	北山首經	南次三經
中次二經（二神）	西次三經	○南山首經	西山首經（冢）
中次八經	北次三經（十神）	○南次二經	西次二經（十神）
中次八經（冢）		○東次二經	西次二經（七神）
中次九經		○中山首經（十三神）	西經四經
中次十經		○中次七經（十六神）	東山首經
中次十一經		○中次十經（冢）	東次三經
		○中次十一經（帝）	中山首經（冢）
		○中次十二經（冢）	中次二經
		○中次十二經（神）	中次三經（神泰逢等）
			中次五經（冢）
			中次五經（神）
			中次五經（尸水）
			中次六經（平逢山）
			中次七經（冢）

		中次九經（冢）
		中次九經（帝）
		中次十經（冢）
		中次十經（帝）
		中次十一經（冢）
說　　明	○表示據山經文意，疑其牲、玉皆「瘞」者。	

許慎《說文解字》「瘞」字下云：「幽薶也」（頁 699），「薶」字下云：「瘞也」（頁 45）。瘞，薶二字互爲轉注。「瘞」，就是祭祀時將祭品薶於地下的祭祀方法。祭祀瘞埋祭品的儀式，皆可在殷周祭祀的文字記載，和考古遺跡中發現。但殷人瘞埋之祭的對象，和周人有異。先秦典籍記載山嶽祭祀的方法，各有不同，前儒因此有許多論辯。而祭祀瘞埋的祭品爲何？祭祀時於何時瘞埋祭品，學者也多有爭議；論辯爭議中，山經祭山祀典所載的瘞埋，和懸玉以祭的祭祀方式，常成爲前儒引證的理據。因此探討山經瘞埋的祭祀方式，須先釐清上述的問題。山經瘞埋的祭品包括犧牲和玉器，故以玉器瘞薶祭祀的情形，也附於此處討論。

卜辭表示瘞薶之祭的字作 ⊕（前一、三二、六）從牛、⊕（前、七、三、三一）從犬、⊕（甲八二三）從羊，象薶牛、羊、犬於地下坑坎的形狀。坎中的﹑﹑，象掘地有水，或覆沙土的形狀，〔註43〕所薶之牲爲牛，字便從牛，所薶之牲爲羊、犬，字便從羊或從犬。古文字學家以爲上引卜辭的三種字形，都是後代的「薶」字。〔註44〕不過「⊕」字在殷商時代已漸漸成爲薶祭的專用字，這種趨勢，從卜辭薶祭字較常用⊕字，和⊕字雖從牛，但卜辭貞卜辭例中，記載⊕祭的犧牲並不限於牛牲，可以得知。

卜辭薶祭之法，多用於對「河」的祭祀，所薶的犧牲以牢牲爲多。其例如：

奠于河一牢薶二牢？
奠于河一牢薶二牢？（前一、三二、五）
戊□薶于河二牢三月？（後上二三、一〇）
□薶于河二牢三月？（粹三八）

〔註43〕古文字學家多以「﹑﹑」象掘地及泉或水的形狀，見李孝定，註25 前揭書卷 1，頁 222。吾人則以爲「﹑﹑」可能象埋牲覆沙土之形。
〔註44〕李孝定，註25 前揭書，卷 1，頁 222。

祭祀的方法，或直接薶牲於地，如後上二三、一○和粹三八兩條卜辭，都是直接以薶祭牢牲的方式祭河。或者既燔燎又瘞薶，如前一、三二、五的二條卜辭。燎一宰，薶二宰，燔燎和瘞薶分別用不同的犧牲，不過燔燎的犧牲可能於燔燒之後也瘞薶，如小屯殷墟建築儀式的遺跡中，丙二基址獸坑中的 H313、H314、H316、H405，所薶皆是柴灰及燒過的羊骨。基址另一坑則薶有燒過的牛骨，小屯疑為殷代壇祀遺蹟的獸坑也薶有燒過的牛頭、牛脊、牛腿和羊、犬之骨等，這些遺跡可能都是殷人燎祭的遺存。由此可知，犧牲燔燎之後，殷人多半再行瘞薶。而卜辭只言「薶」的犧牲，則可能只瘞薶而不燔燎，如殷代建築儀式及壇祀遺跡中，也有許多獸坑的牲骨是未經燔燒的。〔註45〕

　　祭河之外，卜辭「薶」祭也用於先妣的祭祀，然僅覓得一例，其辭云：
　　　　于妣乙一宰薶二宰？〔註46〕
相對於殷人用「薶」祭河，周代祭河多用「沈」。卜辭祭河也有用「沈」之法，但「沈」並不限於祭河，先妣和社的祭祀也有用「沈」者。〔註47〕

　　宗教祭祀儀式是信仰的象徵行為，反映祭祀者的宗教信仰與鬼神觀念。由殷人祀河、社、先妣的祭祀方法，可知殷人對天神、地祇、人鬼未有明顯的區分。自然神祇所用的祭祀方法，也可移用於人鬼的祭祀上，如「燎」、「薶」、「沈」之法，既用於祭河，也用於祭祀先妣，反映了「河」在殷人信仰上的特殊地位，與殷人將自然神祖先化，或以自然神為民族保護神的信仰現象。不過殷人祭河用「薶」、用「沈」，祭山嶽則多用燎祭，未見用「薶」、「沈」之法。此當肇因於山嶽高聳雲天，為達其致敬，故用燔燎升煙的方式祭祀；河水潛藏於地，因此用薶沈之法祭祀。顯示殷人已粗具「因天事天，因地事地」的祭必以其類的觀念，和對自然神的想像。就薶祭用法而言，卜辭薶祭多用於祭「河」，但殷墟遺跡考古研究，卻顯示殷人不論建築儀式，或築壇祭祀，祭祀所用的祭品，大都加以瘞薶，不只是祭河才用瘞薶之法。這種現象似乎表示瘞薶是殷人祭祀普遍的習慣，而卜辭祭「河」所用的薶－🀀，是另

〔註45〕　石璋如〈小屯殷代的建築遺跡〉，《中央研究院歷史語言研究所集刊》26 本，頁 165，民國 44 年 6 月。〈殷代壇祀遺蹟〉，《中央研究院歷史語言研究所集刊》51 本 3 分，頁 429～430，民國 69 年 3 月。

〔註46〕　李孝定註 25 前揭書，卷 11，頁 3388，「沊」字下引羅振玉《增訂殷虛書契考釋》中，頁 16。

〔註47〕　其辭例如：貞：燎于土（社）三小宰卯二牛沊（沈）十牛？（前一、二四、三）。□示壬妾妣乙沊（沈）羊？（餘四、二）。

一種薶祭用牲的儀式，和一般瘞薶有別。

周人祭祀方式，雖然大牛沿襲殷商舊法，但同一種祭祀方法的受祭對象，卻未必與殷人相同。以「瘞薶」之祭而言，周人主要用於祭祀土地之神：

《儀禮·覲禮》：祭地瘞。（頁331）

《禮記·禮運》：故先王著龜，列祭祀，瘞繒。（頁437）

「瘞繒」，孔穎達疏：「瘞，埋也。謂祀地埋牲也。」

《禮記·祭法》：瘞埋於泰折，祭地也。（頁797）

《周禮·春官·司巫》：凡祭祀守瘞。（頁400）

鄭玄注謂：「瘞，謂若祭地祇，有埋牲玉者也」

《爾雅·釋天》：祭地曰瘞埋。（頁99）

《呂氏春秋·任地篇》：有年瘞土，無年瘞土。（頁1173）

高誘注：「祭土曰瘞」。

而祭天，周人多用燔燎。如《儀禮·覲禮》云：「祭天燔柴」（頁331），《禮記·祭法》云：「燔柴於泰壇祭天也」（頁797），《爾雅·釋天》亦謂「祭天曰燔柴」（頁99）。故祭地用瘞薶，正是相對於祭天燔柴的祭祀方式。薶祭用於祭地外，周代也用於祭山林之神：

《周禮·春官·大宗伯》：「以薶沈祭山林川澤」（頁272）

鄭玄注：「祭山林曰薶，祭川澤曰沈。順其性之含藏。」土地和山川都是地祇，可見周人「薶」祭主要用於祭祀地祇。

周人祭祀天神、地祇、人鬼方法各有不同，與殷人各種祭祀方法大都混用無別的情形有異。顯示周人的宗教信仰，對鬼神的觀念，與商人有別。他們把宇宙神明，劃歸為天、地、人鬼三類，而各以適用的方法祭祀。又把宗廟祭祀和天地、社稷、山川等的外祭祀分開，強調宗廟饋食之禮，以犧牲的生熟，用牲和祭祀方法的差異，象徵人神之間的親疏關係，這些都是周人祭祀較殷人理性，更具人文精神的地方。就薶祭之法而言，周人將之歸為祭祀地祇的主要方法，顯然對薶祭意義的認定較殷人明確。殷人薶祭多用於祭「河」，周人祭河則不用薶，而多用「沈」。《儀禮·覲禮》云：「祭川沈」（頁331），《爾雅·釋天》也謂：「祭川曰浮沈」（頁99）。「沈」是一種將祭品投入河中的祭祀，卜辭「沈」祭之字作⿰氵卜（後上二三、四）或⿱宀羊（乙三〇二五）〔註48〕

〔註48〕李孝定，註25前揭書，卷11，頁3388、3393。

形，正象投牛或宰於水中之形。薶祭據卜辭薶字字形和考古所見，乃挖地爲坑坎以薶祭品，但殷人「貍」祭的對象卻主要是河，沈祭卻不限於河，而周人則以「薶」歸屬地祇山嶽祭祀，以「沈」劃歸河川祭祀，表現了周人對神格區分更有系統和合理的祭祀觀念。

山經的山嶽祭祀多用瘞埋之法，和《周禮・大宗伯》以薶祭山林的記載相同。但載籍所言的山嶽祭祀，也有不用薶祭之法的，如：

　　《儀禮・覲禮》：祭山丘陵升。（頁 331）

　　《周禮・大宗伯》：以血祭祭社稷、五祀、五嶽。（頁 272）

　　《爾雅・釋天》：祭山曰庪縣。（頁 99）

山經對〈中山首經〉山神的祭祀也有「縣以吉玉」（頁 121）之語。對於這些不同於瘞埋的祭山方式：「升」、「血祭」、「庪縣」、「縣」，前儒往往加以彌縫，而各有不同的主張。

　　（一）鄭玄（三禮注）

　　以爲〈大宗伯〉所說的薶祭是常祀。而〈覲禮〉所言的「升」，乃天子巡守及諸侯盟祭時，於方嶽燔柴祭天。《爾雅》所說的「庪縣」，則爲天子有事於山川之祭。並認爲五嶽祭祀除血祭外，兼有瘞薶。

　　（二）孫炎

　　以爲山嶽祭祀的祭品埋於山足爲「庪」，埋於山上曰「縣」。〔註49〕

　　（三）李巡、郝懿行

　　二人皆以爲《爾雅》的「庪縣」是以玉、璧庪置几上，遙而眡（視）之若縣的意思。〔註50〕

　　（四）郭璞

　　以爲「庪縣」是以「庪」和「縣」二種方式，置祭品於山。〔註51〕

　　（五）賈公彥

　　以爲「升」就是「庪縣」。並認爲祭祀有下神、歆神、薦饌三個儀節，祭地瘞埋、祭山升、祭五嶽用血，都是歆神的儀節。祭山用「庪縣」或「瘞埋」爲異代之法。〔註52〕

〔註49〕孫炎《爾雅音義》，見徐彥《公羊傳》僖公三十一年疏引，藝文《十三經注疏》本，頁 158。

〔註50〕李巡《爾雅注》，同上註徐彥前揭書頁 158 引。

〔註51〕郭璞《爾雅・釋天》注，藝文，《十三經注疏》本，頁 99。

〔註52〕賈公彥《儀禮・覲禮》疏，藝文，《十三經注疏》本，頁 331。《周禮・春官・

（六）孔穎達

以爲「貍縣」與「薶」不同。杜稷、五嶽、山川皆有薶祭。五嶽血祭後復薶，祭山則貍縣而後薶。〔註53〕

（七）刑昺

以爲「貍縣」的「貍」是埋藏的意思。「縣」則是縣其牲幣於山林之中。〔註54〕

（八）金鶚

和賈公彥說法相似，以爲「貍縣」就是「升」，祭山時先「縣」而後「薶」。山高配天故用「縣」，山又屬地祇故用「薶」。〔註55〕

（九）孫詒讓

以爲地示祭祀以血祭爲正禮，瘞埋乃下兼縟節，爲祭地示的通法，故大地、五祀、五嶽的祭祀，於薦血之後，復有瘞埋，中小山川祭祀品秩較低，故只有薶沈而無血祭。又以爲「升」即「貍縣」，山林以薶爲正祭，貍而復埋。天子巡守山川爲告祭之祀，貍而不埋。〔註56〕

近人對典籍山嶽祭祀方式各異的記載，也有與前人不同的意見。朱天順《中國古代宗教初探》，以爲山岳由土地形成，所以祭法和土地神相似，用瘞薶。而「升」、「貍縣」和「縣」，意思相同，都是將祭品掛起來，便於高聳地面的山神享用。他並認爲祭祀方法因祭祀目的而異，祭山神的目的如果是求雨，或與天上其他現象有關便用燔燎；如果和山峰地面，或地下事物有聯繫，就用瘞埋。但後人不嚴格區分，所以各種祭法混用，一部分祭品瘞埋，一部分祭品貍縣或投。〔註57〕

對於前儒各執一詞的爭論，池田末利氏的說法是比較客觀的。他認爲〈覲禮〉、《爾雅》、《周禮》所載是不同系統的禮，諸儒的解釋都是從經學的合理主義立論。然經書間的矛盾，乃因各書成書過程有異，對禮的事實記載因而有別。因此贊同皮錫瑞所說：「古禮傳聞各異，或非一代之制」，認爲經書的

大宗伯》疏，版本同上，頁 272。

〔註53〕孔穎達《詩經‧大雅‧鳧鷖》疏，藝文，《十三經注疏》本，頁 609。

〔註54〕刑昺《爾雅‧釋天》疏，藝文，《十三經注疏》本，頁 99〜100。

〔註55〕金鶚〈燔柴瘞埋考〉，《求古錄禮說》十四，《皇清經解續編》本，卷 676，頁 7386。

〔註56〕孫詒讓《周禮正義》，〈春官‧大宗伯〉注，卷 33，頁 49〜50，〈夏官‧校人〉注，卷 62，頁 49。

〔註57〕朱天順《中國古代宗教初探》，頁 73〜74。

矛盾，無須強爲牽合。〔註58〕

　　上二說中，朱氏以爲祭祀方法因祭祀目的有而別的意見，以卜辭和考古資料衡酌，並不足以成立。因卜辭一次祭祀中，往往用數種祭祀方式，這些祭祀方式是否和祭祀目的都有關係，很難判定。而且卜辭山嶽祭祀多用燎祭，未見用薶的，山經的山嶽祭祀則多用薶，不用燎，但農業時代祭山最常見的目的之一就是求雨，若求雨用「燎」祭，除非山經祭祀山嶽的目的不在求雨，否則何以皆不用燎祭？再者，殷商考古遺跡中，祭品大都瘞埋，這種瘞埋是否如朱氏所說必然和地面或地下事物有聯繫呢？且殷人燔燎後的祭品通常也加以瘞埋，這種燎而復埋的情形又當如何解釋呢？這些都是朱氏說法將遭到的基本困難。其次，祭祀儀節紛繁，又有正祀、淫祠，與「百里不同風，千里不同俗」的情形，因此載籍何以有不同的祭山方式，池田氏的意見，或許比較接近事實。

　　山嶽祭祀用瘞薶之法，是周人的祭祀方式。此祭法見於《周禮》，也遍見於山經各山。而山經的其他祭祀方法，也多可在《周禮》中見到。其間的微妙關係，是值得日後推敲的。不過，山經也有異於《周禮》的記載。《周禮》謂五嶽祭祀用「血祭」，中小山川用「薶沈」；然山經一般眾山和尸水的祭祀，都用血祭，「薶」祭也不限於小山，「帝」、「神」、「冢」諸山也有用薶的。這種情形或許也是禮隨俗異，與山經祭儀來源非一的緣故。

　　地祇祭祀中，那些祭品要瘞埋，載籍甚少記載，惟有〈禮運〉云：「瘞繒」，繒即帛，然祭地祇所用不只帛而已，因此前儒對瘞埋的祭品也有許多推測。鄭玄以爲祭品中的牲、玉皆須瘞埋。〔註59〕李巡《爾雅注》以爲祭地乃以玉埋地中。〔註60〕孔穎達則從鄭玄之說，以爲牲、玉、幣、帛皆埋。〔註61〕金鶚認爲禮神之玉都不瘞埋，典籍謂祭地瘞埋，所埋者爲幣。至於犧牲，則地、社稷、五祀、五嶽用全烝而不瘞埋，山林祭祀則折解牲體而後瘞埋。〔註62〕孫詒讓和孔穎達意見一致，認爲犧牲、玉帛都瘞埋，但犧牲乃解肆之後，取體之貴者瘞埋。〔註63〕池田末利則根據山經祭玉瘞埋，以爲金鶚不埋玉的說

〔註58〕池田末利，註10前揭書，頁719。

〔註59〕鄭玄《周禮・春官・司巫》注，《十三經注疏》本，頁400。

〔註60〕同註50，頁157。

〔註61〕同註53。

〔註62〕同註55。

〔註63〕同註56，〈春官・大宗伯〉注，頁49。

法不正確，而謂瘞埋兼包牲與玉，幣的瘞埋則偶而用之。〔註64〕

　　根據殷墟遺址和周代侯馬盟誓遺址的報告與研究，殷周祭祀所用祭品，牲、玉、穀物、帛，及燔燎的柴灰，盛裝祭品的陶器，盟誓的盟書，古人都加以瘞埋。〔註65〕足見祭祀薶瘞埋的項目，幾乎包括祭祀所用的全部祭品。而犧牲的瘞埋，據殷墟遺址獸坑埋有牛脊和塊狀羊骨、犬骨，以及全羊和犬的情形，可知殷人瘞埋牲品，有時用全牲，有時則肆解而後埋。山西侯馬盟誓遺址的犧牲，甚且有活埋的情形，則古人祭祀瘞牲，也不一定用死物了。殷墟遺址的祭祀，和春秋侯馬盟誓遺跡的瘞埋情形，雖未必與周代地祇、山川祭祀相同，不過「三代之禮一也，民共由之。或素或青，夏造殷因」（《禮記·禮運》，頁460）。周人祭地瘞埋的情形，大約相差不遠。

　　山經祀山的祭品中，牲和玉都有瘞埋的記錄，與殷周祭祀遺跡埋牲玉的情形相同。山經所用犧牲，或云「祈（刉）瘞」，或云「羞瘞」，或云「肆瘞」，或單言「瘞」，代表了不同的瘞埋狀況。若從祭祀遺跡瘞埋犧牲的情形推測，則山經言「祈瘞」者，乃以刀割牲取血後，以生牲活埋。「肆瘞」、「羞肆」者，乃肆解牲體後再行「瘞」埋。單言「瘞」者，則可能直接以活牲瘞埋。

　　至於祭儀進行當中，何時瘞埋祭品，先儒的看法也各自分歧。

　　鄭玄於《周禮·司巫》「守瘞」下注云：

　　瘞謂若祭地祇，有埋牲玉者也。守之者，以祭禮未畢，若有事然。
　　祭禮畢則去之。（頁400）

觀鄭注文義，埋牲玉後，繼言「祭禮未畢」，可見鄭氏以為埋牲玉的儀節，應在祭禮之初。

　　孫炎注《爾雅》「祭地瘞埋」之句說：「既祭，翳藏地中」，大概以為祭後再加以瘞埋。〔註66〕

　　賈公彥《儀禮·覲禮》疏謂祭地瘞埋為歆神之節，則以為瘞埋祭品，乃介於作樂降神和以牲體薦饌之間。〔註67〕

　　宋朝元豐年間，陳襄曾議對瘞埋之禮，以為祭地是先瘞血以致神明，祭

〔註64〕池田末利註10前揭書，頁720～721。
〔註65〕參閱註45石璋如前揭書〈殷代壇祀遺址〉，及《侯馬盟書》，頁381～424。作者並以為祭玉春秋時稱為「幣」。
〔註66〕同註49。
〔註67〕同註52。

祀之後，再以牲幣之屬埋之。〔註68〕

　　金鶚以爲瘞埋繪帛的目的在於告神，故宜在祭祀之始。〔註69〕

　　孫詒讓則以爲血祭兼有薶沈，因此血祭薦血的時候不埋犧牲，薦血之後才有瘞埋之禮。而薶沈之祭無血祭，因此是在肆解犧牲之後，再選取牲體珍貴的部分瘞埋。〔註70〕

　　這些說法也因書殘簡缺，難以斷定其間是非。即以山經這種記載較詳細的祭儀記錄，也不易解決祭祀儀節進行的先後次第問題。不過山經既云「祈瘞」、「肆瘞」，則牲體的瘞埋應在殺牲取血，或肆解陳列之後。

　　對古人祭祀瘞薶祭品的意義，學者也提出一些看法。鄭玄認爲以「薶」祭山林，以「沈」祭川澤的原因，是「順其牲之含藏」，〔註71〕也就是以爲山林爲土壤所形成，山林所存有的一切都含藏於土中，所以以祭品瘞埋於土的方式祭祀，川澤所有之物則含藏於水中，因此以沈祭品於水的方式祭祀。換言之，祭祀用瘞埋之法，是順從祭祀對象性質所做的選擇。孔穎達在注解〈禮運篇〉「（祭地）瘞繒」時，說：「繒之言贈也，謂埋告又贈神也」（頁 437）。以爲瘞埋繪帛是祈告和贈送神靈的行爲。唐蘭則以爲殷人薶（⊎）沈的祭祀方式，和地示有關，「就可連於地之深處而祭之」。〔註72〕即認爲地祇神靈深藏土中，爲送達祭品，所以用挖地爲坑再行瘞埋的方法祭祀。朱天順以爲祭祀用瘞埋，是因爲祭祀者所祈求的目的，和山峰地面、地下事物有關。〔註73〕即上文所曾舉出的，祭祀方法由祭祀目的決定。

　　學者這些說法都各有道理，但是也大都是站在後代以瘞埋專屬地祇祭祀的角度立論；因此對於瘞埋祭品最原始的動機和意義，並未提出解釋。而孔穎達以爲瘞埋繪帛是贈送行爲，立意極具卓識，但贈送之說是從「繒」的聲音推測而來，卻又不免有附會之病。

　　若從宗教學角度而言，宗教祭儀的形式，乃導源於人類的宗教信仰。英國人類學家泰勒（Edward B. Tylor）認爲人類宗教信仰最早的形式，是「泛靈

〔註68〕見秦蕙田《五禮通考》，正光書局，新化三昧堂本，卷37，方丘祭地，頁2201。
〔註69〕同註55，頁7387。
〔註70〕同註56。
〔註71〕鄭康成《周禮·春官·大宗伯》注，藝文，《十三經注疏》本，頁272。
〔註72〕唐蘭《天壤閣甲骨文存考釋》，頁43下—44上。李孝定，註25前揭書，卷11，頁3389引。
〔註73〕同註57。

信仰」（Animism），相信一切自然物質，包括生物或無生物，都有靈魂的存在。其後隨著人類社會進化，信仰形式逐漸繁複，而有鬼神崇拜，多神信仰。泰勒的繼承者馬瑞特（Robert Marett）更進一步以爲在泛靈信仰之前，還有更早的宗教信仰形式是「泛生信仰」（Animatism），是一種非人格化的超自然力的信仰形式，太平洋小島原始土著所信仰的「馬那」（mana），即爲「泛生信仰」的典型。〔註74〕中國古代宗教信仰形式的演進，是否必然經過宗教人類學家所說的階段，尚不能肯定。但從殷人卜辭祭祀對象包括上帝、人鬼，及各種自然神祇－土地、山川、風雲等等，並向之求雨、求年、祈福免祟的記載，可知殷人相信宇宙間的一切，不僅有神靈存在，可以向之祈禱，而且一切神靈都有靈能，因此能賜福降祟。各種神靈既無所不在，祭祀的方法也就不十分確定。往往同一種祭祀方法，可用於多種神靈；同一個神靈也用各種不同的方法祭祀，以祈神靈來饗。其中以燎祭的形式，用得最多，可能因爲神靈無所不在，因此殷人以爲升煙燔燎是致神的最佳方式。所以燎祭的對象不限於上帝，風、雲，岳、土地、先公先妣等，都用燎祭。〔註75〕而據宗教人類學家研究，人類以祭品奉獻神靈，是出於贈送賄賂的心理，因此爲了表示虔誠供獻的意思，將祭品焚毀、瘞埋、沈河或棄置；殷人瘞埋或燔燎祭品的動機，最早的時候或許也是如此；但殷人並無明顯的區分神格的觀念，各種神靈具有何種靈能，就卜辭所呈現的內容觀察也很含糊；因此毀棄祭品的方法不固定，瘞埋毀棄祭品的方式，可用以祭「河」，也能用來祭祀先妣。殷代建築儀式，壇祀遺跡，都出現瘞埋祭品的現象，或即此之故。到了周朝，漸漸將神靈區分爲天神、地祇、人鬼三類神格，神靈所在，有了比較固定的空間，祭祀神靈的方式，也因此漸漸改變，才有燔柴祭天，瘞埋祭地的觀念。山嶽屬於地祇，因此「順其性之含藏」，也用瘞埋的祭祀的方法。此時以瘞埋之法祭祀地祇或山嶽，才可能出現前述學者們所說的動機和意義。

山經祭山多用瘞埋之法，固然是殷人瘞埋祭品祭祀方法的繼承，但同時也

〔註74〕參閱李亦園註34前揭書，《信仰與文化》，〈宗教人類學理論的發展〉，頁170～171。及氏編《文化人類學選讀》，〈宗教人類學〉，頁239～240。

〔註75〕陳夢家以爲燎祭，最初僅積薪而燎之，後漸次而及于燎牲，以爲燎祭是上古的自然崇拜，並統計殷人所燎祭的對象有八類。認爲燎祭者的心理可分爲三：一、對于偉大自然之恐懼；二、向生產事業有關的物力求助；三、眷念其舊居之東土（因卜辭燎祭對象有「東母」）。見氏著〈古文字中的商周祭祀〉，《燕京學報》19期，頁107～133，民國25年6月。

是周人將山神劃歸地祇，以瘞埋作為祭祀地祇的主要祭祀儀節之後，才會產生的祭祀儀式，故以瘞埋祭品的方式祭祀山神，是視山神為地祇的信仰表現。

二、其他用牲、飾牲法

（一）倒祠、倒毛

山經記錄用牲之法有「倒毛」、「倒祠」之語，皆見於〈中次十一經〉：

> 禾山，帝也。其祠：太牢之具，羞瘞，倒毛。

> 堵山、玉山，冢也。皆倒祠羞毛少牢。（頁174）

「倒毛」，郭璞以為是「倒牲埋之」的意思。「倒祠」，郝懿行以為就是「倒毛」。〔註76〕「倒」為逆倒之意，〔註77〕「倒毛」、「倒祠」或許正如郭氏所說，是倒置犧牲的祭祀方式。這種祭祀方式經典未見，但殷人可能已有這種倒置犧牲的祭祀方法。

卜辭薶祭之字寫作 ![字形]，从牛，牛頭角皆向上；但也有寫作 ![字形]（甲八九○）形狀的，也从牛，而牛頭角向下，象以牛頭朝地瘞薶的形狀。「沈」祭之字，卜辭通常寫作 ![字形]，象沈牛於水中之形，牛頭角向上；但也有作 ![字形]（掇一、五五○）的，牛頭角向下，象以牛頭朝下，投擲牛牲於水中的樣子。![字形] 和 ![字形] 可能就是倒「薶」、倒「沈」犧牲的專用字。前文曾舉卜辭「襐」字，字作 ![字形] 象手倒提「雞」牲於神（示，示）前，卜辭也有 ![字形] 字，从 ![字形]，从倒羊，徐中舒以為「疑象獻羊之形」，而用於祈雨儀式中，卜辭云：

> 乙卯……丙辰……余今亡从雨…… ![字形] 中……（乙四○二）

> 戊寅卜，六月……其雨？今日 ![字形] ……日允……（同版）〔註78〕

或許都是一種倒置犧牲的祭祀方法。這種祭祀方法也見於西方古代祭儀中。約生於公元前九世紀的希臘詩人荷馬，在其名著詩史《奧德賽》中，記述女巫訓示奧德賽祭地獄之神，要奧德賽挖一個方坑，埋進死者，然後把一隻公羊和黑色母羊宰了，把他們的頭朝向塵世通往冥府的暗處，〔註79〕由這段描述可知，希臘古代大概也有將牲首向下倒埋的祭祀方式。這種倒置犧牲的祭

〔註76〕郝懿行《山海經箋疏》，頁272～273。

〔註77〕《呂氏春秋・至忠篇》：「忠言（原作至忠，依高誘注改）逆於耳，倒於心」，逆、倒對文，可知「倒」也是逆的意思，高誘注即云：「倒亦逆也。」（頁424）。

〔註78〕見徐中舒主編《甲骨文字典》，頁248。

〔註79〕見曾仰如《宗教哲學》頁61所敘述。傅東華《奧德賽》譯本文字稍異，頁341。

祀方法，古代可能相當普遍，〔註80〕倒薶或倒沈犧牲的目的，則或如《奧德賽》中所陳述的，目的在使犧牲的靈魂通向神靈所在之處。

（二）鈐

山經對犧牲的處理，除了上述用牲法外，〈西次二經〉「毛一雄雞，鈐而不糈」的「鈐」字，未見於先秦祭祀相關文獻中，但「鈐」可能也是用牲之法，因此附於本節說明。

〈西次二經〉：

> 毛一雄雞，鈐而不糈。

郭璞注云：

> 鈐，所用祭器名，所未詳也，或作思，訓祈不糈，祠不以米。（頁38）

郝懿行則懷疑郭說不確，而謂「鈐」爲「祈」字假借，「祈而不糈」即不以米祠祭的意思。〔註81〕

鈐字，《說文》云：「鈐鏅，大犂也。一曰類相。」（頁714）本義爲農具，故山經「鈐」當爲假借字。然「鈐」字若爲「祈」字假借，此「祈」字應如前文的考察，乃用牲之法，爲「刉」字或「釁」字假借，意爲割雞取血。然山經「刉」字多以「祈」字假借，此處「鈐」字不作「祈」，可能有另外的含意。

〈西次二經〉「鈐山」，郭璞注云：「音髤鉗之鉗」（頁34），而諧聲偏旁相同的：「鉗」、「拑」、「箝」等字都有挾持不使掙脫的意思。《說文》「箝」字下云：「籋也」（頁197）。「鉗」字下云：「以鐵有所劫束也」（頁714）。「拑」字下云：「脅持也」（頁602）。意思都相仿。《鬼谷子》「飛箝」，陶宏景注云：「箝謂牽持緘束令不得脫也」。〔註82〕《漢書・異姓諸侯王表》集注引應劭云：「箝，緘也。」〔註83〕「緘」是束篋用的繩索，應劭、陶宏景都以「緘」字解釋「箝」

〔註80〕《孟子・公孫丑上》云：「民之悅之，猶解倒懸也」（頁52），「倒懸」的原意恐怕與祭祀倒提或倒懸犧牲有關。

〔註81〕同註76，頁59。

〔註82〕陶宏景《鬼谷子注》，卷中，〈飛箝〉第五，廣文書局，嘉慶十年江氏秦氏開雕本，頁25。「飛箝」的「箝」字，他書所引，或作「鉗」，或作「鉆」或作「拑」。段玉裁《說文解字注》拑、鉆字下，頁602、714。段玉裁云：「鉆即拑字」，可知從金之鉗、鉆字，與從手之拑、箝字，古代音義皆相通。

〔註83〕《漢書集注》十四，〈異姓諸侯王年表第一〉，「箝語燒書」下引應劭語。商務《百衲本二十四史・漢書》，頁1354。

字，則「箝」（鉗、拑）字也有以繩索綁縛綑束，令其不得動彈的意思。山經的「鈐而不糈」的「鈐」字，音同於「鉗」字，可能就是「鉗」字（即箝、拑字）的假借。「毛一雄雞鈐」，即綑縛一隻雄雞祠祭的意思。殷人卜辭的「褮」字象手倒提雞牲於神前，「鈐」作為用牲之名，或許正是綑縛雞牲，以手抓取以祠祭之意。

（三）飾　牲

山經對犧牲的處理，除了用刉、副、㾹等方法祭祀外，有時也以彩繪裝飾犧牲。〈中次四經〉云：

> 其祠之：毛：用一雄雞，祈而不糈，以采衣之。（頁132）

郭璞以為「以采衣之」是「以采飾雞」的意思。郝懿行推闡郭說，認為以彩飾雞，猶如以文繡被牛。〔註84〕

郝氏的說法可能是對的。古人舉行祭祀都極為虔誠，除了祭祀時慎重選擇犧牲的毛色外，祭祀時還要將犧牲裝飾一番，《莊子・列禦寇》云：

> 子見夫犧牛乎？衣以文繡，食以芻菽。（頁1062）

〈天運〉篇又說：

> 夫芻狗之未陳也，盛以篋衍，巾以文繡，尸祝齋戒以將之。（頁511
> ～512）

犧牲身上被以「文繡」的記載，也見於《尸子》：

> 夷逸者，夷詭諸之裔也。或勸其仕，曰：「吾譬見牛也」，寧服軛以
> 耕於野，不忍被繡入廟而為犧。〔註85〕

所謂「文繡」，也就是在布帛上，畫繡五彩顏色的意思。《禮記・月令》云：「（仲秋）乃命司服，具飭衣裳文繡」，鄭玄以為文是畫的意思，「祭祀之制，畫衣而繡裳」（頁325），高誘《呂氏春秋注》則以為「繡」是青與赤五色備的意思。《說文解字》「繡」字下也解釋為：「五采備也」（頁655），犧牲身上所被的「文繡」，大概就是一種有五種彩色畫紋或繡紋圖案的裝飾品。《周禮・夏官・小子》云：「凡沈辜侯（候）禳飾其牲」（頁457），〈羊人〉職也說：「凡祭祀飾羔」（頁457）。飾牲、飾羔的辦法，應和《莊子》、《尸子》所說被以文繡的方式相當，都是裝飾犧牲，使它更為美好珍貴，以表示祀典的隆重，和祭祀者的誠敬。山經用雄雞為牲，而云「以采衣之」，「衣」是動詞，有披覆的意思，

〔註84〕郝懿行，註22前揭書，頁201。
〔註85〕《尸子》卷下，藝文，《湖海樓叢書》本，頁206。

「以采衣之」，或許即以采色文繡的布帛爲裝飾，披覆在雄雞的身上祠祭。

此外〈中次五經〉尸水的祠禮云：

> 肥牲祠之，用一黑犬于上，用一雌雞于下，刉一牝羊，獻血。嬰：
> 用吉玉，采之，饗之。（頁 135）

郭璞以爲「采之」是加以繪彩裝飾的意思。〔註86〕然從山經文意觀察，「采之」的句子放在犧牲和玉器之下，則采之的項目，應包括牲玉二者，「采之」的方式或許和〈中次四經〉「以采衣之」一樣，都是以彩繪繪帛披覆或舖藉。但「采之」下無「衣之」之文，也可能是指在玉器上施以紋飾或以采繪繪而祭（參閱第七章）。

第五節　祭牲的宗教意義

《禮記・禮運篇》云：「夫禮之初，始諸飲食。其燔黍捭豚，汙尊而抔飲，蕢桴而土鼓，猶若可以致其敬於鬼神。」（頁 416）因此不論古今中外，人類舉行祭祀時，通常都選擇自己所豢養的牲畜爲犧牲，並作爲主要祭品，奉獻神靈。尤其中國古代，對祭祀犧牲的選用、裝飾都極爲愼重，祭祀時並用各種不同的方式處理牲品。但供奉犧牲，並屠宰之獻祭於神的動機爲何？具有何種意義呢？

據人類學家研究，祭祀供奉犧牲是起源於人類餽贈賄賂的心理。〔註87〕人與人之間爲了消除嫌隙，表示友好，或爲了感恩，或是有求於人，常以餽贈禮物的方式表達心意。初民對神靈奉獻自己喜愛的食物，和其他珍寶也一樣，都是希望奉獻的犧牲、珍寶能博得神靈的悅納和歡心，以獲得神靈的原宥，消除人類的罪愆；或者用以表示人類對神靈賜予的感激；或以犧牲爲賄賂餽贈之禮，對神靈有所祈求，希望供獻心愛的祭品後，能獲得神靈的幫助，使獵物豐盛、雨水豐潤、五穀豐登，並保護人類，使人類獲得福祥。

人類學家對祭祀供犧動機的解釋，和中國先儒對祭祀的看法頗爲雷同。《禮記》歸納祭祀的性質說：「有祈焉，有報焉，有由辟焉」（頁508），祈請、報恩、避禳，不僅是祭祀的三種性質，也是祭祀的動機。即以實際的祠祭心理而言，如殷商卜辭便常見以犧牲奉獻神靈，請求鬼神免祟的記載。也有許

〔註86〕郝懿行，註 22 前揭書，頁 207。

〔註87〕林惠祥《文化人類學》，頁 321。池田末利，註 10 前揭書，頁 409。

多奉獻犧牲，祈年求雨，求歲降若的卜問。亦有供奉犧牲，貞問是否因此無咎無尤的辭例。動機都是希望借由奉獻的犧牲和神靈溝通，以達到祭祀祈禱的目的。所以犧牲在殷人祭儀中，的確具有餽贈和賄賂神靈的性質。周人供奉犧牲的動機也一樣，《左傳》桓公六年記載隨侯的一段話說：

> 吾牲牷肥腯，粢盛豐備，（神）何則不信？（頁110）

僖公五年記錄脣亡齒寒故事中的虞侯之言：

> 吾享祀豐絜，神必據我。（頁208）

「據」是安的意思。二人語氣間都顯現出供奉肥腯犧牲，豐備粢盛，代表致祭虔誠，故理應獲得神靈護祐降恩的自信，類此欲以祭品換取神恩的心態，也可以說是一種餽贈和賄賂的心理表現。山經以犧牲祭祀山川，大概也是基於相同的動機。

人類奉獻犧牲的目的，既是以犧牲為贈品，表達感恩和有所祈求，屠宰犧牲又具有何種意義呢？

據宗教學者研究，人類將奉獻的犧牲屠殺、瘞埋、燒卻、毀棄，是為了表明奉獻的誠摯心跡。初民認為透過燒毀瘞埋的行動，犧牲便聖化，而含有聖質，所以供奉犧牲是一種聖與俗融合的禮儀。〔註88〕也有學者認為祭祀時破潰有生命的東西，可以發散犧牲的咒力，鼓舞神靈，幫助供祭者達到祈求的目的。〔註89〕中國古代祭祀用牲的方法極多，或許便具有這些作用。山經以刏衈、副肆、瘞埋等方法祭祀山神，包含了上述處理犧牲的各種方式，自然可能兼有相類的動機。

祭祀後的犧牲，從人類學民族誌所見資料顯示，有由祭祀者共食的情形，但在最原始的時代，人類可能並不食用犧牲，因初民起先以為神靈和人類一樣，將供獻的犧牲吃去，因此將犧牲完全毀棄。後來見毀棄的犧牲仍在，便以為神靈只取犧牲精氣，因此將犧牲保留下來，祭畢由人類共食。如非洲幾內亞的原始民族祭祀時，將牲血搽在神靈偶像上，牲肉則由祭祀者所吃。〔註90〕初民相信祭祀供獻的犧牲已經聖化，吃食犧牲便能獲得聖力，與神靈融合。也有學者指出，古代祭儀具有社會性和集團性，因此人類通過對神靈共同的禮拜和共食犧牲的行動，對共食同一犧牲血肉的人，生出友誼，視為兄弟，

〔註88〕池田末利，註10前揭書，頁407～409。
〔註89〕森鹿三著，鮑維湘譯，〈中國古代的山嶽信仰〉，《民俗學集鐫》第二輯，頁155。
〔註90〕林惠祥註87前揭書，頁322。

因而彼此間產生同胞情誼與義務關係。〔註91〕

這種共食犧牲和祭品的儀式，在中國古代社會中也可以發現，如載籍所說的「胙」、「脤膰」，便是祭祀過的牲肉，禮書上的「餕」，可能就是共食牲肉祭品的衍變。

《左傳》僖公四年記載晉太子申生祭于曲沃後，「歸胙于公」（頁204）。僖公九年也載葵丘會後，周天子派遣宰孔賜齊桓公「胙」，並說：「天子有事于文武，使孔賜伯舅胙」，杜預注云：「胙，祭肉」（頁218）。「胙」是宗廟祭肉，祭祀後賜予同姓諸侯，以胙肉分食諸侯的禮儀，可能就是原始時代共食犧牲的遺留。周天子賜胙同姓的諸侯乃爲示親暱，齊爲異姓諸侯，不須饋胙，但因齊國強大，所以周天子也賜齊桓公胙肉，〔註92〕以表示親近。

祭牲之肉也稱爲「膰脤」，《周禮・春官・大宗伯》云：「以脤膰之禮親友弟之國。」（頁278）鄭玄即謂脤膰是社稷宗廟之肉，賜予同姓之國，表示同福祿的意思。魯定公十四年《春秋經》記載「天王使石尚來歸脤」，《穀梁傳》云：

> 脤者何也？俎實也，祭肉也，生曰脤，熟曰膰。（頁193）

可見賜食的祭肉也有生熟之分，而分贈生祭肉的禮儀，更明顯的保留了分食犧牲的原始型態。

天子外，諸侯大夫等的宗廟祭祀，也有祭後獻酢薦俎之禮，酬酢飲酒，薦俎食肉，也是一種共食牲肉的形式，共食牲肉的用意，《禮記》云：「因其酒肉，聚其宗族，以教民睦也」（頁869），即透過共食犧牲血肉的儀式，而示親睦的意思，和宗教人類學家的所謂共食犧牲而產生同胞情誼的意義是一樣的。宗族共食祭肉外，古代也有將祭肉分送友朋的禮儀，此即《禮記・少儀》所說的「已祭而致膳」（頁638）。「致膳」的用意，大概也是以分食祭肉表示友好親睦的意思。

其次，禮書所說的「餕」，也是一種共食祭品的形式。〈祭統〉云：「夫祭有餕，餕者，祭之末也，不可不知也。」（頁833）「餕」，即吃鬼神吃過的祭品，所餕的食物是盛於簋的黍稷，食餕的方式：尸餕鬼神之餘，而後下餕上

〔註91〕摩耳著，江紹原譯述，《宗教的出生與成長》，頁59，池田末利註10前揭書，頁409～410。

〔註92〕許宗彥《鑑止水齋集》，〈文武世室考〉，以爲周王分賜齊侯胙肉，乃因「祖功宗德，天下之公祭」，雖異姓也得賜胙。楊伯峻則以爲賜齊桓公胙肉，乃因其強大，見氏著《春秋左傳會注》頁326，此處採楊說。

之餘，君、卿、大夫、士、百官以次食餕。祭統以爲餕乃施惠之術，象徵上有大澤，惠必及下，因此可觀施政的好壞。但食餕是封建社會祭儀政治化後的儀式，這種儀式的原始型態，很可能胚胎於部族聚落時代，共食祭肉的行爲。

胙、脤膰或餕，主要指宗廟祭祀的犧牲和祭品。「脤」也可指祭社之肉，《說文》「脤」字作「祳」，云：「社肉，盛之以蜃，故謂之祳。天子所以親同姓。」（頁 7），「社」爲地祇，可見祭地祇或許也有分食祭肉的禮儀。山經山川祭祀屬於地祇的祭祀，但祭祀所用的犧牲是否也具有這種分食牲肉的儀節和意義，則不得而知了。

第七章　山經祭祀玉器

　　中國人對「玉」有一種特殊的喜愛，不但把玉做成飾物，隨身佩戴，也視「玉」為理想品德的象徵，許慎《說文解字》說玉是一種具有仁、義、智、勇、絜五德的美石（頁 10），不僅色澤溫潤，內外如一，聲音舒揚悅耳，而且質地寧折不撓，廉方不阿，玉在古代社會所象徵的道德意義，於此可知。《禮記・玉藻》云：「君子無故，玉不去身。君子于玉比德焉。」（頁 564）「玉」正是中國人理想人格的表徵。職是，「玉」也成為美好的代名詞，《詩經・秦風・小戎》云：「言念君子，溫其如玉」（頁 236），《詩經・大雅・民勞》：「王欲玉女，是用大諫」（頁 632）。《衛風・淇澳》：「有匪君子，如金如錫，如圭如璧」（頁 128）。都是以「玉」或玉器「圭」、「璧」，做為美好心意與人品質地的讚美。其他如玉衣、玉食、玉貌、玉容、玉音等，幾乎一切美好的事物都以「玉」來形容。

　　古人愛玉，也把玉廣泛的運用在各種場合和事物上。在政治上，玉是貴重的禮器；做為佩飾，玉是階級和權力的表徵；在宗教信仰上，玉則具有神秘的作用；玉膏、玉榮被當作鬼神的食物，食之不飢；在喪葬儀節中，玉用為殉葬之物，以安慰死者的寧魂，防止屍身腐朽。玉既是古代社會中珍貴的物品，因此祭祀時，「玉」也成為奉獻神靈的當然祭品。

　　先秦的玉器以用途區分，有禮玉和飾玉兩大類。禮玉包括瑞玉和祭玉兩種，飾玉則指人身的佩飾玉，器物上的嵌飾玉，和喪葬玉三種。〔註1〕禮玉中的瑞玉，就是《周禮・春官・大宗伯》所說的「大瑞」：鎮圭、桓圭、信圭、

〔註1〕 芝華，〈中國古代玉器的用途〉，《中美月刊》第 17 卷第 4 期，民國 61 年 4 月。

躬圭、穀璧、蒲璧（頁 280），是天子封賜諸侯，及諸侯執持的信物。祭玉則為祭祀所用，包括〈大宗伯〉所說的六器：蒼璧、黃琮、青圭、赤璋、白琥、玄璜（頁 281），以及〈春官・典瑞〉和〈考工記・玉人〉等篇所記載的「四圭有邸」、「兩圭有邸」、「裸圭有瓚」、「圭璧」、「璋邸射」（頁 314～316）等。山經祭祀所用的玉器，即屬於「祭玉」。

以玉為祭品，是中國古代極為特殊的祭祀習慣，始於何時已不可得曉，紅山文化和良渚文化等史前祭祀遺址都有大量玉器出土，殷人祭祀遺跡的報告和祭祀卜辭，也都有殷人用玉為祭品的記錄。周代祭玉的使用更是普遍，戴籍和考古資料顯示，玉是周人極重要的祭品；山經以玉器為祭品，和殷周祭祀傳統相同，應是殷周祭祀習慣的沿用。本章主要的內容，即在闡述山經祭玉的使用情形，並說明山經各類玉器的器形、祭祀的品秩，和可能具有的意義。在研究方法上，由於山經祭祀離不開殷周祭祀傳統，山經祭玉名稱也和殷周相同，因此在探討山經祭玉之前，先簡要敘述殷周祭玉的使用情形，以明瞭先秦祭祀用玉的背景，以之作為研究山經祭玉的基礎。

山經用牲的術語是「毛」，用玉的術語則是「嬰」。但是歷來注釋《山海經》的學者，除郭璞外，對「嬰」字大都未加以解釋。而「嬰」字所代表的意義，可能和山經祭玉的形制，與祭祀用玉的方法都有關係。因此本章第一節即先從文字、文獻和考古資料，說明「嬰」字做為祭祀術語的意義。

第一節　祭玉術語：嬰

玉器是山經祭儀中，僅次於犧牲的祭品。山經記錄祭儀所用的玉器，多冠以一個「嬰」字，共用了十七（參考表（三）山經祭儀一覽表）次：

〈西山首經〉：嬰以百珪百璧（「神」山）。（頁 32）

〈東次二經〉：嬰：用一璧瘞（頁 110）

〈中山首經〉：縣嬰用桑封（頁 121）

〈中次三經〉：嬰：用吉玉（頁 128）

〈中次五經〉：嬰：用吉玉（「冢」山）

　　　　　　嬰：用一璧（「魗」山）

　　　　　　嬰：用吉玉（尸水）（頁 135）

〈中次七經〉：嬰：用一藻玉瘞。

　　　　　　嬰：以吉玉（「冢」山）（頁150）

〈中次八經〉：嬰毛一璧（「冢」山）（頁156）

〈中次九經〉：嬰毛一吉玉。（「冢」山）

　　　　　　嬰毛一璧（「帝」山）（頁161）

〈中次十經〉：嬰毛一璧瘞（「冢」山）

　　　　　　嬰：一璧（「帝」山）（頁163）

〈中次十一經〉：嬰毛吉玉（「冢」山）（頁174）

〈中次十二經〉：嬰毛一吉玉（「冢」山）

　　　　　　嬰：用圭璧十五，五采惠之（「神」山）（頁179）

「嬰」字下或接「用」字；或接「以」字；和山經用牲術語「毛」字下接「用」字，言「毛用○○」的體例正同。山經以「毛」爲術語，記錄所用的犧牲，「嬰」字下則記錄所用的祭玉，可知「嬰」字是山經祭玉的通名，亦即山經用玉的術語。「嬰」字下的「用」字、「以」字，也和「毛」字下的「用」字相同，都作動詞，爲使用之義。〈中次八經〉以後的「嬰」字下，則多接「毛」字，言「嬰毛○○」，「毛」爲用牲術語，是犧牲的意思，江紹原因此以爲「毛」字是「用」字之誤。〔註2〕袁珂也贊成其說，以爲「嬰」字下的「毛」字，都應改作「用」字。但是「嬰毛」之句在山經出現了六次，而且全出現於中次八經以下諸山區，可能是戰國時代某些地區特殊的祭祀方式（見下文），「毛」字似乎未必是「用」字的譌誤。

　　「嬰」字郭璞以爲是陳列玉器，環繞祭祀的意思，又認爲「嬰」字或許是「罌」字的古字，和《穆天子傳》的「黃金之罌」，是同類的器具。〔註3〕郭璞以下的注釋家，大都遵從郭氏的意見，未作其他解釋。惟有日人森鹿三，據《爾雅・釋天》「祭山曰庪縣」，以爲「庪」是奠供，「縣」是懸供，因謂山經「嬰」字是奠供或懸供的意思。而「懸供」就是把牲玉掛在樹木的周圍致祭。〔註4〕江紹原對郭氏和森鹿三的說法，都不以爲然，而認爲「嬰」是以玉祀神的專稱，或是獻給神的玉飾。〔註5〕

　　郭璞和森鹿三以爲「嬰」是祭祀方法，是動詞；江紹原以爲「嬰」是祭

〔註2〕江紹原《中國古代旅行之研究》，頁25～26。

〔註3〕郭璞《山海經》注，見郝懿行《山海經箋疏》，頁5。

〔註4〕森鹿三〈支那古代に於ける山嶽信仰〉，1931年，《歷史と地理》，第28卷第6號，頁445。

〔註5〕江紹原，註2前揭書，頁26。

品，是名詞；三位學者的意見相去甚遠。原因在於學者對「嬰」字的本義，並未加以研究；而典籍中的「嬰」字，因引申假借，含義多與玉器和祭儀無關。因此學者對於「嬰」字的解釋，多採取模稜兩可的態度。所以要明白山經「嬰」字的含義，須先探求「嬰」字的本義，及「嬰」字字義和字形的衍變情形。近代古文字學家或從文字考察，或借由考古出土遺存與存世實物印證，都顯示「嬰」字原是玉石頸飾的名稱。殷周也都有以玉飾為祭品的記載。故「嬰」字不僅在山經記錄體例上，如江紹原所說是山經祭品之名，從字義和實物上考察，「嬰」也是一種玉石頸飾，頸飾由上垂下，因此「嬰」在祭祀上，或許也指懸掛玉器的祭祀方法。

　　《說文解字》「嬰」字下云：「頸飾也。從女賏。賏，其連也。一曰繞也」。〔註6〕「嬰」字所從的「賏」字，《說文》也以為是頸飾，以二貝，象兩貝相並之形。可見許慎以為「賏」和「嬰」都是一種貝做的頸飾。《說文》另有從二玉相合的「玨」字，及和「賏」字字形相似的「朋」字。賏、朋、玨、嬰四字，古文字學家根據卜辭和金文，以為四字有同源的關係，而玨、賏、朋三字實為同字的衍化。

　　甲骨卜辭有 主王（鄴三、四二、六）、𦫶（藏一二七、二）等字，和金文朋字作 ⾉（庚羆卣）、𦫶（遽伯簋），「貝五朋」作 𦫶（公中彝）、「貝十朋」作 ⾉（戊午爵）極為相似，都象玉連串成為二貫的樣子。王國維釋為「玨」字，並認為古代系貝之法和系玉之法相同，所系者為玉稱為「玨」，所系者為貝，則為「朋」。二者都是古代貨幣、服御所用，是有物串系的小玉、小貝。〔註7〕郭沫若同意王國維的說法，以卜辭「𦫶」為「玨」字，並且認為《說文》的「賏」字和「朋」字原是一物的異名，但「朋」、「賏」最初是頸飾，而非貨幣。又舉殷代彝銘圖形文字，如：

　　⾉母鼎　　𦫶祖癸爵　　⾉父丁鼎　　𦫶父乙盤

以為象人著頸飾之形，為「佣」字的初文。〔註8〕李孝定據二氏之說，以為「賏」字的本義是二貝相合，而二貝相合繞之於頸則為頸飾，銘文象人著頸飾之形

〔註6〕段玉裁《說文解字注》，將嬰字下的說解改為「繞也。從女賏，賏，貝連也，頸飾」。（頁627～627）李孝定《甲骨文字集釋》玨字下，以為「嬰」字本義即為頸飾，不應修改，卷1，頁148。
〔註7〕王國維〈說玨朋〉，《觀堂集林》，卷3，《海寧王靜安先生遺書》第1冊，頁149～151。
〔註8〕郭沫若〈釋朋〉，《甲骨文字研究》，頁103～110。

的圖形文字，就是《說文》的「嬰」字。古文从大从女無別，因此以爲嬰字、佣字同出於一源，或者即爲同字。〔註9〕

　　三位學者的說法是對的。以貝玉爲頸飾，不僅中國古代如此，近代許多原始民族仍以貝爲主要的飾物：新幾內亞東方和北方，許多小島的原始部落，以紅貝殼做成長項練，以白貝殼作成手鐲，作爲盛會中穿戴的飾物，和進行特定交易時的饋贈禮物。〔註10〕中國古代墓葬出土的飾物中，也有許多玉貝連串的飾物，如陝西長安張家坡一八七號的西周墓、長安普渡村的周墓、洛陽中州路西周前期一二三號墓、扶風上康村西周前期末的三號墓、河南安陽大司空村的殷墓，在墓主的腰部或頸部，都有羽根形或梯形、長方形小型玉蚌製品，數器爲一行，排列成兩行，伴隨圭璋等大形玉器出土。〔註11〕河南輝縣琉璃閣、安陽大司空村、山西保德林遮峪等殷墓，陝西張家坡、河南上村嶺、山西侯馬等周墓，也都有玉、石、貝、骨等穿成的頸飾出土。〔註12〕這些成串的玉蚌飾物，很可能就是卜辭 ⾲（玨）字的實物，也就是《左傳》莊公十八年「皆賜玉五瑴」（頁159），襄公十八年「以朱絲繫玉二瑴」（頁577）的「瑴」。「瑴」正是《說文》「玨」字的或體字（頁19），這種飾物以玉做成就是「玨」，以貝連串就是賏（朋），將「玨」、「賏」做成的飾物繫於頸上，便是「嬰」。玉和貝都是古人所珍藏、珍視的寶物，所以殷人卜辭「貯」字作 ⾖（前四、二、三）从貝，象藏貝之形，〔註13〕寶字作 [圖]（前六、五一），〔註14〕从貝从玉，象屋中有貝玉之形。玉貝飾物名玨，即賏，二字並無分別。但金文中賏字寫作 [圖]（子賏戈），〔註15〕玨字作「[圖]」（經傳譌爲朋），已分爲二字。「玨」（朋）字也成爲貨幣單位的專名。只有「賏」字則仍保留了飾物的意思。〔註16〕而「嬰」字即從「賏」。

　　嬰的原義既爲頸飾，作爲動詞，繫珠玉於頸，也稱嬰。《荀子・富國篇》：

〔註9〕李孝定，《甲骨文字集釋》，卷1，頁147～149。

〔註10〕馬凌諾斯基（Bronislaw Malinowski）著，朱岑樓譯，《巫術、科學與宗教》，頁197～217。

〔註11〕林巳奈夫，〈中國古代の祭玉、瑞玉〉，《東方學報》（京都）40期，頁178～183，1968年。

〔註12〕那志良《古玉鑑裁》，頁115～116。

〔註13〕李孝定，註9前揭書，卷6，頁2141。

〔註14〕同上，卷7，頁2451。

〔註15〕周法高《金文詁林》，卷6，〇八三五，頁4059。

〔註16〕李孝定，註9前揭書，卷4，頁1379～1340。

「辟之是猶使處女嬰寶珠」（卷6，頁32），「嬰」即繫戴的意思。引申之，繫戴他物也稱爲嬰，如《墨子·兼愛下》：「被甲嬰冑將往戰」（卷4，頁21），〔註17〕《穀梁傳》魯文公二十二年：「古者披甲嬰冑非以興國也。」（頁89）即是。而佩飾之物用絲繩穿絡，嬰爲頸飾，繫絡「嬰」飾的繩組，便从嬰加糸字偏旁作「纓」，而因賏（嬰）本爲兩貝相合之頸飾，故从賏之字有相比對之義，〔註18〕繫冠而兩垂於耳的組帶，因此也稱爲「纓」。而典籍中「嬰」字多以「纓」字假借，《禮記·曲禮上》云：「女子許嫁纓」（頁37），《儀禮·士昏禮》記載新郎取婦禮儀，有「主人入，親說（脫）婦之纓」（頁52）的儀節，鄭玄二注都以爲「纓」是古代女子許嫁所戴的飾物，以五采繩組做成，以示有所繫屬。但纓、嬰字典籍通用，禮書的「纓」字，有可能是「嬰」字的假借，是玉石做的頸飾。東周時代貴族以玉爲飾物的風氣很盛，〔註19〕後來以玉、石編串的飾物也稱爲纓。《韓非子·外儲說左上》載鄒君好服長纓，左右大臣也服長纓，「纓甚貴，鄒君患之」（頁661），《三國志·魏志》亦云：「（韓國）以纓珠爲財寶，或以綴衣爲飾，或以縣頸垂耳」（頁851）。湖北隨縣擂鼓墩的戰國墓中，即有做爲飾物的玉纓出土。〔註20〕這種長纓、玉纓的本字原都應是「嬰」字。

「嬰」既爲二貝繫繞于頸的玉飾，引申之也有繞抱的意思。如《淮南子·要略篇》：「以與天和相嬰薄」，高誘注云：「嬰，抱也。」（卷21，頁85）《漢書·蒯通傳》「必將嬰城固守」，顏師古注引孟康云：「嬰，以城自繞。」（卷45，頁2160），郭璞將山經嬰用玉之嬰字解釋爲環繞祭祀，即從嬰字有繞抱的意思推敲出來的。

「嬰」爲頸飾之名，頸飾的材料，後代多取之於玉石，因此可做頸飾的玉石，也以嬰爲名，如《山海經·北次三經》的燕山多「嬰石」（頁96）。〈西山首經〉羭次之山多「嬰垣之玉」，郭璞謂「垣」或作「短」（頁27）。〈西次

〔註17〕冑爲盔甲，戴冑而稱爲「嬰」，可能也與貝飾物有關。殷代戰爭單位中，某一階級的戰士，頭上都戴蚌飾的額帶（石璋如〈小屯C區的墓葬群〉，《中央研究院歷史語言研究所集刊》，23本，頁479、485），這種額帶可能是頭盔的前身。到周朝仍有頭盔飾貝的遺制，如《詩·魯頌·閟宮》：「貝冑朱綅」。嬰原爲貝做的頸飾，因此戴貝飾的頭盔也稱「嬰」。其後冠制變化，戴冠需繫之以組帶，其字作「纓」。於是戴冑的「嬰」字，反成爲「纓」字的假借。

〔註18〕參閱李孝定，註9前揭書，引徐灝《說文段注箋》，卷4，頁1379。

〔註19〕參閱李學勤《東周與秦代文明》，頁286～287。

〔註20〕同上，頁288～289。

三經〉泑山多「嬰短之玉」（頁 56）。垣、短二字，江紹原懷疑都是「脰」字之譌（頁 27）。〔註21〕「脰」即頸項，江氏的懷疑是有可能的，所謂「嬰石」、「嬰垣之玉」、「嬰短之玉」，可能都是可以做爲飾物的玉石，因此都冠以「嬰」之名。

古代嬰兒稱爲「嫛婗」，嫛婗和嬰兒聲音相近，因此以「嬰兒」假借爲「嫛婗」，〔註22〕假借義通行既久，「嬰」爲玉飾的本義遂晦，於是後代在嬰字左邊加一個玉字偏旁作「瓔」，以作爲頸飾的專名。古代所謂的「纓絡」，也寫成「瓔珞」，「瓔」字代替了「嬰」字，成爲珠玉頸飾的專用字。

玨（朋）、賏在殷代除了作爲飾物外，也是祭祀奉獻的祭品，卜辭云：

乙巳卜，宁貞，翌丁未酒𡄹歲于丁奠𤉡玨？（前五、四、七）

甲申卜，爭貞：奠于王□（亥），其玨？

甲申卜，爭貞：勿玨？（乙六七三八）

都是卜問是否用「玨」爲祭品。周人也有以飾玉「玨」爲祭品的記載。例晉平公伐齊，將渡河，晉卿中行獻子即以朱絲繫玉二穀（玨），禱祭河神（《左傳》襄公十八年，頁 577）。玨即賏，賏也就是「嬰」字的初文。山經以「嬰」字做爲祭祀用玉的術語，祭玉的通名，或有其相當古遠的淵源。〔註23〕嬰原爲頸飾，頸飾所用的玉，多屬小型玉，山經用玉祭祀不云「玉用○○」，而言「嬰用○○」，或即因爲所用的玉器是可做飾物用的小型玉，與常祀所用六器之類的大型祭玉有別。山經祭山有用玉「百瑜」、「百璧百珪」者（〈西山首經〉）；「璧」是《周禮・大宗伯》所載，用以禮天的玉器（頁 281），是祭玉中最貴重的禮器，祭山而用「百璧」，與目前所知殷周祭祀玉器形制與數量的有別，衡諸情理也不易實踐。所以此處所說的「璧」，或許是戰國時代所盛行的「系璧」，是一種可供佩飾用的較小型玉璧。〔註24〕山經以「嬰」爲祭玉術語，除

〔註21〕江紹原，註2前揭書，26 頁。

〔註22〕段玉裁，註6前揭書，12 篇下，頁 628。

〔註23〕卜辭有𤉡（後下二五、十五）一字，从火从嬰，陳夢家〈商代的神話與巫術〉以爲「象女以貝朋爲頸飾立火上」，疑爲《說文》禳風雨旱屬的「熒」字。並認爲佩玉具有禦災的效用。疑《山海經》祀山嬰以玉璧的「嬰」字，即甲骨文从火从嬰的㷸字。然卜辭此字辭僅存殘文，無法確知其義，李孝定以爲其字當與甲骨文妏、燫、姣等以人爲牲的曝巫求雨之祭同意。陳氏說見《燕京學報》20 期，頁 565～566。李氏說，見註9前揭書，卷10，頁 3171～3175、3184。

〔註24〕那志良《古玉鑑裁》，136～137 頁。

了表明祭玉的特質，可能也表明了用玉的方法。

山經「嬰毛」的「毛」字，江紹原以爲是「用」字的誤寫。但「毛」字篆文作，用字作，二字字形差異甚大，誤寫、誤刻的可能性不是沒有，但謂誤六次之多的可能性不大。「嬰毛○○」之句，俱見於〈中次八經〉以下諸山，這些山區的祭儀，是山經祭祀記錄中，記載最有規律最詳細的一部分，地位最崇高的「帝」山也都在這個區域之內。這些地區主要是戰國時代的楚國所在之地，儀節中鼓舞祈酒的記載，即和楚地以鼓舞樂神的習俗相似。楚文化和中原各國本有些差異，山經「嬰毛○○」的祭祀，可能就是楚地的祭祀習俗，是一種將玉器放在犧牲之上的祭祀方法。但也可能是有意倣效天子祭天的儀節，《韓詩內傳》有天子奉玉、升柴，加于牲上而焚之的祭儀，〔註25〕山經「嬰毛○○」的祭儀，或即與之相似。

第二節　殷周祭玉使用情形〔註26〕

殷周祭玉的使用情形，可從文字記載和考古的發掘中，知其梗概，本節的目的，即在於歸納這兩類資料，以明瞭山經用玉祭山的源始和背景。由於先秦玉器品類極多，禮文所記載的形制，又往往與出土實物不盡相符，而玉器形制並非本節探討的重點，因此殷周祭玉的形制問題，本節將略而不談，只略述殷周祭玉的使用情形。

殷代存世玉器不少，近世考古發掘也有許多殷墓的玉器出土，但確知屬於祭祀的玉器，較爲罕見。在小屯殷墟疑爲壇祀遺址的夯土中，曾有一塊白璧和青璧出土，白璧在西，蒼璧在東，蒼璧孔周有高起的廓，考古學家石璋如懷疑殷人可能已有「蒼璧禮天」的觀念。〔註27〕

甲骨卜辭以玉禮神的辭例也不多，除上節所引以玨爲祭品的例子外，尚有：

　　丙子卜，㱿貞：似玨酚河？（鐵、一二七、二）

〔註25〕見《禮記・郊特牲》孔疏引，頁481。
〔註26〕發現於中國長城以北，內蒙、遼寧等地，距今約5000～6000年前的紅山文化，及距今約4000～5000年，發現於長江下游環太湖流域的良渚文化，都發現大量具宗教意義的玉器，但因其時代較久遠，且與中原文化的關係也尚待釐清，因此本論文對祭玉的討論，仍以殷周爲主。
〔註27〕石璋如〈殷代壇祀遺跡〉，《中央研究院歷史語言研究所集刊》51本3分，頁422～440，民國69年3月。

王室南庚玉出豈？（前一、一三、三）

癸酉貞：帝五玉，其三小宰（後上、二六、一五）

其鼎用三玉犬羊（佚七八三）

陳夢家以爲（鐵一二七、二）一條卜辭的「似」爲奴妾，乃卜問是否以奴和珏祭河。〔註28〕（前一、一三、三）的一條卜辭，則是以玉豈祭先王。〔註29〕從上舉辭例可知，殷人以玉或珏爲祭品的祭祀對象有先公、（王亥）先王及河、帝等神祇。祭祀方法據上節所引辭例，有用燔燎者，但清儒金鶚以爲玉非可燔之物，因此認爲禮神之玉不燔不瘞。〔註30〕然《逸周書·世俘篇》記述武王伐紂，有紂王以「天智玉、琰玉環身厚以自焚」的記載。〔註31〕分佈於江蘇、浙江兩省新石器時代的良渚文化，墓葬出土的玉器，也有焚燒過的痕跡。〔註32〕可見以玉器焚燒的習慣在古代是存在的。殷人以焚玉的方式祭祀，當然也是可能的。

先秦文獻記載周代用玉祭祀的資料，可分成兩類：一類是《周禮》，一類是周禮以外的其他典籍。《周禮》對祭玉的形制、不同祭祀所用的玉器器形、顏色，都有明確的規定。其他載籍則通常泛言以玉或圭璧祭祀，對玉和圭璧等的形制，大都闕而不錄。而《周禮》的成書時代，可能較諸書爲晚，因此將《周禮》所載和其他典籍分開論述。

周人祭祀所用的祭品，有犧牲、玉器、粢盛、酒醴等，尤其犧牲和玉器，是對鬼神最崇敬的獻禮。因此載籍言及祭品，常以玉器和犧牲並舉，或和其他祭品並列。《詩經·大雅·雲漢》詩人描述向鬼神祈雨的虔誠云：

靡神不舉，靡愛斯牲。圭璧既卒，寧莫我聽。（頁659）

所用的祭品爲犧牲和圭璧。《墨子·明鬼下》記述祭祀所用的祭品云：

必擇六畜之腯肥倅，毛以爲犧牲，珪璧琮璜，稱財爲度，必擇五穀

之芳黃，以爲酒醴粢盛。（卷8，頁16）

犧牲之外，祭玉的品類有珪璧琮璜等。《墨子》云「稱財爲度」，則春秋時代祭玉的品類和數量，可能並無一定的制度。其他如《國語·魯語》云：「不愛牲玉於神」（頁107），《禮記·月令》云：「（仲春）是月也，祀不用犧牲，用

〔註28〕陳夢家〈古文字中之商周祭祀〉，《燕京學報》19期，頁126～128。

〔註29〕同上，頁127。

〔註30〕金鶚〈燔柴瘞埋考〉，《求古錄禮說》十四，《皇清經解續編》，卷676，頁7385～7387。

〔註31〕朱右曾《逸周書集訓校釋》卷4，頁99。

〔註32〕鄧淑蘋〈新石器時代的玉璧〉，《故宮文物月刊》，3卷9期，頁86。

圭璧，更皮幣」（頁 301～302），玉、圭璧都和犧牲並列，不用犧牲時，便用圭璧，足見玉在周代祭祀中，和犧牲一樣，是最重要的祭品。

載籍以玉器爲祭品的祭祀對象，有自然神祇河、岳及先公先王和其他鬼神等。分項略加說明如下：

（一）宗廟先王的祭祀

玉也是周代宗廟祭祀先祖的祭品。《禮記・曲禮》云：「凡祭宗廟……玉曰嘉玉」（頁 98）。《尚書・金縢篇》記載周武王有疾，周公爲壇，祭告周代先王，即有周公「植璧秉珪」之語：

> 爲壇於南方，北面，周公立焉，植璧秉珪，乃告大王、王季、文王……
> 爾之許我，我其以璧與珪，歸俟爾命。（頁 186）

「植璧秉珪」的祭祀方式，孔安國傳以爲「璧」是禮神的祭品，放置於在三王的神坐上，「珪」是桓圭，乃周公所執命玉及用以致神的贄禮。而由〈金縢〉本文「以璧與珪」之載可知，珪和璧周公都用來祭祀先王。

（二）山岳祭祀

周人祭祀山岳，通常以祈風雨爲祭祀目的，但有時也有爲其他事情而祭祀山岳的。楚共王時，因爲嫡妃秦嬴無子，所寵庶子有五人，爲了立嫡長子，徧祭群望，請山神從五人當中選出適當人選，《左傳》記載此事云：

> 乃徧以璧見於群望，曰：「當璧而拜者，神所立也，誰敢違之。既，乃與巴姬密埋璧於大室之庭。」（魯昭公十三年，頁 808）

因知周人祭山可用璧。楚共王以祭祀羣望用過的璧，代替山神選擇嫡子，或因周人認爲璧玉有依神的作用。

（三）河川祭祀

周人以玉祀神，最常見的例子是祭祀河川的神靈。魯文公十二年，秦晉之戰，秦伯以璧「祈戰于河」。（頁 331）魯襄公十八年，晉平公伐齊，晉卿中行獻子以「朱絲繫玉二穀」沈于河，向河神祈禱渡河的安全，和戰爭的勝利（《左傳》，頁 577）。魯昭公二十四年，王子朝以成周的寶珪沈於河，向河神祈禱求福。（《左傳》，頁 886）。也有因發誓或盟誓，請河神見證，而以玉器沈河禮神的。魯定公三年，蔡昭侯被楚拘止三年後得歸，行至漢水，「執玉而沈」，並立下一誓言：「余所有濟漢而南者，有若大川」（頁 944）。歷史上有名的白河之盟，晉文公重耳流亡十九年後，自秦歸晉，爲表示不忘舅氏子犯十九年

的功勳，和子犯立盟，「投其璧於河」（《左傳》僖公二十四年，頁 253）。魯襄公三十年，鄭國大夫駟帶和游吉也在酸棗相盟，但用的玉器是兩圭，《左傳》云：「用兩圭質於河」（頁 682）。河川祭祀自殷以來，即有以玉爲祭品的記載，玉器和河川神靈之間，似乎存在著一種微妙的關係。

（四）其他鬼神祭祀

周人對於其他鬼神，也可能以玉器祠祭。《墨子・明鬼下》記載一則與「厲」有關的逸聞，謂「厲」鬼憑依於巫祝身上，指責宋文公臣祝夜姑祭祀不誠，其言曰：

> 是何珪璧之不滿度量？酒醴粢盛之不淨潔也？犧牲之不全肥也？
>
> （卷 8，頁 10）

可見對「厲」鬼的祠祭也可用珪璧。《國語・周語上》記載內史過勸周惠王祠祭丹朱之神，也謂「奉犧牲、粢盛、玉帛往獻焉」（頁 27）。這些記載都顯示玉器在周人的日常觀念與用語中，是和犧牲、粢盛並列的祭祀象徵，或已成爲不可或缺的祭品。

《周禮》記錄玉器的使用，主要見於〈春官・大宗伯〉、〈典瑞〉和〈冬官・玉人〉等職中，但卻前後矛盾。如〈大宗伯〉所載祭天地四方的玉器是：

> 以蒼璧禮天，以黃琮禮地，以青圭禮東方，以赤璋禮南方，以白琥
> 禮西方，以玄璜禮北方。（頁 281）

天地四方各配以不同顏色和器形的祭玉，祀天用蒼璧，祭地用黃琮，但〈典瑞〉所載祭天地的玉器器形都是圭，其言曰：

> 四圭，有邸，以祀天旅上帝。兩圭，有邸，以祀地旅四望。（頁 314）

「四圭，有邸」，乃以四個兩足相嚮的圭祭祀。「兩圭有邸」，即以兩個兩足相嚮的圭祭祀，[註33] 和〈大宗伯〉所說完全不同。對於宗廟先王，以及日月

〔註33〕《周禮》「四圭有邸」、「兩圭有邸」究系何玉，自鄭司農以下，學者各有不同的臆說。宋人聶崇義《三禮圖》以爲「邸」是兩足相嚮之義，那志良先生以爲聶說甚爲合理。並認爲傳世玉器中，以一玉琢成「四圭有邸」、「二圭有邸」的玉器，乃後代道士所製僞品，非古代祀天地之物，那氏之說見其所著《古玉鑑裁》頁 89～90，及《玉器辭典》、《周書考工記玉人釋圖》、〈四圭有邸與兩圭有邸〉等書文中。日人林巳奈夫則據春秋後期，壽縣蔡侯墓出土的一個兩頭都做圭形的玉器，以爲可能是「兩圭有邸」，又舉西周前期與中後各一器，二器都有兩圭平行而基部相連的形狀，以爲此二器也可能就是兩圭有邸，見註 11 氏著〈中國古代の祭玉、瑞玉〉，頁 200～205，1968 年。兩種說法不知何者爲是，此處暫從聶氏、那氏之說，以「邸」爲兩足相嚮之義。

星辰、山川等祭祀所用的玉，〈典瑞〉職也有記錄：

裸圭有瓚，以肆先王……圭璧以祀日月星辰。璋，邸射，以祀山川。

（頁 314～315）

祭祀先王用「圭瓚」，也見於〈玉人〉職：「裸圭尺有二寸，有瓚，以祀廟」（頁632），乃祭祀宗廟裸鬯所用的玉器，可能是用器而非祭品。圭瓚的形狀，鄭玄以爲瓚形如盤，以圭爲柄，有流可以用來注鬯。戰國時代出土的器物中，即有這種形狀的青銅瓚。〔註34〕〈典瑞〉載祭祀山川所用之玉器爲「璋，邸射」，〈玉人〉職也說天子巡守，祭祀山川所用的璋，有大璋、中璋、邊璋三種，二職皆謂山川祭祀的玉形是璋。「邸射」的「射」是削去一邊的意思，「璋，邸射」，即一種璋形而有一條斜邊的玉器。〔註35〕

《周禮·大宗伯》祭祀天地四方的「六器」。各有不同的玉色、玉形，和陰陽五行學說，以五色配四方及中央的情形相似。除了繼承殷周王室祭祀制度外，可能也受到五行學說的影響。那志良先生以爲「六器」是《周禮》作者整理戰國時各地祭祀情形，彙集而成的，並非周初所有。〔註36〕〈大宗伯〉祭天地所用玉器和〈典瑞〉所記不同，或許也是這個緣故。

文獻資料的記載外，周代盟誓遺址－山西侯馬，也有許多盟誓祭祀的玉器出土。據發掘報告和研究，出土玉器以器形區分，有：璧、環、瑗、璋、圭、璜、瓏、玦等，各器的大小長短也無定制。〔註37〕顯示周代祭玉的使用，雖然某種祭祀有慣常使用某型玉器的習慣，但可能不似《周禮》所說，各類祭祀所用的玉器，各有固定的顏色和形制。而且古代科技尚不發達，玉料大小不一，工匠琢磨玉器，大部分依賴手工，尺寸上的出入，自所難免，要求每種玉器都做成一樣尺寸，事實上也是無法做到的。

〔註34〕同上註，林巳奈夫，〈中國古代の祭玉、瑞玉〉，頁 188。

〔註35〕「璋，邸射」的形制，學者有許多不同的解釋。鄭玄〈玉人〉注云：「邸射，剡而出也」，〈典瑞〉注云：「璋有邸而射」（頁 315）。陳祥道《禮書》、戴震《考工記圖》、孫詒讓《周禮正義》都以爲璋邸射是一璋，其邸爲琮（參閱《周禮正義·春官·典瑞》注，卷 39，頁 13）。林希逸《考工記解》（《通志堂經解》本 29 冊），則以爲半圭爲璋，其上剡出者爲射，其身乃邸。那志良《古玉鑑裁》則以爲「璋邸射」非器物之名。璋是玉，「邸射」，是大璋、中璋、邊璋的形制，謂璋的身有一條斜邊（頁 91～92）。林巳奈夫說法相同，但以爲以「邸射」祭祀山川，在考古學和銘文中都欠缺具體的資料，見註 11，氏著〈中國古代の祭玉、瑞玉〉，頁 269、297。

〔註36〕那志良，《古玉鑑裁》，頁 87。

〔註37〕《侯馬盟書》，頁 405～424。

綜合本節的討論，周人祭玉的使用方法。主要有沈玉于河的祭祀方式，及〈金縢篇〉「秉璧植珪」，置玉於神坐的祭祀方式。這種方式，或許也是其他祭祀經常用的方法。上一章已對周代祭祀地祇、山嶽用瘞埋之法有所討論，所埋者包括犧牲和玉器，侯馬盟誓遺址所用玉器也都瘞埋，因此瘞埋也是周人用玉的方法。此外《爾雅・釋天》云：「祭山曰庪縣」，李巡以爲庪縣是以黃玉及璧庪置几上，遙視之如懸的意思。〔註38〕山經也有「縣以吉玉」，「縣嬰用桑封」（中山首經）的儀節，則縣玉而祭，也是周人用玉祭山的方式之一。

第三節　山經祭玉使用情形與用玉的意義

山經祭祀山川所用的玉器，依山經記載情形，可劃分爲兩大類：一類是記錄玉的通名，而未說明器形，如言用玉、吉玉、藻玉、瑜等；一類則標註器形，如言用璧、珪、藻珪、璋等。本節即依此區分，簡要敘述各種玉器的器形、祭祀等級，並對山經用玉的祭祀方法提出說明。由山經祭儀內容與殷周祭祀方式對勘可知，山經以玉祭山的祭祀形式，是殷周祭祀傳統的一部分，因此本節亦將根據前文所敘述的殷周祭玉使用情形，及山經祭祀用玉的現象，嘗試推測其所具有的意義。

一、玉名與器形

山經未標出器形的玉名，有玉、吉玉、藻玉、瑜等。玉名上或冠以山經用玉的術語「嬰」字，如〈中次三經〉：「嬰：用吉玉」（頁 129～130），〈中次五經〉：「嬰：用吉玉」（頁 135）；或者省去「嬰」字，如〈西次三經〉：「用一吉玉瘞」（頁 58）；〈中山首經〉：「縣以吉玉」（頁 121）。無論是否冠上「嬰」字，諸山所用的玉器都是「吉玉」，不因有無「嬰」字而異，「嬰」字在山經中做爲祭玉術語的意義極爲清楚。而冠「嬰」字與否，和犧牲冠「毛」字與否一樣，只是文詞繁簡的差別而已。玉器的數量，通常是一個，如〈中次九經〉：「嬰毛一吉玉」（頁 161）；〈中次二經〉：「用一吉玉」（頁 124）。也有不說明玉器數量，而只言「嬰用吉玉」者，如〈中次三經〉泰逢神等（頁 129），〈中次五經〉升山（頁 135）等的祭祀。用玉最多的是〈西山首經〉的「神」

[註38] 李巡《爾雅音義》，徐彥《公羊傳》僖公三十一年疏引，藝文，《十三經注疏》本，頁 158。

山羬山，用的是不指明器形的百瑜，及註出器形的百珪百璧（頁 32）。將山經以此類玉器祭祀的諸山，依玉名爲綱，山嶽地位爲目，可歸納如後：（甲）表帝、神、魑、冢諸山，（乙）表一般眾山

玉：

（乙）〈北次三經〉：十四神

吉玉：

（甲）〈中山首經〉（冢）、〈中次五經〉（冢）、〈中次七經〉（冢）、〈中次九經〉（冢）、〈中次十一經〉（冢）、〈中次十二經〉（冢）。

（乙）〈西次三經〉、〈北山首經〉、〈中次二經〉、〈中次三經〉、〈中次五經〉（尸水）。

藻玉：

（乙）〈中次七經〉十六神

瑜：

（甲）〈西山首經〉（神）

「玉」是玉器的通稱，〈北次三經〉云：「其祠之：皆玉」（頁 99），大概是指祭祀用玉器即可，玉器的器形可隨意選用。

「吉玉」，郭璞以爲是玉上加彩色的意思。〔註 39〕然〈北山首經〉云：「吉玉用一珪」（頁 79），意思是祭祀所用的「吉玉」，要用一個珪形玉器，是一種以總名統別名的句型，可知句中的「吉玉」是祭玉的通稱。「吉」字《說文》云：「善也」（頁 59），「吉玉」即美善之玉的意思。《禮記・曲禮下》記載各種宗廟祭品的牲號、幣號，如前已指出的，羊稱爲「柔毛」，雞稱爲「翰音」，「柔毛」、「翰音」都是美稱。於祭玉《曲禮》云：「玉曰嘉玉」，鄭注說：「嘉，善也」（頁 98），和「吉」字同義。「嘉玉」是祭玉的美稱，「吉玉」應該也是山經祭玉的美稱。因此，山經言「嬰：用吉玉」，是說祭祀要用美好的玉器，玉器器形則可因事置宜的選用。

「藻玉」可能是指一種有紋飾的玉器。〈中次七經〉云「嬰：用一藻玉」，郭璞注說藻玉是「玉有五彩者也，或曰：『所以盛玉藻藉也』。」（頁 150）山經所記錄的礦產中，也有一種稱爲「藻玉」的礦石，郭璞於彼注說：「玉有符彩者」，〔註 40〕和〈中次七經〉所注相似。郝懿行根據郭注，進一步以爲祭祀

〔註 39〕見註 3 前揭書《山海經箋疏》，頁 87。
〔註 40〕同上揭書，〈西次二經〉泰冒之山，浴水「其中多藻玉」注，頁 51。

所用「藻玉」的「藻」字，和《說文》玉部的「瑵」字相同。「瑵」說文說：
「玉飾如水藻之文也」（頁 14）。天然玉礦有水藻花紋稱爲「藻玉」，人工琢磨
的玉器加上水藻的紋飾，則稱爲「瑵玉」，而祭祀奉獻神靈，當然不可能用未
經琢磨的玉礦，所以「嬰：用一藻玉」者，可能就是以一種有水藻紋的玉器，
或琢飾藻紋的玉器祭祀。古代的禮器以不琢飾爲貴，〔註41〕但存世或考古出
土玉器多有雕飾者，且《禮記・玉藻》言佩玉之制云：

> 天子佩白玉……公侯佩山玄玉……大夫佩水蒼玉……世子佩瑜
> 玉……士佩瓀玟……

鄭玄注云：「玉有山、玄、水蒼者，視之文色所似也。」孔穎達釋之曰：

> 玉、色似山之玄而雜有文，似水之蒼而雜有文……但尊者玉色純，
> 公侯以下漸雜，而世子及士唯論玉質，不明玉色，則玉色不定也。」
> （頁 564～565）

則佩玉也以色純爲尊，因此〈中次七經〉祭十六神所用「藻玉」可能就是指
有雜紋的玉器。此由〈中次七經〉祠以太牢的「冢」山「嬰以吉玉」而不用
「藻玉」亦可知「藻玉」品秩較低。此或也可反證山經玉器術語所以用「嬰」
字的原因，殆因其所用的玉器多爲飾玉。山經指出器形的祭玉中有「藻圭」
之名，應是一種玉色較雜，或有紋飾的珪形玉器。

　　郭璞注「藻玉」的另一個解釋是「所以盛玉藻藉也」，意指「藻玉」是有
「藻藉」盛著的玉器。但此說恐尚須保留。「藻藉」，《周禮》作「繅藉」，藻，
繅音同。繅，鄭玄《周禮・夏官・弁師》「五采繅」下注云：「繅，雜文之名
也，五采絲爲之。」（頁 482）張爾岐《儀禮鄭注句讀》亦云：「雜采曰繅……
繅或作藻，今文作瑵。」（頁 93）「繅藉」見於〈春官・典瑞〉和〈秋官・大
行人〉職，〈典瑞〉云：

> 王晉大圭，執鎮圭，繅藉五采五就以朝日。公執桓圭，侯執信圭，
> 伯執躬圭，繅皆三采三就。子執穀璧，男執蒲璧，繅皆二采三就，
> 以朝、覲、宗、遇、會、同於王。（頁 313）

〈大行人〉也說：

> 上公之禮，執桓圭九寸，繅藉九寸。……諸侯之禮，執信圭七寸，
> 繅藉七寸……諸子執穀璧五寸，繅藉五寸。（頁 562）

所謂「繅藉」，鄭玄注〈典瑞〉云：「服玉之飾謂繅藉。」（頁 312）其形制，

〔註41〕那志良《古玉鑑裁》，頁 61。

鄭注〈典瑞〉「繅藉五采五就」云：

繅有五采文，所以薦玉，木爲中榦，用韋衣而畫之，就，成也。

也就是認爲繅藉是以木板爲中榦，上面鋪上皮革，皮革上畫以五采紋飾，用來盛裝玉器的器具，此即郭注中盛玉藻藉之說的根據。但「繅藉」爲何？鄭司農以下，學者說法紛歧。唯從〈典瑞〉和〈大行人〉的記載，可知「繅藉」是諸侯執圭、璧所用的附帶飾物，這一點，學者看法大致相同；〔註42〕但諸侯所執圭、璧雖有繅飾，並不能因此稱此圭或璧爲繅玉或藻玉；其次，若欲以「繅藉」表示祠禮的隆重，何以其他諸山祭玉皆不言所用爲「藻玉」？故山經的「藻玉」應該不是指有「藻藉」所盛的玉器。

「瑜」和「吉玉」意思相似，是美玉之名。《說文》瑜字下說：「瑜，瑾瑜，美玉也」（頁 10）。郭璞也說：「瑜，亦美玉名。」〔註43〕〈西山首經〉之「神」瑜山的祭祀用「百瑜」，即用一百個美玉祠祭。玉器的器形，大概也隨時置宜，不加限定；然祠祭玉數多達一百，所用的玉器，可能是飾玉類的小型玉。前舉《禮記・玉藻》云：「世子佩瑜玉而綦組綬」（頁 564），佩飾之玉稱「瑜玉」，則山經的「瑜」，或許也是佩飾玉類的玉器。

山經指明器形的玉器，有璧、珪、藻圭、圭璧、璋等，器名上有冠上「嬰」字的，如〈東次二經〉，「嬰：用一璧瘞」（頁 110）。也有不冠「嬰」字的，如〈北山首經〉「吉玉用一珪」（頁 79）。其差異也只是文詞繁簡的不同而已。玉器的數量，不論何種器形，多半同一個祭祀單位，用某種器形的玉器一個，如〈南山首經〉「用一璋玉瘞」（頁 8），〈中次十一經〉：「瘞用一珪」（頁 174）。也有用十五個同型玉器祭祀者，如〈中次十二經〉「嬰：用圭璧十五」（頁 179）。此外，有些山神也享有二種數量相同，器形不同的玉器祭祀，如〈南山首經〉：「毛用一璋玉瘞……一璧……。」（頁 8）〈北次二經〉「用一璧一珪」（頁 84），〈西山首經〉：「嬰：以百珪百璧」（頁 32）。若將各種不同器形玉器的使用情形，以玉形爲綱，山神地位爲目，上舉（甲）、（乙）二類爲別，可統計如下：

璧：

（甲）〈中次五經〉（魅）、〈中次八經〉（冢）、〈中次九經〉（帝）、〈中次十經〉（冢、帝）、〈中次十一經〉（帝）

〔註42〕參閱孫詒讓《周禮正義・春官・典瑞》注，卷39，頁2。註11，林巳奈夫，〈中國古代の祭玉、瑞玉〉，頁176～183。

〔註43〕註3前揭書《山海經箋疏》，頁5。

（乙）〈南次二經〉、〈南次三經〉、〈北次三經〉十神、〈東次二經〉

圭：

（乙）〈北山首經〉、〈中次十一經〉

藻圭：

（乙）〈中次八經〉

圭璧：

（甲）〈中次十二經〉（神）

璋：

（乙）〈南山首經〉

圭、璧：

（甲）〈西山首經〉（神）〔註44〕

（乙）〈北次二經〉

璧是一種餅狀的圓形玉器。《爾雅・釋器》云：「肉倍好謂之璧」。（頁80）「好」是指璧孔，「肉」是璧孔到璧緣的部分，但存世與出土的璧，「肉」和「好」的比例，合於《爾雅》標準者很少。《爾雅》所記的比例，或許是禮文上的規定，或者是古人對璧的粗略印象，就出土實物而言，璧只是孔比肉小的圓形餅狀玉器。〔註45〕

璧在周代除了是子爵、男爵所持的瑞器外，也是古代社會作爲饋贈的禮物和飾物。〔註46〕祭祀中，璧的使用極爲廣泛，可用以祭祀天神、先王、山岳、河川及其他鬼神。山經指出器形的玉器中，「璧」用得最多，和殷周的祭祀習慣相同。而一般眾山和「帝」、「神」、「魋」、「冢」諸山都可用璧祭祀，顯示山經祭玉的使用，在祭祀等級上，並無明顯的區分。不過山經三座「帝」

〔註44〕〈西山首經〉羭山祠用百珪百璧，郝懿行，注3箋疏云：「《太平御覽》八百六卷引作羭山之神，祠以黃圭，《藝文類聚》八十三卷引作羭山之神，祠之白珪，兩引皆異，疑類聚近之，今本百或白字之譌也。」案：商務印書館，四部叢刊本《太平御覽》卷806引《山海經》此條，與郝說作「黃圭」者不同，而作「皇圭」（頁3712）「皇」、「白」、「百」字形相近，諸書或因此而各有譌誤。山經羭山祠禮在山經中極爲隆重，齋百日，牲百犧，酒百樽，玉百瑜，因此所用珪璧可能也用百數。《藝文類聚》與《太平御覽》所引作「白」、「皇」者可能是「百」字之譌。郝氏箋疏所見《御覽》作「黃」者，或又因宋刊本譌作「皇」，以「皇圭」不詞，又譌改爲音近之爲「黃」字。

〔註45〕林巳奈夫，註11前揭書，頁273～283。

〔註46〕那志良《古玉鑑裁》，頁75～77。

山都用一璧祭祀，「璧」在山經祭玉中，或許仍是品秩最高的玉器，與《周禮‧大宗伯》所載祭玉品秩相似。

「圭」，山經也寫作「珪」。《說文》圭字下說「珪」字是圭字的古文（頁700），因知圭、珪同字無別。圭是一種扁平的玉器，但形狀名稱很多，有琬圭、琰圭、大圭、鎮圭、桓圭、躬圭⋯⋯等的名稱。有長形而圓首的，也有長形方首、尖首及其他形狀的。〔註47〕以山西侯馬一地盟誓遺址為例，所出土的圭就可分為三種型式。〔註48〕雖然《周禮‧玉人》所載六瑞三圭，和祭天地的四圭有邸、二圭有邸各有一定長度，但近世出土和存世的圭形器，除了扁平的特徵外，形狀長短都不固定。〔註49〕因此山經祭祀所用的「圭」或「藻圭」，也難以肯定說明必為何種形狀。

圭在古代是重要的玉器，政治上是天子諸侯受封所執的瑞器和朝聘的禮器，《禮記‧聘義》云：「精神見於山川，地也，圭璋特達」（頁1031）祭祀上，天、地、上帝、四望、先祖等都可以圭祭祀。《史記‧封禪書》記載秦始皇所祭天下名山大川的祠禮，每言「牢具圭幣各異」，可見圭、璋可能古代祭祀山川的主要玉器。山經以「圭」祭祀的諸山，都屬於一般的眾山，在祭祀品秩上，或許較璧為低。

「藻珪」，如前所言，可能和藻玉一樣，是一種有雜紋或飾有藻紋的珪形玉器。藻紋是戰國時代常見的紋飾，形狀是雲紋中雜以短短的繩紋。〔註50〕禮書說「大圭不琢」，玉以不琢為貴，山經〈中次八經〉起自荊山，其祭山用的「藻珪」，或與四川廣漢三星堆祭祀遺址出土有紋飾之璋相似，〔註51〕乃巴楚特有的祭祀文化。

「圭璧」之名見於《周禮‧春官‧典瑞》：「圭璧以祀日月星辰」，鄭玄注云：「圭其邸為璧，取殺於上帝」（頁314）。賈公彥〈玉人〉疏據鄭說，以為「圭璧」之形，是以璧為邸，旁有一圭的形狀（頁633）。聶崇義《三禮圖》、林希逸《考工記解》根據鄭、賈所說，將圭璧之形繪成 形。〔註52〕那志良

〔註47〕凌純聲〈中國古代瑞圭的研究〉，《中央研究院民族學研究所集刊》，20期，頁163～205，民國54年秋。

〔註48〕《侯馬盟書》，頁382。

〔註49〕鄧淑蘋〈圭璧考〉，《故宮季刊》第11卷3期，頁67～77，民國66年春。

〔註50〕那志良《玉器辭典》，頁300。

〔註51〕參閱屈小強等主編《三星堆文化》，頁234。

〔註52〕聶崇義《三禮圖》卷十一，《通志堂經解》本28冊，頁15572。林希逸《考工

先生以爲「圭璧」是一圭一璧的合稱，非由一玉琢成，存世雖有圭璧合形，一玉俱成的玉器，然乃漢以後道家之物，非三代古器。〔註53〕日人林巳奈夫則以爲西周前期濬縣辛村第一號墓出土作⦶形的玉器，及存世的西周前期◎玉形，與西周中後期❀形的玉器，都像三圭附於一璧之上，與鄭玄謂圭璧之形取殺於上帝之說相合。而玉璧所呈現的田紋，正是日月星辰的象徵。同時認爲璧的原始形態是模仿紡輪的形狀，但製作時偶然缺了一角，而成「圭璧」之形，這種形狀刺激了學者的想像力，所以有《周禮》圭璧以祀日月星辰之說。〔註54〕

　　山經祭山所用的「圭璧」，以時代而論，應非漢以後圭璧合製的道家之物。但山經同一個祭祀若用圭、璧兩種器形玉器，則或云「用一璧一珪」（〈北次二經〉，頁 84），或云：「嬰以百珪百璧」（〈西山首經〉，頁 32），珪、璧器數相同，但都分別記錄圭若干、璧若干，而「圭璧」之名，見於〈中次十二經〉，云「嬰用圭璧十五」（頁 179），和圭璧分載的體例不同，似以「圭璧」爲一器之名，而非如那氏所說，圭璧是二器。但日人林氏所舉的器形，是否就是周禮的「圭璧」呢？又不免令人懷疑。因此山經「圭璧」爲何種玉器，暫且存疑，留待日後進一步研究。

　　「璋」的名稱和形狀也很多，《說文》璋字下云：「半圭曰璋」（頁 12）。《公年傳》定公八年則說：「璋判白」何休解詁云：「判，半也。半珪曰璋。」（頁 329。，那志良先生以爲「璋」形如半圭，而非圭剖半才成璋，〔註55〕戴震《考工記圖》所繪的璋作⌐形，〔註56〕但出土的璋形玉器，器形並不固定。以祭祀所用之璋來說，山西侯馬春秋晉國盟誓遺址出土三十六枚璋，即有四種器形。有長三七五公釐者，也有僅六十公釐者。〔註57〕器形、長短、寬窄，各不相同。山經用以祭祀的璋，可能也難以指實必爲何種器形。

　　據先秦文獻的記載，「璋」在政治上是諸侯朝聘、納徵、起軍旅、治兵守

　　　　記解》下，《通志堂經解》本 29 冊，頁 16454。
〔註53〕那志良〈故宮藏玉介紹（二）——羽觴、圭璧、角形杯、羊形器架，蚩尤環〉，《故宮月刊》3 卷 2 期，頁 78～79，民國 74 年 5 月。
〔註54〕林巳奈夫，註 11 前揭書，頁 208～212。
〔註55〕那志良《玉器辭典》，頁 210。
〔註56〕戴震《考工記圖》下，藝文，《百部叢書》三編，《安徽叢書》十四函，頁 8 上。
〔註57〕《侯馬盟書》，頁 411，105 號坑。頁 409，82 號坑。

的禮器。〔註 58〕在祭祀上，赤璋用以祭祀南方，璋邸射、大璋、中璋、邊璋用以祭祀山川。山經以璋祭祀山嶽，和廣漢三星堆祭祀遺址以璋爲祭相似，也和文獻記載相符。但山經用「璋」的祭祀僅出現於〈南山首經〉，文獻禮南方用「赤璋」，山經祭南山是否也用赤色之璋，則不得而知。《周禮》〈典瑞〉、〈玉人〉記載祭祀天地的玉器是「圭」，山川則用「璋」；一般而言，「璋」又爲圭形之半，因此，在祭祀等級上，「璋」或許次於「圭」。

山西侯馬盟誓遺址出土的玉器，有圭、璧同埋一坑的情形，〔註 59〕和山經同一祭祀既用圭，又用璧相似。山經用圭和璧兩種玉器祭祀的山，有地位較低的一般眾山，也有祠禮較隆的「帝」、「神」諸山，而山經「冢」山多用一璧祭祀，〈北次二經〉一般眾山的祭祀，一璧之外，還加一珪。這種現象似乎說明圭、璧是山經祭祀的主要玉器，但用何種器形祭祀，和山嶽的品秩、玉器的祭祀等級，並無必然的關係。〈西山首經〉的「神」山羭山用玉特多，「瘞用百瑜」之外，「嬰用百珪、百璧」，《禮記·祭法》云：

> 山林川谷丘陵，能出雲，爲風雨，見怪物，皆曰神。（頁 797）

羭山山神可能就是古人心目中能興雲作雨的神靈，所以稱之爲「神」。先秦祭祀河川，多以玉器爲祭品，興起風雨的神山也多用玉器祠祭，河川、風雨和玉器之間，似乎有相應的關係存在。《詩經·大雅·雲漢》大旱祈禱之詩亦言：「靡神不舉，靡愛斯牲。圭璧既卒，寧莫我聽。」（頁 659）羭山用玉特多，百瑜外，有百璧百珪，或許即和祈雨的祭祀有關。

前述二類玉器外，〈中山首經〉的「桑封」，〈北次三經〉的「藻茞」，也有學者以爲山經傳刻有誤，「桑封」、「藻茞」原應爲玉器名。〈中山首經〉云：

> 縣嬰用桑封，桑封者，瘞而不糈。桑主也，方其下而銳其上，而中
> 穿之加金。（頁 121）

郭璞以爲「桑封」、「桑主」就是作成神主祭祀，而以金銀裝飾。畢沅則以爲「桑封」以下所記，是周秦人釋語亂入經文。〔註 60〕郝懿行以爲「桑主」是山神之主。〔註 61〕江紹原獨排眾議，以爲「桑封」爲「藻圭」、或「藻珪」之誤。〔註 62〕

〔註 58〕《周禮·春官·典瑞》，藝文，《十三經注疏》本，頁 313～316。

〔註 59〕《侯馬盟書》，頁 407，坑三五。

〔註 60〕畢沅，《山海經新校正》〈中山首經〉，頁 4。

〔註 61〕郝懿行，註 3 前揭書，頁 184。

〔註 62〕江紹原，註 2 前揭書，頁 184。

　　案：山經體例「嬰」字下接祭玉之名，〈中山首經〉「嬰」字下，誠如江紹原氏所說，當接以玉器名，方與山經體例相合。就字形而言，「桑封」與「藻珪」形近，「桑封」極可能是「藻珪」之譌。但古代祭祀極爲複雜，有許多近人尚不明瞭或發現的儀式存在。以「縣嬰用桑封」爲例，「桑主」也可能如山經所說是「桑主」，用桑木做成，埋在地下，方下銳上的神物。類似這種形制的神物，人類學家以爲是一種陰陽性器的崇拜。在泛太平洋區內，史前遺跡和現存實物，都發現許多這種陰陽性器崇拜的宗教信仰。〔註63〕就古代信仰的祭祀形式而言，類此的桑封或桑主出現在山嶽祭祀中不是沒有可能的。而所謂縣嬰用桑封者，或許是將祭祀所用的玉，懸掛在桑主上的祭祀方法。再者，「桑封」若原作「藻珪」，由「藻珪」譌寫成「桑封」的可能性比較小；因爲嬰字下接祭玉之名，和山經體例相符，誤刻的可能性不高；而且「藻圭」也見於〈中次八經〉中，可堪比照，因此譌爲「桑封」比較不可能；所以山經原文很可能即作「桑封」。不過「桑封」之名經典未見，「桑主」爲古代喪禮虞祭時所設，〔註64〕和山經吉祭的性質不同。這些都是維持桑封爲桑主，將遭到的困難，因此「桑封」究爲何物，仍以存疑爲是。

　　另有學者懷疑原爲祭玉之名的是「藻茝」。〈北次三經〉馬身人面廿神的祠禮，山經云：「其祠之：皆用一藻茝瘞之」，郭璞以爲「藻茝」是聚藻、香草之類。〔註65〕江紹原先生則以爲「藻茝」可能也是「藻珪」，或者「藻□」的誤寫。〔註66〕

　　案：「藻茝」之上山經未冠「嬰」字，因此「藻茝」可以不是玉器。而山經雖然有「藻玉」、「藻珪」之名，但在字形上，「茝」字和「珪」字、「玉」字都不相似，何從譌誤，頗難索解。《詩經・召南》有〈采蘩〉、〈采蘋〉二詩，吟詠採摘蘩、蘋、聚藻之事，詩序以爲蘩、蘋、藻是供祭祀所用（頁47、52）；《左傳》也有：「澗溪沼沚之毛，蘋、蘩、蘊藻之菜」，「可薦於鬼神」之語（魯隱公三年，頁51～52）；禮經中古人祭祀所用，亦有供奉水草酢菜的「水草之菹」（《禮記・祭統》，頁831），《楚辭・九歌》祭祀中的蕙、蘭、桂、椒之屬，更是詩人

〔註63〕凌純聲〈中國古代神主與陰陽性器崇拜〉，《中央研究院民族學研究所集刊》，9期，頁34，民國49年。

〔註64〕《公年傳》文公二年：「虞主用桑，練主用栗」，藝文《十三經注疏》本，頁164。

〔註65〕郝懿行，註3前揭書，頁153。

〔註66〕同註62。

傾全力描繪的主題，可見藻、荃、蘭、桂等植物在古代祭祀中，也是祭品，山經以「藻荃」祭祀也有可能。然山經云：「用一藻荃瘞之」，藻荃若為聚藻香草類的植物，似乎不宜云「一藻荃」。且〈北次三經〉有三個祭祀單位，祀典之末云：「大凡四十四神，皆用稌米祠之，此皆不火食。」（頁99）顯示此列三脈的祭典有其一致共通的祭儀；除皆用稌米祠祭外，三個祭祀單位都不用犧牲，馬身人面廿神以外的兩個祭祀單位，都用玉器祠祭，或云「皆玉」，或云「皆用一璧」，因此「一藻荃」可能原為玉器，但「藻荃」是否為「藻珪」之譌，暫且存疑。

二、用玉、飾玉之法和意義

　　山經玉器的祭祀方法，有瘞、縣、投三種，有時並對玉器加以裝飾，本節主旨即在於考察山經用玉、飾玉的可能情形，並對山經用玉祭祀的意義，提出說明。

（一）用玉之法

1. 瘞

　　山經玉器最常使用的祭祀方法是瘞埋。瘞埋祭玉，是殷周都有的祭祀習慣。瘞埋之法，第六章用牲法中已有討論，此處從略。只將山經明示玉器用瘞埋方式祭祀的諸山，依前例歸納，以見其梗概：

　　　　（甲）〈中次七經〉（冢）、〈中次十經〉（冢）、〈中次十一經〉（帝）、
　　　　　　　〈中次十二經〉（帝、冢）
　　　　（乙）〈南山首經〉、〈南次二經〉、〈西山首經〉、〈西次三經〉、〈北山
　　　　　　　首經〉、〈北次三經〉（二十神、十神）、〈東次二經〉、〈中山首
　　　　　　　經〉

上列（乙）項的〈中山首經〉瘞、縣二法俱用，其文云：「縣嬰用桑封，瘞而不糈」（頁21），即以「縣」的方式祭祀後，又將玉器瘞埋。《周禮》說「以貍沈祭山林川澤」（頁272），「瘞埋」或許是當時山嶽祭祀最常用的祭祀方式。考古挖掘中，也有很多古人奠祭埋玉的發現，因此山經除載明「不瘞」的祭祀，如〈北次三經〉：「其祠之：皆玉，不瘞。」（頁99）外，其他未載任何用玉祭法的祭儀，祠祭之後可能也以瘞埋的方式處理祭品。

2. 縣

山經以「縣」玉的方式祭山，只見於〈中山首經〉：

> 歷兒，冢也。其祠禮：毛：太牢之具，縣以吉玉。其餘十三山者，
> 毛：用一羊，縣嬰用桑封，瘞而不糈。（頁 121）

「縣」，今作「懸」。從字義上說，「縣」是將玉器高掛起來的祭祀方法。金文中有 （邵鍾大鍾）、（縣妃壺）等字，从木从系持首，像以繩索綁縛斷首，懸掛於木上之形。孫詒讓、劉心源都以爲是「縣」字初文。〔註67〕《說文》「縣」字小篆作 ，从系持 ，象以繩索繫 （首）之形，和金文相似，而省去木形。故知「縣」字本義是縣掛斷首於木上，引申之，凡物高掛都可稱爲「縣」。山經「縣以吉玉」的祭祀方法，即將玉器高掛起來祭祀。「縣」字本从木，山經「縣」以吉玉的祭法，或許也是將玉器掛在樹木上，而「縣嬰用桑封」，則可能是把玉器高掛在桑木作的神主上祭祀。

用桑封縣玉祭祀後，山經云「瘞而不糈」，同一個祭祀兼有二種祠祭方式，這種情形，金鶚以爲是山高配天，所以用「縣」的方式祭祀，山嶽又屬地祇，所以也以瘞埋之法祭祀。〔註68〕朱天順則以爲「縣」可能是中國原始宗教祭山神的一種祭法，因山嶽高聳地面，所以將祭品高掛升高，便於山神享用，後來各種祭法混用，所以一部分祭品投縣，一部分祭品瘞埋。〔註69〕

二氏之說各有道理，不過「瘞埋」也是祭祀毀棄祭品的方式之一，毀棄的目的，在於表示祭祀者不吝奉獻的虔誠。因此山經瘞而又埋的祭儀，或許是以縣掛玉器的方式祠祭後，取下玉器埋入土中予以毀棄。一方面「順其性之含藏」，符合山嶽介於天地之間的神格特質，故既縣又埋；一方面以埋棄的行爲表達奉獻的誠意。而縣掛玉器的原因，除了山高配天的因素外，可能也有以玉器依神的作用。

和山經祭山用「縣」之法相似的，是《爾雅‧釋天》「祭山曰庪縣」之說，學者或以爲「庪縣」是庋置玉器；或以爲「庪」爲埋藏，「縣」爲縣牲幣；或以爲「庪縣」和山經的「縣」，〈覲禮〉的「升」，意思都相同；本論文山經用牲法瘞埋一節中，曾加以論敘；但典籍的記載因成書時代各異、記錄之人不同，文字或禮儀的出入必然難免，無須強做解人。唯因山高而將祭品或吉玉

〔註67〕參閱周法高《金文詁林》，卷 9，一一九六，頁 5514～5518。

〔註68〕金鶚〈燔柴瘞埋考〉，《求古錄禮說》一四，《皇清經解續編》本，卷 676，頁 7386。

〔註69〕朱天順《中國古代宗教初探》，頁 74。

高縣以祭的「因天事天，因地事地，因名山升中於天」（《禮記・禮器》，頁 470）
的祭祀心理與宗教思維卻是一致的。

3. 投

山經以「投」玉的方法祭祀，見於〈北次二經〉和〈中次二經〉：

〈北次二經〉：用一璧一珪，投而不糈。（頁 84）

〈中次二經〉：用一吉玉，投而不糈。（頁 124）

投祭玉器的方法，經典中未曾發現。「投」，《說文》說：「擿（擲）也」（頁 607），
郭璞以為投祭之法是將玉器投擲於山中而不瘞埋。〔註 70〕這種祭祀方式可能
起源甚早，卜辭中有從玉從殳的 （餘二、一） 、（甲二、十一、十六）；〔註 71〕
象投擲玉器的樣子，可能是山經投玉之投的本字。投玉的祭祀方式，日人森
鹿三以為是一種為了感動山靈產生神秘勢能的增殖禮儀，也是祓除阻害山嶽
靈能的凶惡邪氣的儀式，禮儀中「玉」被當作能負荷邪靈的惡氣，所以把它
祓禳除去。〔註 72〕朱天順則以為祭山用投擲的方法，可能是古人認定山中某
一深谷是山神的住處，祭祀時人們難以到達，所以採取將祭物投放的方法。〔註
73〕但是投擲祭物的祭祀方式，典籍未載，難以取得其他實例做比較研究，二
氏提出的看法，是否即是古人投玉的宗教動機與目的尚難證實，但供獻祭品
用投的方式似有失虔敬。白川靜《中國古代文化》一書中，以為「攴殳」偏
旁的字，是以「打」的行為，象徵毆擊、祛惡，有咒詛目的的意義。〔註 74〕
山經「投」玉之「投」從手從殳，且所祀山神，皆為群山合祀的型態（見表
（三）），祭祀等級較低，其中，〈中次二經〉祠禮，未載所用犧牲，〈北次二
經〉則祭以雄雞，雄雞是具有禳祓作用的犧牲，若據白川靜先生的意見，則
山經「投」擲祭玉的儀式，也是一種象強烈徵祓除災厄的行為。

（二）飾玉之法

山經所用的玉器，和犧牲一樣，有時也加上一些裝飾，如〈中次五經〉
尸水的祭儀有「嬰：用吉玉，采之」（頁 135）的記載，「采之」，可能和犧牲
用彩色繒帛裝飾的意思一樣，指玉器也用彩繪裝飾起來祭祀，或指采繪祭玉。

〔註 70〕 郝懿行，註 3 前揭書，頁 127。

〔註 71〕 李孝定，註 9 前揭書，卷 3，頁 1025。

〔註 72〕 森鹿三，鮑維湘譯，〈中國古代的山嶽信仰〉，《民俗學集鎸》第 2 輯，頁 156。

〔註 73〕 同註 68。

〔註 74〕 參考白川靜著，加地伸行、洪月嬌合譯，《中國古代文化》，頁 192～194。

此外，〈中次十二經〉云：

> 嬰用圭璧十五，五采惠之（「神」山）。（頁179）

「惠」字郭璞以爲和「飾」字的意思相同，是地方的方言。郝懿行則以爲「惠」字是「繢」字的同聲假借，乃藻繢的意思。〔註75〕

案古人佩玉，執玉，通常附帶一些其他的裝飾。這種裝飾如上文所說的「藻藉」即其一。此外《禮記·玉藻》說天子所載的冕有十二旒，〔註76〕據《周禮·弁師》的記載，十二旒是用十二個五采之玉，以五采繅穿成。〔註77〕五采之繅也就是聯綴玉飾的繩紐。《儀禮·聘禮·記》載朝聘的玉幣裝飾云：

> 所以朝天子，圭與繅皆九寸……繅三采六等，朱白蒼。問諸侯，朱綠繅，八寸。皆玄纁繫，長尺，絢組。（頁284）

雖然圭飾之「繅」形制爲何，學者爭辯不休。〔註78〕但從〈聘禮·記〉和〈弁師〉所言，可知古代瑞玉或禮冠玉飾，都有用五采顏色加以裝飾的禮制。山經所謂的「五采惠之」，或既指玉器藻繢五采，或指玉器用五采繪帛美化，以示祠祭的隆重。五采之飾，據禮書所言，唯有天子用五采，〈中次十二經〉用「五采惠之」的祭祀，牲用太牢，可能即屬於王室的祠禮。而祭祀飾玉的目的，當和飾牲一樣，都是使祭品更爲美好，即《禮記·禮器》篇云：「禮有以文爲貴」者，（頁455）就祭祀而言，是以祭祀用物的五采文飾，表達交通神明竭情盡愼以致其誠的懇摯虔敬。

（三）祭祀用玉的意義

以玉爲祭品是中國古代祭祀的特色，但古人祭祀用玉的動機，卻頗難捉摸。

《禮記·禮器篇》云：「大饗其王事與……束帛加璧，尊德也」鄭玄、孔穎達都認爲君子于玉比德，束帛加璧是尊崇其德的意思。〔註79〕但《禮記》內容多半經過儒者的潤飾，加入了儒家德化政治的理想。古人以玉祭祀的對

〔註75〕郝懿行，註3前揭書，頁281。

〔註76〕《禮記·玉藻》：「天子玉藻，十有二旒」，藝文，《十三經注疏》本，頁543。

〔註77〕《周禮·夏官·弁師》：「弁師掌王之五冕……五采繅，十有二就，皆五采玉十有二。」鄭注云：「繅，雜文之名也，五采絲爲之，繩垂於延之前。」藝文，《十三經注疏》本，頁482。

〔註78〕參閱胡培翬《儀禮正義》，商務，國學基本叢書，卷18，頁68～69。林巳奈夫，註11前揭書，頁176～183。

〔註79〕鄭玄、孔穎達《禮記》注疏，藝文，《十三經注疏》本，頁473～474。

象極為廣泛，而以玉祭祀的祠祭文化，殷商已有，「尊德」之說，恐非祭祀用玉的原始動機。

《山海經・西次三經》崟山下云：

（稷澤）其中多白玉，是有玉膏，其原沸沸湯湯，黃帝是食是饗……瑾瑜之玉為良，堅栗精密，濁澤而有光。五色發作，以和柔剛。天地鬼神，是食是饗。君子服之，以禦不祥。（頁41）

郭璞於此山之下注說：

玉所以祈祭者，言能動天地感鬼神也。

以為「玉」是鬼神所食，因此祭祀供獻玉器，能感動天地鬼神。但這種因鬼神食玉，所以獻玉的說法，恐怕也出於臆測。食玉之說起源較晚，雖然殷商以前已有用玉殉葬的發現，但以玉歛屍，並認為玉器可防止屍身腐朽，從先秦文獻所載觀察，可能是周人才有的觀念。而認為食玉可以不飢，可以長生不老，及玉是鬼神食物的傳說，則又應是認定玉器可以使屍體不朽的觀念產生後才會有的說法。載籍中食玉的記載〔註80〕除前引《山海經》外，《楚辭・涉江》云：「登崑崙兮食玉英」（頁215），〈離騷〉云：「精瓊靡以為粻」（頁76），則食玉的神話傳說可能起源於戰國，〔註81〕因此，因鬼神食玉而以玉奉獻的解釋，並不足以說明食玉神話未產生以前，古人以玉祠祭的動機。

日人森鹿三以為祭祀以玉禮神，神即憑依其上，並認為玉有咒力，是人神交通的媒介物；祭祀完成聖化禮儀後，祭祀者便會食犧牲和佩玉。〔註82〕森鹿三以為「玉」在祭儀中有依神的作用是可能的，但食佩玉的說法，恐怕未必是事實。因玉和犧牲不同，祭祀後犧牲可以立食，祭祀之玉都是完整的塊狀物，須先研磨為玉屑，或溶為液體，方可食用。〔註83〕而研磨溶解玉塊需時長久，

〔註80〕載籍中「食玉」或「玉食」的字眼，有時並不意謂著吃食玉製的食物，如《尚書・洪範》：「惟辟玉食」，孔穎達以為「玉食」乃美食之意（《十三經注疏》，頁174），又如《周禮・天官・玉府》：「王齊，則供食玉」，大小鄭注都以為食玉是食玉屑，然惠士奇以為食玉不掌於膳夫，而掌於玉府，可知「食玉」之玉，非指可食之物。孫詒讓贊成惠氏的說法，認為周禮「食玉」是以玉飾食器的意思（《周禮正義・天官・玉府》注，卷12，頁5）。

〔註81〕李豐楙先生以為食玉之風源於先秦（《抱朴子——不死的探求》，頁335），鄧淑蘋則以為食玉習俗到漢代才萌芽（〈玉可以吃嗎？〉，《故宮文物月刊》第2卷，第1期，頁66）。然就先秦典籍所載證之，李先生之說是也。

〔註82〕森鹿三，註72前揭書，頁155。

〔註83〕李豐楙先生，註81前揭書，頁335～338。

不是祭祀後就能立即吃的。而且吃食祭玉的說法，於史無據，難以圓說。

　　以爲玉器有依神作用的說法，也爲林巳奈夫所主張。林氏根據《禮記‧明堂位》所記載的「璧翣」鄭注：

　　　　翣夾柩路左右前後，天子八翣，皆戴璧垂羽。諸侯六翣，皆戴圭。

　　　　大夫四翣，士二翣，皆戴綏。（頁584）

以爲喪棺翣上的圭、璧，在天子諸侯喪禮中，有招降死者靈魂和宿靈的作用。《尙書‧金縢篇》載周公祭祀三王的璧，也和璧翣的璧一樣，作爲招降三王靈魂之用。他並且認爲古代以玉依神的觀念，仍殘存於典籍中，如《儀禮‧覲禮》所載，加於朝覲壇上的「方明」，就是古代以玉依神觀念，和五行思想結合的產物，〈覲禮〉云：

　　　　方明者，木也。方四尺，設六色：東方青，南方赤，西方白，北方

　　　　黑，上玄下黃。設六玉：上圭下璧，南方璋，西方琥、北方璜、東

　　　　方圭。（頁329）

鄭玄即以爲方明是依神之用。林氏同時認爲《左傳》中秦伯以璧祈戰於河，及王子朝用成周之寶珪祭河的圭和璧，是以圭璧進呈神靈，有用玉招降神明的意圖。殷商建築儀式夯土中埋藏的二璧，則具有以璧招降神靈守護建築物的用意。〔註84〕

　　諸說之中，林氏的說法是比較可信的；如山經縣玉以祭的祭法，或許即便於山神依憑其上。但山經玉器也有用投擲方式祭祀的，也有加以采飾的，某些山神的祭祀，更用數以百計的玉器祭祀，這些玉器可能不全是爲了依神，它們在祭品中，或許和犧牲一樣，是人類爲了祈福祥、禳穢惡，獻給神靈的供品，具有「賄賂」神靈的作用，因此祭祀後，將玉器瘞埋、焚燒，或投擲，以示虔誠奉獻的心意。此外，前文對殷周祭玉的考察，曾謂玉器與河川祭祀，和能興風作雨的神山之間，似乎存在著難以知曉的神祕關係。此關係爲何，由《國語‧楚語下》楚國大夫王孫圉對晉卿趙簡子（鞅）所說的話，或能推敲出端倪。王孫圉說：「玉足以庇廕嘉穀，使無水旱之災，則寶之……珠足以禦火災，則寶之。」（頁416～417）這段話反映出春秋時代，視玉能禦水之災，視珠能禦火災的觀念。珠所以能禦火災的原因，韋昭注解釋云：「珠，水精，故以禦火災。」（頁417）以此類推，玉能禦水旱之災的原因，當視玉爲火精、陽精。《周禮‧天官‧王府》「王齊（齋）則共食玉」下，鄭玄即注云：「玉是

〔註84〕林巳奈夫，註32前揭書，頁297～303。

陽精之純者，食之以禦水氣。」賈公彥疏亦引服氏云：「『珠，水精足以禁火』，如是則玉是火精可知。」（頁 96）因此，以玉祭山，當具有防水旱之災的禳祓厭勝功能。其次，玉也被視爲具有天地山川的精氣，《禮記・聘義》孔子回答子貢問「君子貴玉」的原因，孔子謂玉有仁、知、義、禮等的人格化特質；又謂玉「氣如白虹，天也。精神見於山川，地也。」鄭注云：「精神，亦謂精氣也。虹，天氣也。山川，地所以通氣也。」孔穎達爲之解釋說：「言玉之白氣似天白氣，故云天也……精神，謂玉之精徹見於山川，謂玉在山川之中，精氣徹見於外，地氣含藏於內，亦徹見於外，與地同，故云地也。」（頁 1031）此雖爲儒家將玉人格化的解說，但玉或產於山，或生於水，山經所載諸山，便有許多產玉的山。因此以玉具天地之性，爲山川精氣所在，當爲久遠的生活經驗下的抽象思考，未必僅爲儒者的哲理化思維。故山經以玉祭山，或許便兼具上述諸般作用。

再者，山經以圭、璧祭山，圭器形似山，璧器形似天，圭、璧又爲周代封建諸侯所執的瑞信，則以璧祭祀山嶽，猶以山嶽爲守土之臣，《國語・魯語下》引孔子之言：「山川之靈足以紀綱天下者，其守爲神，社稷之守者爲公侯，皆屬於王者。」（頁 151）山經以圭、璧祭祀諸山，當也具此政教義涵。

玉爲石之美者，以之祭祀，本具表達至誠奉獻的意義，而隨著人文思維的開展，玉器在祭儀中所具有的象徵義涵和宗教功能，也日益豐富多元。

第八章　山經祭祀祭米

　　祭祀之道，始諸飲食，中國古代農業社會主要的糧食是米，因此米成爲祭祀奉神的祭品，在中國已有悠久的歷史。而以米爲祭品的祠祭對象也極廣泛，可以說，在時代上，從殷商，直至今日；祠祭對象從皇天上帝以至民間祖靈；祭祀者從君王貴族到一般平民，米都是祭品之一，也都有使用米爲祭品的權利。米也是山經祭山的祭品，而且在山經三項主要祭品中，最富有民間色彩和平民性格。本章的主旨，即在於探求山經用米祠祭的情形，並推測米在山經祭品中的尊卑等級，及以米祠祭的祭祀，可能具有的性質和意義。

　　中國古代用爲祭米的穀物有黍、稷、稻、粱等，載籍將這些穀類統稱爲「粢盛」，是將米盛於禮器中祭祀的意思。宗廟祭祀裡，每種用於祭祀的穀物，又各有「薦號」，「黍」稱爲「薌合」，粱稱爲「薌萁」，稷稱作「明粢」，稻則名爲「嘉蔬」（《禮記‧曲禮下》，頁 98）；山經祭米的名稱與載籍迥異，不統稱爲粢盛，而名之爲「糈」。「糈」字在山經祭儀體例上，和牲品的「毛」，玉器的「嬰」相當，具有術語的作用。「糈」字的含義，也和用「糈」祭祀的對象、性質有關。因此在研究方法上，本章先釐清「糈」字的字義，和「糈」用爲祭米之名所可能具有的意義。而後搜集有關資料，論述殷周祀用米穀爲祭品的情形，從而比較山經所用的糈米，和載籍的粢盛，在實質內容上，是否有差異；其後透過前述的研討，再探究山經祭米使用的情形，並說明山經祭米使用上的錯雜現象。

第一節　祭米術語：糈

　　山經祭祀所用的祭米，有黍、稷、稻、粱四種，穀名上，山經通常冠上一個「糈」字，如〈南次二經〉云「糈用秬」（頁 15）。〈西次四經〉云「糈以

稻米」（頁 66）。以「糈」字領穀名的記載，總共出現了十二次，只有〈東次三經〉穀名上不冠「糈」字，而冠「米」字，云「米用黍」（頁 113）〔註1〕〈中次五經〉糈、米皆不冠，只言「其祠：用稌」（頁 135）。米是穀米的總名，「米用黍」和「糈用黍」的句型完全相同，都是以總名統別名的句法，因知山經中「糈」字的意思和「米」字相似，是祭祀穀米的總名，和山經另外兩個祭品術語「毛」字和「嬰」字一樣，可稱爲山經祭祀用米的術語。

　　許愼《說文解字》說「糈，糧也」，「糧，穀實也」。（頁336）郭璞則以爲「糈」是祀神的米名。〔註2〕以米祀神，殷周皆然，但是甲骨卜辭和殷周金文，都尙未發現「糈」字。經傳和祭祀有關的記載極多，也無「糈」字字形的出現。唯有《禮記・內則》記述古人所吃的飯食中，有一種是「稰」，從文字的構形法則和字義硏判，「稰」字應該就是《說文》和山經的「糈」。

　　《禮記・內則》云：

　　　飯：黍、稷、稻、梁、白黍、黃梁、稰、穛。（頁 523）

鄭玄注說：「熟穫曰稰，生穫曰穛」。以爲成熟而收割的穀物稱爲「稰」，未成熟即收割的穀物稱爲「穛」。孔穎達作疏時，更進一步認爲〈內則〉所記載的是古人六種飯食的名稱，「稰」、「穛」的「穛」字有斂縮的意思，穀物未熟而收割以致斂縮，即名爲「穛」。「稰」字和「穛」字對舉並列，便可知「稰」爲熟穀之名。其說固然言之成理，但稰、穛二字《說文》未收錄，唯米部有「糈」、「糕」二字，《說文》「糕」字下云「早取穀也」（頁 333），和鄭玄「生穫」的意思相同。《廣韻》以爲糕、穛同字。〔註3〕段玉裁也認爲「糕」字就是〈內則〉的「穛」字。從文字構形的法則而言，段氏的說法是對的。文字非一人一時一地所造，因此同一個字往往有好几個字形。糕字的部首是「禾」，穛字的偏旁是「米」；「禾」是穀類作物的總稱，「米」是穀實之名的統稱。以「禾」、「米」爲偏旁或部首，取義相同，所以同一種穀物或與穀類作物相關的名稱，從禾從米，通常沒有分別，如「稻」字，《說文》小篆從禾，金文則從米作「䅟」。小篆「秏」字從禾，或體字也有從米作「䊊」的。「粢盛」的「粢」字，經傳從米，說文則從禾作「䄟」。依此類推，可知〈內則〉的「稰」

────────────

〔註1〕袁珂《山海經校譯》依畢沅校本，將「米用黍」的「米」字，改爲「糈」字，然山經穀名上冠「糈」字或「米」字，或不冠術語，可能與祭祀性質有關，加上山經各本此處皆作「米」字，似以不改爲宜。

〔註2〕郝懿行，《山海經箋疏》，頁 14。

〔註3〕陳彭年等《重修校正宋本廣韻》，藝文，張氏重刊本，頁 464。

字，應當就是《說文》和山經的「糈」字。

　　「糈」字古代兼有米糧、熟穀和祀神之米三種含意，每個含意都互有關聯。就「糈」作爲祀神之米的角度來說，從米的「糈」字一方面說明了古代祀神之米，是取自於日常的糧食。另一方面，古人雖然也有用生穀爲飯食的習慣，但祭祀神靈所用的米，大概必用熟穀。用熟穀的原因，和牲品必擇毛色純粹之牲旳用意相同，都是一種虔誠心意的表達。

　　「糈」字，《說文》說「從米，胥聲」。黃季剛先生《說文條例》以爲諧聲偏旁，凡從某聲多有某義。「糈」字做爲祀神之米的意思，即和胥字有關，而「胥」，已有學者指出和「巫」有關聯。〔註 4〕從聲音上來說，胥、巫、糈三字都屬於段玉裁古音第五部，音近義通。在人稱上，「胥」和「巫」在古代都是指有特殊才能技術的人。鄭玄《周禮》注云：「胥，有才知（智）之稱」。〔註 5〕司馬彪《莊子注》云「胥，多智也」。〔註 6〕《國語‧楚語》載觀射父之言也說，選民爲巫的條件是「精爽不攜貳」、「智能上下比義」。〔註 7〕巫和「糈」也有關聯，「糈」不僅是米糧之名，同時也是古代巫者的酬勞。在科技不發達，迷信鬼神的時代，人類有所行動，往往借助各種卜筮徵兆的指引，不論冠婚喪葬都要卜筮。即以祭祀一事爲言，殷人每祭必卜，卜筮之人即古文字學家所稱的「貞人」。若以「今」例古，殷代的「貞人」，大概具有後代史、巫、祝的性格和職責。有時商王也擔任史巫的角色，親自貞卜。到周代雖然祭祀成爲政治禮儀的一部分，但國家重大祭典，或貴族的宗廟之祭，在祀典祭行之前，也須卜筮，以選定祭日、祭牲或祭尸。《禮記‧禮運篇》云：

　　　　先王秉著龜，列祭祀……故國有禮，官有御，事有職，禮有序。（頁
　　437）

掌管著龜卜筮的職官，《周禮》中有太卜、卜師、龜人、菙氏、占人、筮人等，已從史巫中分割；和主管祝辭的「祝」，祭儀的「巫」分開；這是時代進化，職司日趨專業的必然現象。卜辭和《周禮》所記載的卜筮之人，都是王室貴族的僚屬，職責所在，卜筮之後，衡諸情理不會收取酬勞。但周代人民有祭祀先祖的權利，〔註 8〕從《墨子》和《莊子》記載（見下文），可知民間也有

〔註 4〕　周策縱《古巫醫與「六詩」考》，頁 257。
〔註 5〕　鄭玄《周禮‧春官‧序官‧大胥》下注，藝文，《十三經注疏》本，頁 262。
〔註 6〕　《文選》謝靈運〈初去郡詩〉注，引《莊子‧達生篇》司馬彪注，藝文，頁 387。
〔註 7〕　《國語‧楚語下》，藝文，天聖明道本，頁 401。
〔註 8〕　參閱本論文第五章魚牲一節。

專門為人卜筮的巫覡。這些巫覡的「業務」，不可能像政府職官有較細密的分工。因此民間祭祀從卜筮牲、日，到祭品的備辦諮詢、祭儀的舉行，可能都有巫覡的參與。卜祭前後，衡情度理，照例要送給這些巫覡一些報償做為謝禮，這種致謝的酬勞，在春秋戰國時代就是「糈」。

《墨子、公孟篇》記載墨家鉅子墨翟，和公孟子曾有的一段對話，其間墨子說「譬若良巫，處而不出，有餘糈」，並問公孟子，為人卜筮之巫，和「處而不出」之巫，誰得的「糈」多？公孟子回答說為人卜筮者得的「糈」多。〔註9〕「糈」就是巫者卜筮的酬勞，這種酬勞稱為「糈」，可知原是黍稷之類的米糧。《莊子・人間世》也有一段話說「支離疏⋯⋯鼓筴播糈，是以食千人」，〔註10〕意思是支離疏只要為人卜筮，所得的糈便可養活千人。雖然是一則寓言，但也從而可知，春秋戰國時代，巫為人卜筮，的確有收取酬勞的事實。不過這種酬勞是酬傭的性質，由求筮者自動餽贈，而非契約關係下的銀貨兩訖。求筮者所以用「糈」為酬巫的謝禮，則與「糈」在卜祭中的作用有關，它是民間祭祀最常用的祭品，也是巫者祀神之米。

屈原〈離騷〉云：「巫咸將夕降兮，懷椒糈而要之」，王逸注：「糈，精米，所以享神」（頁67）。《淮南子・說山篇》：

> 病者寢席，醫之用針石，巫之用糈藉，所救鈞也。（卷16，頁90）

高誘注也說：「糈，米，所以享神」（頁90）。大概巫覡以米祀神，欲卜筮者求助巫覡時，即帶來糈米，巫覡便以此米祀神求卜，祭祀後，此米即歸巫覡所得。到漢代仍有贈送巫者糈米的習俗，《史記・日者列傳》云：「夫卜而有不審，不見奪糈」（頁3220），足見糈仍是酬巫的謝禮。隨著時代的變遷，酬巫的物品，也因時而異，在漢代已有用金錢代替糈米酬贈卜者的禮俗。據〈日者列傳〉的記載，漢代卜者所得的糈有「數十百錢」，所贈的酬勞之物不同，但「糈」是巫者酬勞的意義，卻沿用下來，而且字義擴大，也泛指以特殊技術為人服務者所取得的報酬。《史記・貨殖列傳》即云：

> 醫方諸食技術之人，焦神極能，為重糈也。（頁3271）

〔註9〕孫詒讓《墨子閒詁・公孟篇》，卷12，頁14，臺南：唯一書局，1976年。

〔註10〕「播糈」之「糈」，今本作「精」，唐・陸德明《經典釋文・莊子》此句下注「精」字音「取」，然精字古無「取」音，故郭慶藩以為「精當為糈之誤。」見氏著《莊子集釋》，頁180～182。又案：精、糈二字皆从米，字形相近，載籍每多誤「糈」字為「精」字，如上文所舉《墨子・公孟》之「餘糈」，《山海經・中山十一經》：「五種之糈」（頁174）「糈」字皆誤為「精」字。

以「糈」爲各種靠技術吃飯者的酬勞代名，正如日人中井積德所說，「糈」字起於米而通於貨財。〔註11〕這些技術者在先秦稱爲「胥」，他們所得的酬勞，和巫一樣，也可以名之爲「糈」的原因，應該和「糈」字本从米从胥，含有巫胥者所得之米的意義有關。古代未有貨幣之前，以物易物，用「糈」米酬謝巫胥，可能是當時經濟狀況下極自然產生的社會禮俗。待發明貨幣之後，國家俸祿仍以計量米穀的「石」爲單位，巫胥技術之人的酬勞或有實質的改變，但沿用「糈」米的名稱，毋寧也和以米穀之「石」爲俸祿代稱的意義相符。

　　「糈」在中國古代是祀神之米，也是巫者的酬勞。這種以祭品酬贈巫者的禮俗，可能起源甚早。據人類學家的調查，許多較原始民族舉行巫術祭儀之後，都會致贈禮品給巫師。二十世紀初，新幾內亞超卜連島（The Trobriands Islands）奇里維那（Kiriwina）的土著，舉行巫術儀式時，付與巫師的報酬，稱爲烏拉烏拉（ula'ula）。通常包括魚、檳榔、可可、煙草等，都是該島主要的產品。這些禮物在祭祀前先送給巫師。巫師施咒時，把贈品擺在施咒過的藥草、工具附近，祭祀時，即將贈品奉獻於巴婁馬（土著祖先鬼魂）之前。〔註12〕

　　台灣屏東來義鄉來義村的排灣族，如果請巫師舉行各項祭祀法術，在巫師作法以後，作祭之家也以祭物之半或全部（如酒、肉等物），另加粟（生或熟）、豆子、蕃薯等送給巫師做爲報酬。這些物品，巫師取回家祭拜後，便可據爲已有或出售。〔註13〕

　　這種以祭品酬贈巫者的習俗，和春秋戰國時代謝巫以「糈」很相似。尤可注意的是，來義村排灣族致贈巫師的酬勞中，必有「粟」；粟即小米，是排灣族的主食，也是祭祀的祭品。把粟送給巫師，和中國古代以「糈」送給巫者的情形，似乎是一樣的。

　　周代祭祀有食餕的儀式，所食之物，是祭祀過後的黍。〔註14〕〈內則〉六飯之一的「糈」，可能就是用祭祀過後的祭米來煮的飯。祭米的來源，或是天子諸侯祭祀分食所得，或是大夫祭廟祭祀之餘，祭祀過的米，經過宗教學

〔註11〕瀧川龜太郎《史記會注考証》引，卷127〈日者列傳〉，頁133631。
〔註12〕馬凌諾斯基（Bronislaw Malinowski）著，朱岑樓譯，《巫術、科學與宗教》，頁165～190。
〔註13〕李卉〈屏東縣來義村巫術資料〉，《中央研究院民族學研究所集刊》6期，頁111～123，民國47年秋。
〔註14〕《禮記·祭統》：「夫祭有餕……是故以四簋黍見其脩於廟中也」藝文，《十三經注疏》本，頁833。

家所說的「聖化」，而被認爲與具有某些神秘的作用。即使今日民間祠廟祭祀，也有祭米分食善男信女的禮俗，而其原始，或即與稻（糈）有關。

「糈」在古代所包涵的意義，大致如上所述。山經以「糈」字爲祭米的術語，而不襲用經籍所稱的「粢盛」，可能有下列幾個因素；這些因素，或許都同時存在。

（一）為求祭品術語體例劃一

山經以「毛」字爲用牲的術語，以「嬰」字爲用玉的術語，都以一個字，概括所代表的祭品。山經記錄者重視文字體例的習慣，還表現在山經諸山的地理記錄上。如敘述每一列山脈，必先敘山脈名和起首的山名，而後記載里數、山容、物產，神話等，用字、遣詞，大都有條不紊。因此祭米之名不稱「粢盛」，而用意思和粢盛相似的「糈」字爲術語，不可排除有劃一體例的因素在內。

（二）「糈」字或為戰國時代某個地區的「方言」

先秦典籍中「糈」字很少出現，因此「糈」字或許原非天下通語，而是戰國時代某些地區的方言、俗語。前舉出現「糈」字的書籍篇目，有《墨子・公孟篇》、《莊子・人間世》及《楚辭・離騷》。〈公孟篇〉是墨子之徒所輯墨子的言行記錄，事多可信。〈人間世〉和〈離騷〉也是漆園吏莊周、楚大夫屈原可信之作。墨子爲春秋魯人，但仕宋甚久，故《漢書・藝文志》、《隋書・經籍志》皆謂墨子爲「宋大夫」；莊子，宋人；屈原，楚人，〔註15〕宋所在之地，《史記正義》云：徐州西，宋州東，兗州南，並故宋之地，〔註16〕大概是今河南商邱以南的地區，〔註17〕和楚國爲近鄰。戰國時，宋亦被齊、魏、楚所滅，所以「糈」字可能是戰國黃河以南，宋楚一帶，與雅言「粢盛」意思相當的方言、俗語。

（三）山經以「糈」為祭品的祭祀，可能和巫覡有關

山經用糈爲祭品，最特殊的現象，是山經祭祀地位最高，用牲之禮最隆的「帝、神、魁、冢」諸山，除了〈中次五經〉的魋山首山外，都未有用糈米的記載。〈中次五經〉的祭米用「稌」，但其上未冠「糈」字，而和「帝」、「神」、「冢」諸山在同一列山脈的一般山群的祭祀，通常都用「糈」；尤其〈中

〔註15〕以上考証參閱張心澂《僞書通考》，頁712～734，頁752～762，頁953～954。

〔註16〕宋地地名參閱錢穆《史記地名考》，頁513。

〔註17〕潘英《中國上古國名地名及辭彙索引》，頁22。

次八經〉以下諸山，祭儀較有規則，所用之牲都是雄雞（見表（三））。不用
糈米的「帝」、「神」、「魁」、「冢」諸山，牲用牢禮，《禮記・禮器篇》云：

　　　是故君子太牢而祭謂之禮，匹士太牢而祭謂之攘。（頁457）

牢牲在古代不是民間所能使用的犧牲，「帝」、「神」等諸山祭祀，禮隆秩高，
可能是王室的祠禮。以糈米、雄雞祠祭的諸山，禮殺秩卑，「糈」又爲民間酬
巫的祀神之米，因此，這些山嶽的祠祭，極可能和《史記・封禪書》所載，
不統於天子祝官的遠方之祠相似。都是放由民間祠祭的小山，或遠山。這些
具有民間色彩的祭祀，一般都由巫覡主持祭儀之事，而祭米「糈」若不瘞埋，
就是巫師的贈品。所以以糈爲祭品的祭祀，可能和巫覡有關。

（四）「粢盛」之名，與山經用穀之實不符

　　載籍統稱祭祀用米爲「粢盛」的原因，與周朝有關。「粢盛」的「粢」字，
說文作齋，或體字作「粢」，段玉裁以爲經傳的「粢」，是「粢」字的假借。〔註
18〕「粢」也就是五穀中的「稷」，《說文》「粢」、「稷」二字互訓。「稷」下並
且說「五穀之長」（頁325）。「稷」被稱爲五穀之長，和周有關，蓋稷的種植
可能始於周氏族，故周以稷爲穀神，以稷爲始祖，稷也可能是周氏族的圖騰。
〔註19〕「稷」又是周代食用最普遍的穀物，因此周以「稷」爲五穀之長。稷
即粢，《曲禮下》云「稷曰明粢」（頁98），「粢」是稷的宗廟之號，故祭祀時，
將穀物盛於簠簋之中，即槪稱爲「粢盛」。「粢盛」之實，以粢（即稷）爲主，
與山經「稷」只出現一次，而以「秫」爲祭米多達八次的情形不符，因此不
宜以「粢盛」作爲祭米的統稱。而《山海經》的成編可能是經由楚人之手完
成的，〔註20〕「粢盛」之名既有強烈的周文化色彩，則山經用「糈」而不用
「粢盛」之名，也呈現了地方性的物產、祭祀與語言特色。

第二節　殷周祭米使用情形

　　「米」爲穀物之實，「祭米」即泛指所有祭祀所用的穀物。殷周祭祀的現
象，是了解山經祭儀必須先澄清的問題。因此探求山經祭米使用的情形之前，

〔註18〕段玉裁《說文解字注》，黎明，經韻樓藏書本，頁325，齋字下。
〔註19〕齊思和〈毛詩穀名考〉，見氏著《中國史探研》，頁13～14。
〔註20〕史景成《山海經新證》，《書目季刊》第3卷，頁3～79，第1、2期合刊，民
　　　　國57年12月16日。

本節依本論文論述體例，先借助考古與文獻資料，對殷周祭米的使用情形，提出一些說明。

殷周祭祀中，米穀做為祭祀的主要祭品，都見於薦新之祭。據宗教學者的研究，「薦新」之祭在原始文化中分布很廣。北極的原始人阿爾貢欽人、塞爾刻那姆人，亞洲的矮人，布什景人，都有薦新之祭。所謂薦新，就是將採集與狩獵得來的物品，在自已未吃之前，先供獻於「神」。所供獻的祭品，大多是維持生活的必需品。初民相信這些東西屬於神明所有，是神明賜給人的，所以薦新禮是承認神明對維持生活的東西，有最高的主權。〔註21〕畜牧社會薦新之禮是獻頭生的獸，農業社會則獻每年新出的農產品。〔註22〕此種觀念，董仲舒於《春秋繁露‧祭義篇》中已有陳述：「五穀食物之性也，天之所以為人賜也……奉四時所受於天者而上之，為上（四）祭，貴天賜且尊宗廟也。」（頁86～87）從考古發掘的穀物遺存，可知中國農業的起源可上推至萬年前的新石器時代，則以穀物為薦新敬獻的物品，自有其相當久遠的歷史。若從卜辭觀察，殷人薦新之祭，除了登獻牛豚等牲畜外，主要的登獻之物，就是穀物。薦新的名稱，卜辭稱為「登」。〔註23〕登獻之字，卜辭有兩種主要的字形，一種作 🔣 （藏三八、四）形，或加示旁作 🔣 （戩二五、十），象兩隻手捧著「豆」進獻于神前的樣子。《說文》小篆寫作 🔣 ，隸定作登。〔註24〕經傳「登」字多以「蒸」字假借。卜辭用「登」字所進獻的物品，包括牲畜和穀類，是廣義的登獻字。另一種字形作 🔣 （藏二三〇、一），或 🔣 （前四、二十、六），象豆中裝著米，雙手捧豆進獻的樣子，則為登獻穀物的專字。《說文》小篆也有此字作 🔣 ，與卜辭相似。後代也假「蒸」字為之。〔註25〕

卜辭所薦祭登獻的穀物，現在可以考知的，有黍、米、來（麥）等，如：

> 叀登黍祉于南庚？（粹二六九）。
> 登來于祖乙？（粹九〇八）。

〔註21〕施密特著《比較宗教史》（譯者未載），頁350～352。
〔註22〕摩耳著，《宗教的出生與長成》，江紹原譯述，頁58。
〔註23〕陳夢家以為卜辭登牛、登豚、登來（麥）、登黍、登米等語，即《禮記‧月令》的薦新之制，見氏著《殷虛卜辭綜述》頁529～532。
〔註24〕李孝定《甲骨文字集釋》，卷5，1676頁。
〔註25〕同上，卷5，頁1667～1671。

　　　癸巳貞：乙未王其登米□？（後下二九、一五）

上例「登」字卜辭都刻作⿰的形狀，若用⿰形的「登」字，則雖知所登爲穀實，但卜辭皆未寫出所登之穀爲何，例如：

　　　辛酉卜，貞：王登⿰，亡尤？（前四、二○、七）

殷人登獻嘗新的對象主要是先公先王，和周人薦新於宗廟相同。

　　除了卜辭的文字記載外，殷人也留下了祭祀用穀的遺跡。河南安陽小屯殷墟北地的丙組基址，石璋如先生以爲是壇祀的遺跡裡，發現埋有穀物的穀坑，石先生推測這些穀物是獻穀、獻新所用，祭祀後再瘞埋於坑中。〔註26〕故殷人祭祀所用穀物，也有瘞埋的情形。而登獻穀物的祭祀方法，從卜辭登獻的文字字形觀察，大概就是把收成的穀實盛裝於豆中，再以雙手捧豆進祭。

　　至於其他祭祀，則不論卜辭或考古遺跡，都尚未有用穀物祭祀的發現。不過，未發現並不表示殷人其他祭祀便不用穀物祭祀。畢竟卜辭的記載過於簡略，殷人祭祀遺跡的發現尚少，對於殷商祭祀的情形，我們所知有限，只有等待其他資料出現，再做補充。

　　周人以穀物爲主要祭品，也見於薦新祭中。上自天子，下迄百姓，都有以新穀薦祭宗廟或先祖的禮儀。《逸周書・嘗麥》載其事曰：「維四年孟夏，王初祈禱于廟，乃嘗麥于太祖」（頁164）。〈糴匡〉亦云：「成年穀足，賓祭以盛……年儉穀不足，賓祭以中盛……年饑，則勤而不賓，舉祭以薄。」（頁30）類此隨農作物收成而薦獻之意，也見於《墨子・明鬼下》：「酒醴粢盛，與歲上下也。」（卷8，頁16）天子薦新的穀物有麥、黍、穀、麻、稻等，因時令而有不同，見於《禮記・月令》者如：

　　　（孟夏）農乃登麥，天子以彘嘗麥，先薦寢廟。（頁307）

　　　（仲夏）農乃登黍，是月也，天子以雛嘗黍，羞以含桃，先薦寢廟。
　　　（頁317）

　　　（季夏）農乃登穀，〔註27〕天子嘗新，先薦寢廟。（頁324）

　　　（仲秋）以犬嘗麻，先薦寢廟。（頁326）

　　　（季秋）天子乃以犬嘗稻，先薦寢廟。（頁340）〔註28〕

〔註26〕石璋如〈殷代壇祀遺跡〉，《中央研究院歷史語言研究所集刊》，51本3分，頁435，民國69年3月。

〔註27〕鄭康成《禮記・月令》注，以爲「穀」爲黍稷之屬。藝文，《十三經注疏》本，頁324。

庶人薦祭所用穀物則有麥、黍、稻等，也隨新穀收割時令薦祭。〈王制〉云：

> 庶人春薦韭，夏薦麥，秋薦黍，冬薦稻。韭以卵，麥以魚，黍以豚，
> 稻以鴈。（頁 245）

薦新的方法，天子和庶人一樣，都是以新穀為主要祭品，配以滋味相宜的犧牲，或其他食物，一起獻於宗廟神祖之前。

薦新以外的其他祭祀，周人也普遍的以穀類為祭品，這些穀類，載籍統稱為「粢盛」。以「粢盛」祭祀的對象極為廣泛，幾乎大小祭祀都以粢盛為祭品。不過「粢盛」大都和犧牲或其他祭品一起配祭，很少做為祭儀中唯一、或主要祭品。只有宗廟之祭，以粢盛為重，所以《儀禮》大夫宗廟之祭稱〈少牢饋食禮〉，士稱〈特牲饋食禮〉，既言「饋食」，便代表祭祀中有「粢盛」。〔註29〕而此「粢盛」在宗廟祭祀中是黍稷二種穀食。《禮記·祭義》：「薦黍稷」，鄭玄注：「薦黍稷，所謂饋食也。」（頁 814）黍稷可能是周代祭祀最常用的祭米，《詩經·小雅·大田》。

> 來方禋祀，以其騂黑，與其黍稷，以享以祀，以介景福。（頁 474）

《左傳》：「粢食不鑿」，孔穎達疏亦云：「祭祀用穀，黍稷為多。」〔註30〕宗廟之祭則大夫設黍稷四敦，士兩敦。〔註31〕其他穀類雖也用於祭祀，但甚少特別指明為何種穀物，大多統稱「五穀」或「六齍」，如《墨子·明鬼下》云：

> 必擇五穀之芳黃以為酒醴粢盛。（卷8，頁 16）

《周禮·春官·小宗伯》。

> 辨六齍之名物與其用。（頁 291）

鄭玄以為六齍即六穀：黍、稷、稻、粱、麥、苽。孫詒讓並以為黍、稷盛於簋中，稻、粱、麥、苽則盛於簠中。〔註32〕但是周人所用的五穀、六齍是那幾中穀物，學者頗多爭議。（見第三節）穀物用於祭祀，除了盛於簠簋，祭以米實外，也以穀物作成秬鬯、醴酒以裸祭獻酌的宗廟及百神。

〔註28〕《呂氏春秋·季秋紀》無此文，或因秦地不產稻米。

〔註29〕《周禮·春官·大宗伯》「以饋食享先王」，鄭玄注云：「禘言饋食者，著有黍稷」，藝文，《十三經注疏》本，卷 18，頁 273。

〔註30〕孔穎達《左傳》桓公三年疏：「祭祀用穀，黍稷為多」藝文，《十三經注疏》本，頁 92。

〔註31〕《儀禮·少牢饋食禮》：「上佐食，取黍稷于四敦」，〈特牲饋食禮〉：「主婦設兩敦黍稷于俎南」，藝文，《十三經注疏》本，頁 570、530。

〔註32〕孫詒讓《周禮正義·春官·小宗伯》注，商務，國學基本叢書本，卷 36，頁 41。

《周禮·酒正》：

　　凡祭祀以灋共五齊三酒，以實八尊。大祭三貳，中祭再貳，小祭壹
　　貳。（頁 78）〔註 33〕

《禮記·表記》：

　　粢盛秬鬯以事上帝。（頁 913）

杜預注云：「秬……黑黍。鬯……香酒也。」周人祭祀所用粢盛，從穀物的生
產，到盛於禮器，供獻於神靈之前，是一段極爲複雜的過程。穀物的來源，
就王室而言，或取之於民間，《國語·周語上》云：

　　夫民之大事在農，上帝之粢盛於是乎出。（頁 16）

或取於「藉田」。「藉田」制度在商代就有了，〔註 34〕周代天子有「藉田」千
畝，諸侯有藉田百畝，〔註 35〕並有藉田之禮。天子諸侯秉耒耜，服冠冕，親
自示範耕作，以示虔敬。〔註 36〕此即《孟子·滕文公下》所說的「諸侯耕助，
以供粢盛」（頁 109）。大夫以下無藉田，祭社所用的穀物，則取之於丘乘之民。
〔註 37〕「藉田」平常由「甸師」率僚屬耕作，〔註 38〕收成後由「廩人」收於
神倉，〔註 39〕由「舂人」把穀皮舂去〔註 40〕。若禘郊之祭，或宗廟之事，天
子王后，諸侯夫人，還要親自舂米，《國語·楚語下》云：

〔註 33〕鄭司農以爲「大祭天地，中祭宗廟，小祭五祀」。鄭玄則以爲「大祭者，王服
　　　　大裘袞冕所祭也；中祭者，王服鷩冕、毳冕所祭也；小祭者，王服希冕、玄
　　　　冕所祭也。」《周禮·酒正》，藝文，《十三經注疏》本，頁 78。
〔註 34〕丁山〈甲骨文所見氏族及其制度〉，陳夢家《殷虛卜辭綜述》附錄，頁 37～40。
〔註 35〕《禮記·祭義》：「天子爲藉千畝……躬秉耒，諸侯爲藉百畝……躬秉耒……
　　　　以爲醴酪齊（粢）盛。藝文，《十三經注疏》本，頁 819。
〔註 36〕《禮記·祭統》：「天子親耕於南郊，以共齊（粢）盛，……諸侯躬耕於東郊，
　　　　亦以共齊（粢）盛。」藝文，《十三經注疏》本，頁 831。
〔註 37〕《禮記·郊特牲》：「天子親耕於南郊，以共齊盛，……諸侯耕於東郊，亦以
　　　　共齊（粢）盛。「唯社，丘乘共粢盛」，四邑爲丘，四丘爲乘，丘乘謂都鄙井
　　　　田。孔穎達疏引皇氏云：「大夫以下無藉田，若祭社，則丘乘之民共之，示民
　　　　出力也。」藝文，《十三經注疏》本，頁 489～490。
〔註 38〕《周禮·天官·甸師》：「掌帥其屬而耕耨王藉，以時入之，以共齏盛。」藝
　　　　文，《十三經注疏》本，頁 63～64。
〔註 39〕《呂氏春秋·季秋紀》：「命冢宰，農事備收，舉王種之要，藏帝藉之收於神
　　　　倉」。《呂氏春秋校釋》，頁 344。《周禮·地官·廩人》「大祭祀則共其接盛」，
　　　　鄭注云：「接讀爲一扱再祭之扱，扱以受舂人舂之，大祭祀之穀，藉田之收，
　　　　藏於神倉者也」，藝文，《十三經注疏》本，頁 252。
〔註 40〕《周禮·地官·舂人》「掌共米物，祭祀共其齏盛之米」，藝文，《十三經注疏》
　　　　本，頁 254。

天子禘郊之事，必自射其牲，王后必自舂其粢；諸侯宗廟之事，必

自射牛，刲羊擊豕，夫人必自舂其盛。（頁407～408）

宗廟饋食薦熟，用熟穀，祭米還須由「饎人」炊熟，〔註41〕由舂人六宮婦女

負責辨別穀物，分盛於簠簋之中。〔註42〕

周人祭祀粢盛不僅要舂皮去殼，加以揀選，祭祀時更重視米穀的潔淨，

故典籍每言「潔其粢盛」，如《墨子・明鬼下》：「今絜（潔）爲酒醴粢盛，以

敬愼祭祀。」（卷8，頁29）《周禮・春官・肆師》：「祭之日，表齍盛，告絜。」

（頁296）《左傳》桓公六年「絜粢豐盛，謂其三時不害，而民和年豐也。」

（頁110），若粢盛不潔，則不敢祭祀，《孟子・滕文公下》：「犧牲不成，粢盛

不潔，衣服不備，不敢以祭。」（頁109）諸書所以特別註明祭祀粢盛一定要

潔淨的原因，一方面是古代未有碾米機械，舂鑿過程不易潔淨，因此使用之

前需先用明水洗滌而後炊饎。〔註43〕另一方面，古代炊具不似今日進步，炊

煮食物時，煤灰難免飛入，《呂氏春秋》即有孔子厄於陳蔡，七日不嘗粒，顏

回索米而炊，煤灰落入甑中，顏子攫而食之的記載。〔註44〕所以祭祀粢盛潔

淨，便表示了祭祀者的虔誠愼重。

周代粢盛所用穀物，因滋味不同而有貴賤之別，以宗廟祭祀而言，〈曲禮

下〉所載宗廟之穀具齍號者有稻粱黍稷四種（頁98），大夫、士用黍稷兩種。

稷爲民本，但黍貴稷賤，稻粱爲天子諸侯所用，又貴於黍稷。穀物貴賤有別，

祭祀陳設的位置因此也有講究。宗廟祭祀中，黍稷陳設於牲俎之南，以西爲

上，所以士人的特牲饋食禮，盛黍之簋設於稷簋之西。〔註45〕諸侯宗廟所用

稻粱的陳設，不見於《儀禮》記載，依黍西稷東的擺設推測，稻粱大概又陳

於黍簋之西。

〔註41〕《周禮・地官・饎人》「掌凡祭祀共盛」，鄭注云：「炊而共之」，藝文，《十三
經注疏》本，頁254。

〔註42〕《周禮・地官・舍人》「凡祭祀共簠簋實之盛之」，〈春官・小宗伯〉「辨六齍之
名物與其用，使六宮之人共奉之」，藝文，《十三經注疏》本，頁254、291。

〔註43〕《周禮・秋官・司烜氏》：「以鑒取明水於月，以共祭祀之明齍」，鄭注引鄭司
農云：「明齍，謂以明水滫滌粢盛黍稷」。藝文，《十三經注疏》本，頁550。

〔註44〕《太平御覽》卷838引《呂氏春秋》，商務，四部叢刊宋蜀本，頁3874。

〔註45〕《儀禮・特牲饋食禮》：「主婦設兩敦黍稷于俎南，西上。」〈少牢饋食禮〉：「設
俎……魚在羊東……主婦自東房，執一金敦黍，有蓋，設于羊之南。婦贊者、
執敦稷，……設于魚俎南……。」可推知黍在稷之西。藝文，《十三經注疏》
本，頁530、568。

以粢盛祭祀的方法，除宗廟饋食，烹煮黍稷，陳於禮器中饋薦之外，也有祭奠粢盛之後，取染過膏脂的蕭，和黍稷相合焚燒，產生馨香氣味以饗神，《禮記・郊特牲》云：

> 蕭和黍稷，臭陽達於牆屋，故既奠，然後焫合羶（馨）薌。（頁507）

鄭玄以爲「蕭」即蘩蒿，染上動物身上油脂後，和黍稷相合焚燒。《詩經・大雅・生民》「取蕭祭脂」，毛亨傳以爲也是指黍稷和蕭相合焚燒的祭祀方法。（頁594）

周人使用粢盛祭祀的虔誠愼重，從上文所述，可見一般。

第三節　山經祭米使用情形

山經祭米的使用，呈現參差錯雜的現象，若先將山神地位區分爲兩大類，一類爲帝、神、魃、冢山，一類爲一般眾山，可歸納出下列幾種情形：

一、帝神魃冢諸山

（一）無用米的記載

山經帝、神、冢諸山祠禮中，祭品項下，都無用米的記錄。

（二）用　稌

〈中次五經〉「魃」山首山，山經云「其祠：用稌」（頁135）。

二、一般眾山

（一）用　糈

山經一般眾山多有用「糈」的記載，並指出所用糈米的種類，例如稌、稻、黍、稷、五種之糈等，依穀名區分，可歸納如下：

稌、稻：
〈南山首經〉十山：糈：用稌米（頁8）
〈南次二經〉十七山：糈：用稌（頁15）
〈南次三經〉十四山：糈：用稌（頁19）
〈北次三經〉四十四神：皆用稌糈米祠之（頁99）
〈中次三經〉二神：糈：用稌（頁129）
〈中次八經〉二十三山：糈：用稌（頁156）

〈中次九經〉十六山：糈：用稌（頁 160）

〈中次十二經〉十五山：糈：用稌（頁 179）

〈西次四經〉十九山：糈：以稻米（頁 66）

黍：

〈東次三經〉九山：米：用黍（頁 113）

稷：

〈西次三經〉二十三山：糈：以稷米（頁 58）

五種之糈

〈中次十經〉九山：糈：用五種之糈（頁 163）

〈中次十一經〉四十八山：糈：用五種之糈（頁 174）

（二）不 糈

一般眾山祭儀中，山經有時特別註明「不糈」，如

〈西次二經〉其十輩之神者：毛：一雄雞，鈐而不糈（頁 38）

〈北山首經〉二十五山：吉玉用一珪，瘞而不糈（頁 79）

〈北次二經〉十七山：用一璧一珪，投而不糈（頁 84）

〈中山首經〉十三山：縣嬰用桑封，瘞而不糈（頁 121）

〈中次二經〉九山：用一吉玉，投而不糈（頁 124）

〈中次四經〉九山：毛：用一雄雞，祈而不糈（頁 132）

（三）無用米的記載

有些一般性山神的祠禮，和帝、神、冢諸山一樣，祭品中無用米的記載。
如：

〈西山首經〉、〈西次二經〉十神、〈東山首經、二經〉、〈中次三經〉（神
泰逢等）、〈中次七經〉十六神等。

其他如〈中次五經〉的尸水爲水神，〈中次六經〉平逢之山的驕蟲神爲昆
蟲神，也都無祭米的記錄。

山經祭米使用相當錯雜，不易尋繹出用糈與否的依據準則。雖然大體上
可以得知用「糈米」祠祭者多爲小山，但其間仍有許多無法明白的現象。以
用米祭祀的對象而言，周人祀以粢盛的對象極爲廣泛，幾乎大小祭祀都用粢
盛爲祭品，《禮記·祭義》云：

> 天子藉田千畝……，諸侯藉田百畝……以事天地、山川、社稷、先
> 古，以爲醴酪齊（粢）盛，於是乎取之，敬之至也。（頁 819）

因知周人山川祭祀也用粢盛。但山經「帝」、「神」、「冢」諸山都無祭米的記載，這種情形是否是山經祭儀的特色，並不能肯定。而且山神地位較高的「帝」山等不言用米，一般眾山祭祀地位較低，卻祠以糈米，「糈」米似乎是山經小山祭品的特色。但是一般眾山的山神祭祀中，也有言「不糈」，或未記載祭米的情形，除闕載外，這些現象都不易找到合理的解釋。

就祭儀用字而言，山經用糈米祠祭，穀名上多冠以「糈」字，「糈」字為山經祭米的術語，但「糈」字在先秦和巫覡關係密切，因此，穀名上是否冠上「糈」字，可能和該山的祠祭者或祠祭性質有關。而山經用米祭祀的山神中，也有穀名上未冠「糈」字者，如〈中次五經〉「魈」山首山只言「用稌」（頁 135），〈東次三經〉言「米用黍」（頁 113）。「魈」山穀米上不冠糈字，可能因為「魈」山祠禮是王室的祭典－由其犧牲用黑犧太牢可知，主持祭儀的人不是巫覡，所以不冠糈字，但〈東次三經〉何以也不冠「糈」字呢？是傳刻錯誤？或有其他原因？這也是不易從山經簡要記載中找到答案的。

就糈米的使用而言，山經或言「糈用某」，或言「不糈」，「不糈」可以解釋為「不用精米」，但是，如果山經言「不糈」的諸山祭儀中，原無糈米，只要不記錄－和其他沒有用米記載的祭儀一樣即可，何須多言「不糈」呢？而「不糈」在山經祭儀中，並不是一個獨立的句子，「不糈」通常接在祭祀方法之下，如〈北山首經〉：「吉玉用一珪，瘞而不糈」（頁 79），〈北次二經〉：「用一璧一珪，投而不糈」（頁 84），〈北山首經〉的「瘞而不糈」，可理解為不用祭米，但也有可能意謂著祭祀所用的珪要瘞埋，而所用的糈米不瘞埋；同樣的，〈北次二經〉「投而不糈」，也可能表示祭玉要用投的方法祭祀，糈米則不與祭玉共投。由於先秦祭儀資料並無相關的記載，山經這些祭儀現象無法找到可資比較的例子，因此「不糈」是什麼意思，尚難確定。

就糈米的品種而言，周代祭祀粢盛通常成雙使用。如宗廟祭祀，大夫和士所用的粢盛為黍和稷，天子諸侯則為稻、粱、黍、稷，或二種，或四種。《周禮‧小宗伯》言六齍，則尚有麥、苽有共六種。祭米所以都用偶數祠祭的原因，依《禮記‧郊特性》的解釋，乃因犧牲為陽，植物為陰，故用偶數。〈郊特性〉：

> 鼎俎奇而籩豆偶，陰陽之義也。籩豆之實，水土之品也。……所以
> 交於神明之義也。（頁 484）〔註46〕

〔註46〕孔疏云：「鼎俎奇者，以其盛牲體，牲體動物，動物屬陽，故其數奇。籩豆偶者，其實兼有植物，植物為陰，故其數偶，故云陰陽之義也。」（頁 484）祭

而山經言用糈的祠禮，所用的穀物，或是一種，如上文所列的稌、黍、稷等；或用五種，如「五種之糈」〔註47〕。皆以單數糈米祠祭，這種情形可能表示山經祭儀代表一種和周文化異質的文化現象。周人粢盛的品種以黍稷的使用最為普遍，但山經以黍稷為糈米，僅各出現一次。而「稌」即稻，山經用稌稻祠祭者反而最多，共有九處。周人祭米品級，稻粱高於黍稷，但山經祭米並未有明顯的等級之分。而且祭米的品種，多與各地物產有關，例〈南山經〉三列山脈都以稌米祠祭，稌稻是一種性喜卑溼溫熱的作物，多生產於中國中南部及東南亞一帶，〈南山經〉用稌祠祭，顯然與地區作物有關。山經用稌祠祭之山有八處，或許表示山經祭儀所代表的文化中心，和西周中原文化不同。

就祭祀方法而言，山經的牲品或玉器，大都記錄了祭祀的方法，如瘞，刉、投、懸等。但山經糈米，除了註出所用穀物外，全無祭祀方法的記錄，糈米似乎只是陳設奠祭而已，這種情形可能和「糈米」也做為巫覡的酬贈禮物有關。

雖然山經祭米的使用情形，有許多無法解釋的現象，不過，山經各山所用的糈米種類，大都與各地物產相合，這一點似可証明山經祭儀原有田野調查記錄的可信。例如糈米中的稌與稻為同一種作物，〔註48〕是一種生產於溫熱地區的作物，山經以稌稻祠祭的山神有〈南山經〉三列三脈的山神，〈中山經〉三、五、八、九、十二諸山山神，與〈北次三經〉、〈西次四經〉山神。〈南山經〉皆位於中國東南、西南一帶，戰國時代即為稻產區，《周禮·職方氏》云：「東南曰揚州……其穀宜稻」（頁498）。〈中山經〉八、九、十二諸山屬長江及沮漳流域，即今日的湖北、湖南與四川一帶，和古代荊州地域接近，也是古代產稻之區，〈職方氏〉云：「正南曰荊州……其穀宜稻」（頁 479），〈淮南子·地形篇〉也說「江水肥仁而宜稻」（卷4，頁 11）。〈中山三經、十一經〉皆位於黃河南岸，〈中次十一經〉大概在今天河南南陽盆地一帶，和〈職方氏〉位於黃河南岸的豫州接近，〈職方氏〉云：「河南曰豫州……其穀宜五種」（頁

米也是植物，用偶數的原因應相同。

〔註47〕 山經原作「五種三精」，袁珂《山海經校注》以為「精」字乃「糈」字之誤〈頁174〉。案載籍「糈」字少見，故多誤為「精」字。〈中次十經〉已云「五種之糈」（頁163），則可推知〈次十三經〉「五種之精」的「精」字，當為「糈」字之誤。

〔註48〕 《說文》稌稻二字互訓，《爾雅·釋草》亦云「稌、稻」。藝文，《十三經注疏》本，頁137。

499）。五種即五穀，鄭玄以為〈職方氏〉的五穀是黍、稷、菽、麥、稻，〔註49〕則〈中次三經、十一經〉祠以稻米，也和他方物產相同。稻是五穀中滋味最好的穀物，以稻米祠祭，也顯示了祠祭者的虔誠。〈北次三經〉大致在黃河北岸，〈西次四經〉則約當於黃河以西的渭河流域，〔註50〕這兩個山區所在地域，不以產稻著稱，但《詩經》中，和這兩個地區地理位置相近的唐風、豳風，據齊思和先生統計，也有提及秫稻的詩句，〔註51〕則〈北次三經〉、〈西次四經〉在先秦時代也有產稻的可能，其山神祠以稻米，推測也是取之於當地的農產。

以黍祠祭者為〈東次三經〉。〈東次三經〉的位置，學者大多以為位於中國東北、朝鮮、日本等地，〔註52〕這些地區是古代濊貊民族所居之地，「貊」字是「貉」字的俗體字，〔註53〕《孟子‧告子篇下》云：「夫貉，五穀不生，惟黍生之」（頁221），孟子為戰國時代人，與山經成編時代接近，可知〈東次三經〉所在地區古代的農作只有「黍」，以「黍」祭山神者，因黍是當地唯一生產的穀物。

「稷」是殷周最大眾化的食物，即今日華北最普遍的糧食穀子。〔註54〕稷因滋味較差，在古代作物中身價較為卑賤。但稷是一種耐寒耐旱的救荒作物，周代產稷之區，據〈職方氏〉所載有：豫、兗、雍、幽、翼、并等六州（頁499～500）。山經以稷為祭米者，是〈西次三經〉，〈西次三經〉的位置，畢沅以為在甘肅境內，吳承志《山海經地理今釋》以為在隴西、內外蒙、新疆〔註55〕等地，這些地區自古以來氣候即極為乾旱，溫帶草原毗鄰著荒漠，

〔註49〕鄭玄《周禮‧秋官‧職方氏》注，藝文，《十三經注疏》本，頁499。
〔註50〕〈北次三經〉位置，清代學者多以為位於山西、河北或河南北部（參閱畢沅《山海經新校正》〈北次三經〉，頁19下。吳承志《山海經地理今釋》，卷4，頁12。郝懿行《山海經箋疏》，頁127～154。〈西次四經〉學者以為在陝、甘，涇渭流域與內蒙一帶。參考：畢氏前揭書2冊，頁29上，吳氏前揭書，卷二，頁55下～71下。
〔註51〕齊思和〈毛詩穀名考〉，《中國史探研》，頁22～23。
〔註52〕吳承志，註50前揭書，卷5，頁26下。衛挺生《山經地理圖考》，頁5～8。
〔註53〕文崇一，〈濊貊民族文化及其史料〉，《中央研究院民族學研究所集刊》第5期，頁117～122，民國47年春。
〔註54〕莊萬壽〈中國上古時代的飲食（下）〉，《師大國文學報》第2期，頁2，民國62年4月2日。
〔註55〕畢沅，註50前揭書，頁23。吳承志，註50前揭書，卷1，頁47～64，卷2，頁51～54。

能種植穀物的地帶，僅適合耐寒耐旱的乾糧生長。中國古代作物中，稷最耐寒旱，因此〈西次三經〉以稷爲祭米，也和地理環境有關。

〈中次十經、十一經〉皆以「五種之精」爲祭米，五種也就是五穀，但歷來學者對「五穀」爲那五種穀物，意見極爲紛歧，有認爲是麥、黍、稷、麻、稻者；也有以爲是黍、稷、菽、麥、稻者，以黍、秫、菽、麥、稻爲五穀的意見也有。〔註56〕《孟子》云：「五穀者，種之美者也」（〈告子篇〉，頁205），「五穀」可能和「百穀」一樣，原只是一個籠統的名詞，百穀泛指穀物，五穀則爲古代最常食用的幾種穀食，並不一定要指實爲那五種。而且穀種甚多，因時代、地域、喜好的不同，對重要穀物的認定自然會有差異。山經的「五穀」可能也是如此。山經以「五種之精」祠祭的〈中次十經〉，諸山位置多不可考，〈中次十一經〉則位於河南南陽盆地一帶，和〈職方氏〉的豫州所在之地接近，〈職方氏〉云：「（豫州）其穀宜五種」，可見中次十一經以五穀祭山神，也和當地盛產穀物的地理環境有關。

根據以上的論証，可見山經祭米的使用，帶有極濃厚的地方色彩。而所以用米穀祠祭山川，除薦獻所貴之物的誠意以邀神眷外，也有祈請神靈保祐風調雨順，物阜得盛的用意。特殊山嶽帝、神、魅、冢的祭祀中，唯有〈中次五經〉「魅」山以「稌」祭祀，若從《史記・封禪書》所載秦始皇時代祀典：岳山、岐山、吳岳、鴻冢，「皆有嘗禾」（頁1372）思考，則可推知，以禾穀祭祀的山嶽，其山神神格較具人間性，而與人的關係較爲親近，因山嶽亦常爲其先人、先聖、先賢埋骨之所，上列秦代四山中的「鴻冢」，司馬貞《索隱》即據漢人公孫卿之說，謂鴻冢之名，來自於黃帝之臣大鴻的葬地。〈中次五經〉的首山，也有黃帝採銅的傳說。（頁1373）四山中的「岳山」《山海經・大荒南經》謂「帝堯、帝嚳、帝舜葬于岳山」（頁380）此葬地又見於〈海外南經〉的「狄山」。狄山除了帝堯、帝嚳之葬，又謂「文王皆葬其所」（頁203）。雖然帝王墓冢皆有固定葬所，但如郭璞所推論的：「絕域殊俗之人，聞天子崩，各自立坐而祭酸哭泣，起土爲冢，是以所在多有焉。」（頁205）。若然，則山經以穀米祠祭山神，當另有其更豐富的宗教義蘊，而非僅以該地生產美物獻神而已。

〔註56〕孫詒讓《周禮正義・天官・疾醫》「以五味、五穀、五藥養其病」下注，商務，國學基本叢書，卷9，頁38～39。齊思和，註51前揭書，頁2～3。莊萬壽註54前揭書，頁2。

第九章　山經祭祀總論

　　山經的山嶽祭祀，可分為兩大類別：一類是特殊山嶽「帝」、「神」、「魁」、「冢」的祭祀，一類是一般眾山的祭祀。「帝」、「神」、「魁」、「冢」的祭祀，皆是指出山名的獨立祭祀單位，都使用牢牲，牢牲是先秦貴族階級的專利，因此「帝」、「神」、「魁」、「冢」應屬於王室貴族的祭祀範圍。祭祀等級也較高。另一類是一般眾山的祭祀，為群山並祭的形式。除〈西次二經〉的飛獸之神用少牢外，餘者皆不用牢牲，祭祀品秩較「帝」、「神」、「魁」、「冢」諸山為低。這兩大類祭祀之中，因為祭品的不同，祠禮又各有隆殺之別。因此本章將山經依前述兩類祭祀等級分別論述，但由於山經重要祭祀皆集中於特殊山嶽：「帝」、「神」、「魁」、「冢」的祭祀上，故本章將重點放在「帝」、「神」、「魁」、「冢」的名實探討、祭祀等級的劃分，與其形成因素的討論上；對〈中次六經〉中同屬山經重要祭祀的「嶽」，則提出新的推測。

第一節　一般眾山的祭祀

　　山經一般山群的祭祀，大都以一列山脈的群山為一個大的祭祀單位，有時因山神神狀不同，在大的祭祀單位下，又分為兩種或三種祭儀，例如〈西次二經〉人面馬身十神、人面牛身七神為同一祭儀，十輩神為另一種祭儀（頁38）。〈北次三經〉則含馬身人面的廿神，彘身而載玉的十四神，彘身而八足蛇尾的十神三種祭儀（頁 98）。有的則在大的祭祀單位下，有某幾座山屬於「帝」、「神」、「魁」、「冢」的祭祀，如〈西山首經〉和〈中山經〉大多數的山脈即是（見表（三））。這些一般性山群的祭儀通常較為簡略，無明顯的等級劃分。祭品包括牲、玉、糈三項，但每列山脈的祭品多寡有異，呈現一種

參差使用的現象：

只用牲品者：〈西山首經〉十七山，〈西次二經〉十神，七神，〈東山首經〉，〈中次四經〉，〈中次五經〉尸水，〈中次六經〉。

用牲、玉者：〈東次二經〉，〈中次二經〉，〈中次七經〉，〈北山首經〉。

用牲、糈者：〈南次三經〉，〈西次四經〉，〈東次三經〉，〈中次三經〉，〈中次九經〉，〈中次十經〉，〈中次十二經〉。

用玉、糈者：〈西次三經〉，〈北次三經〉二十神、十四神、十神。

用牲、玉、糈者：〈南山首經〉，〈南次二經〉，〈中次八經〉，〈中次十一經〉。

此外，某些山神的祭祀，山經還特別註明用「白菅之席」，如〈南山首經〉、〈西山首經〉、〈西次二經〉。但祭品的多樣，或許只是祠禮較隆，並不表示祭祀等級較高。如〈西次二經〉的飛獸之神無玉、糈兩項祭品，但牲品用少牢，祭祀等級顯然在諸山群之上，可能屬於王室貴族的祭祀。其次，牲、玉、糈三項祭品的種類多寡，各山脈也不一致。以牲品而言，通常只有一種，使用最多的是雞，計十三處，有的特別指明用雄雞或白雞。其次是羊，計五處，也有特別說明要用牡羊的。再次爲犬，計兩處，有註明用白犬的。有的未說明用何種牲品，只云用「毛」。也有使用二種以上牲品的，如用少牢，或彘、雞或犬、魚合祭。若依先秦牲品的品秩劃分，一般山群的等級似乎也有高低，可依次排列如下：

用少牢者：

〈西次二經〉飛獸之神。

用羊者：

〈東次三經〉（牡羊），〈中次三經〉（牡羊），〈西山首經〉，〈中山首經〉、〈中次七經〉。

用彘（豚）雞者：

〈北山首經〉（彘、雄雞），〈北次二經〉（彘、雄雞），〈中次十二經〉（豚、雄雞）。

用犬者：

〈南次三經〉（白犬），〈東山首經〉（犬、魚）。

用雞者：

〈西次二經〉十神，〈中次三、六、八、九、十、十一經〉（以上用

雄雞）、〈西次四經〉、〈中次四經〉（以上用白雞）、〈東次二經〉。

用毛者：

〈南山首經〉、〈南次二經〉、〈中次二經〉。

其中〈西次二經〉飛獸之神的祭祀等級最高，用少牢，可能與祭祀對象有關。從地理位置考察，〈西山首經〉與〈西次二經〉的範圍大約爲〈西山首經〉華山之首錢來之山迤邐以西的山脈，位於今日山西、陝西、河南西部一帶，這一帶地區是三代之前部族聚居活動之地。飛獸之神的神狀，「其七神皆人面牛身，四足一臂，操杖以行」（頁 38），頗疑此神與〈大荒東經〉的雷獸「夔」有關，〈大荒東經〉云：

> 東海中有流波山，入海七千里。其上有獸，狀如牛，蒼身而無角，一
> 足；出入水則必風雨，其光如日月，其聲如雷，其名曰夔。黃帝得之，
> 以其皮爲鼓，橛之以雷獸之骨，聲聞百里，以威天下。（頁 361）

夔和飛獸之神都具牛形的特徵，夔皮爲鼓之說，可能是關於戰鼓的神話；飛獸之神操杖以行的杖，或許是兵杖，也和戰爭有關；夔獸一臂，飛獸之神則一足，因此這兩個「神」，有可能是同一神的分化。而〈西次二經〉山神爲飛獸之神和〈西次二經〉境內諸山多獸當有關係。区陽之山：「其獸多犀、兕、虎、豹、𰀉牛」，眾獸之山：「其獸多犀兕」，西皇之山：「其獸麋鹿、𰀉牛」（頁 37）獸中的犀、兕、𰀉牛，皮皆可做鼓。夔的傳說也與百獸有關，《尚書·堯典》：「夔曰：『於！予擊石拊石，百獸率舞。』」（頁 46）〔註1〕〈西山首經〉中的瑜次之山爲「神山」祠以百犧，其山有獸，也名之爲夔〔註2〕。有橐𩾃鳥，人面一足，「多見夏蟄，服之不畏雷。」（頁 26～27）可能都是與雷獸夔有關的神話。〈大荒北經〉則有「夔」助黃帝擊敗蚩尤的神話傳說（頁 430），黃帝相傳爲楚國的始祖（見本章第二節），楚的先祖中也有名「夔」的傳說，〔註3〕張光直綜合宗教人類學者對神話與宗教儀式的研究云：「神話爲宗教儀式之執照」，〔註4〕〈西次二經〉用等級較高的牢牲祭祀飛獸之神，當是神話信念表

〔註1〕夔曰以下古字，蘇東坡《書傳》、蔡沈《集傳》都以爲是〈皐陶謨〉錯簡。見屈萬里《尚書集釋》，頁29，注143。

〔註2〕「夔」，〈西山首經〉原文作「𤟟」，郝懿行、袁珂皆以爲是「夔（夒）」的譌變。見袁珂《山海經校注》，頁27。

〔註3〕焦循《春秋左傳補疏》卷2，君其問諸水濱條，《皇清經解》本。頁3369、3330。

〔註4〕張光直〈中國創世神話之分析與古史研究〉，《中央研究院民族學研究所集刊》

現在儀式行爲上的例子，而這個神話和祭儀或許與楚有關。

　　至於其他祭祀牲品的使用，雖或有山神等級不同的因素，但必須特別強調的是，山經牲品的使用更有因地置宜的特色。如東嶽泰山所在的〈東山首經〉，其山多不可詳考，但以泰山爲座標，依山經所記錄的水文，距離等資料可確定大約是山東東北到東南沿海的一帶山嶽，這一帶在中國古代即以魚產著名，〈禹貢〉云：「海岱惟青州……海濱廣斥……海物惟錯」（頁 81），又云：「泗濱浮磬，淮夷蠙珠暨魚。」（頁 82）《周禮・職方氏》亦云：「正東曰青州……其川淮泗，其浸沂沭，其利蒲魚」，「河東曰兗州；其山鎭曰岱，其利蒲魚。」「東北曰幽州……其利魚鹽。」（頁 499～500）故〈東山首經〉祭祀用魚牲，可能即取之於當地的特產。又如〈南山首經〉、〈南次二經〉皆只云用「毛」，而未指出牲名，則可能意謂犧牲隨宜而用，不一定專用某種牲品。一則可能也與南方物產有關；如〈職方氏〉即謂東南揚州「其畜宜鳥獸」，這或許是南方開發較晚，六畜的飼養尚未普遍的緣故。

　　此外，一般山群的祭祀牲品，特別指明牲品雌雄牝牡或牲色者，可能與祭祀的目的或祭祀對象有關。如〈中次五經〉祠尸水用雌雞、牝羊、黑犬（見表（三）），與其他山嶽祭祀用牡羊、白犬不同，即由於所祭爲水神而非山神，故祭牲的牝牡牲色，與祭祀對象的關係較大，與祭祀等級的高低較無關聯。同時也顯示山經祭儀具有山陽水陰的觀念。

　　在玉器的使用方面，山經一般眾山的祭祀玉器有璧、圭、璋、藻玉、藻珪、吉玉等的分別，數量大多爲一個，同時用二件祭玉的僅一見。若依第五章祭祀玉器的探討，古代祭玉似乎也有高下等級之分，璧用於祀天，禮最隆；珪用以祭地，次於璧；璋祭山川又次於珪。而山經一般山群所用的藻玉、藻珪，不見用於「帝」、「神」、「魋」、「冢」，祭祀等級在眾山之上的祭祀中，則藻珪、藻玉或許又次於璧、珪。因此若以祭玉爲區分標準，山經群山祭祀，似又有如下的等級排列：

用一璧一珪者：

　　〈北次二經〉。

用一璧者：

　　〈南次二經〉，〈北次三經〉十神，〈東次二經〉。

用一珪者：

〈北山首經〉,〈中次十一經〉。

用藻珪者:

〈中次八經〉

用一璋玉者:

〈南山首經〉。

用一吉玉或玉者:

〈西次三經〉,〈中次二經〉,〈中次三經〉,〈北次三經〉十四神。

用藻玉者:

〈中次七經〉。

在祭玉的使用上,用一璧一珪的〈北次二經〉,顯然祠禮最隆,其餘均次之。

糈米方面,一般山群所用者有五種之糈、稌、稻、稷、黍等的不同。雖然周代祭祀粢盛黍貴稷賤,但山經諸山用糈米不同,主要與各地物產有關(見第八章)。故除用五種之糈的中次十、十一二經,祠禮較其他用糈之山隆重外,糈的種類應與祭祀等級無關。糈在古代民間祭祀裡,似乎是巫師與神靈溝通的媒介,也用做巫覡的酬勞,因此用糈祭祀的山神,可能多屬於民間的祠祭對象。而這些山多半是小山,它們的祭儀資料多半也是從民間採錄的。值得留意的是,山經「帝」、「神」、「魁」、「冢」的祭祀,除「魁」山用稌外,其餘諸山都無用糈與否的記錄。東周五嶽所在的群山祭祀,如東嶽泰山所在的〈東山首經〉、西嶽華山所在的〈西山首經〉、中嶽嵩山所在的〈中次七經〉,以及用少牢祠祭的飛獸之神,也都未言用糈與否。因此就一般眾山而言,糈似為小山特有的祭品。而穀米為周代使用得最普遍的祭品,用糈祠祭的山嶽神人關係似較親近,神格也較不言用糈與否的山神低。〔註5〕而山經特別註明「不糈」之山,其神格與祭祀等級或正介於兩者之間。因此根據這樣的推測,山經一般眾山的祭祀等級,又可有如下的排列:

未言用糈與否者:

〈西山首經〉,〈西次二經〉飛獸之神,〈東山首、二經〉,〈中次三、
七經〉。

言不糈者:

〈西次二經〉十神,〈北山首、二經〉,〈中山首、二、四經〉。

〔註5〕　〈中次五經〉的尸水,與〈中次六經〉平逢之山的驕蟲神,山經也未言用糈
與否,吾人認為此二處不言用糈,則和祭祀對象為水神與昆蟲有關。

言用糈者：

〈南山首、二、三經〉，〈西次三、四經〉，〈北次三經〉二十神、十
四神、十神，〈東次三經〉，〈中次三、八、九、十、十一、十二經〉。

綜合上述山經眾山所用祭品的等級分析可看出，祭品因牲品的大小有
別，玉器的貴賤有差，與糈米使用與否有異，而有高低等級之分。但山經對
一般眾山的祭祀，除〈西次二經〉的飛獸之神外，各種祭品參差使用，並無
一定的標準。而且祭祀所用的犧牲和糈米，與各地區物產有關，所以事實上，
除飛獸之神的祭祀等級在眾山之上以外，各山的祭祀等級並無明顯的高下之
別，而這種祭儀紛亂的情形，正是民間祭祀的特點。因此可以推測山經一般
群山的祭儀，或許淵源於遠古的聚落祭祀，其後輾轉流傳，經由王室採錄為
檔案，這些檔案資料又經過山經編錄者加以整理規劃，才形成今本山經所呈
現的祭祀形態。

第二章曾探討山經祀典用「祠」字的意義，認為「祠」字原多用於較小
的祭祀，或是有事禱祠的祭祀；祠祭的對象，大半是與人關係較親近，或具
有某種神能，能滿足人生需求的神靈；山經祭祀等級較低的群山祭祀，其祭
祀性質，筆者以為和「祠」字的含義是一樣的。且兩者祭祀的對象，通常原
是聚落或民間信仰的神靈。這些神靈的祭祀儀式，經採錄為王室檔案以後，
也漸漸納入祀典，成為王室的祭祀對象。山經祀典稱為「祠禮」，實亦導源於
此。

山經一般群山的祭祀中，有兩個極為特殊的祭祀：一為〈中次五經〉的
尸水，一為〈中次六經〉平逢之山的驕蟲，兩者雖屬於山嶽祭祀，但祠祭對
象並非山神。且為個別獨立的祭祀，是山經祭祀的特例，祭祀等級則與一般
群山相當。

第二節　特殊山嶽的祭祀（一）
「帝」、「神」、「魁」、「冢」的名與實

山經山嶽祭祀最特出之處，在於以牢牲祭祀的山嶽，有「帝」、「神」、「魁」、
「冢」的區別，且集中於〈西山首經〉與〈中山首經〉。而祠禮特隆的「帝」
山，又集中於中山九、十、十一三經之中。和周室東遷以降，以「嵩高為中
嶽，而四嶽各如其方」（《史記·封禪書》，頁 1371）的情形不同。此外，〈中

次六經〉言：「嶽在其中」，卻未指明何山爲嶽，而五嶽〔註6〕中的華山、嵩山
（即山經之泰室山、少室山），皆著錄於山經，山經卻又不稱其爲嶽，而名之
爲「冢」。其他三嶽，除恆山不見於山經外，〔註7〕東嶽泰山見於〈東山首經〉，
南嶽衡山見於〈海內經〉，〔註8〕山經也不稱爲嶽，且視泰山爲一般眾山，不
用牢牲祭祀。而山經所載「帝、神、魋、冢」的祭祀，也有矛盾、混亂之處，
如同名之爲「冢」，有的祠以太牢，如〈西山首經〉的華山；有的祠以少牢，
如〈中次八經〉的驕山。同以「神」爲稱，有用「百犧」祭祀的，如〈西次
二經〉的羭山，也有用太牢爲祭品的，如〈中次十二經〉的洞庭、榮余二山
（見表（四））。這些矛盾都是山經啓人疑竇的地方。筆者以爲山經所呈顯的
這些現象，和山經的著錄者、成編地區、編纂過程，有密切的關係。爲了解
開這些疑團，必須先了解山經以「帝、神、魋、冢」稱呼山嶽的原因，和它
們的祭祀等級。

　　首先從「帝」、「神」、「魋」、「冢」的名義上探討：

（一）帝

　　山經於〈中次九經〉熊山、〈中次十經〉騩山、〈中次十一經〉禾山下皆云：
「帝也」，〔註9〕所謂「帝」，孫詒讓云：「經或云帝，謂其尊配天也。」〔註10〕

〔註6〕五嶽爲何？歷來學者頗多爭議，爭議之由，乃朝代興替不常，故載籍所言五
　　　嶽不盡相同（參閱金鶚〈五嶽考〉，《求古錄禮說》，頁20～23）。茲將載籍與
　　　嶽有關之說，摘之于下以供參考：
　　　《詩經・大雅・崧高》：「崧高惟嶽，峻極于天」，以崧山爲嶽。（頁669）
　　　《左傳》昭公四年：司馬侯言四嶽，而太室不在其中。（頁727）
　　　《爾雅・釋山》(1)「河南華，河西嶽，東岱，河北恆，江南衡」（頁116）
　　　　　　　　　　 (2)「泰山爲東嶽，華山爲西嶽，霍山爲南嶽，恆山爲北嶽，
　　　　　　　　　　　　 嵩高爲中嶽。」（頁118）
　　　《爾雅》(2)說，並見於《尚書大傳》、《白虎通・巡狩篇》、《風俗通・山澤
　　　篇》。《風俗通》並云衡山一名霍山。
　　　《史記・對禪書》：(漢)以泰、華、天柱山、恆山、嵩山爲五嶽。
〔註7〕〈西次三經〉槐江之山云：「東望恆山四成。」郝懿行謂《文選》〈長笛賦〉
　　　引此作經「桓山四成」，則「恆」蓋「桓」之誤。見郝氏著《山海經箋疏》，
　　　頁70。〈北次二經〉有洹山，畢沅以爲即恆山，但亦無確證。
〔註8〕衡山之名《山海經》凡三見，分別見於〈中次八經〉、〈中次十一經〉及〈海
　　　內經〉。郭璞以爲〈中次十一經〉之衡山即南嶽，郝懿行非之，而以〈海內經〉
　　　之衡山爲南嶽（見郝懿行，注7前揭書，頁267～268），考諸地理，郝說是也。
〔註9〕〈中次九經〉熊山下原作「席也」，郭璞注云：「神之所憑止也。」郝懿行，
　　　註7前揭書，謂山經上下經文並以帝、冢爲對，此「席」字當爲「帝」字之

俞樾也謂「帝，天帝也」，[註11] 都以山經「帝」字爲配天的尊稱。袁珂《山海經校譯》則譯爲：「是眾山的首領」，（頁 171）以帝爲君王之義。案帝字甲骨文作 形（藏三五、五），或以爲象花蒂之形。卜辭除叚爲禘祭之名外，早期多爲天帝之稱，其後也用爲王天下之號，如帝乙、帝甲等。[註12] 先秦載籍中，「帝」字之義，與卜辭大致相同，或爲天帝之稱，《詩經·大雅·皇矣》：「既受帝祉，施于子孫」（頁 570），《論語·堯曰》：「敢昭告于皇皇后帝」（頁 178），《禮記·文王世子》：「夢帝與我九齡」（頁 391）皆是。或爲帝王之稱，《爾雅·釋詁》云：「帝，君也」（頁 6），《史記·秦本紀》載秦昭襄王自稱西帝，立齊王爲東帝，「帝」皆爲人君之號。或以帝爲五帝之稱，如《呂氏春秋·先己篇》：「五帝先道而後德」（頁 147），《周禮·天官·掌次》：「朝日祀五帝」（頁 93）。而不論爲天帝、帝王、五帝，「帝」都是一種尊稱。人君而尊之以天「帝」之號，《逸周書·本典》曰：「明能見物，高能致物，物備咸至曰帝。」（頁 170）〈諡法〉也云：「德象天帝曰帝。」（《史記正義·諡法解》，頁 18）故能稱爲「帝」者，都是被人們視爲具有覆載恩澤，德配天地的事物。山而尊之爲「帝」，未見於先秦典籍，然《國語·魯語》謂祀典所祀皆有功烈於民者，山川之神即其一，《公羊傳》亦云：「山川有能潤于百里者，天子秩而祭之。觸石而出，膚寸而合，不崇朝而徧雨乎天下者，唯泰山爾。」（僖公三十一年，頁 158～159）周代祀典品秩，五嶽視如三公，《說苑》論其因云：

> 五嶽何以視三公？能大布雲雨焉，能大歛雲雨焉。雲觸石而出，膚寸而合，不崇朝而雨天下，施德博大，故視三公也。（〈辨物篇〉，卷18，頁 3）

山經稱山爲「帝」，祀以太牢，或即以爲其能大興雲雨，澤潤天下，廣出財用，普被萬物，德過三公，位尊五嶽，故以「帝」稱之。

（二）神

《易經·繫辭傳》云：「陰陽不測之謂神。」（頁 149）《說文》神字下云：「天神引出萬物者也。」（頁 3）「神」，在古人心目中，正是與天地陰陽變幻，和萬物生長有關的超自然存在。「神」字在甲骨文時代，只作 （藏七三、四）象

誚（頁 251）。
〔註10〕參閱孫詒讓《札迻》三，頁 18。
〔註11〕參閱俞樾《諸子平議補錄》卷 19，頁 166。
〔註12〕見李孝定《甲骨文字集釋》，卷 1，頁 25～31。

電閃騰耀屈折激射之形，亦即「申」字。後加雨旁作「電」，加示旁作「神」，申、電、神古代原爲一字。〔註13〕電與神所以同出一源，肇因於遠古之民見天候變幻莫測，雷鳴電閃，天地陰陽交合，即風雨驟至，加以電光倏出倏沒，如蛟龍騰空，驚駭詫怪，以爲神明，敬畏恐懼而頂禮膜拜。且閃電雷雨經常出現在曠遠的山區，山嶽又高聳入雲，神祕難測，古人因此以爲山有神靈，能鼓動風雲，佈施霖雨。故《禮記・祭法》云：「山林川谷丘陵，能出雲，爲風雨，見怪物，皆曰神」（頁 797）。《國語・魯語下》載孔子之言曰：「山川之靈足以紀綱天下者，其守爲神。」韋昭即注云：「足以紀綱天下，謂名山大川能興雲致雨以利天下也。」（頁 151）山川既被視爲神靈，能興雲作雨，古人又不知雷電使空氣產生氮化物，利於植物生長的道理，〔註14〕只見高山雷電交加之後，植物生長茂盛，便以爲山嶽是萬物生產的根源。因此聳立雲天，常年爲雨霧籠罩的山嶽，在古代農業灌溉大都仰賴天時的時代，便成爲祈雨、求年歲豐穰的對象，〔註15〕當然要「燔神山而祭之」了（《管子・侈靡》，2 冊，頁 46）。

　　此外，山嶽丘陵在古代也被視爲神靈所居之所。《山海經・海內經》有「神民之丘」，郭璞注云：「言上有神人」（頁 448）。山經所載諸山也常有神靈居處，但集中於〈西山經〉和〈中山經〉。〈西山經〉列舉之神有英招、陸吾、長乘、西王母、白帝少昊、員神魂氏、江疑、耆童、帝江、紅光、蓐收（〈西次三經〉）、神魃（〈西次四經〉）等，〈中山經〉著錄之神有薰池、武羅、泰逢（〈中次三經〉）、驕蟲之神（〈中次六經〉）、天愚（〈中次七經〉）、鼍圍、計蒙、涉鼉（〈中次八經〉）、耕父（〈中次十一經〉）、于兒、帝女、怪神（〈中次十二經〉）等。故山經於〈西山首經〉羭山，〈中次十二經〉洞庭、榮余二山下，標示曰「神也」，即以爲這些山具有上述的靈能。孫詒讓對此則解釋爲：「神，言最高而有神靈，猶《史記・封禪書》言三神山神。」〔註16〕然三神山：蓬萊、方丈、瀛洲乃神仙思想下的產物，〔註17〕雖與山經的山神崇拜有淵源上的關係，但在宗教信仰的內涵與神話背景兩方面，兩者卻有著本質上的差異，似不宜等同視之。

〔註13〕參閱李孝定，註 12 前揭書，卷 11，頁 3427～3429，所引于省吾《殷契駢枝》之說。及田倩君〈釋神電神〉，《中國文字》第 2 冊，頁 165～224。
〔註14〕見周法高《金文詁林》卷 1，頁 89 引張日昇說。
〔註15〕參閱胡厚宣〈卜辭所見之殷代農業〉，《甲骨學商史論叢續集》，頁 123～124。
〔註16〕同註 10。
〔註17〕參閱窪德忠〈道教と山岳〉，《山岳宗教特集》，頁 92。

（三）魖

　　山而曰「魖」者，山經祭儀中僅一見，即〈中次五經〉的「首山」。但「魖」字也出現於〈中次三經〉青要之山，云「魖武羅」（頁 125）。郭璞、孫詒讓、俞樾皆以爲「魖」即「神」字。〔註18〕

　　案《說文》「魖」字下云：「神也。从鬼申聲。」段玉裁注謂：「當作神鬼也，神鬼者，鬼之神者也，故字从鬼申。」（頁 439）畢沅《山海經新校正》亦云：「高誘注《淮南子》曰：『天神曰神，人神曰鬼』。疑魖从鬼，人神字。神从示，鬼神字。」（〈中次五經〉，頁 5），案以魖爲鬼之神者，二說是也。《說文》「神」字从「示」，「魖」字从「鬼」，二字顯然有別。鬼字，《說文》云：「人所歸爲鬼」，申字即「神」之本字（見上文），「魖」字从鬼从申，即人鬼而爲神之義。然統言之天神、地示、人鬼，皆得曰「神」，故人「魖」字也可作「神」，細分之，則神、魖有異，天「神」字不得寫作「魖」。故就字義而言，山經稱「神」或「魖」，當有分別。

　　從山經祀典而言，「魖」山祠禮與「帝」、「神」、「冢」諸山有極明顯的不同。一者，「帝」、「神」、「冢」諸山祠禮皆不言用糈－精米，魖山則云：「用稌」；「帝」、「神」、「冢」諸山或祠以「酒」，「魖」山則祭以「蘗釀」；〔註19〕「帝」、「神」、「冢」諸山牢牲皆未註明牲色，「魖」山則云祠之以「黑犧太牢」。可見「魖」與「神」，雖同爲「山神」，但原始神格必然有異，所以人們以不同的祭品祭祀他們。

　　魖除有人神之義外，《玉篇》云：「魖，山神也」（鬼部三〇一，頁 67）。山經言山魖武羅之狀云：「人面而豹文，小要而白齒，穿耳以鐻，其鳴如玉」（〈中次三經〉，頁 125），〈西次四經〉的神魖，亦名爲神，而以从鬼的「魖」字呼之，山經云：「是多神魖，其狀人面獸身，一手一足，其音如欽。」郭璞注云：「亦魖魅之類也。」〔註20〕按魖字，《說文》作「离」，云：「山神也，

〔註18〕孫説見註 10 所揭書，頁 19。俞説見註 11 所引書，頁 167。

〔註19〕蘗釀，郭璞注云：「以蘗作醴酒也。」郝懿行，註 7 前揭書謂：「蘗，牙米也。見《說文》。今以芽米釀酒極甘，謂之饊酒。」（頁206）古代祭祀所用之酒有清酌之別，即《周禮・天官・酒正》所云：「凡祭祀以灋共五齊三酒」（頁78）之五齊：泛齊、醴齊、盎齊、緹齊、沈齊。三酒：事酒、昔酒、清酒。因此，以不同的酒品祭祀，亦與祭祀對象有關。

〔註20〕〈海內北經〉，另有「袜」物，云：「袜，其爲物人身黑首從目。」郭璞注云：「袜即魅也。」郝懿行《山海經箋疏》云：「魖魅漢碑作禍袜，《後漢書》〈禮儀志〉云：『雄伯食魅』，《玉篇》云：『袜即鬼魅也』本此。」（頁 363）知漢

獸形，从禽頭，从厹」（頁746）。「魅」字，《說文》本字作「髟」，云：「老物精也。」（頁440）《左傳》宣公三年王孫滿回答楚國問鼎之事，言夏禹鑄鼎象物，鼎備百物，「使民知神姦，故民人入川澤山林，不逢不若，螭魅罔兩，莫能逢之。」（頁367）文公十八年《左傳》也說：「流四凶族……以禦螭魅。」（頁355）服虔注云：

> 螭，山神，獸形。或曰：如虎而噉虎。或曰：魅，人面獸身而四足，
> 好惑人，山林異氣所生，爲人害。（《《周禮・春官》疏引》，頁424）

至于罔兩，《說文》作蝄蜽，云：「山川之精物也。」（頁675）《國語・魯語下》引孔子的話說：「木石之怪曰夔蝄蜽」，韋昭注云：「蝄蜽，山精，傲人聲而迷惑人也。」（頁143）可見古人所謂的「魖」、「魅」、「离」、「髟」、「蝄蜽」，在本質上是相同的，大都是一種人獸合形，能發聲音，而眩惑人的山川精怪之類。古人相信山川木石能假託人形而迷惑人者，皆源於物老成精的生靈觀念。[註21]而精怪之中的「魖」、「离」，或許是山精之尤者，因此先儒都視之爲山神。然「神」與精怪，在神格上畢竟不同，故稱山精爲神，而字則從鬼髟之義作「魖」，以示兩者有別。袁珂《山海經校注》以爲魖武羅乃〈楚辭・九歌〉所寫山鬼式的女神（頁127），余則以爲魖武羅的神狀：小要、穿耳、鳴如玉，與其地的神話傳說：「是山也，宜女子」、「䳓……食之宜子」、「荀草，服之美人色」，袁氏的意見是可取的。但就「魖」字一義而言，魖可能是古人所說的「山鬼」，卻不一定是女子。「魖」字兼有人神與「山鬼」二義，神格特殊，故魖山首山山經以黑犧、糵釀祠祭。而「魖武羅」、「神魖」，或許便是後代精怪傳說的原型。

（四）冢

山經云「冢也」的山甚多，共九座。一爲〈西山首經〉華山，餘皆分佈於〈中山經〉。關於「冢」字，注釋《山海經》的學者說解不一；郭璞以爲冢是「神鬼之所舍也」（〈西山首經〉注），吳任臣申述其說並云：「冢猶墓意」（《山海經廣注》，頁102）。畢沅、郝懿行皆據《爾雅・釋詁》：「冢，大也」，〈釋山〉：「山頂冢」的解釋，駁斥郭氏之非。袁珂《山海經校譯》則又出新說，以爲冢是：「眾山的宗主」（頁44）。

案《詩經・小雅・十月之交》：「山冢崒崩」，毛亨傳云：「山頂曰冢。」（頁407）《說文》「冢」字下則云：「高墳也。」（頁438）墳者，揚雄《方言》曰：

人魅、袜二字已無分別。

〔註21〕參閱池田末利《中國古代宗教史研究》，頁246。

「墳，地大也，青幽之間，凡土高且大者謂之墳。」（卷1，頁6）故知冢、墳之義相當，都是指高大隆起的土丘或山嶽。《釋名・釋山》從音訓上釋冢：「山頂曰冢。冢，腫也。言腫起也」（卷1，頁54），即謂其突出地表之上。冢既爲高大丘嶽之稱，因此山之高者，也可以稱冢。如秦始皇時，咸陽附近的名山－鴻冢、岐山、吳山、岳山，當時人即稱之爲「四大冢」（《史記・封禪書》，頁1373）。「冢」爲高山之名，因此引申而有高大的意思，如《詩經・大雅・綿》：「乃立冢土」（頁549），《書・泰誓》：「宜于冢土」（頁154），「冢土」即大社，皆謂封高土爲大社以祀神。其他如冢君、冢宰、冢子、冢適之「冢」，也都是大的意思。雖然社而名爲「冢土」，從發生學而言，與古代神壇墓冢之制有關，而有其尚待細考處。但山經稱山爲冢，從字義上說，即指山嶽的高大。

帝、神、魋、冢四字，既有如上的意思，不妨比照山經篇中的記錄，從山經所記載的地理資料，和有關神話，實際的印證一下，山嶽而得「帝」、「神」、「魋」、「冢」之名，是否即基於上述的考慮，或還有其他的原因？爲了觀覽方便，依據山經的記錄，就河流、山貌、植物、動物、礦藏、神話等項目，輯成表（六），以資比較。

表（六）山經「帝」、「神」、「魋」、「冢」諸山記錄一覽表

地位	山　名	河　流	山　貌	植　物	動　物	礦　藏	神話與神話性的動植物
帝	中次九經熊山						有熊穴，恆出神人，夏啓而冬閉，冬啓乃必有兵。
神	西山首經羭次之山	漆水出焉北流注于渭		棫、橿、竹箭	囂	赤銅、嬰垣之玉	有獸名䑏，狀如禺而長臂，善投。有鳥名橐𩇯，多見夏蟄，服之不畏雷。
	中次十二經洞庭之山			柤、梨、橘、櫾、菌○、蘪蕪、芍藥、芎藭		黃金、銀、鐵	帝之二女居之，是常遊於江淵，澧沅之風交瀟湘之淵，是在九江之間，出入必以飄風暴雨，多怪神，狀如人而戴蛇，左右操蛇，多怪鳥

	中次十二經 榮余之山			柳芑		銅、銀	多怪蛇、怪蟲
魑	中次五經 首山			穀、柞、槐、 朮、芫		䃋珌之玉	多䴔鳥，食之已 墊。
豕	西山首經 太華之山	削成四方 ，其高五千 仞，其廣十 里。			鳥獸莫 居		有肥蟥蛇，見則 天下大旱。
	中山首經 歷兒之山			橿			多㮨木，服之不 忘。
	中次五經 升山	黃酸之水 出焉，北 流注于河		穀、柞、棘、 藷藇、蕙、 寇脫		（璇玉）	
	中次七經 苦山				山膏		有木名黃棘，服 之不字。 有草名無條，服 之不癭。
	中次七經 少室之山	休水出焉 ，北流注 于洛。	百草木成 囷			玉、鐵	有木名帝休，服 者不怒。 多鯑魚，食者無 蠱疾，可以禦 兵。
	中次七經 泰室之山					美石	有木名栯木，服 者不妒。 有䒸草，服之不 昧。
	中次八經 驕山			松、柏、桃 枝、鉤端		玉、青雘	神䰠圍處之，其 狀人面羊角、虎 爪，恆遊于雎漳 之淵，出入有 光。
	中次九經 文山（岷 山）	江水出焉 ，東北流 注于海。		梅、棠	多犀、象 、多夔牛 、其鳥及 翰鷩（多 良龜、多 蝮）	金、玉、 白珉	
	中次九經 勾檷之山			櫟、柘、芍 藥		玉、黃金	

中次九經 風雨之山	宣余之水出焉，東流注于江。	椒、樿	（多蛇） 閭麋、麠、豹、虎、白鵺	白金、石涅	
中次九經 騩山		桃枝、荊芭		美玉、赤金、鐵	
中次十經 堵(楮)山		寓木、椒椐、柘		堊	
中次十二經 夫夫之山		桑、楮、竹、雞鼓（即雞穀）○		黃金、青雄黃	神于兒居之，其狀人身而操兩蛇，常遊于江淵，出入有光。
中次十二經 即公之山		柳、杻、檀、桑		黃金、璂珸之玉	有獸名蜼，可以禦火。
中次十二經 堯山		荊芭(杞)、柳、檀、藷藇、荼		黃堊、黃金	
中次十二經 陽帝之山		檀、杻、㯃、楮	黿鼍	美銅	
說明	1. 「帝」山中，中次十經騩山、中次十一經禾山，皆不見載於山經本篇中。 2. 「冢」山中，中次九經文山、中次十一經玉山，亦不載於山經本篇。文山，郝懿行以為即是岷山，此採其說錄之。 3. 諸山產物以（　）表示者，乃水中所產。 4. ○表示可能為神話性植物。				

比較表（六）的記錄，並配合上文對「帝」、「神」、「魅」、「冢」名義的闡述，得到如下的看法：

（一）「帝」山之稱，可能與「熊穴」神話有關

山經稱「帝也」之山，惟有〈中次九經〉的熊山，但熊山除了有熊穴的神話外，有關地理的資料，全部闕如。和周代五嶽之一的華山「其高五千仞」的記載比起來，熊山似乎不足為道；和地理位置相近，同在〈中次九經〉，卻記載詳悉的「冢」山：文山、勾欄山、風雨山、騩山比較起來，熊山毫無地貌記錄又甚為奇特。因此山經尊熊山為「帝」，和地理因素是無關的，而熊山的熊穴神話，可能是熊山被尊為「帝」的唯一原因。

熊山位於〈中次九經〉十六座山嶽的尾端，畢沅、衛挺生都認為〈中次

九經〉所敘列的山脈，起自川西，以迄鄂西。〔註22〕可知熊山大約位於川、鄂邊界。這個地區在春秋戰國時代爲楚國疆域，〔註23〕熊穴神話或即與此有關。據《史記‧楚世家》記載，楚的先世出自黃帝之孫顓頊高陽氏，顓頊二傳至重黎，爲帝嚳火正，命曰祝融，祝融苗裔數傳，至殷末有穴熊，《路史》云：「始封于熊，故其子爲穴熊。」（〈後紀〉八，〈顓頊篇〉）故即以封地爲氏。〔註24〕周文王時，楚的先祖爲鬻熊，其後有熊麗、熊狂，熊狂生熊繹，周成王時受封爲楚子。《左傳》昭公十二年，楚右尹子革對楚靈王說：「昔我先王熊繹，辟在荊山，篳路藍縷，以處草莽，跋涉山林，以事天子」（頁794），即指此事爲言。熊繹之後，以熊爲氏，有熊艾、熊䵣、熊勝、熊楊、熊渠、熊母康、熊摯紅、熊延、熊勇、熊嚴、熊康，至熊霜，周宣王初立，下逮春秋戰國，以熊爲氏，其稱不絕。而《國語‧楚語》觀射父之言曰：「上下之神，氏姓之出」（頁402），文崇一據此，謂楚人以爲姓氏乃出于神的安排。〔註25〕因此余懷疑熊山熊穴「恆出神人，夏啓多閉」的神話，是楚國創業神話與君主世系神話的殘遺。熊穴，與楚的先祖「穴熊」，或許有著神話中一而一，二而一，分化結合的錯綜關係，已難分辨何者爲原始神話了。楚先祖祝融爲帝嚳火正，火者南方之象，於時序屬夏，熊穴「夏啓多閉」之說，或即爲「火生」、「南產」之意的神話式表達。楚的始祖黃帝又號有熊氏，雖然學者多認爲「黃帝」是晚出的傳說人物，〔註26〕但不可否認的，黃帝被當成楚國祖先，或被稱爲有熊氏，大概都與熊的神話有關。

（二）「神」山之名與「神」字名義相符

山經「神」山洞庭山有帝之二女居之，出入必飄風暴雨，可以推知，不論洞庭山是否位於長沙巴陵縣西，〔註27〕都必然是個風雲詭譎，霪雨霏霏之

〔註22〕參閱畢沅《山海經新校正》、〈中山經〉，頁31。衛挺生《山經地理圖考》，頁70。
〔註23〕參閱史景成〈山海經新證〉，《書目季刊》第3卷1、2合期，頁11～12。
〔註24〕陳槃《春秋大事表列國爵姓及存滅表譔異》（增訂本），冊2，楚，頁100～101。
〔註25〕文崇一《楚文化研究》、《中央研究院民族學研究所專刊》十二，頁19。
〔註26〕齊思和〈黃帝的制器故事〉、《中國史探研》，頁201～217。丁驌〈中國地理民族文物與傳說史〉，《中央研究院民族學研究所集刊》29本，頁49～50，民國59年春。
〔註27〕「帝之二女」，歷代學者皆以爲即舜妃，爲《楚辭》所祀之〈湘君〉或〈湘夫人〉，見洪興祖《楚辭補注》，頁113。而古代洞庭位於何處，學者所說多不相同：郭璞以爲洞庭山位於長沙巴陵西（《山海經注》），蓋以爲即洞庭湖中之君山。張華《博物志》亦云：「洞庭君山、帝之二女居之……」（卷6，〈地理考〉），

地。其山與榮余山都多怪神、怪鳥、怪蟲、怪蛇，與《禮記》〈祭法〉所謂能出雲，爲風雨，見怪物皆曰神的說法正相符。

另一座「神」山羭次之山，並無風雨、怪物的記載，但羭山橐琶鳥服之不畏雷的巫術性神話傳說，推測可能是羭山夏日雷霆轟耳，思所以治之而產生的神話。雷電神本同源，則羭山被稱爲「神」，也名實相符。此外，橐琶鳥「多見夏蟄」（頁 27）與楚國熊山熊穴「夏啓冬閉」神話冬夏相因；而羭次之山的夔獸，前文已說明其與黃帝、帝舜神話傳說有關，黃帝與帝舜皆爲楚人祖先上帝，此由《楚辭》〈離騷〉陳辭於重華帝舜，〈九歌〉祀與帝舜神話傳說相關的〈湘君〉、〈湘夫人〉便可知曉；而楚懷王高唐所夢的巫山之女，高唐之姬，自言「妾處之羭，尙莫可言之……將撫君苗裔，藩乎江漢之間。」〔註28〕疑「羭」與羭次之山有關，則羭次之山與有帝之二女居之的洞庭之山同稱爲「神」，且享有「百犧」的隆重祠禮，尙隱含著與楚民族起源與歷史有關的神話傳說。

（三）「魋」山得名，或與崇祖信仰有關

「魋」山首山在地理記錄上，除犱鳥神話外，並無特殊之處。但首山自古即爲名山，畢沅、郝懿行皆以爲山經所載首山即蒲坂的首山。《呂氏春秋·有始覽》以首山和太山、華山、大行山等並列，爲天下九山之一（頁 482）。《史記·封禪書》載申公言中國名山五，黃帝所常遊者，其一即首山，又謂黃帝採首山之銅，鑄鼎於荊山之下（頁 1393～1394）。魋山祠祀祭品：黑犧、稌、糱釀的意義，前文已有所討論，因此吾人懷疑「魋」山的祭祀，是祖先崇拜轉化爲山神崇拜的一例。前文曾云，黃帝爲楚人始祖，則首山得「魋」山之名的來源，或也與楚有關。

（四）「冢」山是兩類不同山嶽的組合

山經「冢」山的地理記載，明顯的分成兩類：〈中次八經〉以下「冢」山，動植礦產記載詳細，顯然這是山經著錄者所熟習的地區，但這些山除了川西

樂史《太平寰宇記》說同（卷 113 岳州巴陵縣）。郝懿行則以爲洞庭在蘇州府西太湖中，一名包山者（《山海經箋疏》，頁 275）。錢穆《古史地理論叢》又以爲洞庭在江北，位於湖北安陸應山一帶（頁 109、185）。陳夢家序〈長沙古物聞見記〉則據長沙古物，斷定洞庭長沙在江南，不在江北（頁 19）。

〔註28〕見袁珂《古神話選釋》錄《渚宮舊事》所引《襄陽耆舊傳》頁 910，袁氏以爲「羭」爲母綿羊，引申有美好之意（頁 93）。余以爲不然。《山海經》記諸山神所居，每言「神○○處之」，如〈中山八經〉光山「神計蒙處之」，岐山「神涉蟲處之」（頁 151），則妾「處之羭」，當謂其居羭山。

的文山（岷山），先秦即爲名山外（《史記・封禪書》汶山，頁 1732），餘者多爲小山。另一類是〈西山首經〉及〈中山經〉一、三、五經的「冢」山。它們的地理資料和前述諸山比較，簡略得多。尤其動、植、礦產的記錄，更不如前述諸山繁庶多樣，這固因水土所殖不一，繕錄有別，但最主要的，可能還是這些山嶽並非山經記錄者十分熟悉的地方。和前述諸山不同的另一點，是這些山除苦山不可考外，都是歷史上的名山。華山、少室山、泰室山，三代以來即以「嶽」呼之。歷兒之山，則相傳爲舜所耕之處。「冢」字的字義，乃言其高大，而華山「高五千仞」，雖非事實，卻是山經著錄者所相信的。可是山經不論高山、名嶽，或地區小山，都混稱爲「冢」，這種情形與「冢」爲高山之義關係不大，而可能另有原因（見下文）。

（五）中次八經以下諸山多神靈

〈中次八經〉以下的山嶽，有關神靈的記載較多，除表（六）所列外，尚有神計蒙、神涉𧈢（〈中次八經〉，頁 153）、神耕父（〈中次十一經〉，頁 165）等。而〈西山首經〉與〈中山一、五、七經〉，表（六）所見，皆無神靈記載，僅〈中次七經〉篇中，堵山有神天愚居之（頁 144），這種情形可能和山嶽所在之地的宗教信仰與風俗有關。當然這些多神地區或也是《山海經》的編著者所熟悉的。

第三節　特殊山嶽的祭祀（二）
「帝」、「神」、「魋」、「冢」的等級與「嶽」的推測

對於「帝」、「神」、「魋」、「冢」祠禮的高下，前儒有不同的觀點，畧整理如下：

俞樾：「帝」大於「冢」，「冢」大於「神」（魋）。「帝」，天帝，冢猶君，神猶臣。（《諸子平議補錄》，卷 16，頁 166）。

郝懿行：「冢」大於「神」。（《山海經箋疏》，頁 49）

孫詒讓：「神」大於「冢」、「冢」大於眾山。（《札迻》三，頁 18）

三家說法，何者爲是？可先綜合比較「帝」、「神」、「魋」、「冢」諸山的祭儀，以資判斷。

山經祠祭「帝」、「神」、「魋」、「冢」諸山的祭品，除「糈」爲「魋」山－首山特有外，其他皆以「牲」、「玉」兩項爲主，並或有獻酒、樂舞等儀節，

因此以下將其祭儀分牲、玉、酒、其他儀節四項做比較。

（一）牲　品

帝：皆用太牢（〈中次九經〉熊山，〈中次十經〉騩山，〈中次十一經〉
　　禾山）

神：百犧（〈西山首經〉羭山）、太牢（〈中次十二經〉洞庭山、榮余
　　山）

魈：黑犧太牢（〈中次五經〉首山）

冢：〈中次七經〉以上華山、歷兒山、升山、苦山、太室山、少室山
　　用太牢，〈中次八經〉以下驕山、文山、勾檷山、風雨山、騩山、
　　堵山、玉山用少牢。

由此可知，牲品方面，除中次八經以下「冢」山用少牢，祠禮稍殺之外，其
餘諸山牲品等級大致相當，而羭山祠以百犧，可能最爲隆重。

（二）祭　玉

帝：皆用一璧（〈中次九經〉熊山，〈中次十經〉騩山，〈中次十一經〉
　　禾山）

神：百瑜、百璧、百珪（〈西山首經〉羭山），圭璧十五（〈中次十二
　　經〉洞庭山、榮余山）

魈：一璧

冢：璧（〈中次八經、十經〉驕山、堵山），吉玉（〈中山首經〉歷兒
　　山；〈中次五經〉升山；〈中次七經〉苦山、太室山、少室山；〈中
　　次九經〉文山、勾檷山、風雨山、騩山；〈中次十一經〉堵山、
　　玉山；〈中次十二經〉洞庭山、榮余山）

玉器的使用和牲品的等級相似，除用吉玉的「冢」山品秩較低外，其他諸山
祭玉多以璧爲主，祭祀等級相當。但「神」山的祭祀裡，玉器使用得最多，
最爲特出。

（三）獻　酒

帝：羞酒（〈中次九經〉熊山、〈中次十經〉騩山）

神：湯酒百樽（〈西山首經〉羭山）、祈酒（〈中次十二經〉洞庭、榮
　　余山）

魈：糈釀（〈中次五經〉首山）

　　冢：羞酒（〈中次八、九、十經〉驕山、文山、勾檷山、風雨山、騩
　　　　山、堵山），祈用酒（〈中次十二經〉夫夫之山，即公之山、堯
　　　　山、陽帝之山）

酒禮方面，「神」山羭山最爲多品，祠禮最尊。「魋」山用糈醸與他山不同。「冢」
山中，〈中次七經〉以前諸山皆無獻酒儀節，祠禮較爲簡單。

（四）其他儀節

　　帝：干舞、用兵以禳、祈璆晃舞（〈中次九經〉熊山），合巫祝二人
　　　　舞（〈中次十經〉騩山）

　　神：用燭（〈西山首經〉羭山）

　　魋：干舞、置鼓（〈中次五經〉首山）

　　冢：無

由本項所列，可知樂舞爲「帝」山、「魋」山祭祀中所特有的儀節。尤其「帝」
山的樂舞最爲熱鬧隆重。「神」山、「冢」山俱無樂舞，祠禮稍遜。而「燭」
則爲「神」山羭山所獨有，較他山特殊。

　　從前面各項祭儀的論列，可以看出：「帝」、「神」、「魋」諸山所用各項祭
品、儀節，各有優勝，無法絕對區分孰隆孰殺，誰高誰低。只有「冢」山的
祠禮，似皆較「帝」、「神」、「魋」諸山退降一等。

　　其次，再從同一列山脈中的「帝」、「神」、「魋」、「冢」祭儀做比較。以
〈中次九、十、十一經〉三列山脈而言，三經都同有「帝」山、「冢」山的祭
祀，「帝」山全用太牢，「冢」山全用少牢（見表（四）），可知「帝」山高於
「冢」山。

　　〈中次十二經〉同有「神」山和「冢」山兩種祭典，「神」山用太牢，「冢」
山用少牢（見表（四）），因知「神」亦高於「冢」。

　　〈西山首經〉同有「冢」、「神」的祠禮，「冢」用太牢，「神」用百犧（見
表（四）），按周代牲牢品秩，特牛隆於太牢，百犧即百牛，若然，則「神」
山品秩仍高於「冢」山。

　　〈中次五經〉有「魋」山和「冢」山兩祀典，「魋」山祠之以黑犧太牢，
「冢」山也祠以太牢，但「魋」山祭玉用璧，「冢」山用吉玉，魋山有糈醸、
干舞、置鼓等盛典，「冢」山俱無（見表（三）），因知魋山祭典亦隆於「冢」
山。

　　從以上的分析，可以看出「帝」、「神」、「魋」諸山的祭祀等級，都在「冢」

山之上，而且「帝」、「神」、「魈」不並列於同一個祭祀單位，卻又可和「冢」山同時出現，更顯示了「帝」、「神」、「魈」在山經的山嶽信仰上，具有特殊的地位。「帝」、「神」、「魈」諸山，除〈西山首經〉「神」山羭山祠以百犧外，都用太牢祭祀，祭祀的等級相當，而祭玉、祈酒、樂舞各有差異（見表（三）），但以祭品的多樣，和樂舞的盛況比較，則「帝」山的祠禮似乎是最隆重的。綜合上述山經祠禮等級觀之，與「冢」相比，「帝」、「神」、「魈」皆猶君，「冢」猶臣，這種祭祀等級的劃分，不是偶然的巧合，當是山經著錄者有心的安排。尤其是〈中次九經〉帝山－熊山之西有冢山句檷山、風雨山，之東有冢山騩山，形成拱衛之勢，最為特別。

山經所敘山嶽有許多已不可考知，但依據相同的山名、水名，及山脈走勢、河流流向，即使無法指實山經某山即現在的某山，但某些山脈所在的範圍，大致是可以確定的。依據前面的分析，〈中次八經〉以下諸山，和其他用牢牲祭祀的山嶽，無論地理的記述、神靈信仰的記載，都有明顯的差異。從地理位置考察，〈中次八經〉為荊山山脈，山勢由景山向東依序排列，景山有睢水發源，東南流注于長江，荊山有漳水濫觴於此，東南流至于睢水，《墨子‧非攻下》曰：「昔者楚熊麗始封此睢山之間」。畢沅云：「睢山即江漢沮漳之沮」（《墨子閒詁》卷5，頁26）。此山脈殆如畢氏所說「自湖北襄陽府至河南府。」（頁28）也就是湖北西部沮漳流域一帶以東的地區。前引楚右尹子革之言，謂「昔我先王熊繹，辟在荊山。」可知荊山山脈、沮漳流域，周初時即為楚國封地，為楚地望所在。〈中次九經〉上文已考定其位置，大約是四川西部迤邐至湖北西部的山脈。湖北西周時已是楚國封地，楚先祖熊渠即封其子熊摯紅于鄂（〈楚世家〉，頁1692）。〈中次十經〉諸山多已不可考，衛挺生以為此列山脈在渭源與江源之間，因有黃帝、顓頊傳說而編入〈中山經〉。[註29] 而陳槃考察楚國爵姓存滅，則謂楚人早年活動，西起隴西之隴縣，由縣之楚水（陝西商縣）入渭，復折而至終南山區，[註30]〈中次十經〉山脈次於八經、九經之下，或由於此區也是楚先世的故地。〈中次十一經〉諸山所發源的河流，或東注于汝水，或南注于漢水，其地當在豫南南陽盆地一帶，即畢沅所謂的「河南陝州南陽府也」（頁39）。春秋時代楚所滅諸國：息、申、呂、

〔註29〕衛挺生《山經地理圖考》，頁72。
〔註30〕陳槃，註24前揭書，頁110。

江、柏等，多位於此。〔註31〕〈中次十二經〉諸山亦無法確定在何處，但從洞庭、帝女的神話：「澧沅之風，交瀟湘之淵」，及地理志多以帝女神話屬之湖南巴陵，結合近代長沙與沅澧流域，出土楚國文物及墓葬甚多〔註32〕等證據判斷，如畢沅所說，此經所述多半還是湘北一帶的山嶽。

綜上所考，〈中次八經〉至十二經的範圍，大約在河南西南、湖北、四川西北與湖南北部等地，與顧棟高《春秋大事表》所列的楚國疆域：西北至武關（陝西商州少習山下），與秦分界；東南至昭關（江南和州含山縣北二十里），與吳分界；北至河南汝寧府、南陽府汝州，與周分界；其南不越洞庭，〔註33〕大致相合。山經稱「帝」的山嶽，都在這個範圍內。而「帝」山之一的「熊山」，如上文所言，可能在川鄂邊境。《史記・五帝本紀》云：「黃帝南至于江，登熊、湘。」（頁 6）〈齊太公世家〉也有齊桓公南伐至于召陵，「望熊山」的記載（頁 1491）。《史記》所稱的熊山，極有可能是山經的熊山；即非山經的熊山，以太史公云「南至于江」、「南伐」的話推判，《史記》所說的熊山，也應與位於南方的大國楚有關。楚的先世受封於荊山、沮漳流域，唐代歸州巴東縣的的秭歸故城，《括地志》即云：「楚子熊繹始封之地」，又云：「熊繹墓在秭歸縣。」而楚國先王墓冢西陵、夷陵俱在鄂西，〔註34〕這些地點也都在川、鄂交壤一帶。春秋戰國時代楚曾多次遷都，楚武王時，由舊都丹陽（湖北秭歸）遷郢（湖北江陵）；昭王避吳，由郢遷都（湖北宜城東南）；其後又遷陳（河南淮陽）、鉅陽（安徽太和）、壽春（安徽壽縣）。〔註35〕楚舊都丹陽及郢（紀郢）、都（鄀郢）也位於鄂西川東周圍。楚先世以「熊」為氏，熊山有熊穴出神人的神話，歷史上熊山鄰近處皆為楚都所在；地理上，楚先王陵冢也多在此，因此，熊山可能是楚的聖地。山經編者以熊山為「帝」，熊山的祭祀用太牢，加之以珍冕樂舞，美酒的盛典，或皆肇因於是。而據此，判斷

〔註31〕顧棟高《春秋大事表》，〈春秋列國疆域表〉卷 4，頁 153～154。

〔註32〕饒宗頤《荊楚文化》附錄一，楚境內重要遺物，遺址發現簡表，《中央研究院歷史語言研究所集刊》41 本第 2 分，頁 297～299。楚文化研究會編，《楚文化考古大事記》。

〔註33〕顧棟高，註 31 前揭書，頁 154。

〔註34〕《史記・楚世家》：「（頃襄王）二十年，秦將白起拔我西陵。二十一年，秦將白起遂拔我郢，燒先王墓夷陵。」張守節正義云：「《括地志》云：『西陵故城在黃州黃山西二里』」。又云：「（夷陵）《括地志》云：『峽州夷陵縣是也，在荊州西……』」（頁 1735）。

〔註35〕顧棟高，註 31 前揭書，〈春秋列國都邑表〉卷七之四，頁 276～280。

山經的成編，至少祀典這一部分，無法避開與楚有密切關係。尤其祀典的記錄，可能是經楚人之手完成的。至於〈中次十經〉的「帝」山騩山，〈中次十一經〉的「帝」山禾山，因爲本經中並無此二山的記錄，無法得知它們被稱爲「帝」的原因，但據上文的推論判斷，大概也與楚有關。

　　祭儀方面，「帝」山祭祀樂舞特隆，尤其祈璆冕舞、合巫祝二人舞的樂舞盛況，與楚俗信鬼好祠，喜作歌樂鼓舞事神的特色，極其相似。而「帝」山奠酒、獻璧、持玉以舞的儀節，更幾與《楚辭‧東皇太一》的祭儀，如出一轍。〔註36〕在宗教信仰方面，春秋戰國時代，楚人所說的「帝」，或爲神話中的先祖，如〈離騷〉云：「帝高陽六苗裔兮」（頁12）；或爲至上神，如〈天問〉：「帝降夷羿，革孽下民。」（頁167～168）長沙戰國楚墓出土的繒書中，許多「帝」字也是至上神的意思。〔註37〕這一點也與山經稱山爲「帝」的觀念相當。

　　凡此，都說明了山經的祀典，與楚的關係極爲密切。

　　山經祀典的成編既與楚有關，〈中山八經〉以下諸經所載山嶽，又多在楚的疆域內，那麼〈中次八經〉以下「冢」山，不在名山或大山川之列，卻以少牢祠祭的原因，就比較容易明白了。先秦諸國文化制度容有差異，但大多不能免於殷周文化母體的潛化；秦始皇吞併六國，因三代典故，序祀天下名山大川，而首都咸陽附近山川，與名山大川祠禮相同，都是「牛犢、牢具、圭幣各異」，且因「比雍州之域，近天子之都，故加車一乘，駟車四」。不在大山川之數的山水：霸、產、灃、澇、涇、渭、長水等，也因「以近咸陽，盡得比山川祠」（《史記‧封禪書》，頁1374）。可見先秦山川祭祀，祭品的多寡，與祠禮的隆殺，除了山川大小的關係外，也和山川座落地點有關：愈近國都，祠禮愈盛。山經〈中次八經〉以下「冢」山，有本爲小山，而以牢牲祭祀的原因，或即如此。這些山嶽的祭祀可能和「帝」、「神」諸山一樣，由王室祠官以歲時祠祭。而〈中次八經〉以下，不以牢牲祭祀的山川，則可能是有事禱祠及民間祭祀的對象。〈中次八經〉以外的冢山，如〈西山經〉的華山、〈中山經〉的歷兒山、升山、苦山、嵩山等，大都爲古代名山，於周已有固定祀典，因此這些山嶽祠以「太牢」，是沿用舊秩。而其與〈中次八經〉以下小山同稱爲「冢」，可能與楚人有關。〈中次九、十、十二經〉「帝」、「冢」

〔註36〕文崇一，註25前揭書，頁163。
〔註37〕文崇一，註25前揭書，頁140。

並列，祭「帝」以太牢，祭「冢」以少牢，「帝」與「冢」，猶君與臣，山經祀典的編成，既與楚有關，則華山、嵩山被稱爲「冢」，視與楚境內小山無異，或許是編纂者有心的安排。

　　至若魃山－〈中次五經〉首山，祠以黑犧太牢，則或與《周禮》「陽祀用騂牲毛之，陰祀用黝牲毛之，望祀各以其方之色牲毛之」（〈地官・牧人〉，頁195）相類，因祠祭對象不同而牲色有異。上文曾謂首山所祭祀的山神，可能由始祖神話轉化而來，山經祠祭首山用黑色牲牢的原因，或與此有關。而獻酒用糵釀甜醴，大概也是這個因素。

　　另外，神山羭山祠以百犧，燙酒百樽，及三座「神」山用玉獨多的情形，可能與「神」山具有的靈能有關。古人以「神」名山，多半因爲此山能興雲作雨，潤澤萬物，可以阜吾民之財。因此「神」山羭山的祭祀，與古代祈雨之祭當有某種關聯。祭玉獨多，正如第七章的考察，也與其能興起雲雨的神能有關。而洞庭、榮余二山，除具有多雨的特點外，帝女與楚民族的關係與神話，和多怪蛇怪物的神話傳說，應當也是它們享有較隆祭禮的原因。

　　《禮記・王制篇》謂天子五年一巡守，二月巡守東嶽，柴而望祀山川，五月至南嶽，八月至西嶽，十一月至北嶽，皆如東巡守之禮。天子巡狩四嶽的目的，《白虎通》云：「嶽者何謂也，嶽之爲言搉也，搉功德也。」（卷3上，頁153）金鶚〈五嶽考〉則以爲巡守四嶽的主要目的，在於朝會各方諸侯。〔註38〕但吾人認天子巡狩五嶽並加以祭祀的原始作用，可能不在於搉功德、朝會諸侯。祭祀在古代是權力的象徵，巡守祭祀五嶽的原始目的，或在於表彰主祭者爲神寵眷，神賜以天下的土地，故祭祀五嶽也是王權的重申。如《禮記・禮運》所云：

> 是故禮者，君之大柄也。……是故夫政必本於天，殽以降命。命降于社之謂殽地，降于祖廟之謂仁義，降於山川之謂興作，降於五祀之謂制度。此聖人所以藏身之固也。（頁422）

因而天子分封諸侯，除土地的頒授外，也賜與祭祀山川的特權。五嶽祭祀既爲王權的象徵，歷代帝王皆極重視，所以秦始皇統一天下之後的大事之一，就是重序天下山川鬼神的祭祀。山經也載有「嶽」的祭祀，然山經之「嶽」僅一座，載於〈中次六經〉祀典中：「嶽在其中，以六月祭之，如諸嶽之祠法，則天子安寧」（頁141）。但山經並未指明何山爲「嶽」，也未記錄嶽的神狀、

　　　　　　　　　　　　　　　　　　　　　　　　　　　　
〔註38〕金鶚，註6前揭書，頁20～21。

祭儀。研究山經的學者，或以爲此嶽指西嶽華山，如郝懿行。也有學者以爲
〈中次六經〉的嶽祭是望祭，如汪紱云：

> 此條無中嶽，而曰嶽在其中，蓋以洛陽居天下之中，王者於此時望
> 祭四嶽，以其非嶽而祭四嶽，故曰嶽在其中。(《山海經校注》，頁
> 141 引)

然西嶽華山的祭祀，已見於〈西山首經〉，山經無重複之理；且山經篇中不以
「嶽」名山，西嶽華山、中嶽嵩山，山經都只視爲「冢」，而不以「嶽」呼之。
五嶽中的東嶽泰山，見於〈東山首經〉，更被視如眾山，而祭之以犬、魚。南
嶽、北嶽則山經未載，因此望祭四嶽的解釋，也不能自圓其說。余因以爲山
經所說的「嶽」，可能只是借用「嶽」之名，並不用以指五嶽，而此「嶽」，
或許是《山海經》編錄者寄託宇宙觀的設想，實際上並不存在，所以與「嶽」
有關的神狀、祭儀，全付闕如，只籠統的說：「如諸嶽之祠法」。

　　王夢鷗先生以爲《山海經》的前身，是鄒衍五德終始論發展下來的方輿紀
要。鄒衍五德終始論最基本者爲宇宙論，以爲宇宙是一元的，是一個陰陽二氣
化生爲水火木金土五種混成的實體。宇宙因陰陽消息而有時位上的不斷循環，
時位依五行迭轉，化生萬物，而有五木五蟲；五木五蟲配于四時，並列成五位，
五位見於州域，因之各州生物有它特殊的總類爲其統領；而山經以東西南北中
爲提綱，列敘各國所有物怪的記述方式，即接近鄒衍遺說的原形。〔註39〕王夢
鷗先生的看法，極具啓發性，從《山海經》一書的編排觀察，山經不僅受到鄒
衍學說的影響，將天下山川分爲五個區域；南、西、北、東、中，以〈中山經〉
居中，同時各區可能按照「五木五蟲配于四時」的觀念，再依時、月劃分，如
〈東山經〉、〈西山經〉，依四時各分爲四經；〈南山經〉、〈北山經〉依一時三月，
各分爲三經；〈中山〉居東、西、南、北之中，故據時月交乘之數，四、三十二，
分爲十二經，十二經之中，又以〈中次六經〉居中，爲天下的中心，以作爲宇
宙一元論在空間上的定位。此中心，山經名之爲「嶽」，然因此嶽只是虛構，所
以無該山神狀和祭儀資料可記。日本學者神田喜一郎與伊藤清司，都曾提出如
下的看法：以爲山經祭祀部分所描繪的山神神狀，與山經各篇中出現的神狀不
符，這種矛盾，是山經編錄者勉強統合的痕跡。〔註40〕余則認爲不僅祭祀神狀

〔註39〕參閱王夢鷗先生《鄒衍遺說考》，頁 122～145。
〔註40〕神田喜一郎〈山海經より觀たる支那古代の山嶽崇拜〉，《支那學》2 卷 5 號，
　　　　頁 35。伊藤清司〈山川の神マ（三）山海經の研究〉，《史學》第 42 卷第 2 號。

有編錄者強爲整理的痕跡，〈中次六經〉所謂的「嶽」，也出於編錄者有心的安排，它可能是山經編者宇宙觀的寄託。

至於〈中次六經〉云嶽「以六月祭之」者，考諸載籍的山嶽祭祀，大都依時序祠祭，如《禮記・月令》：

孟春：乃修祭典，命祀山林川澤。（頁289）

仲夏：命有司爲民祈祀山川百源，以祈穀實。（頁316）

季夏：命四監大合百縣之秩芻，以養犧牲，令民無不咸出其力，以
　　　共皇天上帝、名山大川、四方之神，以祠宗廟社稷之靈，以
　　　爲民祈福。（頁319）

季冬：乃畢山川之祀。（頁347）（《呂覽・季冬紀》作「乃畢行山川
　　　之祀」，頁451）

確指爲「嶽」的祭祀時間，除前引〈王制〉謂天子巡守四嶽，於二、五、八、十一月，分別至其地而祠祭外，餘則極少明確指明祭祀的月分。《史記・封禪書》載秦始皇祭名山大川亦只謂春、秋、多三時解凍、涸凍時禱祠祭祀（頁1371）。惟《漢舊儀》謂「祭五嶽，祠用三正色牲。十月涸凍，二月解凍，皆祭祀」。《風俗通》也載東嶽泰山的祭祀時間是：「十月日合凍，臘月日涸凍，正月日解凍，皆太守自侍祠」（卷十〈山澤〉，頁447），都未聞有六月祭嶽者。而山經此嶽，不指五嶽，因此山經云：「以六月祭之」，另有含意。

楚用夏正，[註41]《夏小正》云：「六月，初昏，斗柄正在上。」（頁40）孔廣森補注云：「此斗柄謂斗衡也。正在上，謂正南也。六月之昏尾中，南方當尾，故南指。」山經六月祭嶽的時間，正是斗衡南指之時，這樣的安排，和山經敘天下山川，不依慣習以東西南北爲序，而以圈狀的南西北東爲敘述方式相同，都是以中山經爲天下之中，但又以南方爲重心的一種安排，而這種安排，無疑的，與位居南方的楚有關。

綜合以上的論述，余以爲山經的山嶽祭祀，是許多失落神話的歷史遺跡；它的祭祀儀式，是由民間祭祀形式，和王室祭祀形式，湊泊而成的；既保留了民間祠祭的色彩，也具有王室祭祀的特色。它的基本資料來源，可能是周朝王室的祭祀檔案。檔案內容有採錄民間祭儀，而納入王室祀典的祭祀，這

〔註41〕從《楚辭》屈原所描繪的時令狀態，及雲夢睡虎地出土的《秦楚月名對照表》
　　　考察，楚國用夏曆。參閱湯炳正〈歷史文物的新出土與屈原生年月日的再探
　　　討〉，見氏著《屈賦新探》，頁45～46。

一部分在山經中，成爲一般眾山祭祀的儀式。也有王室對重要山嶽的祀典，此即〈西山首經〉及〈中山首經〉至〈中次七經〉的主要祭儀來源。周王室檔案外，可能也有來自楚國公室的祭祀記錄，這部分資料形成〈中次八經〉至〈中次十二經〉的祠祀儀節。而所有的祭祀檔案，又經過山經編纂者重新整理規劃，納入編著者的宇宙觀，成爲今本山經紀錄所呈現的的祭祀形態。所以山經祭祀既有繼承自殷周祭祀的特質，也散發著楚地祭祀歌舞騰喧的熱烈氣氛。同時也隱約流露了編者的宇宙觀，和神靈世界的次序。

　　《詩經·周頌·般》曰：「於皇時周，陟其高山。隋山喬嶽，允猶翕河。」詩序云：「巡守而祀四嶽河海也。」隋山，小山；猶者，圖也。鄭玄云：「皆信案山川之圖而次序祭之。」（頁 754～755）可見周代山川祭祀，可能原有圖籍。《周禮·春官》亦云：

　　　凡以神仕者掌三辰之灋，以猶鬼神之居，辨其名物。以冬日至，致天神人鬼；以夏日至，致地示物魅；以禬國之凶荒，民之札喪（頁 423～424）。

猶，鄭玄亦謂「圖也」，「以猶鬼神之居」，謂「圖畫其形象位次」，則周代祭祀可能也有鬼神之圖。長沙出土的戰國楚墓繪書，有十二月名及神狀，[註42]陶潛〈讀山海經〉詩云：「流觀山海圖」。《山海經》祭祀部分，或許也有和山川圖相似，描繪神狀，記錄祭儀的圖籍，祭祀時可以按圖索「祭」。這個圖籍或許也有來自周王室者，但周王室檔案圖籍何以爲楚所得，則留待日後繼續研究。而〈楚繪書〉十二月神的排列，四時之神與四極的觀念，與《山海經》的編排方式、宗教信仰的關聯，也是值得繼續探索的問題。

〔註42〕林巳奈夫〈長沙出土楚帛書の十二神の由來〉，《東方學報》42 冊，頁 2。

主要參考書目

一、中文圖書（略依內容分類）

（一）

1. 《十三經注疏》，鄭玄等，藝文，重刊宋本。
2. 《尚書大傳》，伏勝，商務，大本原式精印四部叢刊正編本。
3. 《尚書集釋》，屈萬里，聯經。
4. 《韓詩外傳校注》，周廷寀，藝文，安徽叢書本。
5. 《韓詩外傳今註今譯》，賴炎元註譯，臺灣商務。
6. 《春秋繁露》，董仲舒，商務，大本原式精印四部叢刊正編本。
7. 《春秋左傳補疏》，焦循，藝文，皇清經解本。
8. 《春秋大事表》，顧棟高，鼎文。
9. 《春秋左傳會注》，楊伯峻，出版者未載。
10. 《經義述聞》，王引之，商務，國學基本叢書本。
11. 《世本八種》，宋衷注，秦嘉謨等輯，西南。
12. 《竹書紀年八種》，世界。
13. 《逸周書集訓校釋》，朱右曾，世界。
14. 《國語韋昭注》，韋昭，藝文，天聖明道本。
15. 《史記三家注》，司馬遷撰，裴駰等注，鼎文。
16. 《史記會注考證》，瀧川龜太郎，樂天。
17. 《漢書注》，班固撰，顏師古注，洪氏。
18. 《吳越春秋》，趙曄，商務，宋元明善本叢書本。

19. 《晉書》，房玄齡等，鼎文。

20. 《隋書》，魏徵，鼎文。

21. 《括地志八類附孫星衍輯，補遺》，新文豐，叢書集成新編第93冊。

22. 《元和郡縣圖志》，李吉甫撰，孫星衍輯，新文豐，叢書集成新編第93冊。

23. 《攬轡錄》，范成大，新文豐，叢書集成新編第93冊。

24. 《輿地廣記》，歐陽忞，新文豐，叢書集成新編第93冊。

25. 《元豐九域志》，王存等，新文豐，叢書集成新編第93冊。

26. 《太平寰宇記》，樂史，新文豐，叢書集成新編第93冊。

27. 《墨子閒詁》，孫詒讓，唯一。

28. 《莊子集釋》，郭慶藩，河洛。

29. 《荀子集解》，王先謙，蘭臺。

30. 《管子》，附戴望《管子校正》，商務，國學基本叢書本。

31. 《尸子》，陳春輯，藝文，湖海樓叢書本。

32. 《鬼谷子》，陶宏景注，廣文，嘉慶十年江氏秦氏開雕本。

33. 《呂氏春秋集釋等五書》，許維遹，鼎文。

34. 《呂氏春秋校釋》，尹仲容，國立編譯館。

35. 《淮南鴻烈集解》，劉文典，出版者未載。

36. 《淮南萬畢術附補遺再補遺》，劉安等撰，孫馮翼輯，商務，叢書集成初本。

37. 《白虎通》，班固，藝文，抱經堂叢書本。

38. 《風俗通義校注》，王利器，明文。

39. 《抱朴子》，葛洪，新文豐，叢書集成新編第20冊。

40. 《博物志》，張華，商務，古今逸史本。

41. 《齊民要術》，賈思勰，新文豐，叢書集成新編第47冊。

42. 《北山酒經》，朱翼中，新文豐，叢書集成新編第47冊。

43. 《酒史》，馮時化，新文豐，叢書集戶新編第47冊。

44. 《毛詩草木鳥獸蟲魚疏》，陸璣，商務，津岱祕書本。

45. 《本草綱目》，李時珍，商務，國學基本叢書本。

46. 《九穀考》，程瑤田，藝文，皇清經解本。

47. 《植物名實圖考長編》，吳其濬，世界。

48. 《古玉圖考》，吳大澂，中華。

49. 《札迻》，孫詒讓，世界。

50. 《諸子平議補錄》，俞樾著，李大根輯，世界。

51. 《楚辭補注》，洪興祖，藝文，惜陰軒叢書本。

（二）

1. 《儀禮正義》，胡培翬，商務，國學基本叢書本。
2. 《大戴禮記補注》，盧辯，商務，國學基本叢書本。
3. 《大戴禮記解詁》，王聘珍，漢京，四部刊要本。
4. 《夏小正義疏》，洪震煊，商務，國學基本叢書本。
5. 《禮記集解》，孫希旦，文史哲。
6. 《周禮正義》，孫詒讓，商務，國學基本叢書本。
7. 《考工記解》，林希逸，商務，國學基本叢書本。
8. 《禮書綱目》，江永，臺聯國風中文出版社，鏤恩堂刊本。
8. 《禮說》，惠士奇，藝文，皇清經解本。
10. 《禮經釋例》，凌廷堪，藝文，皇清經解本。
11. 《求古錄禮說補遺》，金鶚，藝文，《皇清經解續編》本。
12. 《禮書通故》，黃以周，華世。
13. 《五禮通考》，秦蕙田，正光，新化三昧堂本。
14. 《儀禮圖》，楊復，大通，通志堂經解本。
15. 《三禮圖》，聶崇義，大通，通志堂經解本。
16. 《考工記圖》，戴震，藝文，安徽叢書本。
17. 《春秋吉禮考辨》，周何，嘉新水泥公司文化基金會研究論文。
18. 《儀禮特性・少牢有司徹祭品研究》，吳達芸，臺灣中華。
19. 《周禮研究》，侯家駒，聯經。

（三）

1. 《說文解字注》，段玉裁，黎明文化，經韵樓藏書本。
2. 《說文段注箋》，徐灝，廣文。
3. 《說文解字詁林正補合編》，丁福保，鼎文。
4. 《方言》，揚雄，商務，大本原式精印四部叢刊正編。
5. 《釋名疏證補》，劉熙撰，畢沅疏證，王先謙補，商務，國學基本叢書本。
6. 《玉篇》，顧野王，臺灣中華，四部備要本。
7. 《校正宋本廣韻》，陳彭年等，藝文。
8. 《爾雅義述》，郝懿行，臺灣商務。
9. 《小爾雅》，孔鮒，臺灣商務，叢書集成初編本。
10. 《五雅》，郎奎金輯，商務，現藏罕傳善本叢書本。

11. 《廣雅疏證附補正及拾遺》，張揖撰，王念孫疏證，（日）中文。

12. 《急就篇》，史游，顏師古注，商務，文淵閣四庫叢書 233 冊。

13. 《急就篇考異》，孫星衍，藝文，岱南閣叢書本。

14. 《初學記》，徐堅編，鼎文。

15. 《藝文類聚》，歐陽詢等編，出版者未載。

16. 《太平御覽》，李昉等編，商務。

17. 《古今圖書集成》，陳夢雷主編，鼎文。

18. 《十通分類總纂》，楊家駱主編，鼎文。

（四）

1. 《山海經補注》，楊慎，宏業，函海本。

2. 《山海經廣注》，吳任臣，商務，四庫全書珍本三集。

3. 《山海經新校正》，畢沅，藝文，經訓堂叢書本。

4. 《山海經箋疏》，郝懿行，藝文，阮氏琅環僊館本。

5. 《山海經地理今釋》，吳承志，藝文，求恕齋叢書本。

6. 《山海經校注》，袁珂，洪氏。

7. 《山海地理今釋》，衛挺生，華國。

8. 《山海經專號》，容肇祖等，東方文化供應社，影印北京大學民俗學會叢書 142 冊。

9. 《山海經考》，小川琢治著，江俠庵譯，新欣。

10. 《白話山海經》，傅錫壬，河洛。

11. 《山海經——神話的故鄉》，李豐楙，時報。

（五）

1. 《中國古代史》，夏曾佑，商務，民國 52 年 5 月。

2. 《古史辨》，顧頡剛等，出版者未載。

3. 《中國史乘中未詳諸國考證》，希勒格著，馮承鈞譯，商務，民國 64 年 4 月。

4. 《古史考述》，趙鐵寒，正中，民國 64 年 2 月。

5. 《中國古代社會史》，李宗侗，華國，民國 66 年 9 月。

6. 《中國古史的傳說時代》，徐炳昶，地平線，民國 67 年 5 月。

7. 《中國上古史論文選集》，杜正勝編，華世，民國 68 年 11 月。

8. 《中國史前史話》，徐亮之，華正，民國 68 年 5 月。

9. 《古史甄微》，蒙文通，商務，民國 69 年 8 月。

10. 《求古編》，許倬雲，聯經，民國 71 年。

11. 《中國古代社會史研究方法論》，黃文山，商務，民國 71 年 2 月。

12. 《中國青銅時代》，張光直，聯經，民國 72 年。

13. 《西周史》，許倬雲，聯經，民國 73 年 10 月。

14. 《中國史探研》，齊思和，弘文館，民國 74 年 9 月。

15. 《古代史研究的史料問題》，胡厚宣，谷風，民國 75 年 9 月。

16. 《春秋大事表列國爵姓及存滅表譔異》，陳槃，中央研究院歷史語言研究所，年分不詳。

17. 《史記地名考》，錢穆，三民，民國 57 年。

18. 《楚辭地名辯證》，許振鐄，現代教育，民國 63 年 8 月 15 日。

19. 《中國歷史地理論集》，鄭德坤，聯經，民國 70 年。

20. 《古史地理論叢》，錢穆，東大，民國 71 年 7 月。

21. 《中國歷史自然地理》，著者未載，明文，民國 74 年 5 月。

22. 《中國文化地理》，陳正祥，木鐸，民國 74 年 9 月。

23. 《先秦文史資料考辨》，屈萬里，聯經，民國 74 年。

24. 《周代祝官研究》，席涵靜，勵志，民國 67 年 5 月。

25. 《詩經楚辭新證》，于省吾，木鐸，民國 71 年 11 月。

26. 《鄒衍遺說考》，王夢鷗，商務，民國 55 年 1 月。

27. 《偽書通考》，張心澂，宏業，民國 64 年 6 月。

28. 《中國舞蹈史初編三種》，常任俠等，蘭亭，民國 74 年 10 月 15 日。

29. 《抱朴子——不死的探求》，李豐楙，時報，民國 76 年 1 月 15 日。

30. 《唐前志怪小說史》，李劍國，南開大學，民國 73 年 5 月。

（六）

1. 《甲骨文編》，王海波，中文，民國 71 年 9 月。

2. 《殷虛卜辭綜類》，島邦男，大通，民國 59 年 12 月。

3. 《甲骨文字集釋》，李孝定，中央研究院歷史語言研究所，民國 63 年 10 月。

4. 《甲骨文字典》，徐中舒主編，四川辭書，民國 78 年。

5. 《甲骨文字研究》，郭沫若，民文，出版年版次未載。

6. 《殷契駢枝全編》，于省吾，藝文，民國 64 年。

7. 《殷虛卜辭綜述》，陳夢家，出版項未載。

8. 《甲骨文的世界》，白川靜著，溫天河、蔡哲茂譯，巨流，民國 66 年 9 月。

9. 《金文詁林》，周法高等編，香港中文大學，民國 65 年。

10. 《金文詁林補》，周法高，中央研究院歷史語言研究所，民國 71 年 5 月。

11. 《商周金文集成》，邱德修，五南，民國 74 年 1 月。

12. 《中國古代文化》，白川靜著，洪月嬌、加地伸行譯，文津，民國 72 年 5 月。

13. 《考古學基礎》，著者未載，弘文館，民國 74 年 9 月。

14. 《考古學續編》，著者未載，弘文館，民國 75 年 1 月。

15. 《中國文明的起源》，夏鼐，滄浪，民國 75 年 9 月。

16. 《東周與秦代文明》，李學勤，駱駝，出版年未載。

17. 《長沙古物聞見記》，商承祚，文海，民國 60 年 12 月。

18. 《侯馬盟書》，著者未載，里仁，民國 69 年 10 月 15 日。

19. 《雲夢秦簡日書研究》，饒宗頤、曾憲通，香港中文大學，民國 71 年。

20. 《楚文化研究》，文崇一，《中央研究院民族學研究所專刊》12，民國 56 年。

21. 《楚文化考古大事記》，文物，民國 73 年 7 月。

22. 《楚帛書》，中華書局香港分局，民國 74 年 9 月。

23. 《楚辭新探》，湯炳正，貫雅文化，民國 80 年 2 月

24. 《古玉鑑裁》，那志良，國泰美術館，民國 69 年 3 月。

25. 《玉器辭典》，雯雯，民國 71 年 10 月。

（七）

1. 《宗教的初生與成長》，摩兒著，江紹原譯述，商務，民國 62 年 12 月。

2. 《中國宗教思想史大綱》，王治心，臺灣中華，民國 69 年 10 月。

3. 《中國古代宗教初探》，朱天順，谷風，民國 75 年 7 月。

4. 《中國古代宗教系統》，杜而未，學生，民國 72 年 3 月 3 版。

5. 《中國古代宗教研究》，杜而未，學生，民國 72 年 3 月。

6. 《世界宗教史》，加滕玄智著・鐵錚譯，商務，民國 61 年。

7. 《中國社會與宗教》，鄭志明，學生，民國 75 年 7 月。

8. 《比較宗教史》，施密特著・譯者未載，輔仁，民國 57 年 9 月。

9. 《比較宗教學》，釋聖嚴，臺灣中華，民國 57 年 6 月。

10. 《宗教哲學概論》，楊紹南，商務，民國 61 年。

11. 《臺灣民間信仰論集》，劉枝萬，聯經，民國 72 年 12 月。

12. 《巫術、科學與宗教》，馬凌諾斯基（B. Malinowski）著、朱岑樓譯，協志，年分、版次未載。

13. 《古巫醫與「六詩」考——中國浪漫文學探源》，周策縱，聯經，民國75年7月。

14. 《中國古代旅行之研究》，江紹原，商務，民國59年5月。

15. 《髮鬚爪——關於它們的迷信》，江紹原，東方，影印本，民國60年春。

16. 《迷信與傳說》，容肇祖，福祿，影印本，民國58年10月。

17. 《扶箕迷信的研究》，許地山，商務，民國75年2月5版。

18. 《中國民俗學》，直江廣治著、林懷卿譯，世一，民國69年10月。

19. 《敬天與親人》，藍吉富、劉增貴主編，聯經，民國71年。

20. 《初民心理與各種社會制度的起源》，崔載揚，福祿，影印本，民國58年。

21. 《信仰與文化》，李亦園，巨流，民國74年2月3日。

22. 《文化人類學》，林惠祥，商務，民國70年9月。

23. 《社會人類學》，衛惠林，商務，民國71年9月。

24. 《中國文化人類學》，鄭德坤，華世，民國64年11月。

25. 《文化人類學選讀》，李亦園編，食貨，民國69年10月。

26. 《蠻荒的訪客》，馬凌諾斯基（B. Malinowski）著，宋光宇譯述，允晨，民國71年11月。

27. 《圖騰與禁忌》，佛洛伊德（S. Freud），志文，民國74年10月。

28. 《中國邊疆民族與環太平洋文化》，凌純聲，聯經，民國68年7月。

29. 《論人》，卡西勒（C. Cassirer）著，東海大學，民國48年11月。

30. 《中國古代民族神話與文化之研究》，印順法師，華岡，民國64年10月。

31. 《神話論》，林惠祥，商務，民國68年11月。

32. 《神話與意義》，李維斯陀（C. Lévi-Strauss）著‧王維蘭譯，時報，民國72年2月10日再版。

33. 《中國古代神話甲編三種》，玄珠等，里仁，民國72年8月25日。

34. 《中國的神話與傳說》，王孝廉，聯經，民國72年6版。

35. 《中國神話》，白川靜著，王孝廉譯，長安，民國72年5月。

36. 《國家的神話》，卡西勒著（C. Cassirer）黃漢青、陳衛平譯，成均，民國72年5月。

37. 《上古神話縱橫談》，馮天諭，上海藝文，民國72年。

38. 《古神話選釋》，袁珂，長安，民國73年6月。

39. 《中國神話傳說辭典》，袁珂，華世，民國75年5月。

40. 《神話論文集》，袁珂，漢京，民國76年1月20日。

（八）

1. 《中國農業發展史——古代之部》，黃乃隆，正中，民國 52 年 5 月。

2. 《黃土與中國農業的起源》，何炳棣，香港中文大學，民國 58 年 4 月。

3. 《中國農業史》，沈宗翰、趙雅書編著，商務，民國 68 年 3 月。

二、學位、國科會論文（依時間先後排列）

1. 《中國古代最高神的觀念》，許倬雲，民國 54 年，臺大歷史所碩士論文。

2. 《殷禮考實》，黃然偉，民國 54 年，臺大中文所碩士論文。

3. 《殷周至上神之信仰與祭祀》，謝忠正，民國 70 年師大中文所博士論文。

4. 《中國古玉中禮器之研究》，章成崧，民國 71 年政大中文所碩士論文。

5. 《山海經新探》，彭澤江，民國 71 年文化學院中文所碩士論文。

6. 《中國古代神話中人神關係之研究》，林景蘇，民國 75 年高雄師範學院國文所碩士論文。

7. 《山海經神話研究》，李仁澤，民國 75 年師大碩士論文。

8. 《從山海經楚辭看草木與文學的關係》，陳妙華，民國 75 年文化大學碩士論文。

9. 《周代宗廟祭祀之研究》，梁煌儀，民國 75 年政大博士論文。

10. 《先秦玉器之研究》，章成崧，民國 76 年政大博士論文。

11. 《山海經神話資料的來源初探》，彭毅，民國 74 年國科會論文。

12. 《山海經神話資料中的原始思維》，彭毅，民國 75 年國科會論文。

三、日文圖書（暑依內容排列）

1. 《生と再生——イニシエ——シの宗教的意義》，M・エリユ——テ著堀一郎譯，東京大學，1971。

2. 《宗教原始型態と理論》，W. R. コムヌトツカ著柳川啓一監譯，東京大學，1976。

3. 《宗教學序說》，竹中常信，山喜房佛書林，1978。

4. 《中國古代宗教史》，池田末利，（日）東海大學，1981。

5. 《金枝》，佛萊則（J. G. Frazer）著，永喬卓介譯，岩波，1985。

6. 《中國の呪法》，澤田瑞穗，堤たち，1984 年 12 月 20 日。

7. 《中國の神獸、惡鬼たち——山海經的世界》，伊藤清司，東方，1986 年 7 月 20 日。

8. 《山海經、列仙傳》，前野直彬譯，集英社，1980。

9. 《支那神話傳說の研究》，出石誠彦，中央公論社，1973。

10. 《中國古代の神マ——古代傳說の研究》，御手洗勝，創文社，1974。

11. 《日本神話と中國神話》，伊滕清司，學生社，1981。

12. 《中國古代文化の研究》，加滕常賢，二松學舍大學，1980。

13. 《中國考古學論叢》，駒井和愛，慶友社，1974。

14. 《諸橋轍次著作集第四卷支那的家族》，諸橋轍次，大修館，1975。

15. 《中國の泰山》，澤田瑞穗・窪德忠，講談社，1982。

四、期刊、叢書論文（依姓氏筆劃排列）

（一）

1. 〈山海經圖與職貢圖〉，王以中，《禹貢半月刊》1 卷 3 期，民國 23 年 4 月 2 日。

2. 〈山海經新證〉，史景成，《書目季刊》3 卷，民國 57 年 12 月 16 日。

3. 〈山海經成書之年代〉，何定生，《國立中山大學語言歷史研究所週刊》，民國 17 年 3 月 13 日。

4. 〈山海經在科學上之批判及作者之時代考〉，何觀洲，《燕京學報》7 期，民國 20 年。

5. 〈讀山海經雜記（續）〉，孫家驥，《臺灣風物》季刊 13 卷 6 期，14 卷 1 期，民國 52 年 12 月，53 年 6 月。

6. 〈山海經中的絲綢之路初探〉，翁經方，《上海師院學報》2 期，民國 70 年。

7. 〈穆傳山經合證〉，張公量，《禹貢半月刊》1 卷 5 期。

8. 〈山海經的民俗學價值〉，張紫晨，《思想戰線》58 期，民國 73 年。

9. 〈山海經初探〉，袁行霈，《中華文史論叢》第 3 輯，民國 68 年。

10. 〈山海經圖與職貢圖的討論〉，賀次君，《禹貢半月刊》1 卷 8 期，民國 23 年 6 月 18 日。

11. 〈山海經之版本及關於山海經之著述〉，賀次君，《禹貢半月刊》1 卷 10 期，民國 23 年 7 月 16 日。

12. 〈山海經研究〉，傅錫壬，《淡江學報》8 期，民國 64 年 12 月 13 日。

13. 〈山海經探微〉，黃春貴，《教學與研究》1 期，民國 68 年 2 月。

14. 〈山海經探源（上）、（下）〉，鄭康明，《建設》22 卷 8、9 期，民國 63 年 1 月 2 日。

15. 〈山海經校證〉，歐縝芳，《臺大文史哲學報》11 期，民國 51 年 9 月。

16. 〈（山海經）中的昆侖區〉，顧頡剛，《中國社會科學》13 期，民國 71 年。

（二）

1. 〈中國古代社會中的酒〉，一良，《食貨半月刊》2 卷 7 期，民國 24 年 9 月 1 日。

2. 〈中國地理民族文物與傳說史〉，丁驌，《中央研究院民族學研究所集刊》，29 期，民國 59 年春。

3. 〈中國植物栽培的起源〉，于景讓，《大陸雜誌》4 卷 5 期，民國 41 年 3 月 15 日。

4. 〈鬱金與鬱金香〉，于景讓，《大陸雜誌》11 卷 2 期，民國 44 年 7 月 3 日。

5. 〈黍稷粟粱與高粱〉，于景讓，《大陸雜誌》13 卷 3 期，民國 45 年 8 月 15 日。

6. 〈濊貊民族文化及其史料〉，文崇一，《中央研究院民族學研究所集刊》5 期，民國 47 年春。

7. 〈九歌中河伯之研究〉，文崇一，《中央研究院民族學研究所集刊》9 期，民國 49 年春。

8. 〈九歌中的水神與華南的龍舟賽神〉，文崇一，《中央研究院民族學研究所集刊》11 期，民國 50 年。

9. 〈九歌中的上帝與自然神〉，文崇一，《中央研究院民族學研究所集刊》17 期，民國 53 年春。

10. 〈中國上古各地之物產〉，王鎮久，《食貨半月刊》2 卷 4 期，民國 24 年 7 月 16 日。

11. 〈說珏朋〉，王國維，商務，《海寧王靜安先生遺書》冊 1 卷 3，民國 62 年。

12. 〈小屯 C 區的墓葬群〉，石璋如，《中央研究院歷史語言研究所集刊》23 本，民國 41 年。

13. 〈小屯殷代的建築遺蹟〉，石璋如，《中央研究院歷史語言研究所集刊》26 本，民國 44 年 6 月。

14. 〈殷代壇祀遺跡〉，石璋如，《中央研究院歷史語言研究所集刊》51 本，民國 69 年。

15. 〈釋牢宰〉，孔德成，《臺大文史哲學報》15 期，民國 55 年 8 月。

16. 〈釋申電神〉，田倩君，《中國文字》2 冊，民國 50 年 2 月。

17. 〈屏東縣來義村巫術資料〉，李卉，《中央研究院民族學研究所集刊》6 期，民國 47 年秋。

18. 〈說蠱毒與巫術〉，李卉，《中央研究院民族學研究所集刊》9 期，民國 49 年春。

19. 〈服飾、服食與巫俗傳說〉，李豐楙，《古典文學》第 3 集，民國 70 年 12

月。

20. 〈不死的探求——從變化神話到神仙變化傳說〉，李豐楙，《中外文學》15卷 5 期，民國 75 年 10 月 1 日。

21. 〈「鬼」字原始意義之試探〉，沈兼士，《國立北京大學國學季刊》25 卷 3 號，民國 24 年。

22. 〈中國古代醫藥衛生考〉，束世澂，《中國文化研究彙刊》5 卷，民國 34 年 9 月。

23. 〈中國古代玉器的用途〉，芝葦，《中美月刊》17 卷 4 期，民國 61 年 4 月。

24. 〈中國牛耕技術的起源〉，何烈，《大陸雜誌》55 卷 4 期，民國 66 年 10 月 15 日。

25. 〈周禮考工記玉人圖解〉，那志良，《華岡藝術學報》1 期，民國 70 年 1 月。

26. 〈故宮藏玉介紹（二）——羽觴、圭璧、角形杯、羊形器架、蚩尤杯〉，那志良，《故宮文物月刊》3 卷 2 期，民國 70 年 5 月。

27. 〈禮器中的圭——古玉介紹之十三〉，那志良，《故宮文物月刊》2 卷 1 期，民國 73 年 4 月。

28. 〈琬圭與琰圭——古玉介紹之十七〉，那志良，《故宮文物月刊》2 卷 5 期，民國 73 年 8 月。

29. 〈餽贈用的玉璧——古玉介紹之十九〉，那志良，《故宮文物月刊》2 卷 7 期，民國 73 年 10 月。

30. 〈用鐵時代問題的研究〉，非斯，《食貨半月刊》2 卷 7 期，民國 24 年 9 月。

31. 〈岳義稽古〉，屈萬里，《清華學報》2 卷 1 期，民國 49 年 5 月。

32. 〈中國古代稻米稻作考〉，周崎文夫著，方哲然譯，《食貨半月刊》5 卷 6 期，民國 23 年 3 月 16 日。

33. 〈中國古代稻米稻作考（上、中、下）〉，周崎文夫著，于景讓譯，《大陸雜誌》10 卷 5、6、7 期，民國 44 年 3 月。

34. 〈殷商祭祀用牲之來源說〉，金祥恆，《中國文字》8 冊，民國 51 年 6 月。

35. 〈釋物〉，金祥恆，《中國文字》30 冊，民國 57 年 12 月。

36. 〈神話象徵之離題表現（摘要）〉，林衡立，《中央研究院民族學研究所集刊》18 期，民國 53 年秋。

37. 〈巫字初義探源〉，周策縱，《大陸雜誌》69 卷 6 期，民國 73 年 12 月 15。

38. 〈釋牢〉，胡厚宣，《中央研究院歷史語言研究所集刊》8 本 2 分，民國 28 年。

39. 〈殷代年歲稱謂考〉，胡厚宣，《中國文化研究彙刊》第 2 卷，民國 31 年

9 月。

40. 〈甲骨文四方風名考證〉，胡厚宣，大通，《甲骨學商史論叢》初集（上），民國 62 年 3 月。

41. 〈卜辭中所見之殷代農業〉，胡厚宣，大通，《甲骨學商史論叢》2 集上冊，民國 62 年 3 月。

42. 〈中國古代之土壤地理〉，施雅風，《東方雜誌》41 卷 9 號，民國 34 年 5 月 15 日。

43. 〈耒耜考〉，徐中舒，《中央研究院歷史語言研究所集刊》2 本 1 分，民國 19 年。

44. 〈中國古代與太平洋區的犬祭〉，凌純聲，《中央研究院民族學研究所集刊》3 期，民國 46 年春。

45. 〈北平的封禪文化〉，凌純聲，《中央研究院民族學研究所集刊》16 期，民國 52 年秋。

46. 〈秦漢時代之畤〉，凌純聲，《中央研究院民族學研究所集刊》18 期，民國 53 年秋。

47. 〈中國古代瑞圭的研究〉，凌純聲，《中央研究院民族學研究所集刊》20 期，民國 54 年秋。

48. 〈中國古代的龜祭文化〉，凌純聲，《中央研究院民族學研究所集刊》31 期，民國 60 年。

49. 〈春秋時代的財政狀況〉，高耘暉，《食貨半月刊》4 卷 6 期，民國 25 年 8 月 1 日。

50. 〈讀山海經雜記〉，孫家驥，《臺灣風物季刊》，13 卷 6 期，民國 52 年 12 月。14 卷 1 期，民國 53 年 6 月。

51. 〈古文字中之商周祭祀〉，陳夢家，《燕京學報》19 期，民國 25 年 6 月

52. 〈商代的神話與巫術〉，陳夢家，《燕京學報》20 期，民國 25 年 12 月。

53. 〈古社會與田狩祭祀之關係〉，陳槃，《中央研究院歷史語言研究所集刊》21 本 1 分，民國 37 年。

54. 〈古社會與田狩祭祀之關係重訂本〉，陳槃，《中央研究院歷史語言研究所集刊》34 本上冊，民國 54 年 12 月。

55. 〈泰山主死亦主生說〉，陳槃，《中央研究院歷史語言研究所集刊》51 本 3 分，民國 69 年 9 月。

56. 〈中國古代農業施肥之商榷〉，陳良佐，《中央研究院歷史語言研究所集刊》42 本，民國 60 年 12 月。

57. 〈古玉新詮〉，郭寶鈞，《中央研究院歷史語言研究所集刊》20 本下冊，民國 37 年。

58. 〈中國創世神話之分析與古史研究〉，張光直，《中央研究院民族學研究所集刊》8 期，民國 48 年 9 月。

59. 〈中國遠古時代儀式生活的若干資料〉，張光直，《中央研究院民族學研究所集刊》9 期，民國 49 年。

60. 〈釋稻米〉，張哲，《中國文字》12 冊，民國 52 年 6 月。

61. 〈殷代的農業與氣象〉，張秉權，《中央研究院歷史語言研究所集刊》42 本 2 分，民國 59 年 12 月。

62. 〈祭祀卜辭中的犧牲〉，張秉權，《中央研究院歷史語言研究所集刊》38 本，民國 57 年 2 月。

63. 〈殷代的祭祀與巫術〉，張秉權，《中央研究院歷史語言研究所集刊》49 本 3 分，民國 67 年 9 月。

64. 〈蛇與中國文化〉，袁德星，《中華文化復興月刊》10 卷 2 期，民國 66 年 2 月。

65. 〈中國上古時代的飲食（上、下）〉，莊萬壽，《師大國文學報》第 1 期、2 期，民國 61 年 6 月 5 日，民國 62 年 4 月 2 日。

66. 〈上古的食物〉，莊萬壽，《大陸雜誌》53 卷 2 期，民國 65 年 7 月 15 日。

67. 〈說尞〉，許進雄，《中國文字》13 冊，民國 53 年 9 月。

68. 〈周代的衣、食、住、行〉，許倬雲，《中央研究院歷史語言研究所集刊》47 本，民國 65 年 9 月。

69. 〈西周時代的生產概況〉，曾謇，《食貨半月刊》1 卷 7 期，民國 24 年 3 月 1 日。

70. 〈評秦漢統一之由來和戰國人對於世界的想像〉，傅斯年，《國立中山大學語言歷史研究所週刊》1 卷 2 期，民國 16 年 11 月 8 日。

71. 〈論長沙出土之繒書〉，董作賓，《大陸雜誌》10 卷 6 期，民國 44 年 3 月 31 日。

72. 〈方相氏與大儺〉，楊景鸘，《中央研究院歷史語言研究所集刊》31 本，民國 49 年 2 月。

73. 〈雲南儸儸族的巫師及其經典〉，楊志成，《國立北京大學民族叢書》專號 2 民族篇，民國 20 年 7 月。

74. 〈中國古代的豐收季及其與「曆年」的關係〉，管東貴，《中央研究院歷史語言研究所集刊》31 本，民國 49 年 2 月。

75. 〈圭璧考〉，鄧淑蘋，《故宮季刊》11 卷 3 期，民國 66 年春。

76. 〈玉可以吃嗎〉，鄧淑蘋，《故宮文物月刊》2 卷 1 期，民國 73 年 4 月。

77. 〈新石器時代的玉璧——由考古實例談古玉鑑定〉，鄧淑蘋，《故宮文物月刊》3 卷 9 期，民國 74 年 1 月 2 日。

78. 〈古代中國與中美馬耶人的祈雨與雨神崇拜〉，劉敦勵，《中央研究院民族學研究所集刊》4 期，民國 46 年秋。

79. 〈封禪文化與宋代明堂祭天〉，劉子建，《中央研究院民族學研究所集刊》18 期，民國 53 年秋。

80. 〈中國古代的宇宙觀與創世神話〉，趙林，《人文學報》6 期，民國 70 年 6 月。

81. 〈商代王制〉，趙林，《人與社會革新號》2 卷 2 期，民國 73 年 8 月。

82. 〈中國古代的山嶽信仰〉，森鹿三著，鮑維湘譯，《民俗學集鐫》第 2 輯。

83. 〈中國古代圖騰制度範疇〉，衛惠林，《中央研究院民族學研究所集刊》25 期，民國 57 年。

84. 〈白乾酒——高粱的東來〉，篠田統作著，于景讓譯，《大陸雜誌》14 卷 1 期，民國 46 年 1 月 15 日。

85. 〈中國古代巫術文化及其社會功能（上）、（下）〉，謝康，《中華文化復興月刊》9 卷 1、2 期，民國 65 年 1、2 月。

86. 〈周易卦爻辭中的故事〉，顧頡剛，《燕京學報》6 期，民國 18 年 12 月。

87. 〈楚繒書十二月名覈論〉，饒宗頤，《大陸雜誌》30 卷 1 期，民國 54 年 1 月 15 日。

88. 〈楚繒書疏證〉，饒宗頤，《中央研究院歷史語言研究所集刊》40 期，民國 57 年 10 月。

89. 〈楚繒書之摹本及圖像——三首神、肥遺神與印度神話之比較〉，饒宗頤，《故宮學術季刊》3 卷 2 期，民國 52 年 10 月。

90. 〈荊楚文化〉，饒宗頤，《中央研究院歷史語言研究所集刊》41 本 2 分，民國 58 年 6 月。

91. 〈牢義新解〉，嚴一萍，《中國文字》38 冊，民國 59 年 12 月。

（三）日文期刊

1. 〈支那古代に於ける山嶽信仰〉，森鹿三，《歷史と地理》第 28 卷第 6 號，1931。

2. 〈中國古代の疾病觀と療法〉，宮下三郎，《東方學報》（京都）30 冊，1959。

3. 〈長沙出土戰國帛書考〉，林巳奈夫，《東方學報》（京都）36 冊，1964 年 10 月。

4. 〈中國古代の神巫〉，林巳奈夫，《東方學報》（京都）38 冊，1976。

5. 〈戰國時代の圖像記號〉，林巳奈夫，《東方學報》（京都）39 冊，1968。

6. 〈中國古代の祭玉、瑞玉〉，林巳奈夫，《東方學報》（京都）40 冊，1968。

7. 〈長沙出土帛書の十二神の由來〉，林巳奈夫，《東方學報》（京都），1971。

8. 〈山海經より觀たる支那古代の山嶽崇拜〉，神田喜一郎，《支那學》2 卷 5 號。

9. 〈山川の神ム（二）（三）——山海經の研究〉，伊滕清司，《史學》42 卷 1 號。

10. 〈中國古代の民間醫療〉，伊滕清司，《史學》42 卷第 4 號，43 卷第 4 號。

11. 〈山海經の民俗社會的背景〉，伊滕清司，《國學院雜誌》82 卷 2 號。

12. 〈藏羊と箴石——山海經の研究〉，伊滕清司，《三上次男博士頌壽記念論集》，1979。

13. 〈古代中國の馬の調良咒術——山海經の研究〉，伊滕清司，《古代文化》24 卷 4 號，1972。

14. 〈道教と山岳〉，窪德忠，《山岳宗教特集》。

15. 〈異形山岳神小考——山海經を中心として〉，松田稔，《古代文化》22 輯。

16. 〈山海經における瑞祥〉，松田稔，《國學院大學漢文學會報》27 輯。

17. 〈「山海經」に於ける山岳祭祀〉，松田稔，《國學院雜誌》83 卷 2 號，1982。

18. 〈「山海經」に見えろ太陽の記述——その神話的要素の考察〉，松田稔，《漢文學會報》31 輯，1986。

19. 〈崑崙山と昇仙圖〉，曾布川寬，《東方學報》（京都）51 冊，1979。

20. 〈古代中國における「原泉」、「河川」と神秘主義〉，栗原圭介，《大東文化大學人文科學紀要》22 號，1984。

21. 〈蜡祭考〉栗原圭介，《漢學研究》25 號。

22. 〈中國古代農業の展開——華北農業の形成過程〉，天野元之助，《東方學報》（京都）31 冊，1959。